사는 게 별거가
이렇게 살면 되지

사는 게 별거가 이렇게 살면 되지

ⓒ 김계중, 2023

초판 1쇄 발행 2023년 9월 27일

지은이   김계중
펴낸이   이기봉
편집   좋은땅 편집팀
펴낸곳   도서출판 좋은땅
주소   서울특별시 마포구 양화로12길 26 지월드빌딩 (서교동 395-7)
전화   02)374-8616~7
팩스   02)374-8614
이메일   gworldbook@naver.com
홈페이지   www.g-world.co.kr

ISBN   979-11-388-2335-7 (03810)

사는 게 별거가
이렇게 살면 되지

김계중 지음

좋은땅

1. 조화롭고 이상적인 인생을 꿈꾸며

프랑스어 '앙상블(Ensemble)'은 한국어로 '모두 함께' 또는 '전체적으로', '통일'이라는 의미를 가진다. 원래 뮤지컬에서 사용되는 단어로 음악회 등에도 많이 사용된다.

우리나라의 '두레'나 '품앗이'와 비슷하지 않을까 생각하지만 노동을 할 때는 내가 도와주었으니 당신도 도와 달라는 의미와는 차이가 난다.

'앙상블(Ensemble)'은 요즈음 '아이돌'의 합동 군무와 비슷한 의미를 가진다. 뮤지컬에서 주요 장면에서 많은 사람들이 한꺼번에 군무를 추고 합창해야 하니 혼자 튀는 법이 없다.

만약 혼자 너무 돋보이면 뮤지컬의 흐름을 방해할 수도 있어서 연습할 때 너무 과하면 힘을 빼고 또 모자라면 그만큼 신경 써서 수십 명이 균형을 맞춘다.

배우마다 갖자 개성과 장점이 있지만 조화를 이루어야 완벽한 작품이 만들어지게 된다.

우리 인생에서 다양한 사건과 선택들이 모두 조화롭게 연결되어 있는 경우는 일반적으로 우리 인생에서는 드물다. 그렇게만 된다면 이상적인 상태이다.

가령 내가 열심히 노력하였는데 시험에 합격하였다면 그것은 바르게 진행되어졌지만 모든 사람이 공부를 한다고 시험에 합격할 수는 없다.

그리고 장사의 경우도 마찬가지이다. 모두가 장사가 잘될 것이라고 생각하고 장사를 시작하지만 실제로 잘되는 집은 손가락에 꼽을 정도이다.

물론 이런 경우는 있다. 열심히 운동을 하고 식사량을 조절하여 체중도 빼고 건강해졌다면 그리고 그것을 유지하기 위해서 피나는 노력을 하고 있다면 당연히 이상적인 경우이다.

음악에서 '앙상블'은 여러 악기나 보컬 파트들이 함께 연주하거나 노래하는 것을 의미한다. 음악 앙상블은 조화롭고 아름다운 음악을 만들어 내기 위해 서로 협력하고 조화롭게 연주하고 있다. 다만 재즈의 경우는 작곡을 한 대로 연주를 하지 않고 어떤 악기나 보컬리스트가 혼자서 돋보이게 튀는 연주를 하게 된다.

그때는 분명히 앙상블이 이루어지지 않지만 우리는 그들의 음악에 환호하게 된다.

인생도 마찬가지이다. 어떤 조직에서 내가 맡은 역할을 충실히 하다가 재즈처럼 내가 돋보이게 한 번씩 튀어 보는 경우도 있다.

직장 생활은 사무실이고 현장이고 우리는 부속품에 불과하다. 그러나 직장이 나의 인생의 전부는 아니다.

나 같은 경우 직장은 단지 돈을 버는 수단에 불과하다. 만약 다른 곳에서 그만한 돈이 나온다면 난 뒤도 돌아보지 않고 바로 때려치울 수 있는 곳이 직장이다.

누구는 자신의 능력을 발휘하고 자아를 실현할 수 있는 곳이라고 하던데 나의 자아를 직장에서 만들고 싶지는 않다.

일을 통해 급여를 받고 생계를 유지하고, 가족을 지원하며 경제적인 안정을 확보하는 그 이상도 그 이하도 아닌 곳이다.

그러나 직장을 제외한 나의 인생은 항상 새로운 도전의 연속이었다. 하루 중 작가로서 매일 몇 시간씩 시간을 할애하고 휴일이면 때로는 농부로, 때로는 건축가로 어떤 때는 지역의 유지로 열심히 도전하고 있다.

돈만 아니면 직장을 나가지 않아도 되어서 전업 작가로, 어떤 때는 농부로, 지역 유지로 살아갈 수 있는데, 돈이 원수이다.

2. 장모님이 사 준 악어 허리띠

뉴스를 보니 사흘 동안 비가 많이 와도 먼 곳으로 여행을 다녀온 사람이 나만 있는 것이 아니었다. 방콕 공항은 우리나라 사람으로 정말 북새통으로 이루고 있어서 어딜 가도 우리나라 사람이었다.

그리고 가는 코스가 그의 비슷하여 어딜 가도 다른 비행기로 왔어도 다시 보게 되어서 며칠 지나고 나니 누가 누군지 알 수 있을 정도였다.

그러다 보니 현지의 음식이나 문화를 제대로 된 경험을 하고 싶어 했던 나 같은 사람은 어딜 가도 한국 사람이 북적거려서 여기가 마산 어시장이나 어느 백화점에 온 듯한 착각에 빠지게 할 정도였다.

3박 5일의 여행은 나이가 들고는 하기 힘든 여행이다. 일단 5시간 이상 비행기를 타는 것부터가 어렵다. 저가 항공과 대한항공 모두 동남아에 가는 비행기의 자리는 버스보다도 좁아서 뒤로 의자를 눕힐 수도 없고 다리를 길게 펴기도 어렵다.

그러다 보니 비행기에서 잠잔다는 것은 애초에 기대해서는 안 된다. 다행히 출발할 때는 오후 6시에 출발하면 계산상 11시에 도착하게 되어 있는데, 우리나라보다 두 시간이 늦게 가서 현지 시간이 밤 9시밖에 안 되어서 충분히 잠을 잘 수 있었다. 그러나 돌아오는 것은 시간상 5시간이지만 두 시간을 까먹어서 7시간을 비행기에서 보내는 것과 같았다. 비행시간만 많지 않다면 외국 여행도 좋겠는데 이게 너무 힘들었다.

그리고 한국에 도착해도 나 같은 경우 눈치가 보여서 정상 출근해야 해서 운진을 하며 자율 주행 중 계속 자다가 핸들을 잡으라는 경고 소리에 몇 번이나 일어났다.

여행을 어딜 가도 중국인들이 많았는데 이제는 그 자리를 베트남 사람들이 차지하고 있었다. 공산 국가의 사람들의 특징은 거의 50~60명 정도는 단체로 움직이고 자기 나라에 대한 자부심이 강해서 공연장 같은 곳에서 단체로 고함을 치고 하여 눈살을 찌푸리게 한다.

10년 전에 돌아가신 장모님이 25년 전에 태국에 여행을 가서서 나의 악어 허리띠와 아이들 주려고 태국 옷을 사 오셨던 생각이 나서 악어가 죽 매장에서 허리띠를 물어보니 잡으면 30~40만 원 달라고 한다.

매장의 점원에게 예전에 시골 할머니가 그렇게 비싼 물건은 사 오지 않았을 것인데 왜 이렇게 가격이 올라갔나 물어보니 '고급화'해서 그렇다고 말한다.

아무리 고급화해도 요즈음 가방이나 지갑, 허리띠는 메이커 값인데 이런 비메이커가 팔리냐고 했더니 나처럼 이렇게 말하며 어떤 여자는 5백만 원짜리 핸드백을 사 가더라고 한다.

태국에는 치안이 안 좋아서 핸드폰과 지갑 조심하라고 가이드가 계속 주의를 준다. 그래서 배낭여행은 좀 힘든 곳이라고 하는데 실제로 배낭을 메고 다니는 사람들은 별로 보이지 않았다.

치안도 불안하고 덥기만 한 그런 곳에 왜 여행을 갔는지 물어본다면 "가자고 해서 따라갔다."고 할 수밖에 없다.

실제로 여행에 대한 설렘이나 기대는 별로 없었다. (이것도 나이가 들어서 그런 모양이다.) 그런데 나이가 더 들어가면 정말 힘에 부쳐서 여행하기 어렵겠다는 생각이 든다.

그리고 일찍 자고 새벽에 글을 쓰는 나의 생활 패턴으로는 열대 지방으로 여행은 더 어려울 수 있겠다. 그들은 낮 동안은 별로 하는 일 없이 빈둥거리다 밤이 되면 활기차지는 곳이다 보니 여행객들도 그런 문화를 느끼려면 똑같이 밤늦게까지 있어야만 했다.

그러다 보니 잠을 자야 할 시간이 줄어들고 낮에 움직일 때마다 졸고 있었다.

베트남보다는 물가가 비싸고 볼거리도 별로였지만 새로운 곳에 가 본다는 것이 삶의 활력을 주는 것은 분명하다.

여독이 며칠 동안 남아 있겠지만 그런대로 나에게 좋은 에너지를 줄 수 있어서 기분 좋은 여행이었다.

유럽이나 미국은 이제 비행기를 오랫동안 타지 못해서 어렵겠다는 생각이 든다. 여행 경비를 전부 부담한 딸내미가 고맙고 자랑스럽다.

딸이 시집가기 전 부모와 마지막 여행을 다녀왔다. 그런 착한 딸을 시집을 보내야 하는 아버지의 마음은 편할 리가 없다.

3. 단추는 순수 우리말이다

　서츠나 코트, 바지에 달려 있는 '단추' 그저 잠그거나 장식으로 쓰이는 것 같지만 단추는 의복의 완성이라고 불릴 만큼 아주 중요한 역할을 한다. 그래서 옷을 제작할 때 단추 고르는 시간이 꽤 걸린다고 한다.

　무광인지 유광인지 평평한지 오목한지 단추의 색깔이나 옷의 전체적인 느낌이 결정되기 때문에 어떤 브랜드에서는 단추로 상징성을 나타내기도 한다.

　아주 작지만 전반적인 분위기까지 좌우하는 것을 보면 존재감만큼은 거대한 느낌이 든다.

　단추는 우리말로 된 단어이나 단추의 어원이 한자라고 아는 사람이 꽤나 많다. 사실 나도 한자로 어떻게 쓰는지 한참을 찾아보았다. 어원이 한자로 잘못 알려진 비슷한 예로 수박이 있다.

　동서양을 막론하고 옛날에는 단추는 부의 상징이고 권력을 가진 사람이 나타내는 증표 같은 것이었다.

　12세기 프랑스도 실제로 보석으로 단추를 만들기도 했다. 정교한 '보석'과도 같았던 단추의 유일한 결점은 농민이나 평민 계급은 가질 수도,

사용할 수도 없었다.

평범한 천이나 실을 이용해서 만들어진 단추를 제외하면 그 어떤 단추도 소유하거나 사용하는 것이 법으로 금지되었다고 한다.

우리나라만 해도 마고자의 단추는 금으로 만들거나 호박으로 장식을 하였는데 마고자는 원래 청나라 때 옷인 마과에서 유래하였는데, 1887년에 흥선대원군이 만주의 유배 생활에서 풀려나 귀국할 때 입고 온 후부터 한국에서도 입기 시작한 것이라고 한다.

원래 한복에는 잘 안 쓰던 알 형태의 단추를 사용하는 것도 그렇고, 엄밀히 말하면 전통 한복은 아니고 개화기로 들어서 비로소 유행한 것이다. 결국 우리나라에서는 단추가 일제 시대 이후에 들어왔다.

그러나 매듭으로 된 단추는 일부 특수한 옷에서 사용되어졌다고 하는데 옛날 복식이 없다 보니 정확한 고증이 어렵다.

단추가 없던 우리나라의 의복은 상의, 하의 전부 끈으로 묶을 수밖에 없었다. 조선시대 군인들은 옷고름이 풀어질까 봐 어떻게 전쟁을 치르는지 모를 일이다.

장군들은 갑옷을 입었고 일반 병사들은 문종이를 여러 겹을 붙여서 입고 전쟁에 나갔는데 화살을 막는 데는 효과적이었지만 비가 오거나 불의 공격에는 아주 치명적일 수밖에 없었다.

갑옷이나 종이 갑옷을 입을 때도 단추는 사용되지 않아 전부 끈으로 묶고 전투에 참여하였다.

이제 단추는 얇은 셔츠 정도에만 사용되고 대부분 지퍼로 되어 있다. 프랑스어 '부똥(bouton)'에서 나온 단추(button)는 수세기 동안 원반 모양으로 뒤에 닻의 몸체 같은 축이 있어서 옷에다 꿰맬 수 있도록 만들어져 있었다.

단추는 조각이나 자수, 그림에 이르기까지 어떤 종류의 장식도 구현이 가능하다는 뜻이다.

그러나 20세기에 접어들면서부터 사람들은 구멍이 4개인 단추를 더 선호하기 시작했다. 구멍 4개인 단추가 옷을 더 단단히 여밀 수 있었기 때문이었다.

이런 종류의 단추가 생겨남에 따라 장식적인 요소를 가진 단추의 사용은 점점 줄어들고, 지퍼와 핀, 그리고 벨크로 등 다른 종류의 잠금장치가 등장하자 단추의 독점적 지위는 급격하게 약화되었다. 하지만 지금도 여전히 단추는 옷을 구성하는 중요한 요소로 남아 있다.

4. 쉬고 싶을 때 쉬는 사람 있을까?

화분을 키울 때 가장 중요한 것은 물 주기인데, 식물을 키우는 초보들이 많이 하는 실수가 사흘에 한 번, 일주일에 한 번 이렇게 물 주는 날을 정해 놓고 물을 주는 것이라 한다.

그렇다면 물을 언제 주어야 할까? 간단하다. 식물이 물이 필요할 때 주어야 하는데 화분을 손가락 두 마디로 찔러 보았을 때 손끝에 물이 묻어나지 않으면 물을 주는 게 좋다.

의령에 일주일에 한 번 가니까 그때 물을 주게 되는데 그래서인지 화분들 중 화초류는 계속 죽는다.

소나무들도 어린 것들은 그런대로 잘 자라는 것 같은데 좀 큰 화분 역시 비실거려 올해는 나무에 주는 영양제를 봄이 오기 전부터 계속 주고 있는데도 어딘가 활기찬 모습이 보이지 않는다.

내가 무얼 관리를 잘못하고 있는 것인지 알 수가 없지만 화분을 매일 보고 관리하지 못하니 그럴 수밖에 없나 싶다.

살아 있는 생물을 기르는 것은 동물이고 식물이고 참 어려운데, 농사를 하시는 농부들은 어떻게 그 많은 작물들을 잘 관리하고 있는지 존경스럽다.

식물처럼 사람도 그러하다. 날을 정해 놓고 그때 꼭 해야지 하는 것보다 내 몸과 마음이 원할 때 적당히 물을 주고 보살펴 주어야 한다.

그러나 대부분의 사람들은 정해진 시간에 쉬어야 하고 또 정해진 날짜가 아니면 내 맘대로 무엇을 할 수 있는 사람은 아마 아무도 없다.

물론 직장인만 그런 것 같지만 자기 사업하는 사람도 생업을 팽개치고 아무 때나 놀지는 못하는 것은 매한가지일 것이다.

산업화가 되면서 정해진 날이 아니면 비가 와도 일을 해야 하고 나의 몸이 아파도 일을 해야 하는 것은 어쩔 수 없이 남의 돈을 받고 일하는 사람들의 비애이다.

연휴 기간 동안 돌 쌓기를 하면서 내가 일하고 싶을 때 하고, 하기 싫으면 하지 않은 것이 아니라 힘들면 쉬고 몸이 충전되면 다시 일을 하였다.

그러다 보니 오전에 일을 하고 낮잠을 자고, 오후에 일하다 또 낮잠을 자고 하니 밤에도 돌담 쌓기가 저절로 되더라.

밤에 손님들과 놀려고 만들어 놓은 조명 시설이 이번에는 내가 야간 작업하는 데 요긴하게 사용했다.

직장에서도 중간중간 충전하며 그렇게 할 수 있다면 일의 능률도 오르고 좋겠지만, 정해진 시간에 몰빵을 하고 시간이 종료되면 집으로 가는 시스템이라 만약 그렇게 낮잠을 자면서 일을 하면 쫓겨나기 십상이다.

그러나 다른 곳은 모르겠고 현대차에서 정년을 하신 동서와 처형이 근무할 때는 한 시간 일하고 한 시간 쉬면서 하는 꿈의 직장도 존재한다.

돌을 쌓는 일은 아주 중노동이라서 관절마다 아프지 않은 데가 없고, 에너지 소모도 많은 편이라 중간에 쉬어 주지 않으면 오랜 시간 동안 작업을 할 수 없다.

그러나 내 일이 아니라 남의 집에 일을 하러 갔다고 가정한다면 그렇게 일을 하는 사람은 두 번 다시 부르지 않을 것이다.

그래서인지 제주에 돌담 쌓는 일을 하는 분은 아주 귀해서 몸값이 엄청나다 하던데 이참에 제주에 가서 돌담 쌓기를 해 볼까? 그런데 두 번 다시는 하고 싶지 않은 작업이 돌담 쌓기 이다.

그리고 남에게 돈을 받을 정도의 실력도 되지 않는다. 내 집이니 내 맘대로 돌을 쌓아 미적 감각도 없고 그저 흙이 무너져 내리지 못하게 하는 옹벽 역할만 잘하게 한 것뿐이다.

이제 나도 다른 것을 할 수 있는 여유가 생겼다. 가장 먼저 하고 싶은 것은 운동이다. 노동과 운동은 다르기에 전혀 운동을 하지 못해서 걷기라도 하고 싶다.

오늘 일정이 바닷가의 현장이라 그곳에서 한 시간이라도 걷다가 와야겠다.

5. 돈이 되지 않은 예술은 예술이 아니다

좋은 서예 작품을 보면 화선지에 적힌 붓글씨의 색이 일정한 것을 알수 있다. 붓에 묻히는 먹물의 질과 농도가 끝까지 같아야만 그런 결과물이 나온다는데, 그래서 서예가들은 작품의 시작인 벼루의 먹을 갈 때부터 심혈을 기울이게 된다.

적당히 물을 붓고 최대한 손에 힘을 들고 짧게는 몇 분 길게는 몇 시간 동안 일정하게 속도를 내야 한다. 그에 따라 먹에 완성도 달라지기 때문이다.

보기엔 다 같은 먹색일지 모르지만 탁하고 그렇지 않고의 차이는 이미 손끝과 마음 끝에서 결정된다 할 수 있다.

'먹'을 만드는 과정은 간단히 설명하면 소나무의 송진이 굳어 만들어진 관솔을 태워서 그 그을음을 받아 여러 과정을 거쳐서 먹이 만들어지게 된다.

운당도에 장작 가마에 불을 지필 때도 엄청난 검은 연기가 나왔는데 그 연기를 가두어서 침전시키면 '먹'의 원재료가 될 수도 있겠다.

옛날 드라마나 영화에서 종종 등장하는 장면은 대감이 글씨를 쓰거나 그림을 그리기 위해 화선지를 준비하면 옆에 마님이 정성 들여 먹을 가는 장면을 종종 보게 되는데, 글을 쓰는 시간보다 먹을 가는 시간이 더 오래 걸려서 그렇게 했을 것이다.

아무리 정성을 들여서 먹을 간다 해도 먹을 가는 속도와 시간에 따라서 먹의 농도가 차이가 날 수 있을 것이다.

한 장의 그림을 그리거나 글씨를 쓰면 한 번만 먹을 갈면 되겠지만 만약 책을 만들거나 여러 장의 그림을 그려야 할 때는 똑같이 일정한 색의 먹물을 만들어 내기는 상당히 어려웠을 것이다.

요즈음 세상에는 아예 먹물을 갈아서 나오기도 하고 먹을 갈아 주는 기계도 나와 있다.

먹물 가격이 1리터 한 병에 5천 원도 하지 않아서 일일이 먹을 가는 사람은 없을 듯하다. 아직도 고지식한 사람들은 먹을 갈아서 사용하는 사람도 있을 수 있지만 요즈음 대부분의 서예가는 먹물을 사서 사용하고 있다.

작은 어머니께서 간간히 서예를 하시더니 이제는 책을 출판하여 서점에 팔고 있을 정도의 실력자가 되셨다.

나의 주변에도 자기 자랑을 위해서 쓴 글을 출판을 하여 한 권씩 나누어 주는 사람들이야 주변에 많이 있지만, 숙모님이 글씨를 잘 쓰시는지 아니면 남들보다 못하는지는 잘 몰라도 숙모님처럼 서점에 파는 책을 내신 분은 별로 없다. 그러고 보면 우리 집안에서 예술 하는 사람이 나 말고 또 한 분이 계시는 구나. 그러나 숙모님도 나처럼 서예를 하셔서 돈을 버는 것은 하지 못하고 계시다.

요즈음 예술을 하여도 돈과 연결이 되지 않으면 아무짝도 쓸모없는 시대가 되었다.

김삿갓 스님은 어릴 때부터 보아 온 고향의 형님이라 난 그분이 얼마나 동양화를 잘 그리는지 잘 알고 있다.

한때는 국전에도 나가 상을 받기도 하였다. 아무리 잘 그려도 누군가가 자신의 그림을 사 주어야만 생활이 되겠지만 아무도 알아주지 않은 그림을 그려 보았자 가난하기만 할 뿐일 것이다.

어느 날부터 김삿갓 스님은 축제 현장에서 달마 그림을 그려 주고 액운을 막아 준다며 하면서 오만 원을 받고 있다.

그리고 난 뒤부터 스님의 주머니 사정은 아주 윤택하여 대형 아파트에도 사시고 절도 남부럽지 않게 제법 규모 있게 가지고 계신다.

뛰어난 예술가가 아니면 먼저 가난과 연결되겠지만 김삿갓 스님처럼 이렇게 인생의 돌파구를 찾는 사람도 있다.

난 글을 써서 돈을 버는 방법을 아무리 생각해도 없다. 그래서 어쩔 수 없이 남의집살이를 평생 할 수밖에 없는지 모르겠다.

6. 향수 뿌리는 남자

백화점 일층은 화장품 코너로 만들어져 있어서 마네킹처럼 예쁜 모델 뺨치는 점원들이 있어서 갈 때마다 남자들은 눈이 저절로 그쪽으로 돌아간다.

요즈음 그곳을 지나다 보면 좋은 향기가 나는 종이를 받을 때가 있는데, 제품 홍보를 위한 일종의 샘플이다. 화장품 브랜드의 직원들은 작은 종이에 향수를 뿌리고 고객들에게 나누어 주며 향을 맡아 보라고 권한다.

처음 건네받았을 때 향기와 몇 시간 지난 후에 향기들의 느낌은 전혀 다르다. 시간이 지나면서 향수와 나의 채취가 섞이기 때문에 처음과 또 다른 향이 탄생한다. 그래서 처음에 맡았던 향기만으론 그 향수의 진정한 매력을 알 수가 없다고 하는데, 화장품에는 전혀 관심이 없는 나로서는 이해되지 않은 부분이다.

연초에 독자 4명과 여행을 간 적이 있었는데, 남편이나 자식들의 이야기를 한창 하던 중 향수 이야기가 나왔다.

젊은 남자들은 물론이고 나이가 많은 사람들도 자신이 좋아하는 특정 향수를 뿌리고 다니는 것을 듣고는 난 사실 놀랐다.

난 지금까지 얼굴에 로션조차도 바르지 않다가 겨울에 샤워 후에 얼굴이 땅겨서 조금 바르는 것 외에 아무것도 하지 않았는데 다른 남자들은 향수까지 챙기고 있다는 것은 나에게는 문화적인 충격이었다.

그래서 아들놈의 향수를 하나 훔쳐서 차에 두었는데 매일 잊어버리고 뿌리지 않는다. 간혹 생각이 나서 뿌려 보면 처음에는 냄새가 괜찮은 것 같은데 시간이 지나면서 냄새가 나의 체취와 섞이게 되어 이상한 냄새가 난다.

나이가 들어감에 따라 꼭 해야 하는 것이 향수 뿌리는 것이 아닐까 싶다. 그래서 나도 향수 뿌리는 연습을 하고 있는데 평생 동안 제대로 하지 않았던 것을 지금 하려고 하니 잘되지 않는 것이 당연하다.

노인이 되면 자주 씻는 것도 하지 않기 때문이기도 하겠지만, 나이가 들어서 주요 장기들이 제대로 기능을 하지 못해서 인지 몸에 이상한 냄새가 난다.

그것을 감추기 위해서는 향수를 뿌려야 하는데 아직은 내 나이가 노인까지는 아니지만 나 역시 언젠가는 냄새 나는 노인이 될 것이다.

난 샤워할 때도 바디나 샴푸는 사용하지 않고 세수 비누 하나로 머리에서 발끝까지 씻는다. 너무 진한 향수는 얼굴에 전혀 무엇을 바르지 않고 있는 나에게는 거부감이 강해서 비누 냄새 정도의 향수부터 시작해 볼까 하지만, 직장에 여자가 있는 것도 아니라서 누구한데 잘 보일 일이 없어서 향수 뿌리는 것을 자주 잊어버린다.

아이들이 결혼 적령기가 되어서 결혼을 하면 손자가 생길 것인데 손자들이 할아버지에게 이상한 냄새 난다고 할까 봐 지금부터라도 향수 뿌리는 연습을 해야 한다.

　요즈음도 아이들이 내 방에 들어오면 노인 냄새 난다고 하는데 더 나이가 들어가면 나는 나의 냄새를 느낄 수 없지만 더 많은 냄새가 날 것인데 걱정이다.
　예전에는 시간마다 스프레이를 뿌려 주는 향수가 유행이더만 무슨 이유인지 자취를 감추었다.
　돈이 들어도 그런 제품을 방에 설치하여 냄새를 사라지게 하고 싶다.

　사람을 처음 대면할 때 상대방에게 좋은 향기는 아니더라도 나쁜 냄새는 나지 않아야만 첫인상이 나쁘게 되지 않을 것이다. 그래서 남자들도 향수를 뿌리는 것일 것이다.
　이제 남자들도 다른 사람을 만날 때 향수가 기본 매너로 자리 잡고 있다. 그것을 이제사 깨달은 내가 한심하다.
　젊은 시절부터 향수를 뿌리고 예쁘게 단장했다면 아마 나의 인생도 달라졌을지도 모른다.

7. 다시 보아도 영화가 재미있다. 치매인가?

영화를 끝까지 보지 않고 보다가 마는 경우나 드라마를 끝까지 보지 않고 멈추는 경우 줄거리가 뻔해서 어떻게 끝날지 알 것 같은 생각이 들 때가 있다.

그 끝은 예상대로이지만 끝에 다다르는 과정을 너무나 그럴듯하게 정성 들여 잘 만들어 놓아서 무시하고 보지 않았던 영화를 나중에 보고는 오해했던 것이 미안할 때가 있다.

영화를 보다가 중간에 멈추는 경우는 그때 나의 기분과 많이 좌우하는 것 같다. 자신이 기분이 우울해서 기분 전환용 액션이나 재난 영화를 기대하였는데, 액션이 별로 마음에 들지 않거나 재난 영화도 그저 그런 내용이라면 더 볼 수 없게 된다.

그럴 때는 차라리 예전에 감명 깊게 보았던 영화를 다시 보는 것도 한 방법이다. 내가 보았던 영화를 다시 보면 재미없을 것 같은데, 실제로 우리가 영화를 보고 기억에 남는 것은 20%도 되지 않는다.

만약 몇 년 전에 보았던 영화라면 단지 제목만 알고 있을 뿐이지 다시 보면 정말 새로운 영화를 보는 듯한 착각에 빠진다.

나 같은 경우 4~5번 보았던 영화도 다시 보아도 항상 새롭다는 느낌이 든다. 그래서 예전에 영화관에서 보았던 영화를 텔레비전의 영화 채

널을 넋 놓고 쳐다보고 있는 경우가 많다.

　결론만이 중요하면 긴 영화, 두꺼운 소설이 과연 필요할까…? 줄거리 한 줄이면 모든 게 정리되는데, 요약하면 뻔하지만, 하루하루는 숨 돌릴 새 없이 다채롭고 그런 가운데서 소중한 감정이 차곡차곡 쌓이는 뻔하지 않은 하루가 되어 가는 것이다.

　영화나 소설에서는 복잡한 과정을 거치는 그런 내용의 이야기가 재미있고 흥미를 유발할 수 있지만, 일상에서는 자신이 이기지 못하고 시험에 떨어진 그들에게는 냉혹한 현실만 존재 할 뿐이다. 물론 소설과 달리 우리의 인생은 결과가 가장 중요하다. 아무리 과정이 좋고 뛰어나도 결과가 나쁘다면 모두가 허사가 된다.

　특히 시험을 치르기 전에 밤잠을 자지도 않고 열심히 공부하였다 해도 시험 당일 작은 실수를 하여 떨어졌거나, 운동선수가 백날 훈련을 열심히 하여 경기에 나가 승리하지 않는다면 아무 소용없는 것이다.

　자신은 남들보다 밤잠 자지 않고 죽어라 노력하고 준비하였지만 운이 나빠 이번에 이기지 못하였다고, 패배한 그들은 할 말이 있다.

　만약 패배한 그들의 이야기를 재미있게 이야기를 풀어서 영화나 소설로 만들면 본인이 아니라 제삼자의 눈에는 재미있을 것이다.

　그러나 우리 인생은 아무리 과정이 좋아도 결과를 더욱더 중요함을 알아야 한다.

　긴 인생 속에서 당장에 시험에 떨어지거나 경기에 진 것이 자신의 새로운 인생의 전환의 포인트가 되는 경우가 많다.

새옹지마(塞翁之馬)는 패배자가 자신을 위안을 삼으려는 것이 아니라 실제로 우리 인생의 있어서 나쁜 것이 독이 아니라 약이 되는 일이 많이 있다는 것을 알 수 있게 한다.

나 같은 경우도 문학을 좋아하고 그 분야에 조금의 소질이 있지만, 만약 내가 나의 분야인 국문과나 철학을 전공하고 그 분야에만 매진했다면 지금처럼 살고 있지 못하였을 것이다.

보통의 경우 문학을 하는 사람들은 기술 분야에는 전혀 문외한이지만, 내가 어쩔 수 없이 선택한 기술 분야 능력은 시인이나 예술인들에게 부러움의 대상이다.

글쟁이로 성공할 수 있는 확률은 매우 낮아 그 분야에만 매진할 수가 없다. 하지만 나는 전기 기술도 가지고 있고, 그러다 보니 다른 건축 분야에서도 작은 기능이 있다.

지금도 어디를 가도 기술자로 인정해 준다. 그래서 새옹지마 (塞翁之馬)의 본보기가 나라고 생각한다.

글을 쓰고 나면 나는 아침에 출근해야 한다. 물론 직장인처럼 매일은 나가지 않아도 생활하는 데는 지장이 없을 정도이고 내가 경영을 하지 않으니 정신적인 스트레스도 많이 없는 편이다.

그래서 새벽에 글을 쓸 수도 있고 평일에도 내가 가고 싶은 곳 만나고 싶은 사람들을 만날 수 있다. 지금 이 시각 시험을 준비하는 이도, 새로운 사업을 시작하는 사람들이 있을 수 있다. 모든 사람들이 결과만 생각하겠지만 길게 인생을 본다면 지금의 패배가 독보다는 약이 될 수 있을 것이다. 몸에 좋은 약은 입에 쓰다는 말도 있지 않은가.

8. 말 한마디가 천 냥 빚을 갚는다

나로 인해 상대방이 화가 났을 때 어떻게 하면 풀릴까…? 별일 아닌 일로 화를 낸다며 따지기, 왜 화났는지 들어 주기, 그리고 화가 풀릴 때까지 아무 말 하지 않고 기다리기 등이 있다.

미국의 한 연구 결과는 가장 좋은 방법은 '인정'이다. 다른 무엇보다 "나라도 화났겠다…!" 하면서 상대방의 감정을 인정해 주는 게 먼저다. 누군가에게 인정받는 것은 뿌듯함과 자신감을 주는 것을 알고 있었지만 '화'까지 달래 주는 만병통치약인지는 몰랐다.

하지만 단순히 "미안해."라고 사과를 한다면 상대방의 답은 "뭐가 미안한데…?"라고 말을 할 것이다.

무슨 일이 일어날 때 영혼 없이 입버릇처럼 들릴 것이다. 상대방이 화가 많이 났을 때는 소나기도 피하듯이 잠시 동안 감정이 정리될 때까지 기다렸다가 왜 화가 났는지 이야기를 하게 하고 무엇 때문에 나에게 화가 났는지를 들어주는 것이 중요하다. 그때 그것이 아니라고 변명이나 나의 잘못을 항변해 보았자 상대의 화는 가라앉지 않는다.

옛말에 "말 한마디에 천 냥 빚도 갚는다."라는 속담이 있듯이 말 몇 마디에 더욱 화를 내기도 하고 씻은 듯이 풀리기도 한다. 그래서 오랫동안 같이 생활하는 직장 동료나 가족, 친구들처럼 가까운 사이일지라도 자신의 말솜씨를 가꿀 필요가 있다. 대화는 그 사람 인간 됨됨이가 드러나는 마음의 창이라고 할 수 있다. 말이라도 상대를 배려하고 아끼는 단어를 선택해서 해야 하는 연습을 해야 한다.

우리는 일상생활 중에 다른 여러 곳에서 수많은 스트레스를 받게 된다. 만약 내가 받은 스트레스를 나의 가족에게 화풀이 한다면 그 집안은 항상 살얼음판일 것이다.

그리고 화가 난 사람에게 꼬박꼬박 말대꾸를 한다면 그 사람은 더욱 화를 낼 것이다.

화가 많이 났다면 먼저 가만히 들어주는 것이 순서이다. 그리고 나의 잘못을 인정하고 정중히 사과를 해야 한다.

보통은 자신이 쌓여 있던 말을 하고 나면 그에 대한 대답을 듣고 싶어 한다. 그때 대답을 잘해야만 화가 난 사람과 공감대가 형성되기 시작하지만 보통은 불만을 이야기할 때 지금의 것만 가지고 말하지 않고 몇 번의 사례에 대한 것도 같이 말하는 경우가 많다. 심지어 십 년 전에 일도 끄집어내서 불만을 토로 할 때는 내가 먼저 자리를 박차고 나가게 되는데, 그때 잘 참고 들어주어야 한다. 그래야만 상대의 화를 풀어 주게 된다.

물론 이 단계까지 오려면 상당한 인내력이 필요하지만 말을 하는 것으로 상대의 화를 누그러뜨릴 수 있다면 참아야 한다.

어차피 헤어지지 않고 매일 봐야 하는 사이라면 그때는 간, 쓸개 전부 버리고 비굴할 정도로 상대방에게 용서를 비는 수밖에 없다.

이것이 주변에 사람들이 많이 모이게 하는 방법 중 한 가지이다.

9. 마음의 봉지 씌우기

과일나무에 꽃이 피고 작은 열매가 열리면 솎기를 마친 어린 과일에 봉지를 씌운다. 벌레로 인한 피해를 막고 여름 볕에 과일이 화상을 입는 것도 방지하며, 당도를 높이기 위하여 하는데 주로 포도, 사과, 배, 복숭아 등의 과일나무에 하고 있다.

예전엔 제대로 된 봉지가 없어 신문지로 씌웠을 때도 있었지만 지금은 비닐 코팅이 된 종이로 사용된다.

봉지를 씌우는 것이 해충이나 당도를 높이는 것보다 과일 피해를 가장 많이 주는 주범은 조류다.

새들은 학습 효과가 뛰어나고, 인간보다 시력이 몇 배가 좋아 멀리 있는 먹잇감도 쉽게 찾아낸다고 한다.

포도가 익을 때면 산까치들이 떼를 지어 몰려오는데, 어찌나 숫자가 많은지 놈들이 한 번 지나가면 작은 포도밭 정도는 한 알도 남지 않을 정도로 먹는 양이 장난이 아니다.

포도만 먹고 가면 좋으련만 아직 익지 않은 사과를 후식으로 쪼아 보고, 노란색이 돌기 시작하면 놈들은 감이 익어 간다는 걸 알고 일단 한 번 쪼아 보고는 단맛이 나지 않으면 그놈 들은 이곳저곳을 쪼아 보는 습성이 있다.

그러나 곶감용 홍시감이나 대봉감은 절대로 쪼아 보지 않는다고 한다. 단감은 과일의 꼭지가 짧아서 봉지 씌우기가 어려워 아직 봉지 씌우기를 하지 않고 있지만 새들이 계속 피해를 준다면 어쩔 수 없이 단감도 봉지 씌우기를 해야 할 듯하다.

우리는 살다 보면 이런 날이 있다, 내가 내 마음을 보호해야하는 날, 마음이 자꾸 더운 바람이 불어서 정신적으로 너무 달구어진 날 이럴 때는 작은 양산 하나 받쳐서 내 마음을 보호해야 해야 한다,

마음의 봉지 씌우기는 나의 가족이 될 수도 있고, 친한 진구도, 사랑하는 연인일수도 있다. 하지만 자신이 다른 외부로 부터 보호할 수 있는 가장 좋은 것은 바로 자기 자신이 보호막을 만드는 것이다.

어느 날 내가 너무 초라해 보일 때나, 누군가에 의해 상처를 받아도 다른 이가 나를 보호해 줄 거라는 기대보다는 바로 나 자신이 스스로 나를 보호할 수 있는 힘이 있어야 한다. 이 세상에서 나를 보호해 줄 존재는 바로 나 자신 말고는 어느 누구도 할 수가 없다는 것을 명심하자.

절대자인 신이나 나의 가족조차도 대신할 수 없는 것이 나의 마음속의 우산이다.

비록 보잘것없는 한 겹의 작은 종이에 불과한 봉지 씌우기는 여러 가지 것을 막아 주고 있다.

나에게도 그런 존재의 작은 봉지를 스스로 만들자.

10. 잠이 부족한가요⋯?

잠이 부족하기도 하지만 잠을 충분히 자지 못했다는 생각 때문에 더 피곤할 때가 있다.

눈도 못 뜬 상태로 굳이 시간을 헤아려서는 얼마나 못 잤는지 확인하고 침대에서 걱정부터 시작한다. 언제쯤 개운하게 일어날 수 있을까⋯? 난 왜 늘 바쁘게 살아야 할까⋯? 생각하다 보면 억지로 힘을 내려고 해도, 난 피곤하다는 생각에서 벗어나지 못한다.

어느 심리학자가 "나는 ○○가 부족하다."는 문장을 제시하고 빈칸 채우기 실험을 진행했다고 한다. 사람들이 스스로 부족하다고 빈칸에 쓴 것은 돈, 사교성, 매력 여기에 생뚱맞게 잠이 부족하다고 쓴 사람이 많았다고 한다.

그래 보면 누구에게나 잠은 살짝 부족한 게 기본이라고 하면 아침에 피곤한 것은 조금은 위로가 될까⋯?

휴식과 수면에 관한 한 전 세계 거의 모든 사람들이 국가와 관계없이 수면 부족을 겪고 있는 것으로 나타났다.

전 세계 성인의 51%가 연간 필요한 수면보다 훨씬 적게 자며, 80%는 주말을 주중에 부족했던 잠을 보충하게 사용하는 것으로 나타났다.

웨이크필드 리서치(Wakefield Research)와 함께 한국을 비롯해 미국,

영국, 호주 등 11개국을 조사한 결과이다.

응답자 중 젊은이들뿐만 아니라 연세가 많은 노인도 잠이 부족하다고 응답했다고 한다.

10여 년 전 자신은 잠은 단 한순간을 자지 않는다는 분을 만났을 적이 있다. 그분은 양상추를 재배하는 농민이었는데 그렇게 잠을 이루지 못한 것이 20년도 넘었다고 한다. 온갖 방법의 처방은 안 해 본 것이 없다고 하면서 산양삼을 먹으면 나을까 싶어 찾아왔다고 하신 분이 있었다. 그분을 모시고 지리산에 있는 도학을 하는 최 도사에게 데리고 갔더니 그 사람은 수양 중에 코를 골고 자는데 자신은 전혀 자지 않았다고 말을 한다.

그는 밤에는 잠을 이루지 못해도 자신이 의식을 못 하지만 낮잠은 간간이 자고 있었다. 어떻게 한숨도 자지 않고 사람이 살 수 있겠나. 그는 지금도 여러 민간 비방을 찾아서 헤매고 있다.

젊은이들이야 육아나 직장에서 일을 하다 보니 당연히 숙면을 할 수 없겠지만 노인들이 잠이 부족한 것은 이해가 되지 않았다.

내가 이제 중년이 넘어서니 노인들이 잠이 오지 않는다는 말이 실감난다. 나 같은 경우도 낮에 열심히 활동하면 너무 피곤하여 초저녁부터 잠이 온다. 그럴 때는 꼭 한밤중에 일어나게 된다. 지금이야 한밤중에 일어나서 글을 쓰니 그 시간을 즐기고 있지만, 글을 쓰지 않았을 때는 다시 잠을 이루지 못해 많이 고통스러웠다.

어떤 때는 텔레비전 영화를 볼 때도 있고 어떤 때는 그 시간에 일어나서 일을 한 적도 있었다. 그러나 한밤중에 2~3시간 10여 년 글을 쓰고 난 뒤로는 밤중에 방황하는 일은 없어졌다.

나이가 들어가면 당연히 피곤이 빨리 찾아오는 것이 생리적인 현상이다. 그것을 그대로 받아들이고 그것을 이용한다면 수면이 부족한 일은 사라진다.

만약 일찍 잠이 들고 밤중에 일어나게 된다면 어떤 한 가지를 정해서 그것을 하게 된다면 밤중에 일어나는 것이 즐거운 일이 된다.

가령 그림을 그리거나 조각을 하든 자신이 좋아하는 분야의 취미를 해 보면 한밤중에 잠을 이루지 못하는 시간이 나에게는 소중한 시간이 되어진다.

지금 내가 글을 쓰고 있는 시간은 12시경 일어나서 두 시 반이 지나고 있다. 집중하고 글을 쓰고 나면 나의 의식은 열심히 일한 것으로 생각해서 금방 잠이 다시 들게 된다.

옛날에는 늙은이가 잠이 안 오면 새끼를 꼬거나 바느질을 하였다. 결국 잠이 오지 않으면 나의 몸을 움직여야 다시 잠을 들 수 있다는 것을 우리 조상들은 알고 있었던 것이다.

11. 분위기 파악은 중요하다

주변에 분위기 파악을 잘하지 못하는 사람들이 종종 있다. 그런 사람들은 어떤 특징이 있다. 그런 사람들은 주위 사람의 반응을 잘 이해하지 못하거나, 상황을 곧바로 파악하지 못한다. 그리고 대화를 할 때도 꼭 이런 사람들이 종종 있다. 생뚱맞은 말을 하면서 대화의 흐름을 끊는 말을 한다. 그런 사람은 대화의 흐름을 자주 놓치고, 앞뒤 일을 생각하지 않고, 생각나는 대로 함부로 말을 하게 된다.

이 말을 들으면 상대가 어떻게 생각할지에 대해 아무 생각 없이 일단 말을 내뱉고 본다. 그런데도 자기 자신은 스스로 눈치가 빨라서 분위기 파악을 잘한다고 생각한다는 것이다. 그런 사람과 같이 있다는 것 자체가 가슴이 답답할 지경이다.

분위기 파악을 못 하는 사람은 첫째 자각 증상이 느리며 두 번째로 자가 진단을 제대로 하지 못한다.

물론 분위기도 파악하고 자기 자신을 잘 아는 사람이라면 그런 실수도 하지 않겠지만 우리는 주변에서 그런 사람을 종종 만나게 된다.

직장 생활이나 연애를 할 때도 눈치 없는 사람이 있다. 이들은 대부분 사회성이 떨어진다는 지적을 받지만 정작 본인은 그것을 눈치채지 못하는 경우가 대부분이다.

이런 사람들을 옆에서 지켜보는 이는 매우 답답하다. 예를 들어 보겠다. 자신이 호감이 가는 여인을 만났다고 가정해 보자. 정작 상대 여성은 전혀 관심이 없는데 그는 전화번호를 딴다. 보통의 남자들은 그녀에게 다가가는 절차가 있다. 우연을 가장한 만남을 자주 만들거나 카톡을 주고받기를 하면서 서로 신뢰를 쌓은 후에 단둘이 만나자고 해야만 되는데, 막무가내 전화를 하거나, 집요하게 계속 문자를 보낸다. 내가 만약 여자라도 그런 인간이 보고 싶겠나.

분위기 파악 못 하는 사람은 그녀가 팅기는 것이라고 착각하여 계속 그렇게 하면 자신에게 넘어 올 거라고 믿고 있다.

분위기 파악은 센스라는 말과 비슷하다. 남들은 무척 심각한 데 자기 혼자만 재미있다고 떠드는 것도 분위기 파악 못 하는 것에 속한다.

우리는 살아가면서 분위기 파악은 매우 중요하고 잘못하게 되면 다른 사람과 어울릴 수 없는 치명적인 질병이 될 수 있다.

인간이 함께 살아가기 위해서는 눈치껏 행동해야 하지만, 며칠 전에 우리 집에서 서로 처음 보는 사람 앞에서 자신의 과거, 현재, 미래에 대한 이야기를 쭉 하는 분이 계셨다.

난 그분이 그렇게 하지 않았으면 했는데 그의 한 시간 동안을 처음 보는 사람을 잡고 이야기를 하고 있었다.

물론 서로가 듣기 좋은 이야기를 할 수도 있었겠지만, 난생 처음 만난 사람에게 무슨 할 말이 그렇게 많은지 지켜보는 내가 무안함을 느낄 정도였다. 다음에 말을 많이 하는 사람을 다시 초대하고 싶을까?

분위기 파악이 잘 안 되는 사람들은 사람들의 눈 밖에 나기 일쑤라서 살기가 퍽 어렵다.

우리는 살아가면서 분위기 파악은 필수다. 세상은 혼자 사는 것이 아니다. 반드시 분위기를 파악할 줄 알아야 한다.

만약 자신이 분위기 파악의 감각이 떨어진다고 생각하면 가만히 있으면 차라리 그 자리에서 더욱 빛나게 된다.

나의 친구는 술집에서 동료들과 같이 와도 아무 말 없이 술만 마시고 있으니 사장이 반해서 결국 둘이서 결혼한 커플도 있다.

분위기 파악이 안 되면 차라리 가만히 있으면 그 사람이 신비롭게 보이게 된다.

아무리 혼자만 기분이 좋아도 상황에 맞지 않으면 절제해야 한다. 반대로 나는 기분이 안 좋아도 주변 상황이 좋으면 거기 분위에 맞춰야 한다. 물론 이를 두고 눈치 빠른 사람이라고 비난할 수도 있겠지만, 차라리 눈치코치 없는 사람보다는 여우 같은 사람이 더욱 친근해진다.

내가 진정 분위기 파악을 잘하고 있는지 가슴에 손을 얹고 생각해 보자.

12. 암기를 해야 출세하는 현실

요즈음엔 없어진지 오래되었지만 예전 학창 시절에는 성적에 따라 수우미양가(秀優美良可)로 아이들의 성적을 나누었다.

수우미양가(秀優美良可)의 한자는 나쁜 게 하나도 없다는 것을 알게 된다. 수는 '빼어날 수'를 따서 주는 점수다. 매우 우수할 때 '수'를 준다. 우는 '넉넉하다'는 의미를 지니고 있고, 미는 '적절히 잘했다'는 뜻을 가지고 있다.

'양'과 '가'는 노력을 요한다는 의미를 내포한다. 양은 '괜찮다', 가는 '가능하다'는 의미를 가지고 있지만, 수-우-미에 비해 부족한 점수로 평가된다.

대한민국 정부 수립 초기에 일제강점기의 학적부를 생활기록부로 바꾸면서 시작되었다 한다. 1980년대 중반에는 학생을 성적과 석차 위주로 평가한다는 문제점이 지적되어 기술식 평가방법이 제안되어, 예체능 과목에서는 2009년부터 폐지되었고, 2014년에는 전 과목에서 폐지된 학생 석차 방식이다.

수우미양가의 용어의 기원이 일본 전국(戰國)시대에 사무라이들이 누가 적의 목을 많이 베어 오는가에 따라 수우양가를 매긴 것에서 비롯되었다는 설도 있지만 정확하지는 않다. 일제가 남기고 간 잔재는 틀림

없이 맞다.

지금은 아이들에게 통신표를 주지는 않겠지만 우리가 학교 다닐 때만해도 통신표가 나오는 날이면 이것을 부모님에게 어떻게 보여 주어야하는지 고민을 많이 했다. 부모님 세대에는 학교 문턱을 밟지 않은 분들도 계셨지만 아버지는 그 당시 중학교를 나온 분이라 통신표가 나오는날에는 엄청 긴장했었다. 통신표를 보여 주고 꼭 부모님에게 도장을 받아 가야 하는 절차가 남아 있기 때문에 부모님 눈치를 살펴야 했었다. 만약 요즈음 아이들이었다면 몰래 도장을 찾아서 찍어 갔을 것인데 그때는 선생님이 시키는 대로 무조건 부모님에게 보여 드리고 학교로 가지고 가야만 했다. 지금 생각하면 우리가 살아가는 데 시험 점수는 아무짝에도 쓸모없는 것이지만, 학창 시절의 시험 점수는 전부라 생각했다.

70~80년대 학창 시절 학교 공부도 마찬가지였다. 전혀 현실에 맞지않고 공부를 위한 공부를 강요했었다. 지금의 학교도 크게 변화되지는않았을 것이다.

기술을 평가하는 지금 내가 배우고 있는 공부도 마찬가지이다. 나는시험을 보기 위해 암기를 하고 있지만 이게 실제 공사 현장에는 전혀 사용되지 않은 오로지 시험을 위한 공부이기에 엄청나게 힘들어한다.

그래서 자세라든지 순서에 집착하게 하고 이 모든 것을 암기를 해야만 한다. 교육이 끝나고 시험을 치르고 나면 지금 내가 해 왔던 여러 방법은 고스란히 잊어버릴 것이다. 물론 응용하여 사용할 수도 있고, 조금은 도움은 될 수도 있겠지만, 80~90%는 공사 현장에서 전혀 사용하지 않고 있다.

모든 시험에서 암기만 잘하면 당락이 좌우되는 지금의 시험제도가 언제쯤 없어질까…? 현실에서는 암기는 스마트폰이 전부 하고 있는 세상인데, 아직도 수많은 책을 머릿속에 넣어야 하는 젊은이들이 불쌍해 보인다.

이 모든 것들은 정치경제, 사회 문화의 기득권이 만들어 낸 폐습이다.

여기 전기 기술원만 해도 20~30년 전의 방법을 습득하라고 하는 이유는, 만약 새로운 자재나 기계가 개발되어 현재의 방법으로 교육한다면 가르칠 게 없다.

그럼 기술원이 있을 이유가 사라지는 것이다. 그래서 옛날의 방법을 고수하며, 자격증을 만들어서 그것을 이수해야만 하는 이상한 상황을 만들어 내고 있다.

하지만 어쩌랴 현실을 내가 단번에 바꿀 수도 없다면 조용히 열심히 하나라도 외워서 시험에 합격하는 수밖에 없다. 그것이 현실인 것을 어쩌라.

13. 내가 당신에게 선물했었나…?

"살면서 받는 선물 중 가장 입이 귀에 걸리게 즐겁고 고마운 선물은 술 한 병, 책 그리고 커피이다.

그리고 하나가 그곳에 가보아라하는 애정이 어린 추천이다. 그런데 이토록 즐겁고 고마운 선물보다 더 감격스러운 선물은 그곳에 함께 가주는 일이다. 그곳에 나를 데려다주는 일이고 그곳에 함께 오래 서 있어주는 일 그리고 아침을 함께 맞는 일이다."

용윤선의 『13월에 만나요』

본문 중 일부이다.

그녀는 40대의 어느 남자의 아내이고 아이들의 엄마이다. 이 글을 보는 순간 '혼자 사는 싱글인가?' 생각할 정도로 글이 호탕하고 자유롭다.

그녀의 책은 3권의 수필집 말고는 더는 검색되지 않는 것을 보면 글쟁이로 먹고사는 분은 아닌 듯하다.

그녀는 혼자 어디 가기를 원하고 있지만, 현실에서는 어려워 13월이 있다면 그 달에 자유롭게 다녀 보겠다는 포부를 말하고 있다.

살면서 내가 귀에 걸릴 정도의 선물이 있었나 생각해 보면 바로 떠오르는 것이 있다. 내가 자전거를 처음 입문을 하게 된 계기는 나의 지인의 자전거 선물로 시작되었다. 보통의 경우 자신이 타던 중고 자전거를 주지만 그분은 새 자전거를 사 주며 같이 운동하자고 권유하셨다. 지금은 4대의 자전거가 있지만 지금도 난 유독 그 자전거만 애용한다.

그래서 너무 많이 타 타이어를 한 번 교체했는데 다시 타이어의 교체 시기가 되었고, 동력 전달 장치인 BB도 고장이 날 정도로 그 자전거를 많이 타고 있다.

물론 몇백만 원 하는 고가의 자전거는 아니지만, 그 자전거에는 정이 많이 가 다른 자전거보다 자주 타게 된다.

자전거가 두 동강이 나지 않는 이상 난 그 자전거를 항상 내 옆에 두고 탈 것이다. 물론 손에 많이 익어서 그 자전거를 고집할 수도 있지만,

선물하신 그분의 따뜻한 마음이 그 자전거를 계속 타게 만드는 것 같다.

돌이켜 보면 내가 다른 사람에게 기억에 남는 선물을 한 적이 있을까…? 곰곰이 생각해 본다. 특별히 기억에 남는 것이 없다.

분명 나도 57년 동안 살면서 가족이 아닌 누군가에게 선물하였을 것인데, 딱히 기억에 남는 것이 없다,

얼마 전 맹이가 나에게 내가 한참 사업 전성기 때 자신을 데리고 룸살롱에 갔다고 나에게 말한 적이 있는데, 그러나 난 자기하고 간 기억이 없다. 그런데 그 집의 구조와 그때 상황을 정확히 기억하는 것을 보니 같이 간 것은 맞는 모양인데, 남에게 선물을 한 것의 기억이라면 그것밖에 떠오르지 않는다.

'살면서 가장 좋았던 선물'은 당신은 무엇인가…? 물건이 남을 때도 있고, 선물을 준 사람만 기억 날 때도 있고, 기념일만 고스란히 남을 때도 있었을 것이다.

용윤선 작가는 어디를 추천하는 것으로 그치지 않고 같이 가서 거기서 아침을 같이 맞이하는 일이 입이 귀에 걸릴 정도로 좋은 선물이라고 말하고 있다.

그녀는 커피 전문점을 운영하면서 가끔 여행 가기를 좋아하는 모양이다. 나도 17개월이 지나고 나면 그런 자유로움이 생기기를 기원해 본다. 그래서 누군가를 추천에 그치는 것이 아니라 직접 그곳을 데리고 가 그곳에서 아침을 맞이하게 해 주고 싶다.

14. 아직 아름다운 것이 눈물이 나지 않는다

"노을이 지거나 아름다운 음악을 듣거나, 까치집을 볼 때
는 감동이 막 전해오면서 눈물이 나는데, 방사선 치료를 받
고 약을 먹을 때는 운 적이 없어요. 저도 놀랐다니까요."
이해인 수녀님의『모든 순간이 다 꽃으로 필 거예요』

그녀는 우리나라 사람이면 누구나 아는 대표 시인이다. 그녀도 1945
년생 75살의 할머니 나이이다.

요즈음은 슬픈 것보다 아름다운 것을 볼 때 눈물이 난다는 연세가 지
긋한 그녀의 말씀이 어떤 의미인지 조금은 알 것 같다.

그녀는 2008년 대장암 판정을 받은 뒤, 오랫동안 투병 생활을 한 후
삶에 대한 새로운 모습이 보였을 것이다.

우리의 삶의 마지막 지점에서 만나는 늙음과 질병은 한 세트 일수도
있다. 그러나 그녀는 고등학교를 졸업하고 바로 수녀원에 들어가 평생
을 성직자의 삶을 살고 있고, 아직도 소녀 같은 감성이 그녀를 오랜 세월
동안 시인으로 살아오게 한 것일 수도 있다.

그녀는 시집과 에세이를 포함해 30여 권의 책을 출판하셨다. 이만큼
인기 있는 글쟁이는 드문 일이다.

난 아직 사물을 보면서 '예쁘다…! 신기하다.' 정도로 보이지 그 모습에 너무 감격하여 눈물이 난다는 의미는 정확히 알 수가 없다.

아마 사물을 보는 것이 감수성이 뛰어나서 우리가 느끼지 못하는 아름다움을 보고 계시는지 모른다.

하지만 그녀는 암으로 투병하며 자신이 오래 살 수 없다는 것을 본인이 알고 있었을 것이다. 그래서 아름다운 모습을 더 이상 볼 수 없다는 절박함에서 눈물이 나지는 않았을까…?

아직은 아름다움과 눈물을 연결할 수 있는 감성이 없어서 그녀가 말하는 의미를 조금은 이해하겠지만 정확히 이런 것이다라는 답은 알 수가 없다.

3대 거짓말이라며 노인들이 입버릇처럼 "늙으면 죽어야지."라고 하시는 말이 빈말이 아닌 것이, 우리나라는 노인 자살률이 세계 1위라고 한다.

그저 늙으면 죽어야지가 노인들의 푸념이 아니라 실제로 자신의 삶을 정리하는 노인들이 많다는 것이다.

노인이 된다는 것은 나는 아직 경험하지 않았기에 어떤 것인지를 잘 모른다. 그래서 이해인 수녀님의 아름다운 것을 보면 눈물이 난다는 의미를 다 이해하지 못하는 것일 수도 있다.

모든 사람이 늙어 간다는 것을 반기는 이는 없다. 하지만 누구나 늙어갈 수밖에 없다. 건강하고 질병이 없는 노인이 되려면 젊은 시절부터 연습을 해야 하는데, 규칙적인 운동에서 즐거움을 느끼고, 건강에 대한 우려 때문에 억지로 심한 운동을 하지 말아야 하고 운동은 재미일 뿐이며 건강에 대한 염려 때문에 의무감으로 운동을 해서는 안 된다.

장수 노인들은 평온하면서도 활달한 성격의 소유자들이 많다고 한다. 삶에 대한 열정은 있지만, 분노나 극도의 흥분과 같은 극단적인 감정들을 드러내지 않는다.

그리고 과거에 대한 향수에 젖지 않고 과거 속에서 살지 말아야만 한다. 과거 속에서 묻혀 살게 되면 자신들이 젊고, 빠르고, 강했던 시절을 생각하게 만들어 우울증에 빠뜨릴 수 있다고 한다. 노인이 된다는 것은 누구나 반갑지 않은 피할 수 없는 현실이다. 그래서 더욱 입 밖에 내는 것이 두려운 것이다.

15. 당신은 흥분 상태인가요…?

여름과 초록 사이 뜨거운 열기가 제대로 느껴지는 요즈음이다. 기온은 높아서 나의 의지로 일이 잘되지 않을 때가 많다.

이럴 때 혼잣말이 자신도 모르게 나온다. "가만있어 보자. 가만있어 봐. 잠깐만 좀 기다려 봐." 지금 내가 나한테 말을 걸고 있다. 몸의 운동 에너지가 아니라 마음의 에너지를 좀 줄여 보자고 나 자신에 이야기하고 있다.

교감신경과 부교감신경에 대해서 들어본 적이 있을 것이다. 이 두 신경계가 10:10이 되어야만 우리 인체는 정상적인 작동을 한다. 특히 교감신경의 수치가 많이 올라가면 먹는 것도 마시는 것도, 쉬는 것도 잊어버리고 스트레스를 받으면 심장이 두근거리고 초조, 불안하게 되며 간이 울결되어 가슴이 답답하고, 눈도 침침해지며 잠도 잘 잘 수 없게 되고 아무것도 아닌 일에 화를 자주 내게 된다.

한방에서 이런 현상을 간양상항(肝陽上亢)이라고 말한다. 또한 교감신경의 수치가 올라가면 모든 근육을 긴장 속에 몰아넣어 단단하게 뭉치게 하고 혈관도 좁아지게 만들어 피가 원활히 소통되지 않으니 소화기관인 위, 비, 장들이 모두 제 역할을 못 하고 긴장되어 소화도 안 되고 먹은 것은 뭉치고 그러다 보니 온몸 구석구석까지 줄 영양 있는 피가 모자라 머리에서는 생명 유지를 위한 비상 시스템을 가동하게 된다고 한다.

그래서 모자라는 영양소를 생명을 연장하는 데 꼭 필요한 곳으로 우선 배분시키게 되는데 극단적인 상태에서는 절단해 버려도 생명에 지장이 없는 하체 쪽은 우선순위에서 밀려 하체 쪽으로 혈액의 공급을 억제하도록 명령을 내리니 하체가 얼음처럼 차가워지는 것은 뇌가 생명을 연장하기 위해 비상사태를 선포한 것 때문이라고 한다.

이때 자신도 모르게 본인 스트레스를 많이 받고 있다는 알아야 하는데 보통은 잘 모르고 그냥 넘어간다. 교감신경의 수치 올라가면 또 다른 신체 변화가 일어나는데 점막 부분의 액체가 나오지 않는다는 것이다. 침이나 위액, 그리고 눈의 점막, 그리고 여성의 질 건조증도 교감신경 항진증으로 일어나는 것이다.

집사람이 어느 날 아침 어지럼증으로 앞이 안 보일 정도로 너무 심해 이석증이 아닌가 싶어 이비인후과에 가서 여러 가지 이석증 검사를 받았지만 귀에는 아무 이상이 없다고 해서 다시 대학병원으로 가서 뇌 MRI 진단을 하였는데 뇌에서도 어지럼의 원인이 없다는 결론이 나왔다.

어지럼으로 여러 가지 검사를 해서 내린 결론이 단지 스트레스인데 교감신경의 흥분 상태이기 때문이라고 말한다.

병원비 백여 만 원 들어가서 내린 결론이 쉽게 말해 스트레스 많이 받아서 일어난 일시적인 현상이라는 말이다.

며칠 편히 쉬면 아무 일 없는 것을, 남편인 나만 뇌 MRI 진단 결과가 나올 때까지 보름 동안 괜히 고양이 앞에 쥐처럼 숨죽이고 있어야 했다.

그 기간 동안 어찌나 탈도 많고 남편이 못 하는 게 많던지, 완전 세상에서 제일 나쁜 놈으로 온 동네 소문내고 다녔다.

한 예로 처음 발병한 날 휴무라 난 의령에 있어서 자기한테 가는데 시간이 40~50분 걸리기에 다음에 이런 일 있으면 나한데 연락 말고 119를 불러서 먼저 병원에 가라고 했는데, 다른 사람들에게는 내가 마누라 아파도 오기 싫어서 119 불러서 가라고 했다면서 소문을 낸다.

처남이 집에 왔길래 "너그 누나가 멀리 있는 나 부르지 말고 119 부르라 해서 나쁜 남편이라고 소문낸다." 했더니 자기 누나에게 급병이 발생했을 때 빨리 119에 연락하지 않으면 소생할 수 있는 일분일초가 아까운 골든타임을 놓쳐 대부분이 죽는다며 뉴스에 나왔다고 설명을 해 준다.

물론 다급할 때 남편을 찾아주니 고맙기는 하다. 그러나 교감신경 항진으로 심장이 급격하게 뛰면 바로 심정지가 올 수 있는 무서운 병이라는 것을 알아야 한다.

날씨가 무덥고 습도가 높으면 불쾌지수가 많이 올라간다. 너무 한곳에 집중해서 일하지 말고 쉬엄쉬엄하자. 괜히 교감신경 흥분시켜서 주변 사람 고생시키지 말고 자신의 컨디션은 자신이 관리 잘하여 스트레스 없는 여름을 보내자.

16. 평생 함께해야 할 것들이라면

스트레스를 푸는 방법은 크게 두 종류를 나눌 수 있다. 신나게 놀면서 풀어 주는 스트레스 그리고 혼자 조용히 쉬면서 푸는 스트레스일 것이다.

물론 상황에 따라서 서로 방법이 다르겠지만 내성적인 사람도 노래방에서 큰소리로 노래를 부르고 싶을 때도 있고, 외향적인 사람도 혼자 조용히 쉬고 싶을 때가 있다.

복잡하고 빠르게 돌아가는 현대 사회를 살고 있는 우리에게 스트레스를 피할 수 있는 마법 따위는 없다.

직장에서는 업무, 상사와의 갈등, 동료들끼리의 험담으로 인한 스트레스가 있고, 가정으로 돌아와도 부모나 자녀와의 사소한 갈등, 쌓여 있는 집안일이 우리를 힘들게 한다.

스트레스를 풀려고 애인을 만나도, 친구를 만나도 별 소용이 없다. 스트레스를 풀기는커녕 더 받지 않는다면 그나마 다행이다.

우리의 몸에서 일어나는 스트레스 반응은 선사시대에 곰이나 사자처럼 우리의 생명을 위협하는 대상이 나타났을 때 싸우거나 도망가기 위한 준비 과정이다.

심장이 빨리 혈액을 순환시키고, 근육에 힘이 들어가게 하며, 소화와 배설을 일시적으로 멈추게 한다.

그런데 문제는 더 이상 곰이나 사자가 괴롭히지 않음에도 불구하고 우리의 몸은 여전히 그와 동일하게 반응한다는 사실이다.

우리를 괴롭히는 것은 동물원 우리를 탈출한 곰이나 사자가 아니라 직장 상사와 부하, 경쟁해야 하는 동료들과 카드 회사의 독촉 전화다.

이들이 우리를 신체적으로 괴롭힌다면야 싸우거나 도망가면 되지만, 정신적으로 괴롭히는 것이므로 어떻게 할 수도 없다.

그래서 싸움이나 도망가기 위해 분비되는 호르몬은 우리의 신체기관을 손상시키고 결국 질병에 취약한 상태로 만든다.

스트레스를 완전히 없앨 수 있는 획기적 방법이 있다. 바로 지구를 떠나는 것이다. 우리의 삶이 지속되는 한 스트레스가 전혀 없을 수는 없기 때문이다. 그래서 심리학자들은 스트레스에 대한 우리의 마음과 자세를 바꾸라고 한다.

첫째, '스트레스가 없으면 행복할 것'이라는 생각을 버리라고 한다. 우리의 정신이 건강하기 위해서는 적절한 자극이 있어야 하는데, 아무런 자극도, 스트레스도 없는 상황에서 인간은 온전한 정신을 가질 수 없을 것이다.

물론 현재의 자극과 스트레스가 커서 문제겠지만 스트레스 자체를 부정하려고 하는 마음은 버려야 한다.

둘째, 자신의 통제감을 어느 정도는 포기할 필요가 있다. 사람들은 자신이 통제할 수 없는 상황을 통제하려고 할 때 스트레스를 느낀다.

우선 자신이 통제 가능한 것과 불가능한 것을 명확하게 구분하고, 가능한 것은 최선을 다하되 나머지에 대해서는 적극적으로 포기해야 한다. 현실을 인정하고 받아들여야 한다.

만약 세계선수권대회나 올림픽 등 중요 대회에서 우승할 만한 실력이 있다고 자타가 공인하는 선수가 우승을 하지 못했다면 스트레스를 받을 것이다.

하지만 평범한 일반인이 그 대회에 나갔다면 우승을 못했더라도 스트레스는 받지 않는다.

인정하기가 쉽지 않겠지만 자신의 능력과 한계를 명확히 아는 것이 필요하다. 자신의 능력을 넘어서는 일에 욕심을 부린다면 결과도 좋지 않고 당신의 건강도 좋지 않게 된다.

오랫동안 지속적인 장기간의 스트레스는 정신과 신체 모두에 악영향을 끼친다. 지구에서 살아가는 이상 스트레스를 피할 수 없다면 스트레스에 대처하는 우리의 마음을 바꿔야 한다.

돈 많은 사람도 없는 사람도, 인기가 많은 사람도 없는 사람도, 공부를 잘하는 학생도 못하는 학생도 스트레스를 받는다.

100년 전에 사람들도 스트레스를 받았을 것이고, 100년 후에 사람들도 스트레스를 받을 것이다.

스트레스는 우리가 없애 버려야 할 우리의 적이 아니라, 함께 살아야 할 우리 몸속에 있는 미생물과 같은 것이다.

너무 많아도 문제지만 너무 적어도 문제가 된다. 당신의 스트레스는 무엇인가? 내가 죽기 전에는 어차피 살아가면서 함께해야만 하는 피할 수 없는 스트레스 그것을 얼마나 내가 잘 풀면서 살아가는지는 어찌 보면 나의 경쟁력이 될 수 있다.

어떤 상황에서도 나를 즐겁게 하는 것을 만들어서 그때그때 푸는 것이 중요하다.

지금 당신은 무슨 일로 스트레스가 있나…? 때론 조용히 때론 신나게 날려 버리는 그런 날을 만들어 보자.

17. 주름살이 싫어요

우연히 거울을 보다가 아침보다 많이 늙어 보여서 내가 봐도 나의 얼굴이 아닐 때가 있다. 그럴 때는 오늘 열 받은 일이 없었나 생각해 보자. 피부는 열에 약해서 자외선을 잘 차단해야 하는 것은 물론이고, 속에서도 열이 올라오지 않도록 잘 조절해야 한다고 한다. 내 몸속의 열은 바로 스트레스이다.

『걸리버 여행기』의 저자 조나단 스위프트(Jonathan Swift)는 "인간은 오래 살기를 원하지만 늙기는 원하지 않는다(Every man desires to belong, but no man would be old)."라는 말을 했다. 이 말은 그가 살던 18세기에도 맞는 말이었고, 지금 우리가 살고 있는 이 시대에도 여전히 맞는 말이다.

우리 모두 오래 살기를 바라지만 늙음은 피하고 싶어 한다. 나 자신도 내일 모레면 나이가 숫자로 60이 다가온다. 지금은 숫자로만 다가올 뿐이지 내가 환갑이 된다는 것이 실감이 나지 않는다.

옛날 사람들은 60살 넘게 사는 사람들이 드물어서 61세부터 다시 태어난다는 의미로 환갑을 만들었다. 현대 사회가 아무리 의학이 발달하고 무병장수한다고 해도 얼굴에 나타나는 노화 현상인 주름은 어쩔 수가 없다.

우리 집 노견을 요즈음 들어 유심히 바라볼 때가 있다. 17살인 그놈은 아직도 어릴 때 모습 그대로 간직하고 있다. 애완견은 아무리 늙어도 어릴 때 모습 그대로에서 약간 털 색깔만 달라지는 것을 보고는 "나도 개처럼 피부가 변화치 않으면 좋겠다." 생각해 보기도 한다.

그리스 신화 태양의 신 아폴론의 구애를 받았던 무녀 시빌레의 이야기가 나온다. 아폴론은 그녀의 사랑을 얻기 위해 그녀에게 원하는 소원을 들어주겠다고 제안한다.

시빌레는 바닷가의 모래를 한 줌 쥐고, 이 모래알의 개수만큼의 햇수를 수명으로 달라고 한다. 아폴론은 이 소원을 들어주었으나, 시빌레는 깜빡 잊고 영원한 젊음을 같이 달라는 소원을 비는 것을 잊었다.

만약 시빌레가 아폴론의 구애를 받아들였더라면 자연스럽게 영원한 젊음을 가지게 되었겠지만, 그녀는 결국 아폴론을 거절했기에 속절없이 남은 세월을 늙어 가는 운명에 처하게 되었다.

죽고 싶지 않고, 늙고 싶지 않은 것은 살아 있는 생명체라면 모두가 원하는 것일 수 있지만, 최소 늙어서 죽더라도 피부는 그대로였다가 죽어 간다면 얼마나 좋을까? 아무리 미인인 그녀도 나이가 50살이 넘어간다면 자신의 얼굴에 나타나는 주름살을 화장으로 감추기 위해 혈안이 될 수밖에 없다.

하지만 그녀의 노력도 물거품이 될 수밖에 없는 것이, 몇 년 지나지 않아서 화장으로도 주름살을 감추지 못하는 시기가 오게 되어 있는 것은 누구나 알고 있다.

늙지 않은 방법을 연구한 학자들이 있다. 만약 10대처럼 성장 호르몬이 우리 몸에 계속 남아 있다면 세포들도 다시 활성화되고 늙지 않는다는 것에 착안하여 성장 호르몬 요법을 만들어 내었다. 성장 호르몬은 뼈의 성장을 촉진해 키를 커지게 하는 것뿐 아니라, 지방을 분해하는 대사 작용을 활성화하고, 골밀도와 근육을 증가시키는 기능도 가지고 있기 때문에 학자들은 이 기능에 주목하기 시작했다.

사람이 나이가 들면 20대 때와 똑같은 양을 먹고 똑같이 운동해도 살이 찌고 배가 나온다는 사실은 이미 알려져 있다. 피부도 탄력이 저하되어 얇아지고 근육도 줄어든다. 지금까지는 이 현상을 종합적인 노화의 결과라 여겼으나, 성장 호르몬의 다양한 기능에 주목한 사람들은 이것은 어쩌면 성장 호르몬이 부족하기 때문에 일어나는 것일지도 모른다고 생각한 학자들은 실제로 임상 시험에서, 중년에 들어선 사람들에게 인위적으로 성장 호르몬을 투여한 결과, 복부의 지방이 줄어들고 피부의 탄력이 증가하는 등 노화를 저해하는 데 상당한 효과를 본 것으로 알려졌다.

처음에 미국의 할리우드의 배우들이 먼저 사용했는데 비용이 한 달에 200만 원 정도라 일반인들은 꿈도 꾸지 못하였다가 현재는 진짜 성장 호르몬이 아니라, 체내에 들어가면 성장 호르몬을 분비시키는 호르몬 유도제가 개발되어 비용이 한 달에 10만 원 정도로 현저히 낮아졌다고 한다.

원래 상품화된 성장 호르몬은 말 그대로 왜소발육증 환자나 거인증 환자를 치료할 목적으로 만들어져 미국 식품의약청(FDA)의 사용 승인을 받은 최초의 공식 호르몬 치료제였다고 한다.

나도 병원에 가서 이 주사를 맞고 싶지만, 장점이 있다면 단점도 존재한다. 성장 호르몬이 노화를 늦추는 작용이 있는 것은 사실이지만 정상적으로 진행되는 생체 시스템을 인위적으로 교란했을 때 그 부작용이 어떤 형태로 나타나게 될지는 알 수 없는 일이기 때문이다.

이미 성장 호르몬의 투여가 암세포의 활성화를 촉진한다는 결과도 보고되었고, 당뇨 환자에게도 치명적인 결과를 가져올 수 있다는 보고도 나오고 있는 실정이다.

그래도 나의 목숨보다 젊음이 좋다고 생각하는 사람은 성장 호르몬 요법의 치료를 해 보는 것도 나쁘지 않다.

난 나의 목숨과 젊음을 바꿀 정도로 그렇게 절실하지는 않다. 그래도 오늘도 식단은 탄수화물을 줄이고 단백질 섭취를 많이 해서 뱃살을 줄이려고 노력하지만 아무리 노력해도 젊은 시절 몸매로 다시 돌아가지 않는다는 것을 나 자신도 잘 알고 있다. 그러나 내가 살아 있는 동안은 주름살은 많아도 몸매는 제대로인 삶을 살고 싶은 것이 나의 작은 바람이다.

18. 지금은 소소한 행복을…

지친 우리에게 다시 살아갈 힘을 주는 것은 먼 미래보다 가까운 어느 날의 즐거움이다. "이놈의 일 때려치울까…?" 싶다가도 다시 일하게 만드는 것은 달력에 적힌 기념이나 여름휴가 날짜이지 열심히 일해서 10년 후에 아파트 한 채 사야지 하는 생각으로 매일 버티는 사람은 거의 없을 것이다.

때론 먼 훗날의 큰 그림보다 순간의 사소한 기쁨에 더 집중할 필요가 있다. 가령 오늘 저녁 친구와 술 한잔할 수 있는 기쁨이나 이번 주말 잠깐 나들이 계획이 나에게 다시 일을 하게 하는 힘의 원동력이다.

> "결국 제일 행복한 날이란 건 근사한 날이나 놀라운 일, 흥분되는 사건이 일어난 일이 아니라 진주가 실을 따라 한 알 한 알 미끄러지듯 단순하고 작은 기쁨을 계속해서 가져다주는 하루하루라고 생각해."
>
> 치에코 씨의 『소소한 행복』

1980년대 일본 버블 경제 붕괴가 장기적인 경기 침체의 영향으로 소소한 행복을 추구하는 심리가 생겨났다고 한다.

지금 우리나라뿐 아니라 전 세계적으로 모든 사람이 전염병으로 힘들어하고 있다. 특히 사람들이 여행을 할 수 없으니 관광이나 여객 운송 부분에 종사하는 사람들이나, 많은 사람이 모여서 하는 축제가 사라지니 그곳에서 행사를 했던 무대 설치 업자에서 일반 가수들까지 전혀 일이 없어 6개월 이상을 놀고 있다.

기다리다 지친 트로트 가수는 더 이상 있으면 자신이 병이 나겠다 싶어 노래 주점을 인수하여 운영하겠다면서 얼마 전 수리 중이라며 연락이 왔다.

물론 노래 주점 또한 장사가 잘은 안 되겠지만 그래도 가만히 있는 것보다 낫다며 걱정하는 나에게 되레 위안을 해 준다.

지금의 경기 침체는 한 나라에 국한되어 있는 것이 아닌 전 세계적인 현상이라 아무리 뛰어난 지도자라도 지금의 상황을 헤쳐 나가는 것은 어려울 것이다.

나의 이웃에서 일주일에 2일만 출근하는 사람들도 있고 아예 직장이 사라진 사람들도 많이 있다. 전염병은 사라지지 않고 더욱더 강력한 변종이 나타나고 있어서 전염병 사태가 종식이 앞으로 10년 이후까지 창궐하거나, 독감처럼 사라지지 않을 수도 있을 것이다.

그럼 지금까지 우리가 살아온 생활 방식은 송두리째 바꿔야 하는 현실이 점점 다가오고 있다.

지금의 자본주의는 농산물이나 공산품 모두 대량 생산, 대량 소비의 산업 구조에서 사람들이 많이 모이는 일을 할 수 없으니 앞으로 작은 규모의 생산 시설이나 자급자족의 세상이 다시 올 수도 있을 것이다. 새로운 세상이 열리는 것에 대한 동경보다 모두가 두려워하고 있다.

역사적으로 전염병 창궐 이후의 세상은 새로운 기술이 등장하고 철학과 사고가 크게 변화한다고 한다.

전염병으로 공장들이 문을 닫자 지구 온난화 물질이 감소하고, 텅 빈 도로와 재택근무를 통해서 우리가 그동안 얼마나 바쁘게 물질을 추구하며 살아왔는지 새삼 돌아보게 만들고 있다.

코로나19 사태는 개인과 조직의 디지털 전환을 촉진했다. 이제는 원격수업이 당연시되고 누구 하나 반대하는 사람도 없다.

비대면 기술과 서비스가 급부상하면서 오프라인에서 불특정 다수를 직접 대면하는 수많은 기존 서비스 산업들은 병들고 있다.

마이너스 90%에 육박하는 매출 감소를 경험하고 있는 여행 업계와 면세점 산업 그리고 마이너스 40%까지 매출이 감소하고 있는 음식, 숙박업과 대형마트와 쇼핑몰은 같은 오프라인 매장들이 이번 사태로 더욱 더 감소할 수밖에 없다.

학창 시절 한 번도 결석을 하지 않고 학교에 간 것이 자랑이었는데 아이들이 몇 개월을 학교에 가지 않고 집에만 빈둥거리는 것이 이제 일상이 되었다. 전염병으로 이 세상이 큰 변혁의 중심에 우리가 서 있다. 남녀노소 아무도 경험하지 않았던 세상이 지금 열리려고 하고 있다.

하지만 빙하기에도 인류는 살아 있었고 공룡의 세상인 쥐라기에도 멸망하지 않지 않고 살아남았다. 새로운 세상에서도 처음에는 힘들겠지만 적응하며 잘 살아갈 수 있을 것이다.

19. 요즈음은 충전 아무 데나 해도 돼요

스마트폰 배터리가 평소보다 빨리 소진되어 유독 부족하다 느껴지는 날이 있다. 배터리를 오래 쓰는 방법 중 배터리 소모 주범인 화면 밝기부터 낮추고, 벨 소리도 진동으로 하고, 불필요한 앱·런처 등은 과감히 지우고, 바탕화면 중에서 사용하지 않는 어플은 종료하고, 필요 없는 알람 기능은 꺼두고, 장시간 사용으로 스마트폰이 뜨거워지면 커버를 벗기고 잠시 시원한 곳에 둔다.

스마트폰 배터리의 사용법이 어쩐지 소모된 우리 몸의 에너지를 채우는 방법과 비슷하다. 한 가지 일을 하지 않고 여러 가지 일을 하게 되면 우리 몸은 방전이 빨리 찾아오게 되어 있고, 나의 감정이 지금 별로인데 의도하지 않게 항상 밝은 미소로 남에게 보이려고 한다면 그 또한 힘든 일이 아닐 수 없다.

그리고 매시간 정해서 알람같이 무얼 한다고 가정해 보자. 긴장이 되어 나의 에너지는 많이 소모될 것이다.

그리고 누구와 다툼이 있을 때 다른 곳에 가서 잠시 쉬면, 나의 감정이 빨리 정리되어 그 사람과 화해할 수 있다.

어떤 일을 열심히 하여 나의 몸에 열이 날 때도 우리는 시원한 곳에서 휴식을 하여 식혀야만 다음 작업에 지장이 없다.

'배터리를 오래 사용하기 위해선 배터리를 0%까지 완전히 방전시킨 후에 충전하는 것이 좋다?' 많은 사람이 잘못 알고 있는 배터리 상식이다.

리튬이온배터리는 굳이 완전 방전 후 충전을 하지 않아도 오래 사용할 수 있다. 과거에 쓰이던 납축전지나 니켈-카드뮴(Ni-Cd) 전지는 배터리가 완전히 방전되지 않은 채 충전을 하면 배터리의 실제 용량이 줄어드는 '메모리 효과'가 발생했다.

리튬이온배터리는 메모리 효과가 없어 자유롭게 수시로 충전을 해도 아무런 문제가 없다고 한다.

우리는 납축전지나 니켈-카드뮴(Ni-Cd) 전지의 배터리처럼 0%까지 완전 방전이 되어야 이제 내가 쉬어야 되겠구나 했다.

그래서 정해진 날 특히 일요일이나 공휴일에만 나의 몸을 위해 충전할 수밖에 없었다. 하지만 리튬이온배터리처럼 수시로 나를 위해서 충전해도 되는 세상이다. 가령 갑자기 아침에 일어나 출근이 하기 싫으면 나 혼자 어디든 떠나도 회사에서는 아무 말 하지 않는다. 그런 점에 있어서 인식 변화가 많이 되었다.

하지만 아직은 난 일을 두고 어디를 놀러 간다는 것은 이해가 되지 않는다. 그러한 난 아직도 구식 배터리이다.

팀원으로 일을 하다가 내가 빠지면 다른 사람이 힘들어하는 것 같아 남의 눈치 때문에 과감히 내가 하고 싶은 것을 하지 못하는 경우가 많다.

smart는 똑똑한, 영리한, 현명한, 머리 좋음의 뜻이다. 스마트폰의 명사에 딱 맞는 말이다. 이 세상에서 스마트폰만큼 똑똑한 사람은 있을 수가 없다.

스마트폰을 이용을 잘하면 이제 나의 삶도 달라질 수 있는 세상이 되었다. 그만큼 활용도 많은 물건이다. 배터리를 빨리 소모하는 사람이 더 똑똑한 사람일 수밖에 없다. 오로지 전화만 받고 카톡만 하는 것이 아니라 많이 활용하여 똑똑하고 영리한 나를 만들어 보자.

20. 친구가 보고 싶다

휴대전화에 저장된 연락처를 오랜만에 차근차근 하나하나 살펴본다. 한때는 참 자주 만났던 사람, 연락 한번 해야지 미루어 두었던 사람, 아무리 기억을 더듬어 보아도 기억이 나지 않는 낯선 이름, 그동안 이 사람들이 나의 세계를 구성하고 있었구나! 새삼 지나온 시간을 돌아보게 된다.

그리고 이제는 먼 곳으로 떠나 연락처가 무용지물이 된 사람도 있다. 숫자는 무의미해졌지만 이름만은 그대로 두고 싶은 경우도 있다.

그냥 이렇게 저장되어 있는 한 우리는 계속 연결되어 있을 거야 하는 느낌 때문에 선뜻 그의 이름을 삭제하지 못하고 있다.

작년에는 나의 친구들의 수난 시대라 해도 과언이 아닐 정도로 내가 좋아하는 친구들이 저세상으로 많이 떠났다.

갑자기 떠난 친구 덕에 나는 원치 않은 삶을 살고 있지만 그래도 저세상 간 친구를 단 한 번도 원망하지 않았다.

그 친구가 떠난 지 14개월이 지났지만, 서울시장의 극단적인 선택을 보면서 나는 또다시 친구가 홀쩍 가 버린 그날의 악몽이 되살아나는 듯하다.

남들에게는 내가 멘탈이 엄청나게 강한 사람으로 보일지 모르지만, 그것을 꼭꼭 숨겨 두어도, 다른 어느 곳에서 똑같은 상황이 재연되면 그날의 트라우마가 떠오르는 것은 어쩔 수 없다.

서울시장이 실종되던 날(난 실종이 되었는지 전혀 몰랐다.) 저녁 식사를 하면서 나의 벗 미망인에게 잘 지내고 있는지 전화를 했다.

그녀도 그날의 기억이 났는지 자신을 위로하려고 전화했냐며, 되레 나에게 위로의 말을 건넸다. 그녀는 아직도 대학생인(로스쿨) 아들과 제대로 취업이 안 된 큰딸 그리고 초등학교 6학년인 막둥이를 건사하고 있다.

어찌어찌하여 아이스크림 장사를 하고 있지만 전염병 영향으로 매출이 올라가지 않아 고전하고 있다. 그러나 단 한 번도 힘들다는 내색을 하지 않고 아이들을 돌보며 그녀는 씩씩하게 살아가고 있다.

그녀는 내가 전화하면 30분이고 40분이고 전화를 들고 있다. 남들에게 보여 주고 싶지 않은 자신의 아픔을 나에게 쏟아낸다. 보통은 나의 친구 욕이 대부분이지만 그래도 난 그녀의 하소연을 아무 말 없이 들어 주는 것으로 그녀의 속에 쌓인 그동안의 울분을 해소하게 해 주는 것이 나의 역할이라 생각하며 묵묵히 들어 준다.

그러다가 말미에 "이제 좋은 곳에 시집을 가야지…." 하면 그녀의 목소리는 달라지며 자신에게 남자들이 치근대는 이야기를 영웅담처럼 나에게 이야기하기 시작한다.

그도 그럴 것이 그녀는 대한항공 승무원 출신으로 인물 반반하고 아직도 날씬한 몸매를 가지고 있어서 이런저런 사람들이 자신에게 대시한다며 형제자매에게도 못 하는 이야기를 나에게 모두 하며 깔깔거리며 전화를 마무리한다.

아직도 그녀의 상처는 무척이나 커 보여서 그녀의 모습이 많이 애처롭다. 막둥이 결혼할 때까지는 다른 남자 보지 않겠다며 다짐을 하길래 더 나이 먹기 전에 "당신도 빨리 다른 남자 만나 친구 때문에 고생한 인생 보상받아야지." 말을 하면 그녀도 "좋은 놈 만나 나도 행복한 여자로 살끼다."라고 말을 하지만, 그녀는 절대 어린 막둥이를 두고 다른 남자에게 자신의 행복을 찾아가지 않을 거라는 것을 나는 안다.

어떤 이의 죽음 앞에서 인생의 무상함을 다시 한번 되새겨 본다.

"광막한 광야에 달리는 인생아!/너의 가는 곳 그 어디이냐?/쓸쓸한 세상 험악한 고해에/너는 무엇을 찾으러 가느냐?/눈물로 된 이 세상이/나 죽으면 그만일까?/행복 찾는 인생들아/너 찾는 것 설움/웃는 저 꽃과 우는 저 새들이/그 운명이 모두 다 같으니/생에 열중한 가련한 인생아!/너는 칼 위에 춤추는 자로다/허영에 빠져 날뛰는 인생아!/너 속였음을 네가 아느냐?/세상의 것은 너의 게 허무니/너, 죽은 후에 모두 다 없도다"

윤심덕의 노래 〈사의 찬미(死의 讚美)〉

누군가 잘 닦아 놓고 간 듯한 비 온 뒤의 파란 하늘이 더욱 아름답게 보이는 그런 날이다.

조만간 아이스크림 팔아 주러 한번 가야 하는데 말뿐인 공수표만 계속 날리고 있다.

그녀는 나를 '남사친'이라 다른 사람에게 말하고 있는데 나는 그 역할을 제대로 못 하는 것 같아 많이 안타깝다.

21. 부탁의 매뉴얼

같은 부탁을 해도 거절하기 힘들게 부탁을 해 오는 사람이 있다. 어떤 사람은 내가 그 부탁을 들어줄 수 없으면 나의 발품을 팔아서 주변에 해결될 수 있도록 적극적으로 해 주고 싶은 사람도 있다.

그런 사람은 어떤 사람일까…? 귀농 12년 차니 나는 그동안 귀농지 상담에서부터 농지 구매, 집수리, 자녀 교육, 채식, 자연 건강 문제까지 온갖 상담과 자잘한 부탁을 들어 왔다. 이런 종류의 부탁을 받으면 몇 가지 기준을 적용한다. 부탁 내용이 속속들이 알찬 것인지 아니면 거두절미한 채 주어와 술어만 있는지를. "귀농을 하려는데 어떻게 해?"라는 부탁은 무성의의 극단에 속하는 부탁이다.

취지와 목적, 동기와 조건 등이 갖추어지지 않은 부탁은 '아니면 말고' 식의 부탁이기 때문에 안 들어주는 경우가 많다.

그래서 그런 부류의 사람은 나에게 한두 번 연락이 오고 아예 연락 두절인 경우가 많았다. 그런 사람들의 특징은 자신이 필요 없으면 두 번 다시 나에게 연락이 오지 않는다. 어떤 때는 내가 그 사람의 집사가 된 듯한 기분이 드는 경우도 있다.

그래서 그런 분들은 한두 번 연락 오면 난 수신 거부해 버린다. 얼마 전 기술원에서 만난 친구가 귀농지를 알아봐 달라고 부탁을 한다. 이 친구는 내가 여기저기 수소문해서 알려 준 내용을 가지고 일방적으로 취사선택하지 않고 나와 상의하면서 조절하였다. 원하는 지역에 두 곳을 알선해 줬는데 두 곳이 비슷한 곳이면 한 곳만 가도 안 되겠냐고 물어왔다. 이뿐 아니었다. 다른 사람에게도 같은 부탁을 했다면서 그분이 알아 온 지역을 내게 알려 주면서 의견을 구했다. 이런 자세는 부탁하는 사람의 모범 중 모범이 아닐까?

부탁을 할 때는 급한 마음에 소개해 준 사람의 의중보다 자신의 판단을 마구 뒤섞는 경우가 많은데 이런 때에 사단이 난다. 돌이켜 보면, 부탁을 들어주고서 낭패를 본 경우가 적지 않다. 아무 통보도 없이 찾아가기로 한 곳에 가지 않거나 연락도 안 하는 경우다. 그러면 기다리던 그쪽에서는 내게 화를 낸다. 나는 자초지종을 파악해서 해명해야 했다.

의령으로 귀농하려는 선배 한 분은 빈집에 딸린 농지가 꽤 쓸 만했다. 내가 직접 찾아가서 집 상태도 살피고 묵은 논밭의 등기부까지 확인하고서 연결을 해 줬는데 며칠 지나고 원주인한테서 내게로 연락이 왔다. 오기로 한 사람이 안 오는데 땅을 다른 곳에 넘겨도 되냐는 것이었다. 웬일인가 하고 선배에게 연락했더니 약속과 달리 땅 주인을 찾아가지는 않았고 위성으로 지번을 찾아서 가 봤는데 마음에 들지 않더라는 것이었다. 그럴 수 있다. 부탁 내용이 부실해서였건 선택 기준이 달라서였건 마음에 안 들 수 있다. 그런 차이와 변화를 나와 공유하는 게 중요한데 그 선배는 아예 중간에서 자신이 가 보지도 않고 자신이 생각한 대로 혼자 판단하여 나를 곤란하게 만들었다.

나는 땅 주인에게 전후 과정을 설명했지만 나를 못 믿을 사람 취급했다. 이럴 때 나는 바람 빠진 풍선처럼 두 번 다시 오지랖을 부리지 말자고 맹세하게 된다.

기술원에서 만난 동생의 다음 연락이 기다려진다. 내가 알선한 곳을 찾아갔는지, 아니면 안 갔으면 어땠는지를 알려 줄 것이다. 그러면 내가 이 일을 처리하기 위해 내 부탁을 들어준 사람들에게 경과를 전달하고 인사를 할 수 있을 것이다.

내가 먼저 경험한 것이나 내가 경험하지 않았다 하더라도 주변의 인맥을 통해서 서로 공유하면 나 혼자 일을 처리하는 것보다 훨씬 빨리 손쉽게 일을 처리할 수가 있다.

누군가가 나에게 부탁을 한다면 위에 기술원에서 만난 후배처럼 정확한 매뉴얼에서 매너를 지켜 준다면 난 간이고, 쓸개고 전부 빼 주는 형이다.

아직도 약간의 인맥과 사회 경험이 풍부하고 일을 많이 하지 않아 한가해서 남의 부탁에 궁색하지 않다. 물론 내가 모르거나 나의 힘으로 되지 않는 것은 나도 다른 사람에게 부탁을 하게 된다. 그분들에게 부탁의 매뉴얼을 잊지 않고 나는 실천을 한다. 고맙다고 작은 선물을 보내거나 같이 식사를 하게 된다.

22. 둘레길에 대해

　한 번씩 걷고 싶어지는 둘레길, 산의 둘레길은 산의 정상을 정복하기 위한 탐방 문화를 변화시키고 신체적 약자 또한 산을 편안하게 탐방할 수 있게 하는 장점이 있다.

　그래서 둘레길에서는 깊은 산속에서는 볼 수 없는 논과 밭, 과실수 그리고 민가들도 띄엄띄엄 보인다. 옛날 나무꾼들이 다니던 길을 서로 연결하고 넓게 다듬어서 편안하게 트레킹(Trekking)을 하게 만들었다.

　'트레킹(Trekking)'이라는 말은 남아프리카의 보어인의 말로 '우마차를 타고 여행하다'라는 말에서 유래하여, '여행하다, 이주하다, 출발하다' 등의 의미로 사용되었다.

　폴레폴레(천천히)도 아프리카 말인데, 트레킹이 아프리카에서 유래되었다는 게 이색적이다. 지자체마다 조금 유명한 산이나 바닷가에는 어김없이 둘레길이 만들어져 있다. 어떤 곳에서는 숲속 공연장을 만들어진 곳도 있고, 근대 역사 문화의 길, 단풍길 등 특색 있는 데마로 만들어진 곳도 많다.

　전 세계에서 우리나라 사람들만큼 산악회가 많은 곳은 드물 것이다.

젊은 층도 있지만, 보통은 50~60대가 활발히 활동하고 있다. 그들은 산이 좋아서 산악회를 하는 것보다 일종의 친목 단체의 성격이 더 많다. 그들은 이제 정상을 오르는 것이 벅찬 나이로, 휴일이나 평일에도 조금 유명한 산의 둘레길은 관광버스가 주차장을 차지하고 있다. 나도 산악회에서 활동할 적당한 나이지만 난 산악회를 가는 것이 왠지 부담스럽다.

관광버스에서 신나게 노는 것도 잘하지도 못하고 끊임없이 주는 술도 마시는 것도 힘들고, 무엇보다 잘 알지도 못하는 많은 사람과 온종일 같이 있어야 하는 것이 나에게는 산악회가 힐링이 아니라 고된 노역이라 생각한다.

물론 잘 아는 동창들이 버스 대절해서 갈 때는 한 번도 빠짐없이 갔었다. 어릴 때부터 보아 온 친구들이라 오랜만에 얼굴을 보는 것만으로도 즐거운 일이다. 둘레길을 걸어가는 것은 예전에는 없던 새로운 문화가 만들어진 것은 사실이다.

우리 일상의 둘레 또는 변두리는 어떤 것들이 있을까…? 몇 권의 책, 무료할 때 마시는 따뜻한 차 한 잔, 단조로운 생활에 탄력을 주는 음악, 허기를 채워 주는 간단한 간식 등이 있을 수 있다. 일상에서 지친 나의 몸과 마음을 느슨하게 해 주고 생활이 녹슬지 않게 잘 받쳐 주는 것들이다.

둘레길은 보통 혼자 가는 경우는 드물지만 우리 일상의 둘레는 혼자서 즐기는 경우가 많이 있다.

바쁘게 일을 하다가 잠시 휴식할 때나 여유가 있을 때 다시 일을 할 수 있는 나에게 에너지를 주는 것들이다.

하지만 나에게 복잡하고 다양한 고민거리가 일상의 둘레를 한다고 단

숨에 해결되는 경우는 드물지만, 그런다고 종일 일만 잡고 있기는 더욱더 어려운 일이다.

특히 휴일은 일상의 변두리를 즐기는 것이 더욱더 어렵다. 나 혼자가 아닌 가족들과 같이해야 하기 때문이다. 그것이 나에게는 은근히 스트레스이다. 난 쉬는 날 집에서 편히 음악도 듣고 영화도 보며 지내고 싶은데, 집사람은 "전기차로 기름값도 안 드는데 나를 어디 데리고 가 봐라." 이렇게 말한다. 그때부터 어디를 가야지? 고민하게 되고 멀리 가면 온종일 나 혼자 운전해야 하고, 휴일이라 차도 많이 막히고 등이 떠오르게 된다. 하지만 오늘은 한번 가 보려고 한다. 요즈음 일이 없어서 집사람에게 눈치가 보인다.

23. 사용설명서를 봐도 모르는 세상

전자제품을 새로 바꾸면 사용설명서도 읽고 이것저것 매뉴얼을 익히는 기간이 있다. 처음에는 설명서를 읽어 보아도 선뜻 이해하기도 어렵고 손에 익어질 때까지 몇 번이고 매뉴얼을 보게 된다.

내가 처음 전기차를 샀을 때 사용법 책자가 300페이지가 넘는 것이 두 권이었다. 이것을 다 읽는 것도 무리이고 기존에 없던 새로운 제품이라 누구한테 물어볼 수도 없고 특히 차에 대한 궁금한 것을 물어볼 때는 딜러인데, 딜러가 나의 친구로 30년 차 팔이 하면서 전기차는 처음으로 팔았다며 이 친구 나보다도 더 몰라서 차의 작동법부터 전기차를 처음 사고 하는 여러 가지 관공서 업무나 차량 충전기 업무에 대해 전혀 몰라서 갑갑할 때가 한두 번이 아니었다.

지금은 간간이 전기차가 좀 보이지만 이 년 전에는 사람들이 신기해할 정도로 거리에는 몇 대 다니지 않았다.

다행히 막내 동생이 전기차를 먼저 구매해서 관공서 업무는 일일이 물어서 처리하였으나 차량 사용법까지 물어볼 수가 없었다.

매뉴얼 책자를 읽어 보아도 선뜻 이해되지 않고 그 많은 것을 읽을 수도 없었다. 그래서 처음에는 그냥 시동을 걸고 앞만 보고 왔다 갔다 한 것이 전부였다.

혹시나 싶어 유튜브를 검색해 보니 다행히 동일한 차종의 동영상이 몇 개 올라와 있었다. 그곳에는 여러 가지 작동법과 전기차에만 있는 여러 가지 기능을 직접 시연하면서 작동을 해서 금방 배우게 되었다.

차를 구입하고 거의 이 년이 되어 가지만 지금도 기능이 있지만 사용하지 않은 것이 있을 수 있을 것이다. 남들보다 전기, 전자에 대해서는 관심이 많은 내가 이 정도인데 기계치인 사람들은 익숙해지려면 참 오래 걸려야 할 것 같다.

가전제품도 이제는 자기의 기능만 하는 것이 아니라 여러 가지 복합적인 기능 즉, 하이브리드(hybrid) 제품들이 많다.

가령 텔레비전의 경우 단순히 방송만 보는 것이 아니라 컴퓨터처럼 검색도 되고 유튜브, 노래방, 음악 방송, 게임 등 너무나 다양한 콘텐츠가 있다.

냉장고도 단순히 음식을 저장하는 기능 외에 큰 문짝 앞에 다양한 기능을 탑재하여 있고, 세탁기 하물며 보일러까지도 여러 가지 다른 기능이 되어 있을 정도로 복잡하다.

그래서 이제 단순히 사용설명서를 읽어서는 제품이 가지고 있는 여러 가지 기능을 사용할 수 없는 시대가 되었다.

예전에는 카메라는 카메라였고, 음악을 듣는 MP3는 MP3고 핸드폰은 핸드폰, 그리고 컴퓨터는 컴퓨터였다.

지금은 스마트폰 하나로 모든 것이 가능해졌다. 거기에다 내가 모르는 너무나 많은 기능들이 스마트폰 안에 있어서 폰만 있으면 안 되는 게 없는 세상에 살고 있다.

그래서 자리에 앉아 있는 사람, 서 있는 사람, 걸어가는 사람들 이제 어디를 가도 모두 손에는 스마트폰을 쥐고 있다.

이제 신생아들도 폰이 없으면 우유도 먹지 않고 울고, 노인네들도 폰으로 업무를 보는 시대이다.

모두가 이 정도로 의지하는 스마트폰인데 당연히 부작용도 많이 발생한다.

사람들은 스마트폰이 각자의 분신이 되었고 가족이 되었으며 스마트폰에 의지를 하게 되었다. 그러다 보니 스마트폰이 없이는 아무 일도 못하게 되는 일이 빈번해졌고 불안과 초조, 공포를 호소하는 사람도 늘어나는 추세라고 한다.

이러한 증상을 노모포비아(nomophobia)라고 한단다. 노모포비아는 휴대전화가 없을 때 느끼는 공포증이라는 뜻으로 노(no), 모바일폰(mobilephone), 포비아(phobia), 세 단어를 합친 준말이다.

영국에서는 노모포비아 관련 설문조사를 실시했는데 응답자의 66%가 노모포비아 증상을 겪고 있었고 나이가 어릴수록, 성별이 여자일수록 증세가 더 많이 나타났다고 한다. 인간에게 편리하도록 만든 스마트폰이 이제 인간을 지배하는 기기로 전락해 버렸다.

만약 내가 스마트폰을 분실하였다고 가정하면 하루 일과를 할 수 없을 정도로 나 또한 스마트폰에 의지하고 살고 있다. 그래서 나 역시 노모포비아(nomophobia)일 수가 있다.

24. 당신은 계획표가 있나요…?

초등학교 때 방학만 되면 생활계획표 만들었던 거 기억할 것이다. 동그랗게 원을 먼저 그리고 여러 조각으로 나누어서 시간별로 야무지게 빠짐없이 칸을 채웠었다.

그것을 다 지켰다면 보람찬 방학이었겠지만 계획표대로 보낸 날은 손에 꼽을 정도로 되지 않았다.

생각해 보면 계획표에 너무 많은 것을 꽉꽉 채워 넣어서 지킬 수 없었든 것은 당연한 것이다.

어린이가 자신이 세운 계획을 지킬 수 있다면 그것이 아이가 아닐 것이다.

괜히 방학이 되면 선생님들은 지키지도 않을 계획표는 뭐 하러 만들라고 하였는지 모르겠다. 우리 때만 해도 학원도 다니지도 않고 오로지 아이들과 함께 노는 놀이가 많았기에 내가 만든 방학 계획은 무용지물이 될 수밖에 없다.

친구 중 누군가가 밖에서 놀자고 말을 하면 모두가 모여서 놀이를 했다. 한창 놀이에 몰두하다 보면 밥 먹는 것도 잊어버릴 정도로 놀이에 몰두하는데 계획표가 생각이 날 리가 없다.

지금도 아이들에게 방학 계획표를 만들라고 할까? 요즈음 아이들은 우리가 자랄 때와 비교하면 불행하다. 처음 태어나 얼마 되지 않아 놀이방을 다녀야 하고 조금 자라면 유치원 그 다음에는 학교 외에 여러 학원을 전전해야만 한다.

그래서 대가족들의 보살핌도 없고 친구들과 놀이를 하면서 자라지 않아 친구도 없다. 그저 인위적으로 만들어진 여러 장소에서 내가 의도하지 않은 만남만 만들어질 뿐이다.

옛날 조상들은 "부모 팔아 친구 산다."속담을 만들었다. 진짜 부모를 팔아 친구를 산다고? 친구가 자기를 낳아 길러 준 부모보다 더 귀중할까? 그만큼 친구 사귀는 것이 중요하다는 것을 비유한 것으로 가장 가까운 친구를 한 사람 얻는 것이 일생에 얼마나 큰 의미가 있고 또 영향을 미치는지 그 소중함을 일깨워 주는 말이다.

하지만 요즈음 우리 아이들은 친구들과 놀이를 하지 않아 어떤 친구가 나에게 소중한지를 알 수가 없다.

이렇게 자란 아이가 중, 고등학교를 지나고 대학생이 되어도 똑같은 길을 가고 있으니 이놈들이 사회에 나와도 혼자 하는 것에 익숙할 수밖에 없다.

시간이 되면 무조건 학원을 전전해야 해서 요즈음 아이들은 아마 계획표가 필요 없을 것이다.

계획표는 하고 싶은 것과 해야 하는 것을 딱 할 수 있을 만큼만 적어야 지킬 수가 있다. 이 단순한 사실을 자금도 지나치고 있다.

나도 지금 무언가를 배우고 있다. 어릴 때처럼 계획표를 방에 붙이지 않았지만, 마음속에는 어떻게 하루를 보내겠다고 다짐하고 그렇게 실천하고 있다.

물론 어릴 때처럼 세세하게 어떻게 하겠다는 계획은 아니다. 아직은 내가 계획한 대로 잘 이루어지고 있지만, 나에게도 수많은 유혹이 있다.

어제 저녁만 해도 친구가 어디에 있는데 나오라고 연락이 왔다. 만약 그 자리에 가게 되면 금주하겠다는 약속도 깨지고 당장 공부하고 있는 패턴이 깨져서 내일까지 지장이 있을 것 같아서 갈 수가 없다고 하였지만, 그 친구는 술에 취해서 막무가내로 나오라고 한다.

술 취한 사람에게 말을 해 보았자 듣지도 않는 것을 나는 잘 안다. 그래서 가겠다고 하고, 아예 그 뒤에 전화를 진동으로 하고 두었더니 지금 보니 5통이나 와 있었다. 그 친구는 두 번 다시 나에게 연락을 안 할 것이다. 며칠 지나서 나의 상황을 설명해야겠지만 그래도 그 친구는 나를 이해해 주지는 않을 것이다. 그럼 친구 하나 사라지는 것인가? 하지만 어쩌랴! 한 번 공부하겠다고 마음먹은 것을 당락과 관계없이 중간에 포기할 수는 없다. "친구야! 조금만 기다리소. 학원 공부 마치면 같이 한잔 하자."

25. 취미가 직업이 되기를 상상하며

좋아하고 하고 싶었던 일을 하게 되면 처음에는 평생 '이것만 하고 살 수 있다면 얼마나 좋을까?' 생각을 하고 시작을 한다.

일이 몸에 익어지면 혼자서 야무진 상상을 해 보기도 한다. 취미로 요가를 하거나 헬스를 하는 사람들이 이렇게 생각하는 사람들이 많다.

처가 쪽 질녀는 봉 댄스를 배우더니 나중에는 직접 차려서 강사로 활동하며 대회도 나가 우승도 하고 했다.

처음에는 제법 수강생도 많이 있고 질녀도 활기 넘치고 좋아 보이더니 어느 날부터인가 수강생이 없어서 질녀는 그 넓은 공간을 혼자서 봉 댄스하고 있다.

그도 그럴 것이 봉 댄스를 하러 오는 사람들이 그저 평범한 사람들이 올 것인데 그 운동은 일반인은 일단 봉에 매달리는 것조차도 되지 않을 정도로 어려운 운동인데, 그렇게 체력이 좋은 단단한 사람들은 애초에 얼마 되지 않을 것이다.

내 주변에도 수많은 사람이 있지만 봉 댄스를 배워서 할 수 있는 사람은 남녀 불문하고 단 한 사람만 생각날 정도로 평범한 운동이 아니다.

애초에 아무나 할 수 있는 운동이 아니기에 시작을 말아야 했었는데 질녀는 봉 댄서는 접고 지금은 가만히 있지 못해 어디에서 알바를 한다고 한다.

다른 질녀는 헬스를 다니기 시작하더니 어느 날 얼굴과 가슴을 성형을 해서 완전 딴사람이 되었다. 아이도 출산하고 나이도 30대 중반인데 저놈이 왜 저러나 했더니 보디빌딩(body-building) 대회를 나가기 위해서였다.

그놈이 대회를 위해 몸을 만들기보다 먼저 성형을 하고 운동을 미리 해서 질녀는 그쪽 분야에서는 알아주는 선수이다.

그녀를 여러 헬스장에서 트레이너로 초빙하려고 경쟁을 할 정도로 인기가 좋은 보디빌더가 되었다. 아이들이 유치원에 가고 난 시간에만 가르치고 돈도 꽤 많이 벌고 있다. 자신이 가르치는 수강생이 많아서 대기 순번까지 있을 정도이다.

질녀는 결혼도 늦게 하고 그냥 그저 평범한 주부였는데 지금은 그 지역에서 이름난 헬스 트레이너로 맹활약 중이다.

워낙에 가린 것이 없이 하는 운동이라 나는 질녀가 우승한 동영상은 나는 보지 못한다.

사진을 보면 남자인지 여자인지 모를 정도의 몸매를 보며 아이고 부럽다 생각을 하지만 닭 가슴살과 야채만 먹는 식단을 보며 아무거나 먹을 수 있는 내가 더 행복하지 않을까 위안으로 삼는다.

봉 댄서와 보디빌더인 두 질녀는 자매이다. 한 사람은 운동을 포기하고 평범한 일상으로 돌아갔지만 다른 질녀는 처음부터 철저히 준비하여 취미를 직업으로 성공한 사례이다.

여자들은 자신을 예쁘고 멋있다는 소리를 듣기 위해 피나는 노력을 하는데 보디빌더 질녀는 그것을 잘 이용했다.

예쁘고 근육질인 그녀의 수강생은 전부 여자들이라고 한다. 낮 시간에 올 수 있는 남자들은 별로 없고 질녀가 남자 수강생은 아예 가르치지 않는다.

취미로 시작해서 직업으로 바꾸어 성공한 나의 질녀는 항상 당당하고 자신감이 넘친다. 우리는 자신이 좋아하는 취미로 돈을 버는 방법이 없는지 한 번씩 생각하게 된다.

한때는 자전거를 좋아하니 자전거포를 열어 볼까 생각도 했었다. 그러다가 이내 여러 가지 이유로 포기하고 만다. 가장 큰 걸림돌은 자전거 가게를 열려면 자금이 있어야 한다는 것이다. 그만한 돈을 투자하여 차리는 것도 어렵고 차린다고 해도 수입이 나는 것도 아니라는 생각에 그런 마음을 접고 만다.

육체미를 하는 나의 질녀처럼 많은 투자도 하지 않고 자신의 노력만으로 취미가 직업이 되는 그런 것을 해야만 실패를 하더라도 금전적인 피해가 없다. 또 이런 상상을 한다. "글 쓰는 솜씨로 뭐 해 볼 만한 일 없을까…?" 살면서 깨닫게 되는 진리가 있다. 내가 좋아하는 것은 다 돈이 안 되거나 돈이 되는 것은 남들이 이미 다 하고 있다. 그래도 좋아하는 것을 찾아내어서 이런저런 궁리를 해 보는 즐거움마저 지레 포기하지는 말자.

26. 이것도 저것도 아닌

"나는 곧은 나무보다/굽은 나무가 더 아름답다/곧은 나무
의 그림자보다/굽은 나무의 그림자가 더 사랑스럽다"

정호승 시인의 「나무에 대하여」

조금 유명세를 타는 사람들은 아전인수 격으로 여야 정치인을 불문하
고 이 시를 자주 인용한다. 실제 나무 전문가들의 말에 의하면 사람들이
"저 나무 멋있다…!" 하고 감탄하는 나무는 구불구불하게 자란 나무가
많다고 한다.

땅이 척박해서, 아니면 햇볕이 들지 않아 어떻게든 살아 보려고 애쓴
결과 사람들이 감탄하는 아름다운 형태가 만들어진 것이다.

유명인들이 자신이 현재 처한 안 좋은 상황을 나무가 시련을 겪어서
굽은 나무가 되듯이 자신도 그런 모습으로 변해 간다는 생각에서 이 시
를 인용하는 듯하다.

내가 나를 평가를 한다면 재목으로 쓰기도 곤란하고 그렇다고 정원수
로 쓰기도 어려운 곧은 나무도, 그렇다고 굽은 나무도 아닌 어중간한 나
무일 것이다. 그래서 아무짝에도 쓸모없는 그저 자리만 차지하여 햇볕

만 축내는 그런 존재일 것이다.

난 조금씩은 무엇이든 잘하지만 어떤 분야에서도 최고로 인정받는 실력자는 아니다. 의령군에 귀농 수기 공모전에 올 초에 응시를 하였다. 난 작품에 심혈을 기울여 출품을 했는데 작가들이 아닌 일반인들과 경쟁에서 나에게 장려상을 주었다.

자존심이 엄청 상해서 수상식도, 상 받은 사람들을 모아서 식사하는 자리도 참석하지 않았다. 그런데 계속 군청에서 연락이 온다. 오늘은 수상자들끼리 무슨 모임을 하는데 나의 개인정보를 제공해도 되겠는지 물어본다. 내가 그 모임에 갈 수 있겠는가? 차라리 당신 글은 글쟁이 냄새가 나서 탈락시켰다고 했으면 자존심이라도 지킬 수 있었을 텐데, 아무리 생각해도 나의 글은 아직 멀었나 보다.

오후에 어떤 분이 문자가 왔다. 문자를 보면서 이 사람들에게 상을 주었나 싶을 정도로 형편없는 글이었다. 난 아마추어보다도 못한 글 실력에다가 자존심까지 강해서 앞으로 곧은 나무나 굽은 나무 어디에도 들어가지 못하는 어정쩡한 나무로 살다가 생을 마감하지 싶다.

한편으로는 아예 장려상도 못 받았다면 아마 당장에 글 쓰는 것을 던져 버릴 수도 있었을 것이다. 그 점에 있어서는 그나마 다행스럽다. 이제는 신춘문예이든 어떤 공모전에도 글을 내지 않을 작정이다.

거기 나가 상 받으면 좋겠지만 심사를 하는 나부랭이들이 아직도 문어체에 익숙한 사람들이라 구어체의 글에는 점수가 박한 것이 사실이다.

요즘은 반듯하고 잘생긴 나무보다 비틀어지고 기형적으로 생긴 나무가 정원수로 인기가 좋아 범죄의 표적이 되곤 한다.

야산에 자생하는 100년 이상 수령의 기형 소나무가 고가에 거래되면서 주로 부유층의 별장 정원수로 팔려 나간다.

금액도 만만치 않게 비싸게 거래되고 있다. 언젠가는 나의 글도 굽은 소나무처럼 대우받는 그날이 오지 않을까…? 오지 않는다고 해도 그저 그렇게 살아갈 뿐이다.

27. 내가 품위 없죠…?

　누가 칭찬을 해 주면 "아, 아니에요." 하면서 극구 부인하는 사람이 있
는 반면에 반응이 재미있어서 자꾸 좋은 말을 해 주고 싶은 사람도 있다.

　그리고 누가 "솜씨 좋으시네요." 말하면 "아우 알죠." 그리고 "학교 때
인기 많았죠?"라고 다시 물어보면 "어 뭐… 학교 때뿐인가요." 이렇게 답
을 하는 밉상도 있다.

　한 사람의 품위는 주위 사람들의 애정이 어린 관심과 감사함의 마음
을 아끼지 않는 태도가 있어야만 지켜지는 것이다.

　품위(品位)는 사회생활 과정에서 형성된 사회적 관념으로서, 사회 성
원들이 각각의 지위나 위치에 따라 갖추어야 한다고 생각되는 품성과
교양의 정도라고 말한다.

　만약에 우리나라에서 공무원이 몸에 문신을 하고 피어싱을 하고 출근
을 한다면 어떻게 될까…? 얼마 전 병무청 직원에게 실제로 일어난 일인
데 정서상으로 도저히 용납되지 않지만 그를 3개월 감봉 처분 정도로 마
무리했다고 한다.

　품위(品位)는 이렇게 극단적인 행동을 하였을 때는 명백히 알 수 있지
만, 유교와 성리학의 영향으로 아직도 예의를 따지는 나라에서는 나이와

지위에 걸맞은 행동이나 언행을 요구한다. 거기에서 조금만 벗어나면 잘못하면 그 집단에서 외톨이가 되기 일쑤이다.

그러나 예의와 품위는 어떤 기준에서 만들어졌을까? 왜 공무원은 문신하면 안 되고 경찰이 수염을 기르거나 머리를 기르면 안 되는 것을 누가 만들었을까…?

따지고 들어가 보면 그것을 만든 사람은 아무도 없다.

복잡한 것을 단순하게 바꾸기 위해 선택한 것이 '나 중심'의 가치관이다. 나를 중심으로 생각하면 모든 것은 단순해진다.

그러나 우리가 사는 세상은 혼자서 살아갈 수 있는 곳이 아니다. 사회는 함께 살아가야 해서 자기중심 가치관과 사회는 어울리지 않는다. 많은 직장인이 직장 내 인간관계에서 어려움을 겪는 이유만 보아도 알 수 있다.

자신만 생각하는 상사를 '꼰대'라고 부르고, 자기중심의 부하직원을 '개념 없다'고 말한다. 자신의 개인적인 행동 하나하나가 인간관계에 어떤 의미를 지니는지 생각하는 능력이 필요하다.

인간관계에 필요한 것은 무례함이 아니라 품위(品位) 있는 사람이다. 따지고 보면 품위는 법도 아니며 도덕도 아니다.

품위는 '일종의 사회적 윤활제' 역할이 아닐까 생각된다. 어떤 사회 집단이 제대로 기능하도록 도와주는 것이 품위(品位)이며 남에게 보이기 위한 모습이 아니라 함께 살아가기 위한 방법이다.

어차피 혼자 살아갈 수 없는 사회에서 나 혼자 모가 나게 살아가면 남들이 손가락질하게 되고 그 집단에서 나를 받아들이지 않을 것이다.

난 남에게 손가락질 받을 정도의 행동을 하지 않는 사람이라고 생각하고 있는데 얼마 전 일행과 같이 차를 타고 가면서 서로 이야기를 주고받으며 가다가 어느 순간부터 뒤에 탄 일행이 아무 말 하지 않고 있어서 무슨 일이냐고 물어보아도 "그냥."이라고 말한다.

신경이 쓰였지만 그는 아직도 나에게 연락이 오지 않고 있다. 아마 내가 무슨 실수를 한 듯한데 사실 아직까지 무엇이 잘못이 있는지는 전혀 모르고 있다. 아마 자신의 기준에서 내가 품위 없는 언행을 한 것은 분명한 것 같은데, 난 무엇이 잘못인지 인지하지 못하고 있다. 만약 술을 많이 마셔 필름이 끊어진 상태였다면 기억을 못해서 그럴 수 있다고 생각하지만, 나의 입장에서는 마른하늘에 날벼락 같은 일이다. 각자가 처한 사정과 형편이 다르고 그에 따라 생각이 다른 것은 당연하다. 그러나 보편적인 기준의 품위만 있으면 좋으련만 상황에 따라 달라지는 품위를 맞추어 가려니 참 어렵다. 우리가 살아가는 세상은 복잡하다. 그리고 우리의 인생도 복잡하다.

28. 당신은 약속을 잘 지켜요…?

시골집에는 내가 어디에서 고개를 들어도 볼 수 있게 벽시계가 곳곳에 있다. 어떤 시계는 내가 직접 만든 시계도 있고 어떤 시계는 오랫동안 사용해서 시계가 고장이나 시계 몸체를 사서 직접 수리해서 걸어 둔 시계 그리고 처음 집을 짓고 기념으로 사 준 의미 있는 시계도 있다.

그리고 친구 명이가 얼마 전에 박살을 낸 고풍스러운 멋진 시계 등 종류도 많고 전부 의미 있는 시계들이다.

요즈음에는 거의 대부분의 사람들이 스마트폰 시계로 시간을 보지만 집에 있을 때는 핸드폰을 들고 다니는 것보다 고개만 들면 바로 보이는 시계가 편리하고 바로 시간을 알 수 있어서 좋다. 다른 집에는 비싸고 멋진 시계를 인테리어 목적으로 걸어두기도 하지만 우리 집의 시계들은 그것과는 거리가 멀다.

그리고 그 시계들은 시간이 전부 맞지 않아 적게는 5분 많게는 한 10분 정도 틀리다.

집에서는 정확한 시간은 그리 중요하지 하지 않다. 혼자서 일을 하게 되면 시간관념이 없어지게 되어 약속이나 식사 시간을 거르는 일이 많고 대부분의 약속이 시내에 있어서 내가 준비하고 나가려면 보통 약속

보다 한 시간 전에는 움직여야 하는데 일을 하다 보면 시간 가는 줄 몰라 약속 시각을 어기는 경우가 있어서 중간중간 시간을 체크해야만 한다.

그래서 아예 어디에서든 시간을 알 수 있는 시계를 걸어 두고 일을 하고 있다. 지금이야 술을 만드는 일도 잠시 멈추고, 집안에 기계 설치하는 일도 하지 않아 시계를 많이 쳐다보는 일이 없지만 그래도 난 습관적으로 벽시계를 쳐다보며 하루 일과를 시작하고 식사 준비도 한다.

벽시계 몸체 가격이 얼마인 줄 아는 사람은 별로 없을 것이다. '단돈 천 원'이다. 아무리 생각해도 천 원보다는 더할 것 같지만 '옥션'에 들어가서 한번 확인해 보면 정말 천 원이다. 하지만 택배비가 2500원이라 배보다 배꼽이 더 크다. 그래서 한 번 살 때 10개 정도 사 두어서 내가 고쳐 쓰기도 하고 주변 분들의 고장 난 벽시계를 고쳐 주기도 한다.

시계는 그의 고장이 나지 않는 제품 중에 하나이다. 한 번 고쳐 주면 십 년은 아무 일 없이 잘 돌아간다. 그게 천 원으로 해결된다니 요즈음에 보기 드문 가성비이다.

자신의 존재 가치를 높이려는 의도인지는 몰라도 습관적으로 약속 시간을 늦게 오는 사람은 항상 그렇게 한다. 단 한 번도 제대로 나오지 않는 사람도 보았다. 어떤 때는 공연 30분 전에 오라고 신신당부해도 느긋하게 나타나 사람 애간장을 태우기도 한다. 불가항력으로 약속이 늦을 수도 있지만, 대부분은 자신이 긴장하지 않고 안일해서 일어나는 일이다.

철학자 칸트처럼 너무 정확하여 그 사람이 지나가는 것을 보고 시계를 맞출 정도로 자신과의 약속에 철저해야 할 것이다.

약속(約束)은 장래의 일을 상대방과 미리 정하여 어기지 않을 것을 다짐하는 것을 말한다. 5분이나 10분 먼저 나오는 것은 조금만 노력하면 되는데 그게 왜 안 되는지 그런 사람들의 심리는 어떤 상황일까?

물론 한 번 정도는 내가 늦을 수도 있고 상황에 따라 약속을 지키지 못할 수도 있다. 그것이 습관적으로 몸에 밴 사람이 문제라는 것이다.

나의 주변에도 몇 사람 있는데 아마 자신 이야기가 아닐 거라 생각할 것이다. 약속이 늦어지면 안 된다는 인식을 가졌다면 처음부터 늦게 나오지도 않을 것이다.

우리 집 시계들은 지금도 건전지만 넣으면 잘도 돌아간다. 한 번씩 내가 깜박하고 건전지를 바꾸지 않거나 건전지를 교환을 해도 +, - 방향을 잘못 넣어서 시계가 고장인가 생각해서 방치하지 않은 이상 잘 돌아가고 있다. 그러다가 고장 나면 천 원만 들이면 다시 새것처럼 잘 돌아가는 시계가 비록 천 원이지만 약속(約束)을 잘 지키게 해 주는 나에게는 귀한 존재이다.

29. 어김없이 가을은 오고

계절이 바뀌어 가거나 새달이 오게 되면 뭔가 새로운 계획을 세워야할 것 같고, 뭐든 새롭게 시작하고 싶은 욕구가 생기게 된다.

태풍이 지나고 난 뒤 계절은 더욱더 가을 앞으로 한 걸음 더 다가간 느낌이고, 바람 때문인지 몰라도 산에는 익은 밤이나 도토리가 제법 많이 보여서 겨울이 점점 다가오고 있다. 그러고 보니 아카시아 잎도 거의 떨어지고 일부만 남아 있다. 참나무들은 한겨울에도 색깔만 갈색으로 변하고 잎이 남아 있으니 아직도 무성히 보인다.

우리 집 헛개나무 사이로 듬성듬성 하늘이 보여 나무가 병이 들어서 이제 그늘을 많이 못 만드나 생각을 했었다.

식물이나 동물들은 우리 인간이 느끼는 것과 비교도 되지 않을 정도로 계절의 변화를 정확히 감지한다. 아무리 더운 9월이 된다 해도 그들은 곧 다가올 겨울을 위해 만반의 준비를 한다.

지금처럼 공업화되지 않았던 시절의 9월은 어중간한 계절이었을 것이다.

나락 농사는 이제 농약을 뿌리거나 제초 작업을 하지 않고 물을 대던 논도 서서히 물을 끓이기 시작하면서 수확을 기다리는 계절이다.

아낙들은 밭에서 매일 고추도 따고 깨 단도 말려서 턴다. 땅콩과 오이를 심었던 밭은 그 자리에 배추 모종을 심어서 11월의 김장할 준비를 하나씩 하는 계절이다.

그것을 제외하고는 농사일은 잠시 휴식하는 계절이었을 것이다. 그렇다고 전혀 아무것도 안 하지는 않았겠지만 조금은 여유가 있는 계절이 9월이 아니었을까 생각된다.

그 당시에는 집집이 소를 먹이고 있어서 벌초도 지금처럼 많이 하지 않았다. 산소처럼 평평한 곳에 풀이 자라면 소 풀베기에 아주 좋은 곳이라 벌초는 낫 한 자루 가지고 정리하는 수준으로 하였는데 어느 날부터 농촌에는 한두 마리 소를 먹이는 사람들은 사라지고 일부러 제초 작업을 하지 않으면 아무도 풀을 베어 가는 사람이 없는 시대로 변화였다.

그리고 한동안 9월은 누구나 벌초 때문에 온 집안사람들이 누구는 참석하고 누구는 오지 않는다며 서로 다툼도 하고 시끄러웠던 계절이었는데 이제 대부분의 집안에서는 이 산 저 산 다니며 벌초하는 사람들은 거의 대부분 사라졌다. 이유는 간단하다 할 만한 사람들이 없기 때문이다. 그래서 어떤 집들은 조상의 묘지를 모으기도 하고 어떤 집안은 아예 흔적조차 사라지게 한다.

농사를 주업으로 하는 사람들이 많지 않아서 이제는 계절이 바뀌어진다고 계절에 맞게 움직이는 사람들은 드물게 되었다.

달력이 바뀌게 되면 새 옷을 사거나 집 안에 가구 배치라도 바꾸어서 뭐라도 변화를 주고 싶어 한다.

그러나 올해는 뭔가가 다르다. 주변에 장사를 하는 사람들이나 직장인들조차도 그저 하늘만 쳐다보며 있는 사람들이 많이 있다.

아들이 무급휴가를 6개월 동안을 있어야 하고 집사람은 2주간 pc방을 문을 닫아라 해서 닫았는데, 언제 풀릴지 몰라 마냥 집에서 놀고 있다. 전염병으로 우리 집 4식구 중 제대로 일하는 사람은 큰애만 일을 하러 가고 있지만, 일주일에 4일은 재택근무를 해야 한다고 한다.

난 지금 전염병의 심각함을 온몸으로 느끼고 있다. 자신의 자리를 잘 지키면서 새달을 맞는 것만으로도 감사하고 또 가만히 멈추어 있어도 조금씩 다가와 주는 새 계절이 신기하고 고마울 따름이다.

아직 낮에는 꽤 덥지만 앞으로 조금씩 가을을 느끼게 할 것이다. 모두가 그 자리에서 멈추고 기다리다 보면 우리가 바라는 보통의 가을을 만날 수 있을까…?

빨리 자신들이 원하는 제자리로 돌아가 자신들이 하고 싶은 것은 마음대로 하면서 살 수 있는 세상이 오기를 기대해 본다.

30. 인생에 초점을 맞추는 기술

눈으로 보았을 때는 참 좋았는데 사진으로 찍으면 풍경이 실제와 다른 경우가 있다. 물리적인 원인들도 있겠지만 보는 방식의 차이점 때문이라고 한다.

눈으로 볼 때는 오로지 그 대상에만 관심을 두지만 사진의 경우는 여러 배경이 한 프레임 안에 들어가서 집중력을 떨어뜨리는 것이다.

이럴 때는 조리개를 줄여서 빛을 최대한 줄여서 배경을 어둡게 하거나 내가 찍고자 하는 물체는 선명하게 주변 사물은 흐리게 하는 기법을 사용한다.

모든 사물을 선명하게 한다면 나의 눈은 모든 것을 다 보려고 하다가 실제로 내가 보고 싶은 것을 보지 못한다.

그래서 어수선한 배경은 지우고 딱 하나에 관심 대상만 선명하게 하는 기술이 있어야만 사진을 잘 찍는 우리가 말하는 사진작가가 된다.

무슨 일을 할 때도 마찬가지 이다. 처음 어떤 일을 하려고 할 때는 무엇부터 시작해야 할지 그리고 모든 것을 다 담아 내야 하는지 어디서부터 일을 해야 할까를 고민하게 된다.

하지만 일을 잘하는 사람은 버려야 할 것은 과감히 버리고 어떤 일을 먼저 해야 할지를 우선순위를 정해서 일을 하고 시간의 여유가 있다면 버렸던 일을 다시 챙겨 볼 수도 있다.

어떤 것에 초점을 맞추어야 하는지 보는 능력은 사진을 잘 찍기 위해서는 책에서 보고 바로 터득되는 것이 아니라 자신이 수많은 사진을 촬영해 보고 그리고 실패도 경험해 봐야만 제대로 된 사진이 나온다.

그리고 그 사진이 작품으로 인정받아 작가의 반열에 올라가는 것이다.

우리는 살아가면서 수많은 많은 일을 맞이하게 된다. 그때 마다 세세하게 모든 것을 모두 하려고 한다면 아마 오래 지속 하지 못할 뿐 아니라 앞으로 나아가지도 못할 것이다.

"머리카락에 홈판다."는 옛말이 있다. 그 말은 한 가지 일에 몰두하여 머리카락만큼 가는 곳에 홈을 파는 정도로 세심하다는 말이다.

물론 어떤 일에 있어서 그것을 추진하는 데 있어서 세밀하게 관찰해야 할 때도 분명히 존재한다.

그리고 큰 것만 보다가 작은 것을 놓쳐서 그것이 부메랑이 되어 돌아올 수도 있는 것이 우리의 인생이긴 하다.

그러나 보통의 경우 큰 원줄기만 제대로 찾아 간다면 작은 것은 저절로 해결되는 경우는 허다이 많이 경험하게 된다.

우리가 살아가면서 맞이하는 수많은 일들 중에 어떤 것이, 어떤 방법으로 해결해야 한다는 정답은 없다. 그래서 그때 상황에 맞게 내가 결정을 내려야 하는 것이다.

내가 어떤 사물을 사진에 담으려고 한다면 먼저 나의 머릿속에는 어디에다 초점을 맞출까 고민하고 여러 가지를 감안하여 셔터를 누르게 된다.

그리고 그 사진을 촬영하고 나면 확인해 보고 내가 생각한 것이 아니면 다시 촬영한다. 하지만 내가 하고 있는 일은 한 번 내린 나의 결정이 사진이 잘못 나오면 다시 촬영하는 것처럼 돌이킬 수 없다.

그래서 인생은 단번의 결정으로 나의 앞날이 판가름 나게 된다. 우리의 인생사는 아무도 나를 대신하여 어떤 결정을 내릴 수 없고 한 번 결정하면 그렇게 또 흘러가게 된다.

어수선한 배경을 지우고 딱 하나의 관심 대상만 남겨 두는 전략적인 선택, 오늘 하루를 담아내는 방법도 비슷하지 않을까…?

31. 남의 말에 생채기가 생긴다면

뉴욕타임스는 얼마 전 한 칼럼을 익명으로 올리는 코너를 만들었다. 필자의 요청도 있었지만 익명으로 했을 때 독자들에게 중요한 메시지를 올바른 시각으로 전달할 수 있을 것으로 기대 했기 때문이었다. 누가 어떤 사람이 했는가…? 얼마나 가깝고 신뢰하는 사이인가…? 사람 자체가 중요한 기준이 되기도 하지만 또 때로는 편견이나 차별을 가져오기도 한다.

이름을 지우고 본다면 더러 좀 아프게 하는 말이라도 꼭 필요한 것이 었다 싶기도 하지만 익명의 다른 한 부분은 익명의 뒤에 숨어서 댓글로 사람의 목숨까지도 앗아 갈 정도로 무서운 흉기로 돌변하기도 한다.

우리나라의 칼럼 중에 익명으로 된 것은 난 한 번도 보질 못했다. 유명세를 날리는 인기인이라면 더욱 누가 쓴 글인지에 따라 그 사람의 말이 이슈가 되고 그 말이 많은 파장을 일으킨다. 만약 누구인지도 모르는 사람이 우리나라의 정책 방향이나 교육 문제에 대해에 대해 칼럼을 쓴다고 가정한다면 별로 남들이 인정하지 않을 수도 있다.

얼마 전 '시무 7조'를 올린 조은산 씨는 회사원이며 우리 사회에 큰 반항을 일으켰다. 그 글이 정확한 내용을 전부 읽어 보지는 않았지만 언론에서 많은 비중을 차지하며 다루었던 내용이다. 일반인의 글이 이렇게 이슈화되는 일은 상당히 드물고 한편으로는 '조은산' 씨가 부럽기까지 하다.

어떤 평론가에게 자신의 글을 평가를 받는 것이 아니라 수많은 대중들이 먼저 그 글에 호응하고, 비판을 받을 수 있다는 것이 그 에게는 새로운 경험일 것이다. 갑자기 유명해진 '조은산'은 방송에 사진조차도 나오지 않는다. 자신이 요구할 수도 있고 평범한 직장인이며 한 가정의 가장으로만 살아가고 싶어 했을 것이다.

그는 이제 언론에서 이름이 오르내리는 유명인 되었지만, 자신의 본분을 지키며 자신이 하고 있는 일을 꾸준히 하고 있다.

우리는 살아가다 많은 일을 만나게 된다. 그중 나의 마음에 상처를 주는 가시 돋친 말을 듣게 된다면 보통의 경우 발끈하거나 그러지 못하는 상황이라면 나의 마음에 생채기가 남아 있게 된다.

하지만 수많은 말 중에 내 마음에 걸려 있는 그 한마디를 나한테 이로운 것만 남겨 두고 나머지는 흘려보내야 하는데, 우리는 그러하지 못한다. 만약 동물들이 서로의 갈등이 있다면 그들은 먹이나 암놈을 차지하려는 이유밖에 없다.

인간도 서로의 갈등을 단순화시킨다면 대부분이 먹이로 일어나는 경우가 대부분일 것이다. 물론 너무 비약일 수 있지만 자신의 먹잇감에 다른 사람이 어슬렁거리는 것을 막기 위한 수단으로 우리는 서로에게 상처를 주고 있는지 모른다.

어차피 우리는 혼자 살아갈 수 없고 서로가 관계를 맺으며 살아갈 수밖에 없다. 그러다 보면 본의 아니게 서로의 마음에 상처를 낼 수도 있다.

상처받은 마음을 계속 담아 둔다면 결국 손해는 상처 입은 사람의 몫이다.

상처를 준 사람은 내가 그 사람에게 상처를 주었다고 생각하지도 않고 있는데 괜히 자신만 마음고생을 한다.

그럼 누가 손해일까…? 상처를 준 사람이 나보다 상사이거나 나보다 힘센 존재가 나에게 상처를 주었다며, 그것을 계속 마음에 담아 두고 되새김하고 있다면 그것만큼 어리석은 것이 없다. 나의 자존감은 내 스스로 만드는 것이고 남의 말 한마디로 그것이 사라지지는 않는다.

32. 나도 사회복지학을 공부했다

사회복지학을 공부하는 사람들에게 제일 먼저 가르치는 것이 있다. "사회복지를 배우는 사람들은 남을 돕는 헬퍼의 기질이 있어서 이기적으로 살려고 해도 그게 잘 안 된다. 자신을 잘 챙겨야 투사가 적게 일어난다." 담당 교수의 첫 시간의 조언이다. 남을 돕는 것도 중요하지만 그것보다 먼저 자신을 돌보라는 권유한다.

자신에게 소홀하게 되면 박탈감 부정적인 느낌에 쉽게 노출되고 또 그게 자기 자신을 향하게 되기 때문이다.

지금은 복지는 대세가 확실하다. 대통령 선거부터 초등학교 반장 선거까지 대부분의 공약을 살펴보면 복지는 절대 빠지지 않는 키워드이고, 복지와 관련되지 않아 보이는 정책도 큰 범위에서는 복지와 연관되지 않은 것은 많지 않다.

심지어 어떤 후보들은 자신이 사회복지 분야에서 헌신해 왔다거나 사회복지 전문가라도 된다는 듯 사회복지란 단어를 써먹는다.

물론, 사회복지사로 일해 본 경력은 없지만, 사회복지사 자격증 취득 여부만으로 말이다. 이런 걸 보면 확실히 복지가 대세라는 사실은 부정할 수 없는 현실이다.

사실 사회복지는 대략 15년 전부터 대세였다. 15년 전부터 유망 직종 리스트에서 한 번도 빠져 본 적이 없었다. 지금도 대부분의 사이버 대학, 높은 합격률을 노래하는 온라인 학원 등에선 사회복지 자격 과정을 운영하지 않는 곳이 없다. AI(인공지능)가 대세라는 4차 산업혁명시대에도 사회복지사는 '위협받지 않는 직종'에 뽑히기도 했다.

그런데 장장 15년이나 유망 직종 리스트를 지켰다는 건 결국 그 긴 시간 한 번도 실제 영광은 겪어 본 적이 없다는 말이기도 하다.

한 번쯤은 영광의 시절을 겪었다가 한물이 가도 됐을 법한 기간인데 말이다. 복지는 대세지만, 그 복지를 실천하는 사회복지사들은 찬란해 본 적이 없는 슬픈 현실이다.

나도 미래 직종이라고 해서 '사회복지사' 자격도 따고 사회복지학 학사 과정도 마쳤다. 하지만 현실은 사회복지 분야에 근무하는 사람들의 처우는 열악하기 그지없다.

그리고 그런 일자리마저 많이 있지를 않아 적은 임금과 근무환경이 좋지 않아도 한 사람이 빠지면 바로 충원되는 악순환이 이어진다.

전염병으로 어떤 것도 제대로 돌아가지 않는데, 나라에서는 꼴랑 휴대폰 요금 2만 원을 전 국민에게 주겠다고 한다.

그게 장사가 되지 않은 소상인이나 일거리가 없어서 놀고 있는 일반 국민에게 얼마나 도움이 될지 모르겠다.

지금은 모든 사람이 힘들어하는 시기는 맞다. 나라에 돈이 없어서 빚을 내어서 아이들 용돈 주는 것도 아닌 2만 원을 주고 복지를 했다고 나라님은 생각하고 있을까?

누군가는 이런 게 복지가 아니라고 충언을 하는 사람을 아무도 없는 모양이다.

1986년 난 군대에 입대할 때 데모를 했던 대학생들을 교도소 대신 선택한 것이 군 입대였는데 일명 녹색사업이라는 것을 했다. 그 당시 전방의 겨울이면 모든 병사를 모아두고 데모하는 아이들이 공부했던 '매판자본론'이나 '김일성 주체사상' 그리고 '남미 사회주의'의 부당함을 교육시켰다.

그때 녹색사업으로 군대 잡혀 왔거나 교도소에서 콩밥을 먹었던 사람들이 지금의 정부 요직에 있는 사람들이라 그 사람들의 잘못된 자본주의 생각을 난 직접 경험한 사람이다.

부자들을 극도로 싫어하고(삼성 이재용을 끝까지 파고 있다), 모든 사람이 잘사는 보편적인 사회를 꿈꾼다.

20대부터 그런 생각이나 사상이 박혀 있는 사람들이 하루아침에 달라지지 않고 이런 것들이 지금 우리나라의 대세이니 우리나라의 복지는 이상한 곳으로 흘러가는 느낌이다.

만약 내가 좋은 집에 살 형편이 되지 않는데 내가 갚을 능력도 안 되는데 빚을 전부 내어서 그 집을 사야 할까…?

전 세계 모든 국가들이 외국에 나가 있는 공장들을 이제 본국으로 돌아오는 정책을 펴고 있다. 하지만 우리나라의 정책은 기업의 비리를 끝까지 파헤쳐서 그 회사가 망할 때까지 세세하게 파고든다. 이런 분위기에서 사업하는 사람들이 우리나라로 기업이 다시 돌아올 수 있을까…?

하지만 부자를 싫어하는 그들도 강남에 아파트가 몇 채씩 있고 미국을 싫어하면서 자기 자녀들은 미국으로 유학을 보내고 있다.

　나라가 아무리 어렵다고 몇백억 부자한테도 2만 원 주고 쌀이 없어 굶고 있는 국민에게도 2만 원 주는 것이 정상적인 상황은 아니다. 그게 장사가 되지 않은 상공인이나 우리 국민에게 얼마나 도움이 될까?

33. 나락이 쓰러졌다

비도 태풍도 많았던 올여름 들판에 나락이 많이 쓰러졌다. 쓰러진 벼를 일으켜 세워야 하는데 지금은 들판에서 벼를 세우는 사람은 아무도 없다.

가장 큰 문제가 세울 인력이 없는 것이고 돈을 주고 논에 있는 나락을 세운다는 것은 배보다 배꼽이 더 커진다.

그다음으로는 묶을 재료가 없다는 것이다. 볏짚으로 묶어야 하는데 집마다 볏짚이 있는 집은 단 한 곳도 없을 것이다. 일반 플라스틱 끈으로 묶으면 나중에 콤바인으로 타작할 때 전부 풀어주어야 하는데 그때도 많은 인력이 소모될 것이다.

그리고 플라스틱 끈을 일일이 수거하기는 불가능해서 벼가 쓰러져도 아무도 세우려고 하지 않는다.

만약 쌀값이 지금의 두 배 정도 한다면 한 톨이라도 더 생산 하려고 논에 들어가 전부 일으켜 세우는 작업을 할 것이다.

내가 초등학교 다닐 때의 불과 30~40여 년 전인 60, 70년대 당시 감자 몇 개로 끼니를 때우기도 하고 춘궁기면 야산에 올라 소나무의 속껍질을 벗겨 먹기도 하고 아카시아 꽃잎을 훑어 먹던 시절이 있었다. 우리 때는 재미로 산에 가서 한 것 같고 바로 위 세대들은 먹을 것이 없어서 실제 배가 고파 초근목피(草根木皮)로 연명하며 살았다. 그때는 모든 사람들이 배부르게 먹는 것이 소원이든 시절 쌀 한 톨 나락네끼 하나라도 소중히 할 수밖에 없었다.

農者天下之大本也(농자천하지대본야)는 '농사는 천하의 가장 큰 근본'이라는 뜻인데, 농악패의 깃발에서 많이 보았을 것이다.

전 인구의 70~80% 사람들이 농사일을 하였는데 아이러니하게도 농민들이 배를 제일 많이 곫았다. 우리 세대는 그의 대부분이 시골 출신이고 도시 출신의 사람들이 별로 없다. 물론 내가 촌놈이니 나의 주변 사람들도 시골 출신일 수 있으나 농사에 종사한 사람들이 많았기 때문이기도 하다.

쌀이 귀했던 70년대 논에 나락이 쓰러지면 온 나라가 난리가 난 것처럼 모든 사람들이 동원되었다. 공무원, 군인은 물론이고 공부하는 초등학생들까지 들판에 나와서 쓰러진 벼를 세웠다. 중학교 때까지 쓰러진 벼를 세우러 다닌 기억이 난다. 보통 오전에는 수업을 하고 오후에 전교생이 들판에 나가 볏짚으로 쓰러진 나락을 삼각형으로 묶었다.

중학생 정도 되면 어른이 하는 일을 대부분 다할 수 있을 정도로 우리는 어릴 때부터 부모들에게 강제 노동을 당했다. (요즈음 아이들은 부모에게 시간당 얼마씩 받고 일을 한다) 그래서 중학생 정도면 어른들이 하는 일을 다 했다.

그렇게 귀한 대접을 받던 쌀이 이제는 매년 몇만 톤이 남아도는 실정이다. 인구는 그때보다 더 많이 늘어나고 쌀농사를 하는 면적도 많이 줄어들었는데 왜 쌀이 남아돌까? 이유는 한가지이다. 쌀을 먹지 않기 때문이다. 그 시절 먹을 것이 없으니 오로지 밥을 많이 먹어야 했다.

그때는 세숫대야만 한 밥그릇으로 두 그릇을 먹어야 다음 끼니때까지 배고픔을 참을 수 있었다. 탄수화물을 그렇게 많이 섭취하는데도 옛날 분들은 배가 나온 사람은 아무도 없었다. 그때는 배가 나온 사람을 부러워할 정도로 모든 국민이 날씬했었다. 오로지 쌀이 최고이고 쌀밥에 고깃국이 모든 국민의 희망이었다.

이제는 다른 먹거리가 많고 고기는 고깃집에서 가위로 잘라 먹는다. 일 년에 한두 번 먹는 고깃국 의 양을 늘리기 위해 육고기로 국을 끓이고 서로 많이 먹으려고 밥상에서 쟁탈전 벌이던 그 시절이 어제 일같이 눈에 선하거만 나도 이제 옛이야기를 하면서 그때를 그리워하는 것을 보니 뒷방 신세 질 날이 얼마 남지 않았구나.

나락을 일으켜 세우고 낫으로 베어서 한 줄로 길게 놓아두고 다시 볏단을 일일이 묶어서 타작을 위해 한곳으로 모은다. 그럼 타작할 준비가 다 되었다. 내가 어릴 때는 사람이 발로 밟으며 돌아가는 타작 기계를 사용했는데 이 기계가 돌아갈 때 나는 소리가 "괘롱괘롱" 해서 우리는 그 기계 이름이 괘롱이라고 했다. 그 뒤 발동기도 나오고 사람이 일일이 볏단을 들고 했던 기계에서 체인 형태의 된 곳을 올리기만 하면 스스로 나락이 떨어지는 기계가 나오기도 했다.

요즈음 콤바인은 아무리 벼가 쓰러져 바닥에 딱 붙어 있어도 기계가 일으켜 세우며 타작을 한다. 그리고 타작을 마친 벼를 일일이 작은 포대에 담는 것이 아니라 일 톤 백에 담아서 건조기로 말리거나 물벼로 대형 도정 공장으로 직행한다.

　　우리의 삶이 많이 나아지고 삶이 윤택해져도 옛날 타작할 때 힘든 시간이 그립기만 하다.

34. 계란 몇 개나 먹어요…?

계란은 외부 충격에 아주 약할 것 같지만 의외로 단단한 면도 가지고 있다. 어릴 때 양 깍지를 끼고 세로로 넣어서 깰 수 있는지 내기를 해도 아무도 깨는 사람이 없었다.

지금도 아무도 그렇게 계란을 깨는 이는 보지 못했다. 그리고 바닥에 떨어뜨렸을 때도 약간 금만 갔었을 뿐 안에 내용물이 온전히 살아 있는 경우를 자주 본다.

그것은 껍질 안쪽에 있는 얇은 내막 덕분에 계란을 보호 한다고 한다. 표면을 감싸고 있는 하얀 내막은 계란이 공기 호흡을 할 수 있게 해 주는 에어포켓이자 외부의 충격을 완하시켜 전달하는 완충재 역할을 한다.

계란은 흰자와 노른자의 두 가지 맛을 즐길 수 도 있고, 그 맛이 특별히 강하지 않아 다른 식재료와 잘 어울리고 취향도 거의 타지 않는 식품이다.

영양 면에서도 완전식품이라고 할 만큼 영양소가 풍부하고 균형이 잘 잡혀 있어 다이어트 식품으로도 좋다.

어릴 때 시골에서는 대부분의 집에서 닭 몇 마리씩은 기르고 있었다. 하지만 계란 프라이 반찬을 해 오는 친구는 아주 드물었다.

프라이를 친구들에게 빼앗기지 않으려고 밥 중간에 깔아 오든지 아니면 아주 밑에 넣어서 도시락을 싸 오기도 했다.

그 당시 계란은 소풍을 가든지 여행을 가든지 할 때 최고의 간식이었다. 김밥은 싸 갔는지 기억이 없어도 계란은 누구나 삶아서 가지고 왔다.

그리고 계란을 누가 많이 먹는지 내기를 한 적도 있었는데, 웬만한 아이들은 계란 10개 정도는 거뜬히 먹어 치웠었는데 15개 이상 먹어야만 일등을 할 수 있었다. 많이 먹는 친구는 계란 한 판을 그 자리에서 먹는 아이들도 있었다.

내기를 할 때는 물을 먹어도 안 되고 소금을 찍어 먹어도 안 되는 규칙이 있었는데 나중에는 계란 냄새 때문에 더 이상 먹지 못하게 된다.

긴긴 겨울 방학 동안 친구들이 함께 모여서 밤새 애기를 나누며 출출함을 달래기 위해 각자 집에 있는 계란을 몰래 가지고 와서 누가 더 많이 먹는지 내기를 하고 지는 친구는 다음 날에는 자기 집 닭을 잡아 와야 했다.

그렇게 재미있게 놀던 친구들은 내일 모레면 육십을 바라보는 나이가 되었다. 돌이켜 보면 아직도 마음은 고등학생 시절이고 친구들과 밤새 놀고 싶다. 이런 일들이 어제 일처럼 생생한데 세월이 너무 빨리 지나는 것 같아 인생의 무상함을 느낀다.

계란의 투명막처럼 거칠고 험한 바깥 세계로부터 나 자신을 보호하고 싶은 날이 있다. 그런 날엔 단단한 벽이 아닌 투명한 막 하나 정도면 어떨까…? 적당히 차단하고 적당히 호흡할 수 있게 나에게 보호막은 바로 당신의 사랑이다.

35. 스트레스와 바꾼 나의 인생

세계 내로라하는 기업의 CEO들이 스트레스도 심한 만큼 자신들만의 스트레스 관리법이 있다. 스티브 잡스는 생전에 명상을 매일 했고, 아마존 창시자 제프 베조스는 무슨 일이 있어도 반드시 8시간의 수면 시간을 확보해서 오래 잠을 자려고 했다.

그리고 빌 게이츠는 매일 밤 설거지를 하며 머리를 비웠다. 매일 답답하고 힘든 일상 속에서도 잠깐 숨 쉴 구멍 하나만 있으면 숨통이 트이고 그럭저럭 살아갈 힘을 얻는 것이 인간이다. 명상을 하든 빌게이츠처럼 설거지를 하든 자신의 업무와 연관이 전혀 없는 분야에서 자신의 스트레스를 없애고 있다.

난 지난 십여 년간 업무에 대한 스트레스를 별로 받지 않았다. 그것은 특별히 무얼 하려고 노력하지 않았다는 증거이기도 했다.

난 그렇게 유유자적하며 자연을 벗으로 삼아 살고 싶었다. 어느 날부터 정확히 22개월 전부터 나의 삶의 방향이 전혀 다른 곳으로 점점 가고 있는 듯하다.

그래서 평소에 스트레스라는 단어와는 전혀 다른 삶을 살았는데 점점 더 심한 스트레스의 세계로 빠져드는 느낌이다.

마음속으로는 일 년만 버티자고 외치고 있다. 어제 경력자로 나와 같은 날 입사했던 팀원이 나에게 말한다. "일을 시작한 지 3주차밖에 되지 않았는데, 다른 곳에서 6개월 동안 해야 할일을 한 것 같다."며 나에게 하소연한다. 그만큼 업무의 강도가 높다는 것이다. 나 같은 경우 현장 관리를 위해 현장에 외근을 하러 가기도 하지만 현장에서도 나의 업무는 녹록지 않다. 특히 감독관청과 협력사의 중간 다리 역할을 해야 하는 업무라 나름 스트레스를 많이 받고 있다. 하루 전화 통화량은 목이 아플 정도로 하고 있고 감독관청에 서류를 보내기 위해 컴 앞에서 작업 시간이 많아 안구 건조증이 생겼다. 종종 있는 가슴 답답함이나 숨쉬기 힘든 증상도 예전에는 전혀 없었다.

남의 돈을 먹기가 그리 쉬우나 견디어 보자 싶다가도 이러다가 일 년은 고사하고 3개월도 버티지 못하고 과로사하는 것 아닌가 싶기도 하다.

그래도 나름 스트레스를 풀기 위해 아침에 광려천을 한 시간 정도 걷기를 하고 친한 친구와 수다를 떨며 나의 마음을 안정시키고 있다.

난 시간이 많고 일이 없는 삶을 꿈꾸어 왔고 실제로 그런 삶을 살아왔다. 그래서 주변에 기라성 같은 수많은 분과 교류도 하고 그분들과 마음만 먹으면 어디든 떠나는 그런 삶을 살았었다. 그것이 나의 본모습인데 나의 운명의 바늘이 이제는 죽어라 일만 하라는 쪽으로 기울어지고 있는 느낌이다. 그럼 일을 해야지 어쩌라….

내가 나의 운명의 시간을 반대로 돌릴 수 있는 능력이 없다면 그 운명으로 살아가야지 어쩔 수 없다. 돈 주는 이가 면접 때 연봉을 얼마나 받고 싶냐고 했을 때 난 당당히 돈보다도 시간이 많이 주었으면 좋겠다. 했더니 그 사람은 나의 말뜻을 전혀 이해하지 못하고, 그는 휴일에도 출근해야 한다며 나에게 은근히 말을 하고 있다.

그런 사람 밑에서 돈보다 시간을 많이 달라고 했던 나의 선문답 같은 말의 의미를 이해 못 하는 것은 당연하다.

집에 잡초가 많이 자라서 왜 풀을 베지 않느냐며 주변 사람들이 말하면 난 지금 풀을 키우고 있다며 절대 손을 대지 마라 말한다.

그 정도로 풍류를 즐기며 살았는데 내가 바쁘니 어느 사람도 초대하지 못하고 그저 세월 가는 것만 처다보고 있다.

그나마 이번 주말에는 합천에서 공연이 있어서 오랜만에 나의 사랑하는 이들과 함께할 수 있어서 그것만 기다리며 버티고 있다. 스트레스는 만병의 근원이라 했는데 나는 지금 그 근원을 안고 살고 있다.

36. 먼 길을 걸어온 사람아

긴긴 세월 수레를 함께 끌어 온 노부부가 있었다. 할아버지가 먼저 세상을 떠나고 할머니는 혼자 수레를 굴릴 힘이 없었지만 폐박스를 모아서 근근이 삶을 이어 가고 있다.

> "지난 23일 오후 철원군 동송읍 택시 승강장 앞에서 낡은 유모차에 폐지를 줍는 할머니가 힘겹게 도로로 이동하고 있었다."

어제 감동의 릴레이라며 뉴스에 나온 내용이다.

보편적인 복지를 위해 힘을 쏟고 있는 여러 나라님은 이게 미담으로 보면 안 되는데, 할머니는 노령연금 30여 만 원 받고 있을 것이고 박스를 주울 연세라면 공공근로도 가능한 연세일 것인데, 왜 박스를 거대한 산만큼 주어서 가고 있을까라는 의문이 든다.

물론 전염병의 영향으로 지금의 공공근로 연령층이 젊은 사람으로 채워져 가고 있다고 한다. 공무원 입장에서는 나이 드신 분보다 안전사고의 우려로 젊은 사람들은 일을 시키는 것이 훨씬 좋을 것이다.

공공근로의 목적은 공공장소의 환경 개선의 목적보다 사회적 약자인 노인들의 일자리를 위해서 만들어진 제도인데 지금은 어찌 된 영문인지 젊은이들이 더 많이 그 제도를 이용하고 있다. 물론 전염병 핑계를 댈 수도 있겠으나. 손쉽고 힘들지 않은 일을 선호하는 요즈음 세태를 보는듯 하다.

예전에 근무했던 직장에서는 인력사무소에서 사람들을 종종 쓴 일이 있었다. 열 번을 부르면 9번은 외국인이다. 난 분명 한국에 살고 있는데 인력사무소에서는 한국인을 찾아볼 수 없다. 그 정도로 우리 젊은 사람들은 3D업종에는 전혀 가질 않는다. 그 중간에 외국인이 차지하고 있고 우리 젊은이는 험한 일 하기 싫어서 공공근로의 자릴 차지하고 노인들을 박스를 좁게 길거리를 내몰고 있다.

이번에 기사 시험 준비를 위해 학원을 갔다. 난 실업자는 아니었지만 실업자들 틈에서 공부를 했다. 학원장의 농간으로 제일 긴 4개월짜리 코스를 모르고 들어갔다. 시험 일정의 변경으로 선생이 실제 수업하는 일정을 좀 당겨서 주말에 특강도 하고 저녁에도 시간을 할애해서 시험 준비를 해 주겠다고 하니 아무도 동의를 하지 않고 정해진 날짜로 강의해 달라는 말한다. 난 이번 시험에 꼭 합격해야 했고 시험 날짜에 맞추어 주겠다는 선생을 고맙게 생각했는데 어느 사람도 찬성을 하지 않는 것을 보고 내심 난 충격이었다.

공부도 마찬가지이지만 이들은 나라에서 실업급여도 받고 학원비도 정부에서 모두 부담하고 있고, 이렇게 공부하다가 직장에 들어가면 성공 축하금도 매달 얼마씩 준다고 한다. 그래서 그들은 아주 길게 천천히 학원에서 놀다가 수업이 끝나면 다른 직장에 가면 되는 것이다.

난 이런 부류의 사람을 아주 경멸한다. 하지만 대부분의 사람들이 정부가 주는 공짜 돈에 눈이 멀어서 힘들고 어려운 일을 하지 않고 있다.

국민의 표로 집권을 하는 여야를 막론하고 중간에 정책을 그만두게 되면 반발이 심할 것이고, 그럼 다음에 찍어 주지 않을까 봐, 한 번 복지를 위해 시작한 정책은 절대로 중간에 그만둘 수가 없다.

지금의 여러 부작용을 나라님은 알고 있겠지만 어쩔 수 없이 계속 시행할 것이다. 남미의 베네수엘라 예를 많이 들고 있고 잘못하면 그 꼴 난다고 학자들이 주장하고 있지만 난 벌써 그렇게 되었다 본다.

인력사무실에 우리 국민이 없고 공공근로에 젊은 사람들이 넘치는 것이 증거이다. 가난과 굶주림에서 벗어난 것이 우리나라는 50년도 되지 않는다.

국민에게 복지를 하는 것도 좋고 모두가 잘사는 세상을 만들어 가는 것도 정말 좋은 세상이다. 그러나 자본주의 기본은 모두가 열심히 일해서 부를 축적하고 내가 번 돈으로 의식주를 해결하고 나의 꿈을 위해 쓰는 것이 맞다.

우리의 선배들은 배고픔을 참으며 세계 10위 경제 대국의 밑거름이 되게 했다. 지금의 젊은이들은 보면 미래를 알 수 있다. 어떻게 하면 나랏돈으로 연명할 수 있을까? 궁리만 하는 젊은이가 판을 치는 우리나라의 미래가 혹시 내가 살아생전에 거덜 날까 두렵다.

노인들의 공공근로는 노인들의 생계를 위해서 꼭 필요한 제도이다.

젊은이들이여⋯! 당신이 하고 있는 공공근로는 노인에게 양보하고 인력 사무실이라도 나가서 피땀 흘려 돈을 버는 사람이 되자. 그것이 박스를 줍는 노인들을 길바닥을 헤매지 않게 한다. 노인에게 필요한 것은 최소한의 생계를 위한 일자리이지, 잠깐 손수레를 밀어 주는 것이 미담이 아닌 것을 명심하자.

37. 적당히 술을 마셔 보았자 건강에는 헛방이다

술을 하루에 한두 잔 조금 마시면 건강에 여러 가지 효과가 있다는 이전의 연구들이 많이 있지만 수명을 연장하는 것과는 관련이 없다는 연구 결과가 나왔다.

호주 국립약물연구소 알코올정책연구팀이 이전의 90가지 연구 결과를 분석한 결과, 소량의 술을 마시는 사람도 전혀 마시지 않는 사람과 비교했을 때 수명 연장 효과가 없는 것으로 나타났다.

연구팀의 타냐 치크리츠는 "소위 적당히 술을 마시는 사람이라고 해서 전혀 술을 마시지 않는 사람보다 오래 사는 것은 아닌 것으로 밝혀졌다."고 말했다.

연구팀은 소량의 음주가 수명을 연장한다는 결과가 나온 것은 오류가 있었기 때문이라고 주장했다. 그리고 "사람들은 병에 걸리면 금주를 하기 때문에 술을 마시지 않는 사람 중에는 조기 사망할 가능성이 더 크다."며 "이 때문에 술을 마시지 않는 사람보다 적당히 마시는 사람이 더 오래 산다는 결과가 나온 것"이라고 설명했다.

"질병 때문에 술을 안 마시는 사람을 고려하지 않는 연구를 제외한 뒤 분석한 결과, 이런 결과가 나왔다."며 전문가들 중에서도 소량의 음주 특히 와인 한두 잔은 죽상동맥경화증이나 심장동맥 질환 위험을 낮춘다고 주장하는 쪽이 있는 반면 한두 잔의 술도 유방암과 같은 질병 위험을 높인다고 말하는 쪽이 있다.

술을 입에 대면 보통의 경우 한두 잔을 마시며 그만두지는 않는다. 우리나라의 음주 문화는 일단 발동이 걸리면 2~3차까지 그 사람이 죽을 때까지 뽕을 뽑는 경우가 많이 있고 그런 분위기에서 한두 잔 마실 수 있는 사람은 아무도 없을 것이다.

물론 술을 전혀 하지 않는 사람일 경우도 있지만 회식 자리에서 술을 마시지 않는다면 그 사람을 사회생활 잘못한다고 낙인찍힐 수밖에 없다.

직장 내 술자리를 일의 연속이라고 생각하는 경우 더욱더 그러하다. 그런 분위기에서 혼자서 술을 마시지 못하면 자신이 불이익을 받을 가능성이 높은 것이 우리나라의 음주 문화이다.

내가 살아가기 위해 직장에 나가지만 결국 술에 인해 수명이 단축되는 일이 발생하게 된다. 술의 부작용에 대해 끊임없이 연구 결과가 나와도 술을 마시는 것을 그만두는 사람은 별로 없다. 내 주변에도 음주로 인해 성인병이 생겨도 특히 심장이 정지할 수 있다고 의사가 겁을 주어도 내 친구는 오늘도 술을 마시고 있다. 그 친구가 가지고 있는 질병의 숫자가 대여섯 가지가 넘어 매주 경상대병원에 진료를 하러 가고 있지만, 금주는 절대로 하지 않고 있다.

이 정도 되면 술을 마시지 말아야 하는데 그는 오늘도 술에 취해 잠이 들었을 것이다.

왜 우리나라는 음주에 대해 관대한 나라일까? 주류 회사들이 대기업이 많고 중소기업이라도 수십 년간 독점적인 지위를 이용한 부의 축척이 원인이라고 본다.

주류 회사들은 잘나가는 연예인으로 광고를 하고 드라마나 영화에서는 음주하는 장면이 너무나 많이 나온다.

담배처럼 음주 장면을 규제를 하지 않으면 어린아이 때부터 자연스럽게 술이란 사회생활을 위해 필수적인 것이구나 생각하게 만든다.

1960년대부터 식량이 모자란다는 이유로 집집이 만들어 마시던 술을 금지한 것이 오히려 주류 회사에 부를 축적하게 만들고 그들의 거대 자본들이 우리 사회를 술 권하는 문화를 정착하게 만들게 되었다.

개인이 소주를 직접 만들어 보면 수많은 과정을 거쳐야 해서 한 병에 천 몇백 원으로 도저히 가격을 맞출 수가 없다. 만약 1960년대에 가양주(家釀酒)를 보존하고 계승 발전하였다면 우리나라의 음주 문화는 또 다른 방향으로 만들어질 수 있었을 것이다.

소주 가격이 천 원이다 보니 손쉽게 술을 마시게 되고 그 술로 인해 많은 부작용이 생기게 되었다. 이런 문화를 하루아침에 바꾸어질 수도 없다. 알코올에 의존하는 우리의 삶이 한순간에 달라질 수는 없다.

나의 생명이 단축된다는 사실을 잊어버리고 추석 연휴 기간 동안 단 하루도 술을 마시지 않은 날이 없을 정도로 우리는 손쉽게 술을 마시고 거나하게 취하고 있다. 술이 없는 세상에서 살고 싶다.

38. 남이 쓰던 가구에는 귀신이 있다…?

무엇이든 쉽게 버리지 못해 차곡차곡 쌓아 두는 사람이 있다. 하나하나 뜯어보면 나름대로 의미가 있어서 나중에 어딘가 쓸 일이 있을 것만 같아서 버리지 못하고 있다.

그런 사람을 배우자로 두고 있는 사람들은 집 안을 정리한다는 것은 불가능하다. 버리지 못하는 것 때문에 항상 다툼이 일어난다.

특히 약국에서 조제한 약봉지를 버리지 못해서 싱크대 서랍 곳곳에 쌓아 두는 것은 선뜻 이해하기 어렵다. 약값 2~3천 원이면 다시 조제할 수 있고 병원에서 조제한 약 대부분은 감기 증상이나 배탈 등 단순한 약인데 언젠가는 필요할 것이라고 차곡차곡 쌓아 둔다. 그것을 몇 년간을 방치하는 경우도 있다. 건강식품은 집집이 널려 있어서 자신이 먹지 못하면 다른 사람에게 주게 되고 그것 또한 가득히 모여 있다. 건강식품은 비싸기 때문에 더욱 버리지 못해 하나 가득 쌓여 있다. 이런 풍경은 보통 대부분의 가정에서 본다. 물론 그 대상만 다를 뿐이지 누구는 책을, 누구는 옷을 그리고 신발을 버리지 못하는 사람들도 있다.

노르웨이의 한 가구 디자이너는 주로 폐가구를 작품에 활용한다. 이러한 작품을 업사이클링이라고 하는데 우리나라에서는 생소해도 유럽에서는 버려지는 것들로 구성된 작품이 아닌 업사이클링 문화로 미술의 한 장르로 자리 잡고 있다.

그들은 낡은 문틀, 오래된 탁자의 다리, 의자의 팔걸이 이렇게 가치를 상실한 것들을 깨끗하게 다듬어 새로운 가구로 탄생하게 하거나 예술 작품으로 높이 평가받고 있다.

하지만 우리나라는 남이 쓴 가구는 잘 사용하지 않으려 한다. 한 달 남짓 사용한 팽창 동계 올림픽 때 선수촌에서 사용했던 가구들은 대부분이 버려졌다고 한다. 기껏 재활용한다는 것이 복지관, 종교기관, 요양 보호 시설 등 지역의 사회복지단체에 기부하는 정도이고 일반 주민은 쳐다도 보지 않았다고 한다. 그것은 우리나라에 민간에서 내려오는 미신의 영향이 크다.

남들이 사용했던 가구는 그 집 귀신이 붙어 있어서 재수가 없다며 들어 왔기 때문이다. 특히 집 안에 사용하는 밥그릇이나 가구들은 남이 쓰는 물건에 대해 거부감이 강한 것 같다.

하지만 조선 시대의 '반닫이'나 '농'이 높은 값으로 골동품으로 거래되는 것은 아이러니가 아닐 수 없다.

내가 어릴 때만 해도 도시로 이사한 빈집에는 그런 물건들이 많이 있었는데 반닫이나 농을 모아 두었다면 요즈음 제법 돈벌이가 되었을 것이다.

물론 내가 어릴 때였으니 부모님이 귀신 따라 온다고 빈집 근처도 가지 못하게 할 수도 있었겠다.

업싸이클링은 '다시 돌아오는 것들'이라고 말한다. 쉽게 포기하지 않고 소중한 가치를 발견해 지속할 수 있게 만들려는 마음은 물건에만 한정되는 것은 아닐 것이다.

오랜 세월 같이했던 친구나 묵묵히 나의 길을 같이 가고 있는 인생의 동반자 등은 오래될수록 그 가치가 빛이 나게 된다.

39. 입이 심심할 때는 물을 드세요

외국인들이 좋아하는 한국어로 뽑힌 단어 중에 '입이 심심하다'의 단어가 있다. 외국어에는 이런 표현이 없다고 한다.

배가 딱히 고프지 않는데 뭔가 먹고 싶은 어중간한 상황을 표현하는 것인데 옛날 농사를 하던 시절 육체노동이 많아 점심시간이나 저녁 시간까지 계속 일을 하게 되면 밥과 고기가 귀했던 시절에 금방 배가 꺼져 허기가 저서 일을 할 수가 없어서 그 시절에는 꼭 중참을 먹었다. 그때는 막걸리 한 사발도 같이 먹고 일을 했는데 살기 좋아진 지금은 기계화되어 고강도의 노동은 하지는 않아 중참은 먹지 않는다.

그러나 아직도 농촌에 일을 하면 중참 시간은 있고 그때 술도 한 잔씩 한다. 그래서 농번기 들판 길목에서 경찰들이 음주 단속을 하기도 하는데 역사가 오래된 전통이지만 이제는 농촌에도 그의 대부분의 일이 기계화가 되어 있어서 음주 상태로 일을 하다가는 안전사고의 위험이 많다.

실제로 시골에서 갑자기 돌아가시는 분들의 대부분은 농기계에 의한 사고이다. 몇 년 전 친구의 형님도 술을 거나하게 취해서 운전을 하다가 트랙터 꽁무니를 받아서 둑방에서 추락하여 두 사람 다 저세상에 간 일도 있었다.

이제는 모두가 영양이 과도해서 문제가 되는 시대에 살고 있다. '입이 심심하다' 해서 과자나 단것을 먹다가는 비만은 물론이고 성인병의 원인이 된다.

나 같은 경우 입이 심심하고 출출할 때는 물을 마시고 있다. 그때가 위에 아무것도 남아 있지 않아서 순수한 물을 마시기 좋은 시간대이기 때문이다. 물을 많이 마시면 건강에 좋다고 하는데 입이 심심하다고 간식을 챙겨 먹는 습관은 버려야 하겠다.

우리나라 말 중 외국인들이 좋아하는 단어 중 '뒹굴뒹굴'이라는 표현도 신기해한다고 한다.

누워서 이리저리 구르는 모습이 상태뿐만 아니라 느낌까지도 딱 들어맞는 표현이다. 오늘처럼 휴일 날 특별한 계획이 없는 날에는 밥을 챙겨 먹는 것도 잊어버리고 늦잠을 자거나 하루 종일 티브이를 보면서 이리저리 뒹굴어도 아무도 무슨 소리 하지 않는다.

입이 심할 때나 뒹굴뒹굴일 수 있는 것도 열심히 일을 하고 난 뒤라면 어느 누구도 말을 하지 않겠지만 매일 놀고 있는 사람이 그렇게 한다면 모두가 손가락질할 것이다.

옛날 한창 농번기에 아들을 일을 하지 않고 방구석에서 뒹굴뒹굴해서 아들이 누워 있는 방의 구들장을 파내었다고 한다.

내 감정을 제대로 표현해 주는 문장이나 단어를 만나면 외국인들도 좋아할 것이다. 그리고 그 단어의 의미를 제대로 공감 할 수 있다면 한국 사람이 다 된 것이다. 휴일 날에는 입이 심심할 때는 간식도 챙겨 먹고 하루 종일 뒹굴뒹굴할 수 있는 여유로운 날이 되어야 하는데 그런 호사를 누릴 수 있는 기회가 주어질는지 모르겠다.

40. 1%는 누구나 보인다

중오필찰(衆惡必察). 공자가 말씀하신 『논어』에 나오는 사자성어로 여러 사람이 좋아하거나 미워한다고 하여 그대로 부화뇌동하지 말고, 직접 그 이유와 실상을 살펴보고 난 뒤에 자신의 판단과 신념에 따라 행동하여야 한다는 말이다.

예전에 이런 광고가 있었다. 모두가 "예."라고 할 때 "아니오."라고 대답하는 광고 기억할 것이다. 그때는 그 말의 의미가 특별한 인간이 되라는 것으로 받아들였는데, 지금 생각해 보니 모두가 "예."라고 할 때 "아니오."라고 대답할 수 있는 이는 그 만큼 그 분야에 뛰어난 한 방이 있기 때문이다.

에디슨이 말한 99%의 노력과 1%의 영감은 아마 이때 쓰는 말일 것이다. 노력만 하면 밥은 굶지 않고 그저 그렇게 살 수는 있을 것이다.

하지만 1%의 영감은 아무에게 주어지지 않는다. 강남의 아파트 값이 몇십억씩 오를 줄 알았다면 은행 빚을 내고 주변에 돈을 빌려서라도 아파트를 샀을 것이다. 그러나 나의 주변에서는 어느 누구도 그런 무모함을 하지 않는다.

2년 전에 서울에 사는 친구가 서울 근교에 살고 있었는데 직장이 시내에 있어서 출퇴근도 멀고 해서 빌라라도 사야겠다고 해서 나는 무조건 지금 사라고 말을 해 준 적이 있었다. 최근에 그 친구한테 물어보니 자기 동생이 사지 말라 해서 선금 500만 원을 걸고도 포기했다고 말을 한다.

한 달에 내어야 할 주택부금이 두려웠던 그는 지금 땅을 치고 후회한다. 2년 전보다 집값이 두 배 이상 올라갔기 때문이다.

1%의 영감은 내가 조금만 더 관심을 가지고 수천 년 전에 공자가 말씀하신 중오필찰(衆惡必察) 한다면 어떤 사람도 그것이 보일 것이다.

성공을 위해 우리에게 부족한 1%를 채우는 비결은 무엇일까? 이러한 비결을 찾기 위해서는 오히려 대중들의 관심과 시선에서 벗어나 있는 것에 관심을 가질 필요가 있다.

대부분의 사람이 간과하는 것에 숨은 경쟁력이 있을 수 있기 때문이다. 하지만 그런 능력이 하루아침에 만들어지는 것은 아니다.

그리고 노력한다고 해서 생겨나는 것도 아니다. 모두가 1%의 영감이 있을 수는 없다.

나의 주변에는 꾸준히 노력하여 잘사는 사람도 있고 어느 날 갑자기 찾아온 기회를 놓치지 않고 잘 관리하여 아주 큰 부자가 된 친구도 있다. 모두가 그들 나름의 노하우로 살아가지만 그들 역시 자신에게 주어진 기회를 잘 활용하여 이룩한 것이다.

70~80년대 학창 시절에 에디슨의 명언을 모두가 노력하자로 인식하였고 그때는 우리나라의 엄청난 경제 성장으로 조금만 노력하면 누구나 부자가 될 수 있다는 희망이 보였던 시대였다.

지금의 우리나라는 노력만으로는 성공할 수 없다는 것을 누구나 알고 있다. 학연·지연으로 성공한다고 손가락질한다면 그는 아직 인생을 더 살아 봐야 할 것이다.

어떤 이의 성공은 어느 날 갑자기 하늘에서 떨어질 수 있는 것이 지금의 현실이다. 나의 주변을 잘 관리하다 보면 어느 날 나에게도 하늘에서 '쿵' 하고 성공이 떨어질 수 있다.

그때를 위해서 1%의 영감의 촉을 갈고 닦아야 한다. 동기가 확실하고 환경이 괜찮다고 생각해도 원하는 결과가 나오지 않을 수도 있다. 그런 경우에는 노력의 방향이 잘못되지 않았는지 돌아볼 필요가 있다.

현대 사회에서 추구하는 어떤 분야의 일이든 소위 '무데뽀' 정신으로 해서 되는 일이 없다. 그저 죽치고 하기보다는 제대로 하는 것이 중요한 것이다.

또, 자신에게 효율적인 방식을 찾는 것도 중요하다. 잠이 많은 사람은 최소한의 잠은 자 줘야 하고, 특정 분야만 부족한 사람은 그 부분에 대한 많은 투자가 필요하다. 남들 하는 대로 따라 하는 것은 분명 한계가 있다. 다만 효율적인 방법을 찾는 것도 운이나 재능이 꽤 관여하는 것이 천재는 하나를 알면 열을 깨우친다는 격언처럼 뛰어난 재능을 가진 경우 혼자서도 능히 효율적인 방식을 찾아내는 반면 그러한 재능이 없는 경우 좋은 스승이 없다면 엄청나게 애를 먹게 된다.

그러니까 잠재력을 가졌으나 그걸 끌어낼 재능이 없는데 스승 운까지도 없다면 평생 노력만 하다가 생을 마감할 가능성이 높다.

요약하면 자력으로 잠재력을 끌어내기 어렵다면 하다못해 좋은 멘토라도 있어야 한다는 얘기다. 그러나 멘토가 있다고 해도 그 사람의 말을 들어주면 되는데 처음에는 조금 듣는 척하다가 조금 알게 되면 자기 마음대로 하는 경우가 많다. 그럴 경우 결국은 원점으로 돌아갈 것이다.

41. 아들놈의 예지몽

사람의 발바닥은 우리 몸에 비해 면적이 그렇게 크거나 넓지 않다. 보통 성인 남자를 기준으로 길이는 27㎝, 넓이는 15㎝ 정도가 일반적이다.

이 면적으로 70~80kg의 무게를 지탱하면서 걷고, 움직이고, 균형을 잡으며 뛴다. 움직이고 운동을 할 때 발바닥을 바르게 사용하지 못하면 발바닥에 굳은살이나 못이 생겨 불편함이 나타나는 경우가 있다.

굳은살은 그 사람이 서고, 걷거나, 뛰는 습관을 나타내 주는 척도가 된다. 만약 자신의 발바닥의 발가락 쪽에 굳은살이 많이 생긴 사람은 자신의 체중이 앞쪽으로 치우쳐 있다는 것을 의미한다. 반대로 발뒤꿈치 쪽에 굳은살이 많이 있는 것은 자신의 체중과 움직이는 습관이 발뒤꿈치 쪽으로 치우쳐 있기 때문이다.

그렇다면 가장 좋은 굳은살은 어떤 것인가? 일반적으로는 굳은살이 없는 발이 가장 좋은 체중 분포를 가지고 있는 것이고, 발바닥을 잘 사용해 움직이고 있다는 의미다.

발의 굳은살 때문에 고민이라면 굳은살을 제거하기보다는 발바닥에 체중을 고르게 분포시키는 것이 근본적인 해결 방안이다.

내가 어릴 때 지금도 기억나는데, 작고하신 갑이 아버지가 둑방에서

뒤꿈치 굳은살을 낫으로 잘라 내는 모습이 기억난다. 그 당시는 대부분이 맨발로 농사일을 하시니 당연히 굳은살이 생기셨을 것이다. 초등학생인 내가 낫으로 굳은살을 잘라 내는 모습이 아직도 기억하고 있는 것은 나의 눈에는 충격이었던 모양이다. 60이 가까워지니 친구의 아버지들은 모두 작고하시고 이제 모친들도 남아 있는 친구들은 나하고 한둘 정도로 계신다. 세월이 무심하게 빨리 흘러간다는 것이 밉기만 하다.

나의 모친은 올해 들어 골절로 세 번째 입원하고 계신다. 처음에는 산에 산나물을 채취하시다 무릎 슬개골을 손상을 입어 모두가 놀라서 호들갑을 떨었는데 두 번째는 화장실에서 넘어져서 팔목을 골절로 추석되기 전에 입원하시어 추석이 지난 그다음 주에 퇴원하셨다.

올해 79세인 모친은 술을 즐기신다. 많이 드시지는 않지만(이때는 술을 많이 안 드시는 줄 알았다) 작게 드셔도 연세가 있으시니, 금방 취하고 술이 깨지 않는다.

손목 깁스를 한 상태에서 술을 드셔서 당연히 걸음걸이도 자신의 의지대로 되지 않고 무게 중심도 잘 잡히지 않을 것이다. 젊은 사람도 골절일 때는 좋아하는 술을 잠시 마시지 않는데 퇴원 첫날부터 술을 드신 것을 제수씨에게 들켜서 모든 자식이 한마디씩 하며 큰일 난다며 말을 했다. 이튿날 오후 3시부터 최소한 깁스 풀 때까지만, 술을 드시면 안 된다고 했는데 저녁이 되니 술 드신 기색이 보이길래 막냇동생에게 도저히 안 되겠다 월요일 병원에 다시 입원시켜야겠다고 의논하고 모친이 맨정신일 때 따끔하게 말을 해야겠다 싶어 아침 6시 반경에 모친 집으로 찾아갔다.

아무 기척이 없고 침대가 있는 방바닥에 이불을 덮고 누워 있지도 않고 앉자 계신다. 그리고 꼼짝을 할 수 없다며 말씀하신다. 그 모습이 너무나 어이가 없고 억장이 무너진다. 고관절을 다치신 것 같았다. 조금만 움직여도 심한 통증을 호소해서 119를 부를 수밖에 없었다. 고관절 골절이 의심된다고 하니 구급대원들이 보통은 두 사람이 출동하는데 세 사람이 왔다. 아파트 엘리베이터에는 구급 침대가 실리지 않으니 앉은 상태에서 깔판 같은 것으로 양쪽에서 들고 한 사람은 뒤에서 부축해서 겨우 일층으로 내려갔다.

옮기는 동안 모친은 극심한 통증을 호소하신다. 병원 도착해도 아스피린 계통의 약을 복용해서 수술이 바로 이루어지지 않는다며 5일 동안 꼼짝도 못하고 누어서 식사를 하고 계시다가 어제 골절 수술을 받았었다.

그리고 한 달 동안 꼼짝 못 하고 가만히 누워서 있어야 한다고 한다. 늙어지면 근육도 소실되는데 가만히 누워만 계시니 앞으로 제대로 걸어 다닐 것인지 걱정된다.

노인들의 고관절 손상은 치명률이 50%라, 반은 생존하고 반은 병원에서 생을 마감할 수 있다는 말이다.

슬개골 수술 때 연세 많은 분은 접합 수술 후에 접합재료 빼내는 수술을 하지 않는데 모친은 다른 노인들과 달리 골다공증도 없고 뼈가 아주 튼튼해서 빼내는 수술을 해야겠다며 11월에 재수술하자며 수술 날짜까지 잡아 놓은 상태에서 고관절을 다치시는 나의 모친이 원망스럽다.

바람기 많은 남편 때문에 평생을 마음고생 하시고 자식들에게 헌신하신 모친이 늙어 호강하며 살 수 있는데 왜 술 때문에 자신의 삶을 송두리째 날아가게 하는지 모르겠다. 공공근로와 노령연금 적지만 국민연금까지 타고 있어서 나보다 월급이 더 많다며 자랑하시더니 이제 병원에서 생을 마감할 수 있는 처지에 놓여 있다.

모친 입원 하루 전 아들놈이 일어나며 "아… 씨, 기억 안 났다." 말한다. 꿈속에서 작고하신 할아버지가 나와서 손자에게 로또 번호를 가르쳐 주었는데 2개가 아무리 해도 기억이 안 났다며 꿈 이야기를 한다.

그러면서 할아버지 옆에 할머니가 계시는데 하얀 소복을 입고 있었다고 아들놈이 꿈 이야기를 한다. 난 그때 아무 생각 없이 너희 할머니 돌아가시겠다 말을 했는데 꿈이 현실이 될 수도 있겠다 싶다.

아들놈은 예지몽을 잘 꾸는 편이다. 증조할머니가 돌아가시고 첫 제사를 지내고 그다음 해부터 할아버지 제사와 할머니 제사를 합치기로 하고 음력 8월 21일이 할아버지 제사이고 할머니는 음력 9월에 제사라 할아버지 제삿날 밥을 함께 올렸다.

그리고 우리는 할머니 제사에 대해 까맣게 잊어버리고 있는데 중학생인 아들놈이 어느 날 아침에 증조할머니가 꿈에 나타나서 냉장고 문을 열어 보며 "배가 고프다. 먹을 거 없나." 하는 꿈을 꾸었다고 말한다.

달력을 보니 그날이 할머니 제삿날이었다. 한 달 전에 제사를 모셨는데 그날 갑자기 제사 음식을 만들고 난리가 났었다.

3~4년 동안 할머니 제사를 따로 모시다가 작년부터 함께 제사를 모시고 있는데. 모친의 퇴원이 할아버지 제사 이후 토요일에 하려고 하는 것

을 억지로 그날 퇴원하였는데 제사를 모시고 다음 날 이런 일이 생겼다.

모든 것이 우연일 수도 있지만 어쨌든 나의 모친은 퇴원해도 제대로 된 노년은 보내기 어렵게 되었다.

잠깐의 실수가 나의 삶을 송두리째 바치는 일을 누구나 할 수 있다. 하지만 깁스하고도 술에 대한 유혹에 벗어나지 못하는 나의 모친이 원망스럽다.

42. 휘파람 불 수 있는 날을 고대하며

휘파람은 입으로 소리를 내는 방법의 일종이다. 휘파람은 물론 인간이 입으로 내는 소리이기 때문에 일반적으로는 부어서 내는 소리에 제한이 있어 보이지만, 숙련자들은 악기 못지않은 소리를 낼 수 있다.

세계 대회가 있을 정도로 지구상의 인류는 모두가 사용하는 일종의 악기일 수 있다. 우리나라 가수들도 휘파람을 제목으로 하는 노래가 많이 있다.

이문세의 〈휘파람〉과 요즈음 한창 뜨는 블랙핑크의 〈휘파람〉도 있다. 노무현 대통령 시절 북한과 통일이 될 것 같은 분위기 때문에 북한의 〈휘파람〉 노래가 남한에서도 많이 불리어 지고 그 노래로 인해 남북한 모든 국민이 부르는 애창곡이 되었던 적이 있었다.

노래뿐 아닌 실제 악기처럼 휘파람으로 연주하는 사람들도 많이 있다. 중국의 어떤 분은 400여 곡의 노래를 휘파람으로 연주해서 인터넷상에서 유명한 분도 계신다.

휘파람을 부는 때는 보통은 기분이 좋을 때 하는 행위이다. 그래서 무슨 일이 순조롭게 잘되어 가거나 성공적일 때 휘파람을 분다는 표현을 하기도 한다.

입술을 이용해서 바람의 세기로 노래를 연주하는 것은 악기의 연주법과 비슷하다. 어린 시절 나도 곧잘 휘파람을 불고 다닌 적이 있었는데 지금은 전혀 불고 있지 않은 나를 본다. 차를 타고 가거나 혼자 있는 시간에 얼마든지 휘파람을 불 수가 있는데 불지 않는 것은 즐거운 일이 없거나 그만큼 여러 가지 생각이 많아진 것이 원인일 수 있다.

단순하게 생각하고 단순한 삶을 살기를 바라는 나에게는 최근의 여러 가지 일들이 나를 더욱 힘들게 하고 있다.

이제 일 년만 버티어 보자는 각오로 건디어 내고 있다. 일요일이면 월요일이 오는 것이 두럽더니 이제는 그 정도는 아니다. 피할 수 있는 것은 피하면 될 텐데 나는 그러지 않는다. 나에게는 삶의 어떤 기준이 있는데 어떤 어려움이 있더라도 나 스스로는 일을 포기하거나 중간에 그만두는 일이 없게 하자는 주의이다.

한 부분이 뛰어난 실력자라도 모든 것을 잘할 수 없다. 하지만 지금 내가 근무하고 있는 회사의 돈 주는 이는 모든 것을 다할 수 있는 사람을 원하고 있다. 여태 내가 만나 보지 못한 캐릭터의 소유자이고 내가 감당 못 할 정도로 힘든 부분도 있지만 그래도 난 내가 선택한 것이기에 끝까지 가 볼 작정이다.

그나마 처음보다는 아주 좋아졌다. 처음에는 시도 때도 없는 고함 소리와 권위적인 돈 주는 이의 태도에 힘들어 숨도 제대로 쉬어지지 않을 정도로 힘들었다.

실제로 가슴이 답답해서 이러다가 여기서 죽는 것은 아닌가 싶을 정도로 한 번씩 큰 숨을 내쉬어야 했다. 이런 마음가짐으로 버티고 있는 나에게 나 스스로 찬사를 보낸다. 어떻게 살아가든지 어떤 삶을 살아가든 모두가 본인이 선택하는 것이지만 늙어서까지 이런 삶을 살지는 말아야 할 텐데 지금부터 걱정이다.

하지만 너무 먼 미래까지는 생각을 말자 당장 내일을 생각하고 일 년 뒤의 홀가분한 나의 삶을 생각하자. 내년 11월까지만 더러워도 참고 아니꼬워도 참자.

그 뒤에는 내가 하고 싶은 거 마음대로 하며 살 수 있다는 희망을 가져 보자. 그때는 나의 입에서 휘파람이 나오지 않을까?

심심할 때 부는 휘파람이 화나 스트레스를 없애는 데 도움이 될 수 있단다. 스트레스를 받으면 호흡이 얕고 빨라지는데 휘파람을 불면 평소보다 숨을 길게 들이쉬고 내쉴 수 있어서 호흡이 안정되고 그러면 마음마저 차분하게 가라앉는다고 한다. 물론 휘파람 한 번 분다고 정말 스트레스가 말끔히 사라지지는 않겠지만 그래도 가만히 휘~ 하고 소리를 내는 것만으로 약간 마음을 가볍게 해 주는 효과는 있을 것이다. 전염병으로 힘든 세상 휘파람으로 모두가 날아가면 좋으련만….

43. 인생의 전환점인 '접다'

색종이를 접다 할 때 쓰는 '접다'는 동사로 마음에도 쓴다. '마음을 접다', '그만두다', '내려놓는다'는 의미이다. '접다'에는 여러 가지 뜻이 있다. 어떤 이를 짝사랑하는 마음을 거두어들인다는 의미이고 또 공시생들이 몇 년 동안 공부만 하다가 어느 날 갑자기 이 길이 아니다 싶어 마음을 접어 버리는 경우도 있다.

마음을 접는다는 의미는 새로운 각오를 나타내기도 한다. 매일 술을 마시는 누군가는 술을 마시는 것을 그만두는 것을 말하는 것일 수 있고 마라톤이나 테니스를 하는 이는 건강상의 이유로 더 이상 하지 못할 때 마음을 접는다고 말한다.

중독성이 강한 것을 스스로 그만둘 때 하는 행위이기에 '동사'로 쓰이는 것일 수도 있다. 그리고 자신의 꿈을 향해 열심히 살아가다 어느 날 자신이 더 이상 나아가지 못할 때 그들은 접는다는 말을 한다.

이때의 '접다'는 긍정적인 의미의 말은 아니다. 특히 자기 자신이 열심히 노력하고 끝까지 성장할 수 있을 거라 생각했는데, 자의든 타의든 의욕을 상실할 때는 지금 하고 있는 모든 것의 마음을 접게 된다.

어제 뉴스에서 전염병 사태로 장사가 되지 않아 하고 있는 것을 접고 싶지만, 장사를 그만두고 싶어도 돈이 없어서 그만두지 못한다고 말하는 점주가 있었다.

폐업을 하려고 하면 점포를 원상태로 돌려놓아야 하거나 같은 업종의 사람이 그 점포를 인수해야 하는데 아무도 거들떠보지 않는다고 한다. 그래서 억지로 점포를 열고 있다고 하는데, 이런 사태로 계속 간다면 사람들이 모이는 업종은 거의 사라지고 없을 것이다.

특히 우리나라 사람들 노래방 좋아하는데 회식하고 노래방 간다는 사람들 거의 드물다. 그리고 pc방, 헬스장도 모두가 힘든 시간을 보내고 있다.

특히 실내 시설이 많이 들어가는 업종 같은 경우 다시 원상 복구하는 비용도 만만치 않아 그들은 지금 하고 있는 것을 접지도 못한다.

어떤 일을 하다가 몸에 큰 병이 찾아왔거나, 사업을 크게 실패를 맞이하였을 때 인생의 큰 전환점을 맞이할 때 우리는 '접는다'라는 표현을 쓴다.

개인에게도 국가적으로도 지금은 뭔가를 접고 다시 시작해야 하는 시대인 것 같다. 이 모든 것이 자신이 노력하지 않아서가 아니라는 것이 참담함을 느낀다.

만약에 색종이 접듯이 마음도 접는 것이라고 치면 마음을 접어서 종이비행기를 만들고, 마음을 접어서 종이학을 만들 수도 있을 것이다.

색종이를 잘못 접어들었을 때는 다시 펴서 접기도 하지만 한번 접은 마음은 다시 되돌리는 일은 거의 드물다.

나도 한때는 짝사랑하는 이에게 나의 마음을 곱게 접어서 보내던 청년 시절의 내가 있었던 적이 있었다. 지금도 짝사랑할 수 있는 정열이 남아 있다면 얼마나 좋을까? 지금은 왜 짝사랑이 없지? 가만히 생각하니 내가 좋아하는 이성이 있다면 마음속에 담아 두는 것이 아니라 그냥 들이대어서 없는 것 같다.

지금은 그것이 상상이 되지 않지만 나도 한때는 수줍음이 많은 내성적인 머스마였을 때도 있었는데, 세월이 나를 감정이 메마른 사람으로 만들어 버린 것 같다. 청년 때의 내성적이고 부끄러워하는 내가 그립다.

44. 행운은 언제나 찾아온다

오늘의 운세를 스스로 알아서 해석하는 사람이 있었다. 그는 그릇을 깨뜨리면 불운이 아니라 행운이라고 생각했다. "괜찮아! 뭔가 지나간 것이 끝나고 새로운 것이 시작되는 좋은 징조야!" 매번 다시 나타나는 거미를 밖으로 내보는 방법이 없다면 차라리 행운을 가져다준다고 생각하자. 마치 지네를 영험한 곤충이라고 믿고 사는 것처럼 이렇게 권유했던 작가가 있었다.

옛날 우리 조상들이 살던 집이 초가에 흙으로 만든 집이 대부분이라 거미나 지네가 집 안에 사는 것은 별로 대수롭지 않은 광경이었다.

지금도 기억하는 말은 거미가 아침에 자신의 머리 위에 내려오면 재수 좋다는 말이다. 나의 고종사촌이 대학 입시를 위해 아침에 학력고사 시험장을 갈려고 아침밥을 먹고 있는데 거미가 나의 머리 위에 거미줄을 타고 내려왔다. 그때 고모가 "아 그 거미 ○○이 한테 내려와야 하는데." 하셨다. 그의 40년 전의 일이지만 난 그때 나의 머리 위로 내려온 거미 덕분에 지금도 나는 어떤 일을 할 때나 새로운 것을 도전할 때 항상 그 거미를 생각한다.

그러면서 난 행운이 있는 사람이라고 스스로 마법을 걸어 본다. 실제로 그 거미가 행운을 가져다주어서인지는 모르지만 아주 크게 어려움을 겪지는 않았다.

술을 입에도 대지 않았던 고모는 내가 가장 좋아했던 40대 중반에 간병화로 돌아가셨고, 몇 년 되지 않아서 고모부도 그 뒤를 따라가시더니 사촌 동생도 십여 년 전에 사업이 어려워지자 극단적인 선택을 하였다.

초등학생인 아이들을 남겨 두고 재수 씨는 어떻게 살아가는지 연락도 한 번도 하지 못했다. 그리고 여동생과 동갑인 누나도 이혼하고 뇌졸중으로 투병 중에 있다고 듣고 있다.

그렇게 따진다면 사촌 동생이 학력고사 치는 날 그 밥상에서 있던 사람 중 그나마 내가 가장 행운이 있는 사람이다.

그럼 그날 거미줄을 타고 내려온 거미는 확실히 재수 좋은 거미가 맞는 것이다.

우리 모친이 술을 좋아하게 된 연유는 작고하신 고모의 영향이 크다. 돌아가시던 때 입버릇처럼 술도 마시지 않는 자신이 왜 간병화로 죽어야 하는지 한탄하며 "세이야! 술 많이 마셔라."라고 말씀하셨다.

그래서 나의 모친도 "너거 고모 술을 입에도 대지 않아도 죽더라." 술은 사는 데 아무 지장 없다며 자신의 머릿속에 각인되어 있어서 아무리 술을 먹지 말라고 해도 모친은 술에 대한 무한한 애정을 표현한다.

방금 화장실에서 커다란 지네를 발견하고 고무장갑 끼고 잡아서 변기에 넣었다. 시골집이라 쥐도 한 번씩 들어오고 지네는 한 해에 한두 마리를 발견한다. 쥐가 들어오는 루트를 어렵게 알아내었다. 그놈들은 하수

관로를 타고 들어오는 것을 알아내고 그것을 막고 나서는 쥐는 들어오지 않는다.

지네는 밖은 쇠로 감싸져 있고 틈은 전부 실리콘으로 마무리했는데 어디로 들어오는지를 발견 못 하고 있다.

일 년에 한 마리 정도 보이고 아직 아무도 피해도 보지 않고 있어서 심각하게 생각하지는 않는다.

하지만 쥐는 수도관을 이빨로 갉아 먹어서 물바다를 만들기도 하고 냉장고 선을 끊어서 냉장고도 바꾸게 했다.

그래서 적극적으로 퇴치를 하지 않을 수 없었다. 처음에는 쥐약으로 들은 쥐를 잡았다. 사용하지 않는 하수관을 막고부터는 이제 집 안으로 들어오지 않는다.

그러나 거미는 아무리 없애도 없어지지 않는다. 거미줄은 걷어 내고 살충제를 뿌려도 한 달 정도 지나면 또 생긴다. 종류도 똑같은 종이 생기는 것을 보면 한 번 들어온 거미들이 계속 번식하는 것 같은데 집 안에 거미가 먹을 수 있는 식량은 전혀 없는데 어떻게 번식을 하는지 신기하다.

타일이 붙어 있는 화장은 색깔이 밝아서 금방 보여서 거미를 잡기도 하고 거미줄을 제거 하지만 며칠 지나면 또 거미가 보인다. 먹이를 먹지 않고 번식하는 우리 집 거미들은 참 신기한 놈들이다. 거미는 미관상 좋지 않을 뿐이지 특별히 피해를 주지 않아 그냥 지켜보고 있을 뿐이다.

무엇이 잘못되어 기분 나쁜 일이 있어도 그것은 좋은 징조라고 생각하자. 내가 "결심한 만큼 행복해진다.", "믿는 만큼 좋아진다." 기분 좋은 말로 오늘의 운세를 만들어 본다.

45. 부지런하다고 모든 게 해결되는 게 아니다

어니스트 헤밍웨이(Ernest Hemingway)는 글을 쓰는 데는 특별한 방도가 없다고 했다. 그는 "오랫동안 한곳에 붙박여서 쓰고 또 쓰는 수밖에 없다."라고 했다. 그의 대표작인『무기여 잘 있거라』도 39번이나 새로 고쳐서 나온 작품이라고 한다. 이런 부지런함이 그를 노벨상의 영광도 있게 했고 세계적인 대문호로 만들었다. 글을 쓰는 것뿐만 아닌 평범한 우리의 일상도 마찬가지이다. 재능은 타고나는 것이 아니라, 신중하게 계획된 연습을 통해 전문가에게 필요한 자질을 키워서 '찾는' 작업인 것이다.

30년 전 처음 전기 공사를 같이했던 친구가 2년 전쯤 우연히 연락이 와서 만났다. 그 친구는 고등학교 전기과를 나와 전기기사 일을 하였고 난 전혀 배우지 않고 어깨 너머로 남들이 하는 것을 따라 하고, 도면을 그리는 일도 내역서를 만드는 일도 스스로 터득하며 한길로 걸어왔다. 그러나 그 친구는 전혀 다른 일을 하고 있었다. 아파트나 공장 등의 파이프라인에 빨간색, 청색으로 감는 그런 일을 한다고 했다. 전기기사는 오랫동안 10년 정도 숙련이 되어야 대우해 주는 그런 기술을 버리고 보온공으로 하고 있는 친구를 이해를 할 수 없었다.

몇 번의 만남도 있었지만, 그 친구가 왜 그런 일을 하는지 별로 관심이 없었다. 내가 근무하는 회사에서 급히 보온공이 필요한 일이 생겨서 그 친구에게 연락하니 선뜻 일을 해 주러 오려고 해서 어제 오전 동안 그 친구와 많은 이야기를 하면서 지금 자신이 하고 있는 일에 대한 설명을 듣게 되었다.

올해 돌아가신 어머니가 보온공으로 일을 하셨다고 한다. 큰 힘이 들지 않아 여자들도 많이 하는 일이라며 도배하는 일보다 쉽다고 말하면서 자신의 형제자매들 모두가 보온공으로 일하고 있다는 말을 해주었다. 특히 여동생은 미용실을 몇 개씩 하다가 자신이 먼저 보온공으로 일을 시작하고 최근에는 미용실을 전부 정리하고 남편도 같이하고 있다고 한다. 어머니 때부터 대를 이어서 할 정도로 그 집안의 3남매들은 전국을 다니며 보온공으로 일하고 있었다. 나의 친구는 술을 너무 좋아해서 항상 실수가 잦았고 40살이 되기 전에 죽을 거라 생각했는데 2년 전 우연히 연락이 왔을 때 나의 첫마디가 "니 아직도 살아 있나?"였다.

인제는 그렇게 술 안 먹는다며 서로 웃었다. 연락이 되고 얼마 있지 않아 그 친구는 직장암 4기 판정을 받고 수술 후 그 좋아하는 술도 마시지 않고 담배도 그의 피지 않는다며 자신이 직장암 때문에 고생한 이야기를 담담히 한다.

난 부지런히 한길로만 갔지만, 그 친구는 또 다른 길로 가고 있는 모습이 참 보기 좋다. 회사 생활이 힘들면 언제든 자신에게 오라는 그 친구 말이 너무 고맙다. 그래서 나도 이제 비빌 언덕이 생겼다. 그 친구와 인연도 참 질긴 인연이다. 이제 수십 년을 해왔던 전기쟁이 타이틀을 버리고 이 길을 갈지 모르겠다. 지금 심정으로는 당장에 따라 나서고 싶지만 나를 믿고 우리 회사의 협력 회사를 해 준 분들의 공사만 끝나면 여기를 떠나가려고 마음먹고 있다. 가고자 하는 길이 생소하고 어려워도 거기 가서도 부지런하면 금방 따라갈 것이다. 친구는 어머니의 영향으로 쉽게 다른 길을 갔지만 나는 친구가 일하는 모습을 직접 보니 이 길도 친구 따라가도 되겠다 싶다.

46. 아니 그게 아니고

 말할 때마다 '아니'라고 두 글자를 붙인다. 그리고 사람들이 물어보면 우선 '몰라'라고 하고 나서 답을 한다. 웃을 때 손뼉을 치거나 옆 사람을 친다.

 이것은 외국인이 본 한국인의 특징이라고 한다. 우리가 별 생각 없이 습관적으로 했던 행동들이 다른 나라 사람들이 보았을 때는 특이했을 것이다.

 그다음으로 소파가 있어도 바닥에 앉아서 소파에 등을 기댐, 그리고 밥 한번 먹자고 하면서 연락하지 않음 등이 있다. 평소에 대수롭지 않게 사용하는 단어들이고 행동이다. 여기에는 우리의 오랜 습관이나 전통적인 관습이 들어 있다. '아니'라고 먼저 말하는 것은 일종의 추임새일 수도 있지만, 혹시라도 잘못 대답했을 때 면피용으로 먼저 붙이는 경우가 많이 있다.

 가령 박스 나르는 일을 하다가 분명히 자기가 물건 두 박스 내려놓고도 "두 박스 맞나요?" 하고 누가 물어보면 "몰라. 두 개 맞을걸?" 같은 자신 없는 대답을 한다. "아니."는 "아니 그게 아니고."의 줄임말이다. 이 말은 상대방의 말을 부정할 때 쓰이는 말이다. 어떤 의견을 제시할 때 상대방의 말을 전부 경청하고 나서 나의 의견을 말을 하는 것을 원칙이지만,

"아니."로 추임새를 넣고 말하는 상대의 말을 부정하며 말을 하게 되는 것이다.

차라리 "몰라."라고 시작해서 말을 하는 것이 자신을 낮추는 말일 수 있다.

이것도 한때 유행일 것이다. 말도 새로 탄생하고 번창하다가 사라지게 되어 있다. 1990년대에 "같아요."라는 말이 한때 유행한 적이 있었다.

그때는 방송에서도 연예인들이 사용하고 그러다 보니 아이들도 스스럼없이 사용되어 왔던 단어였는데 지금은 부정적인 이미지 때문에 많이 사용하지 않는다.

이와 같이 말이란 한때 유행을 하다가 사라진다. 지금 유행하는 단어들이 긍정적인 것보다 부정적인 뜻을 가진 것들이 많이 있다. 지금의 우리의 모습을 대변하는 것 같아 입맛이 개운하지는 않다.

우리 집에서도 소파는 있다. 하지만 탁자 겸 식탁이 높이가 낮아서 밥을 먹거나 과일을 먹을 때는 소파 밑에 내려와 앉아 있어야 한다. 그러다 보니 자연히 소파보다는 바닥에 앉아서 소파를 기대고 텔레비전을 보면서 있는 경우가 많다.

나만 그런 줄 알았더니 다른 사람들도 그렇게 하는 모양이다. 좌식 테이블이 많이 있던 식당들도 이제는 대부분 의자에 앉는 탁자로 많이 변화되는 추세이다. 맨땅에 앉는 것보다 의자에 앉는 것이 훨씬 편안한데 우리나라 사람들은 왜 소파를 두고 바닥을 좋아할까? 그것은 우리나라의 난방이 공기를 난방 하는 것이 아니라 구들장을 데워서 하는 바닥 난방이 원인이다. 서양처럼 난로를 이용한 난방을 한다면 소파에 있어도 춥지 않았겠지만.

그러나 우리의 바닥 난방이 나쁘다는 것은 아니다. 중국에 처음 진출해서 아파트를 건설했을 때 중국인들은 바닥 난방의 개념조차 없었다고 한다.

그래서 우리나라 기업들이 지은 아파트는 인기가 좋아서 없어서 못 파는 지경이었다고 한다. 일본은 아직도 아파트 바닥은 다다미로 시공하는 곳이 남아 있다. 지금이야 서양의 아파트들도 라디에이터 방식이 아닌 바닥 난방 방식으로 대부분하고 있다. 그러고 보면 우리나라의 구들장 방식의 난방이 전 세계적으로 보급되었다.

외국인들도 앞으로 소파를 두고 바닥에 기대어 있는 모습을 종종 볼 수 있겠다. 우리가 별 생각 없이 습관처럼 했던 말이나 행동들이 다른 나라 사람들이 보았을 때는 특이했을 것이다. 생각해 보면 내가 자주 하는 말이나 버릇 같은 것도 나보다 나를 지켜보는 주변에서 더 잘 알고 있을 수 있다.

그러나 보통의 경우 수십 년을 습관처럼 굳어진 나의 말하는 방식이 고치려고 노력한다고 고쳐질지는 의문이다. 그래도 남들이 들어서 귀에 거슬리는 말은 빨리 말하는 방식을 바꾸어야만 주변에 당신이 좋아하는 사람들이 남아 있게 된다.

47. 나의 친구는 의욕쟁이

점심시간도 전에 오늘은 이게 먹고 싶고 저게 당기고 개봉도 하기 전에 이 영화는 이래서 꼭 봐야 하고 또 올해가 가기 전에 누군가는 꼭 만나야 하고…. 늘 먹고 싶은 것도, 하고 싶은 것도 많은 사람은 건강한 삶이다.

삶을 즐겁게 만드는 중요한 요소 '의욕'이 흘러넘치는 것이다. 그런 사람은 에너지가 넘쳐나는 사람이다. 내가 아주 좋아하는 나의 친구는 항상 새로운 것을 좋아한다. 그 친구와 함께 있으면 심심할 새가 없다. 항상 새로운 것을 생각해서 어디를 가기도 하고 맛있는 것도 척척 잘도 찾아다닌다. 그래서 그 친구와 같이 있으면 난 20년은 젊어지는 느낌이다. 대부분의 사람은 나이가 들어 갈수록 열정과 의욕을 상실한다.

육신의 힘이 쇠약해지고 사물에 대한 호기심도 점차 없어지기 때문이다. 이렇게 의욕과 관심이 사라지면 새로운 것에 대한 거부감부터 있게 마련이다.

그러나 우리 주변에는 나이가 많아서 새로이 시작하는 사람들은 종종 보게 된다. 그런 사람들은 무엇이 일반인과 달라서 그렇게 에너지가 넘쳐날까? 실제로 이것을 연구한 기관이 있다. 미국 매사추세츠 공과대학(MIT)의 신경 과학자들은 쥐를 대상으로 한 연구에서 이런 종류의 동기 유지에 중요한 뇌 회로를 확인했다. 이 회로는 특정 행동에 의해 발생하는 비용과 보상을 평가해야 하는 결정을 내리는 방법을 배우는 데 특히 중요한 역할을 하는 것으로 밝혀졌다. 그 비밀은 선조체에 분포하는 스트리오솜(striosome, 선조소체)라고 불리는 세포 군집체에 숨어 있었다.

선조체는 기저핵의 일부로서 습관 형성이나 자발적인 움직임의 제어, 그리고 감정 및 중독과 관련된 뇌 중추의 집합체라고 한다. 우리 인간에게도 스트리오솜이 존재한다. 이것의 활동이 강하면 '의욕'이 넘쳐나고 이것이 작아지면 의욕 상실이 온다고 한다. 그래서 인위적으로 스트리오솜을 크게 할 수 있는 약물이 개발하여 늙은 쥐에게 투여하여 젊은 쥐처럼 활발히 활동하게 했다. 현재 이 회로를 자극할 수 있는 약물 치료법이 사람에게 적용될 수 있는 것을 연구 중이라고 한다.

의욕이 없는 사람들, 그리고 자신감이 부족한 사람들은 이제 약 한 알로 치료가 되는 세상이 찾아올 수도 있겠다. 의욕(意慾)은 적극적으로 무엇을 하고자 하는 마음이나 욕망을 의미 한다. 의욕만 너무 넘쳐 앞뒤 가리지 않고 달려들다가 일을 그르치게 되는 경우도 있다. 젊은 시절에는 참 많이도 의욕만 앞서는 일을 많이 했었다. 난 30~40대는 내가 하고자 하는 것은 죽어도 했던 것 같다. 그래서 많이 힘들었던 적도 많았다. 그런 의욕 때문에 내가 이 자리까지 와 있는지도 모른다. 아직도 나는 의욕은 충만하다고 생각한다. 단지 연륜이라는 것이 생겨서 이것저것 생각하게 만들어 젊은 시절처럼 무대포로 달려들지는 않는다. 그러나 그래서 무엇이든 나를 우유부단하게 하는 원인이 될 수 있지만, 인간은 생존하기 위해서는 무엇이든 간에 끊임없이 배우고 또 의욕적으로 활동해야만 늙어서도 활력 넘치는 삶을 살 수 있는 것이다.

나에게 와인을 만드는 것을 배우러 오고 싶어 하는 사람이 있다. 잊어 버릴 만하면 연락이 와서 와인 제조법에 관해 물어보고 자신이 어떤 장비를 가져야만 되는지 물어보는 사람이 있다. 그분은 지역에서 제법 알려진 분으로 올해 75세이다. 장비를 구입하고 시설을 갖추려면 비용이 많이 드니 일단 나의 시설을 이용해서 만들어 보라고 권유했지만, 그분은 몇 년간 물어보기만 여러 차례 하고 나에게 직접 찾아오는 것도 몇 번 하더니 결국은 아무것도 하지 않고 있다. 나이가 들어가면 사람을 이렇게 만드나 보다. 의욕을 넘치게 하는 스트리오솜을 크게 하는 약이 빨리 나와서 의욕적인 노인들이 주변에 많이 있으면 좋겠다. 그러나 나이가 많아서 모든 것이 열정적인 사람으로 남아 있는 것이 좋은 것인지는 판단하기 어렵다. 적당히 나이에 맞게 해야지 젊은이들처럼 열정이 가득하다면 항상 욕구 불만으로 살아가게 될 것이다.

과학기술의 발달로 갈수록 타인에 대한 관심과 공감이 줄어들고 있다. AI는 감성 지능을 가지고 점점 인간화되어 가지만 정작 인간은 감정이 점점 메말라 가는 사이보그화되어 가고 있는 느낌이다. 우리 나이가 되면 자식들의 혼사를 치르는 친구들이 많다. 결혼식에 초대를 문자로 보내고 만다. 예전에는 최소한 청첩장이라도 만들어 들리더니 이제는 이상한 문자가 와서 클릭을 해야만 어디서 무얼 하는지를 알 수 있게 되어 있다. 처음에는 이것을 어떻게 하는지 몰라서 한참이나 헤맨 적이 많았다. 요즈음 젊은이는 연인끼리 사귀다가 헤어질 때조차 문자로 그 사실을 통보만 하고 끝내는 아이들도 있다. 물론 쿨 하고 좋기는 하지만 사람의 감정이 그렇게 싶게 정리되는 것이 신기하기만 하다.

48. 당신은 행복할 준비가 되었나요?

오늘 같은 휴일이면 길을 가다가 문득 풍경이 눈에 들어 올 때가 있다. "와~ 단풍이 참 곱다." 어느 순간 느껴지는 계절의 변화처럼 감정에도 그런 변화가 일렁일 때가 있다. 예전엔 참 미웠던 사람인데 '그 사람도 행복하면 좋겠다.' 이런 생각이 들면 나도 행복할 준비가 되었다는 좋은 신호라고 한다. 행복을 기원하는 그 마음은 나 자신을 향하는 것일 수도 있다. 행복(幸福, happiness)은 자신이 원하는 욕구와 욕망이 충족되어 만족하거나 즐거움을 느끼는 여유로운 상태로 불안감을 느끼지 않고 안심해하는 것을 의미한다.

얼마 전 박지선이란 개그우먼이 자살했다. 그녀는 고려대 출신으로 일반 개그맨과 태생이 다른 유능한 그녀였다. 만약 그녀가 개그우먼이 제대로 되지 않는다 생각했다면 TV조선의 조정린 기자처럼 다른 길로 갔더라면 하는 아쉬움이 많이 남는다.

조정린은 뛰어난 개그우먼도 아니었다. 하지만 지금은 기자로 자신의 뛰어난 재능을 보여 주고 있다. 물론 조정린이 개그우먼보다는 행복한지는 우리는 알 수가 없다. 그러나 인생의 막다른 길에서 그녀는 새롭게 기자로 변신하였다. 그것이 중요한 대목이다. 내가 이제는 아무것도 할 수 없는 인생의 막다른 길이다 생각할 때, 자기 자신에게 용기를 주고 희망을 가져 보는 것이 중요하다.

나 역시 9월 7일부터 새로운 일자리를 갔다가 엄청난 스트레스와 돼먹지 않은 돈 주는 이의 인성으로 마음의 상처를 많이 받고 힘들어했지만 그래도 내가 선택한 길이라 끝까지 가 보려고 했다. 계속 여기에 남아 있었더라면 아마 나도 극단적인 선택을 하지 않았을까 싶을 정도였다. 신입도 아닌 경력직으로 들어간 사람을 '수습'이란 딱지를 붙여서 한 달 월급을 150만 원밖에 주지 않는 것부터가 웃긴다. 내가 받는 일당으로 5일만 일하면 한 달 치 월급이 되었지만, 그래도 난 묵묵히 견디어 보았다. 지금 생각하면 모든 것이 웃음만 나온다. 지금도 한 번씩 가슴 통증과 숨이 잘 쉬어지지 않을 때가 있다. 괜히 새로운 경험을 한다고 까불다가 몸만 상했다.

행복(幸福, happiness)하려고 우리는 살아간다. 무엇을 어떻게 살아가는 과정도 중요하지만, 나의 행복을 위해서 남을 불행하게 만드는 것은 천벌을 받아야 하지만 그런 인간들이 더 잘살아가는 것이 지금의 우리 사회다. 이런 꼴 보지 않으려면 빨리 산으로 들어가야 하는데, 계약 만료일이 계획한 것이 이제는 정확히 일 년 남았다. 내년 11월이 지나면 다시한번 자연인으로 돌아가기를 기원해 본다. 그럼 나의 행복지수는 엄청나게 올라갈 것인데, 하지만 인생은 어떻게 되는지 아무도 모른다. 하루 앞의 일도 어떻게 되는지 모르는 우리의 인생에 일 년 뒤를 어떻게 내 맘대로 살 수가 있겠는가? 그저 인생의 바퀴가 굴러가는 대로 살아갈 뿐이다.

49. 나의 말의 무게는?

혀를 다스리지 못한 사람은 그 혀로 인해 망신살이 뻗칠 수도 있고, 그동안 쌓아 온 것을 무너뜨릴 수도 있다. 중국 고대 사상가로부터 조선 시대에 이르기까지 많은 이들이 말에 관해 이른 말은 말의 무게를 견디라는 것이었다. 말은 인격을 내비치는 것과 다름없으며 수양의 결과나 다름없다. 말의 형식보다 말의 내용을 중시했고, 말하는 사람의 입장보다 듣는 사람을 더 배려하는 말을 하라고 권유했다. 굳이 말의 기술적인 면에 대해 알고자 한다면 "말은 뜻을 전달하면 그만이다."라고 했던 공자의 말이 가장 핵심에 가까운 답이 아닐까 싶다. 말, 말 한마디로 천 냥 빚을 갚을 수도 덤터기를 쓸 수도 있다. 말은 그 만큼 우리 인생에서 아주 중요하다. 당신의 말의 무게는 얼마인가. 물음에 선뜻 답을 할 수 있는 사람은 과연 몇이나 될까? 나 또한 다른 사람들과 말하기를 좋아하고 무게 있는 말보다는 가벼운 대화를 농담이나 유머를 섞어서 대화하기를 좋아한다. 물론 정색을 하며 자신의 주장을 펼치는 이가 잘못된 것이라 할 수는 없지만 나의 생각을 다른 사람에게 각인시켜 주는 것이 대화의 목적이라 할 수 있다.

"거짓말의 무게는 1g/선생의 말은 5g//노인 말은 0g/자식

말은 1톤//모든 말/부도난 시대에/자식 말만 무겁다."

주강식 시인의 「말의 무게」

보통 시를 인용할 때 한두 줄만 사용하는데 워낙 시가 간단하여 전문을 인용해도 두 줄이 채 되지 않는다. 지금의 시대 상황을 그대로 반영한 것 같다. 요즈음 어린이집이나 유치원은 조금만 잘못하게 되면 문을 닫아야 할 정도로 자식에 대한 사랑은 가희 전 세계에서 일등이다. 그래서 아이들을 상대를 하는 학원이나 어린이집 원장들이 노인을 위한 복지 시설을 하기를 원한다고 한다. 노인의 말은 0g이니 어느 누구도 관심을 두지 않으니 노인을 상대로 하는 장사를 해야만 장사를 제대로 할 수 있다. 나부터도 만약 아이가 손가락이라도 다치고 온다면 부모를 비록해서 친할아버지와 외할아버지, 고모, 삼촌, 외삼촌, 이모 할 것 없이 벌 떼처럼 달려들어서 유치원 운영을 못 하게 할 것이다. 그래서 자식의 말이 1t이다. 노인의 말이 거짓말보다 더 가볍다는 것이 지금의 현실이다. "말 한마디에 천 냥 빚도 갚는다."라는 말은 사회생활을 하면서 의사소통을 하기 위해 사용하는 말의 중요성을 강조한 속담이다. 특히 곤란한 상황에 처했을 때, 말을 잘함으로써 위기를 벗어날 수도 있다는 말이다. 말은 단순히 의미를 전달하는 수단이 아니라 사람의 감정을 자극하고, 설득을 하는 도구이다. 그러므로 상대방과 자신의 입장을 잘 헤아려 상황에 따라 말을 조리 있게 또 설득력 있게 잘하는 것은 원만한 사회생활을 하기 위한 필수 요건이다. 말에는 품격이 있다. 한마디의 말 속에는 그 사람의 인격과 사상이 숨겨져 있다. 그래서 말을 두고 '그 사람의 사상에 입히는 옷'이라고 한다.

대개 천박하고 품위가 없는 사람들은 쓸모가 없는 잔소리만 늘어놓을 때가 많다. 사람이 사람의 속마음을 알려면 상대방의 말을 들어 보면 된다. 우리의 삶에서 최상의 가치를 꼽으라고 한다면 그것은 '진실'이다. 진실이란 대나무처럼 곧으며, 갈대처럼 쉽게 부러지지 않는다. 그런 진실의 본체를 떠난 말은 흔히 잔소리에 지나지 않는다. 우리는 세상을 살면서 얼마나 많은 헛소리를 하며, 또 들으며 살아왔는가.

　말은 인간관계를 맺어 주는데 '필요악'이다. 칭찬의 말 한마디가 절망에 빠진 사람을 구할 수 있으며 나쁜 말 한마디가 죽음으로 몰아갈 수 있기 때문이다. 이 중요한 말을 어찌 함부로 사용할 수 있겠는가. 거짓과 헛소리가 난무하는 세상 속에서 나 스스로도 그 소리에 휘둘리며 스스로 진실을 외면하고 있지 않은지 반성할 필요가 있다. 마음이 진실한 사람은 결코 많은 말을 하지 않는다. 꼭 필요한 말, 상대방에게 도움을 줄 수 있는 말만을 선택한다. 우리는 자칫 말 때문에 남에게 깊은 상처를 주거나 자신 스스로 피해를 입을 때가 많다. 그러므로 진실한 사람은 생활 속에서 스스로 말을 삼갈 줄 안다. 말에는 여러 종류가 있다. '위트'나 '유머' 혹은 '시적인 말', '직선적인 말', '우회적인 말' 등이 있다. 일상을 살아가는 데 '위트'나 '유머'는 꼭 필요한 말이다. 그러나 이 말들은 빡빡하게 살아가는 현대인들에게 가벼운 웃음거리를 제공하는 데는 더없이 좋은 말이지만 사실, 우리의 마음속을 정화시키고 진실하게 만드는 데는 별로 도움이 되지 못한다. 상대방이 위기에 처해 있거나, 어떤 아픔을 당했거나 혹은 잘못을 했을 때 우리는 말의 선택에 있어 매우 신중할 필요가 있다. 물론 이러한 말의 '선택'은 상대방에게 큰 실망을 던져 주거나 희망을 심어 줄 수 있기 때문이다. 그만큼 말의 '선택'은 깊은 생각을 전제로 해야 한다. 우리는 '말의 선택'을 두고 깊이 생각을 해 보아야 한다. 부처님은 "어진 이의 가르침은 결코 시들지 않는다."라고 말씀을 하셨다. 마음이 어진 사람은 어떤 말을 해도 그 말 속에는 고요함이 깃들어 있고 진실이 담겨져 있다는 뜻이다. 그대는 단 한마디의 말을 할 때도 거듭 신중해야 할 것이다.

50. 애써도 안 되는 일은 하지 마세요

몰입하고 매진하든 일이 잘 풀리지 않을 때 어떤 방법으로 자신의 마음을 달래는가? 박목월 시인은 원하는 대로 잘 풀리지 않으면 마음을 가라 진정시키려고 '토닥토닥' 어린아이를 재우곤 했다고 한다. 반면 서정주 시인은 안방에서 건넛방으로 건넛방에서 안방으로 왔다 갔다 하다가 때로는 자기 분에 못 이겨 울면서 때굴때굴 구르기도 했다는 일화도 있다. 우리나라를 대표하는 시인들도 자신의 생각대로 글이 되지 않을 때는 본인 스스로도 어찌 하지 못하고, 엉킨 실타래를 풀기 위해 애를 쓰다가 되지 않을 때가 있는데 우리 같은 사람들은 그것보다 더 했으면 했지 덜 하지는 않을 것이다. 물론 어떤 일이 제대로 풀리지 않을 때 끝까지 물고 늘어지는 타입도 있지만 대부분의 사람들은 중도에 포기하는 사람들이 대부분일 것이다.

난관이라고 생각하고 고민한다고 해결되는 경우는 드물다. 어떤 난관에 부닥치면 한 발 물러나서 지켜보는 것도 한 방편이다. 드물게는 시간이 지나가면 저절로 해결되는 경우도 있다. 그러나 우리는 밤낮으로 고민하고 밤잠을 설치며 고민하여 보아도 결국은 아무런 해결책도 없이 세월만 보내게 된다. 진정으로 자신이 힘으로 그 일이 이루어질 수 없다면 깨끗이 잊어버리는 것도 나의 정신 건강에는 더욱 좋은 일이다. 내가 원하는 대로 내가 바라는 대로 사는 사람은 이 세상에는 단 한 사람도 없을 것이다. 그래서 나의 피나는 노력에도 불구하고 나의 바람이 이루어지지 않는다면 나 같은 경우 깨끗이 승복하고 거기에 투자하는 노력으로 다른 것으로 생각을 바꾸어 보겠다.

최근 몇 달 동안 기사시험 공부도 하였지만 갑자기 취업이 되는 바람에 새 직장에 적응하느라 마지막 2주간은 전혀 공부를 하지 못하고 시험을 보러 갔었다. 결과는 당연히 과락이었다. 시험을 대비하기 위해 몰입하고 매진하였지만 이상한 회사에 들어가게 되어 결국 시간만 낭비하게 되었다. 이제는 또다시 공부를 한다는 것이 두렵고 그만큼 열정을 가지고 다시 공부하는 것도 어렵게 되었다. 만약 그 회사에 지원만 하지 않았다면 아마 아직도 시험공부를 하고 있을 수도 있을 것이다. 난 시작하면 뿌리를 뽑을 각오로 어떤 일이든 매진한다. 그래서 어떤 때는 엄청 그 일로 인해 상처를 입기도 하고 어떤 때는 끝까지 가는 것에 대해 고집이 세다고 핀잔을 들을 때도 많다. 살다 보면 일이 잘 풀리지 않을 때가 있다. 하지만 소금 3퍼센트가 바닷물을 썩지 않게 하듯이 우리 마음 안에 있는 3퍼센트의 고운 마음씨가 우리의 삶을 지탱하고 있는지 모른다.

51. 내일, 점심, 미래가 없다고?

어제, 오늘, 모레, 글피는 다 우리말이다. 그러나 유독 내일(來日)은 한자를 쓰고 있다. 다음을 기약할 수 없었던 고단한 우리 민족의 삶이 그 원인이 아닐까 하며 어어령 선생은 해석한다. 하지만 유독 내일이란 단어가 한자로 표현되었다고 하지만 난 다르게 생각한다. 그럼 내일의 그 다음 날이나 글피는 순우리말로 되어 있는지 이어령 선생에게 되물어 보고 싶다. 실제 오늘의 다음 날의 한자는 명일(明日)로 표현한다. 그래서 내일은 어떤 연유에서는 정확히 알 수 없으나 우리말과 비슷한 한자어가 있어서 빌려 쓴 것뿐일 가능성이 높은 말이다. 모레 글피도 우리말이 있는데 단지 내일이란 말이 한자로 되어 있다고 해서 우리 민족의 자존심까지 해치는 해석을 하는 것은 비약이라 할 수 있다.

1980년대 어어령 교수가 하는 특강 프로를 하나도 빠짐없이 시청했던 기억이 있다. 그때 우리의 민족성이 우수하다며 용기를 내어 미래를 만들어 가자고 하던 그분의 강연을 똑똑히 기억하는데, 실제로 이어령 선생이 이 말을 했을까 의문스럽긴 하다. 그리고 '점심(點心)'이란 말도 우리말이 없다. 우리 조상들은 점심을 먹는 일이 없었기 때문이라 하지만 이 말도 틀린 말이다. 관청에서는 점심을 먹지 않았다는 기록이 있다고 한다. 대신 일찍 퇴근을 하여 저녁을 먹었다. 한밤중까지 근무를 해야 하거나 숙직을 하는 관리까지 밥을 굶어 가며 일하지는 않았을 것이다.

그러나 농업을 하지 않았던 유목민을 제외하고 농사를 짓는 농민들이 전 세계적으로 고기를 즐겨 먹을 수 있었던 것은 100년도 되지 않았다. 항생제가 개발되기 전에는 가축의 대량 생산 기술이 없어서 지금처럼 고기를 먹을 수가 없었다. 그리고 기계화가 되지 않았던 농사일을 하기 위해서는 점심뿐만 아닌 '중참'을 먹지 않으면 배가 고파서 일을 할 수가 없었다. 지금처럼 에너지원인 고기가 있는 것도 아닌 보리밥과 나물 종류만으로 아침과 저녁만 먹고 고된 농사일은 절대로 할 수 없기 때문이다.

점심을 먹지 않아서 점심이란 순우리말이 없다는 것은 비약이다. 우리가 어릴 때만 해도 논밭에 일하는 아버지를 위해서 중참을 이고 날랐던 나의 친구들도 많이 있다. 그때도 우리들은 잘살지 못해서 보리밥을 먹던 시절이었지만 중참은 꼭 챙겨 먹고 일을 하였다. '점심(點心)'을 먹지 않아서 점심이란 우리말이 없는 것이 아니다. 물론 가뭄이나 풍수해로 흉작으로 기근이 오는 해는 먹을 것이 없어서 굶는 것은 어쩔 수가 없을 것이다. 농업을 기반으로 하는 다른 민족들도 똑같이 기근은 일어나수 있다. 그래서 우리 민족만이 문제는 아닌 것이다. 점심이란 우리말이 없다고 우리 민족은 못살아서 점심을 먹지 않았다는 말은 비약일 수밖에 없다. 나는 경운기가 보급되기 전에 태어나서 소를 이용해서 '중참'까지도 챙겨 먹으며 농사를 짓는 것을 직접 목격한 세대이다. '내일'이나 '점심' 그리고 '미래(未來)'라는 말이 우리말이 없다고 해서 그것이 없다는 말은 말장난일 뿐이다.

52. 첫눈에 반한 당신

　얼굴에서 제일 중요한 곳으로 눈을 강조하는 경우가 많다. '호수처럼 맑은 눈' 그리고 '별처럼 반짝반짝 빛나는 눈동자' 등 사람과 사람 사이 호감을 주고받는 신호 역시 눈을 통하는 경우가 많은데, 그런데 문득 마스크를 벗고 거울을 봐라. 보노라면 하관의 존재감, 표정을 완성하는 것 역시 입매가 아닌가 싶다. 요즈음 모두가 마스크를 쓰고 있으니 처음 만나는 사람의 이미지가 머릿속에 그려지지 않는다. 계속 마스크를 하고 있는 사람이 식사를 위해 마스크를 벗으면 이상하게 내가 상상한 얼굴의 형상이 아닌 경우를 종종 본다. 특히 지금 같이 일을 하고 있는 처음 보는 사람들의 모습은 더욱더 마스크 뒤 숨겨진 나의 상상의 얼굴과 마스크를 벗고 난 뒤의 얼굴은 전혀 맞지 않아서 당황스러운 적이 한두 번이 아니다. 모친이 입원에 계시는 병원의 간호사나 간병인들도 하관을 볼 수 없다가 한 번씩 보게 되면 전혀 다른 사람으로 느껴진다. 특히 눈이 크고 눈동자가 예쁜 여자일 경우 차라리 계속 마스크를 쓰고 있는 있었으면 좋겠다. 만약 전염병이 종식되지 않는다면 예쁜 눈에 이끌려 고백하는 사람들이 많이 생길 수 있겠다 싶다.

　처음 만나는 사람을 흔히 첫눈에 반한다고 한다. 말 그대로 첫인상으로 그 사람에 대한 평가가 내려지기 때문에 인상이 좋고 예뻐 보이려, 멋있게 보이려 자신을 연출하려고 한다. 첫눈에 반한다는 말을 들으면 '사랑을 너무 가볍게 생각하는 거 아닌가.' 생각할 수도 있지만, 첫눈에 반하는 과학적 이유가 있다. 전전두엽 때문인데, 전전두엽이 이성에 대해 육체적인 매력, 결혼하고 싶은 사람인가 즉흥적인 판단을 하게 된다고 한다. 그런데 놀라운 사실! 1천분의 1초도 되지 않아 판단을 한다고 한다. 첫눈에 반하면서 이성과 만나리라는 최종 판단을 내리는 것에는 전전두엽 가운데 부분인 대상엽피질이 관여하여 복내측전전두엽이 호감을 느끼는 이성을 보면서 가장 활발히 활동한다. 그럼 지금처럼 마스크를 쓰고 있는 이성에게 첫눈에 반할 확률이 더욱 높아진다. 마스크 아래의 구조를 전혀 알 수 없으니 1000/1초 만에 나의 짝인지를 판단하고 남자든 여자든 자기 이상형이라고 대시할 것이다.

이런 실험을 미국에서 했다고 한다. 남성의 향기가 밴 티셔츠를 여성들에게 냄새만 맡고 좋게 느껴지는 것과 나쁘게 느껴지는 것을 평가해 달라고 부탁한다. 그 후 여성의 면역 유전자와 티셔츠 주인인 남성의 면역 유전자를 비교해 본다. 그 결과 여성이 냄새가 좋다고 평가한 남성은 함께 2세를 낳았을 때는 면역을 높일 수 있는 유전자를 가지고 있는 반면에, 여성이 냄새가 나쁘다고 평가한 남성은 2세를 낳았을 때 면역을 약화하는 유전자를 가지고 있는 것으로 드러난 실험이다. 내 남자의 향기를 여성들은 금방 알아본다. 그런데 반대로 남자에게 여성의 향기를 맡게 한 경우에도 비슷한 결과가 나왔다. 내 여자의 향기 역시 남성들은 금방 알아본다.

당신이 좋다고 느끼는 이성의 향기는 단지 당신의 유전자 번식에 유리하기 때문일 수 있다. 이것은 당신이 아름답다고 느끼는 이성의 얼굴이 당신의 유전자 번식에 유리한 것과 마찬가지이다. 첫눈에 반하는 행동이나 이성의 채취에 대한 반응들은 원시시대부터 내려오는 본능적인 행동이라 하니 가히 놀라운 일이다.

이성이 괜히 끌리는 것이 아니다. 첫눈에 반해서 결혼하여 잘사는 사람도 있는 반면 헤어지는 사람도 많이 있다고 한다. 아무리 과학적으로 증명이 되었다고 해도 첫눈에 반한 사람의 심성까지는 알 수가 없을 것이다. 나도 결혼해서 30여 년 살아보니 예쁘고 늘씬한 여자보다 착하고 심성이 고운 배우자가 제일인 것 같다. 나도 첫눈에 반해서 결혼했나? 왜 기억이 없지….

53. 친구라는 존재

좋은 친구란 어떤 친구일까? 나이를 먹어 가면서 친구들도 더 다양해 지는 것 같다. 학교 다닐 때의 동창하고 사회에서 만난 친구들과도 많이 느낌이 다르고~. 어찌 보면 동창이 더욱 오랜 친구인데 사회에서 만난 친구가 더 속을 터놓고 애기할 때도 있고, 친구란 존재는 꼭 어떤 논리가 있는 게 아닌 거 같다. 친구는 잃지 말고, 친구와 잘 지내라고 옛 어른들은 여러 글에서 애기한다.

나이 들어서 할머니, 할아버지가 되어서도 친구는 꼭 있어야 하고 많을수록 외롭지 않다. 하지만 이 친구란 것도 어떤 계기로 인해 멀어지기도 한다. 옛날 친구 개념과 지금의 친구의 개념이 많이 달라진 것 같다. 예전의 친구라면 자신의 행복보다 친구를 위해서 헌신하고 희생을 해야만 진정으로 좋은 진구를 두었다고 여겼다.

현대 사회에서는 어떤 친구가 진짜 좋은 친구일까? 직장에서 또는 취미를 통해서 그리고 어떤 동우회 모임에서 친구가 만들어진다고 볼 수 있다. 나는 아직 옛날 사람이라서 그런지 동창이나 고향 친구가 진짜 친구이고 사회에서 만난 사람들은 그냥 사회에서 만난 사람으로 치부해 버린다. 그래서 나의 주변의 친구들은 학연 지연의 친구를 제외하고 극히 일부분 사회에서 만난 사람을 친구로 두고 있다. 우리는 살아가며 주변 사람들과 다양한 관계를 맺는다. 오랜 시간을 함께할 친구를 만나기도, 잠깐 스쳐 지나가는 친구를 만나기도 할 것이다.

친구(親舊)는 원래는 친고(親故)와 같은 말로 '친척과 벗'을 뜻하는 한자어였다. 친(親)은 친척, 구(舊)는 '오랜 벗'을 뜻한다. 그러던 것이 한국에서는 친척의 의미가 빠지고 '벗'의 의미로 한정되어 쓰이게 되었다. 지인과는 구분된다. 한국전쟁 이전까지만 해도 중장년층 이상에서만 쓰이는 단어였다. 인칭대명사로 쓰이기도 한다. "그 친구가 말이지…", "정신차려. 이 친구야.", "이거 참 곤란한 친구일세." 등으로. 다만 "친구야! 반갑다!" 이런 식으로 외화 영화를 변역한 것처럼 2인칭 대상으로 사용하는 경우는 마치 교과서 예문에나 나올 법하기에 구어체로는 매우 어색하다.

"제 친구가 그랬어요." 이런 식으로 3인칭으로 이야기할 때는 자연스럽다. 한국인의 경우 정을 중요시하는 문화로 인해 서구에 비해 신체적으로 접촉이 많은 편이다. 손을 잡거나 머리카락을 만지는 행위를 보고 경악하는 외국인들도 많다. 남자의 경우엔 심심하면 욕하고 퍽퍽 치는 사이에서 우정이 자라나는 이상한 상황도 꽤나 등장한다. 창작물에서 모두 친구가 되면 싸움 없는 세상이 될 거라는 식의 주장하는 경우도 있다. 의외로 친구끼리는 서로 싸우지 않는다라는 이상한 논리를 적용시킨 경우가 많다.

인터넷상에서는 실제 친구의 준말인 '실친'이 쓰이기도 한다. 보통 온라인 관계를 넘어서 오프라인상에서도 친분이 있거나 아예 온라인 이 전부터 친구 관계인 경우를 말한다. 침팬지와 같은 영장류의 경우 자신과 비슷한 성격의 침팬지끼리 노는 경우가 많다고 한다. 가령 힘이 비슷한 최강자들끼리 친구를 맺어 권력을 번갈아서 오랫동안 지내는 경우도 있다고 한다. 다만 대화로 푼다는 것이 불가능하다 보니 조금만 균형이 흔들려도 관계가 파탄 나고 어느 한쪽이 축출당하거나 사망하는 경우가 일반적이다.

돌고래는 혈연관계가 아니더라도 최소 4~5마리씩 뭉쳐 다닌다. 이와 같이 동물들도 친구와 같이하기를 소원하고 있다. 정신없이 바르게 돌아가는 지구상의 시간도 나의 친구와 함께라면 항상 즐겁게 살아갈 수 있을 것이다.

54. 인간이 언제부터 야근을 했는지 알아요?

시를 쓰는 사람에게는 산문에 필요한 개요 같은 것이 별로 필요 없다. 소설이나 수필은 아이디어가 생기면 구성을 잡아서 그때부터 아주 묵묵히 그러니까 엉덩이 힘으로 쓰는 거지만 시를 쓰는 데는 엉덩이가 필수품이 아니다. 시는 차를 마시다가 길을 가다가 아니면 꿈을 꾸면서 생각이 나면 그때 쓰기 시작 한다. 어떻게 보면 시와 수필은 태생부터가 다르다.

난 매일 한 편씩 수필을 쓰고 있다. 그것은 끈기와 노력이 동반되지 않으면 도저히 불가능한 일이다. 만약 시를 습작이라도 매일 이렇게 한 편씩 쓰라고 한다면 어떤 시인도 불가능한 일일 것이다. 물론 수필도 매일 한 편씩 쓰는 것은 쉬운 일은 아니다. 어떤 때는 처음에 "내가 왜 이 일을 시작했지?" 후회할 때도 많았다. 특히 요즈음처럼 아침 5시에 퇴근을 할 때면 글을 쓰다가 꾸벅꾸벅 졸면서도 글을 쓰는 나를 보면서 이렇게까지 왜 하는지 한심스러울 때도 있었다. 그만큼 수필이나 소설은 끈기와 인내력이 없으면 도저히 불가능한 일이다. 특히 글 쓰는 재미를 느끼지 못한다면 이 일은 흉내조차도 내기 어려운 일이다.

나의 절친에게 졸면서 글을 쓴다고 고백했더니 "수능 치는 수험생이가?"라고 말을 하며 수능 점수 잘 나오겠다며 농담을 한다. 밤에 잠을 자지 않으면서 글을 쓰는 경험은 술을 아주 많이 마시고 글 쓰는 것보다 훨씬 힘든 일이었다. 특히 하루 이틀이 아니라 장장 17일 동안 휴일 없이 달아서 야근하며 글을 쓰는 것은 그의 고문에 가까운 것이었다. 나중에는 하도 잠이 와서 평소에는 하지 않던 군것질을 하며 입에는 먹을 것을 먹어 가며 글을 쓰기도 하고, 창문을 열어서 잠을 쫓기도 했지만 어느 순간 졸고 있는 나를 발견한다.

쥐에게 이런 실험을 했다고 한다. 3일 동안 먹는 것도 주지도 않고, 잠도 재우지도 않으며, 교미기가 된 암수를 한곳에 두면 제일 먼저 쥐들이 하는 것이 무엇인지 보았더니 배가 아무리 고프고 성욕이 넘쳐도 제일 먼저 하는 일이 잠을 자더라는 결과가 나왔다고 한다.

인간의 3대 욕구 중 가장 참기 힘든 것은 수면 욕구라고 쥐를 통한 실험에서도 알 수 있다.

사람은 잠을 잘 때 행복지수가 올라가고 몸에 면역력도 생긴다고 한다. 현재 내가 심하게 졸리다면 그 욕구를 해결하기 전까지는 그 무엇을 준다 해도 귀찮아했던 기억이 누구나 있었을 것이다. 그리고 아무리 낮 시간 동안 잠을 많이 잔다고 해도 밤에 잠을 자는 것에 두 배를 많이 자도 피곤함이 가시지 않았다.

평소에 밤에 수면 시간이 5시간 이상 자는 일이 거의 없어도 낮 동안에 활동하는 데는 아무런 지장이 없었는데, 낮 동안에는 그의 10시간을 잠자리에 있어도 피곤함이 가시지 않았다. 물론 밤에 장사를 하시는 분들은 수십 년간을 밤낮이 바뀌어서 생활하시는 분들이 있겠지만 나 같은 경우 야근은 정말 하기 힘든 일이었다.

인간이 나무에서 내려와 호모사피엔스로 살아온 지가 수만 년이 흘렸지만, 밤에 자지 않고 일을 할 수 있었던 시기는 불과 몇십 년 되지 않았다. 에디슨이 전기를 발명하고 이것이 산업 전반에 파급되고 공업화 산업화가 이루어지기 전에는 야간이란 단어도 없었을 것이다. 특히 우리나라의 경우는 1970년대 이후에 공장이 들어섰기 때문에 그 이전에는 밤을 세며 일을 한다는 것은 극히 일부 계층의 사람들에게만 하였던 작업이었다.

그렇게 본다면 수만 년의 인류 역사상 야근을 하였던 시기는 불과 50년이 채 되지 않는다.

수필을 쓰는 나에게 잠을 자지 않고 글을 쓴다는 것은 정말 하기 힘든 작업 중에 하나였다. "잠이 보약."이란 말이 그냥 만들어지지 않은 것이란 것을 실감하는 기간이었다. 앞으로도 두 번 다시는 이런 경험을 하지 못할 값진 경험이고 이런 감정이 사라지기 전에 글을 남겨 둔다.

55. 이제 흥부의 법칙은 사라졌다

우리는 어릴 때부터 "착해야 한다."는 말을 수없이 들어 왔고 또 착하게 행동했을 때는 칭찬과 격려를 받았다. 그래서 자연스레 아이들은 착한 아이가 되기로 마음먹는다. 양보하며 손해 보는 것을 감수하며 힘들 때 짜증을 내거나 투정을 부리지 않고 참아 낸다.

어른들은 이런 아이에게 사랑과 관심을 더욱 보여 주고 믿어주고 더욱더 착하게 살라고 격려해 준다. 그것이 아이로 하여금 더 착한 아이가 되도록 스스로 조절하고 나쁜 것을 못 하게 억제하게 하며 착하지 않은 행동을 했을 때는 죄책감을 느끼게 만든다. 착하면 모든 것이 용서되었던 아이의 세계를 떠나 능력과 투지를 필요로 하는 경쟁 세계로 내몰린 그들의 삶에는 착하면 잘된다는 법칙이 더 이상 적용되지 않는다.

우리가 살아가는 세상은 무한 경쟁이 게임의 규칙이 되어 버린 지 오래다. 무한 경쟁은 승자에게는 엄청난 부와 안락한 생활을 안겨 주지만 그것에 패한 사람은 한없이 깊은 나락으로 빠지게 되는 것이 요즈음이다.

특히 경제가 10% 이상 성장하였던 2000년 이전에는 누구나 열심히 노력하면 성공할 수 있는 기회도 많이 있고 착하고 선한 사람이 제대로 대접받던 시대였다.

하지만 지금은 어떤 것을 하여도 되지 않은 시대이다. 내가 결혼할 때만 해도 부모에게 기대어 전세방이라도 얻은 사람은 지금으로 치면 금수저였다. 누구나 한 칸짜리 달셋방에서 시작하여 집도 사고, 부를 축적할 수 있는 사회였다.

29살 먹은 친환경 담당자가 나에게 하소연한다. 자신도 지금 타고 있는 차도 자신이 살고 있는 집도 부모님이 사 주지 않았다면 아무것도 할 수 없었다며 아빠 찬스, 엄마 찬스를 당연시하는 것이 요즈음 세대라고 말을 한다. 그도 그럴 것이 목 좋은 곳에 아파트만 잘 사면 일 년이 되지 않아 두 배로 뛰는 시대이니 어느 누가 열심히 일해서 살려고 하겠는가?

특히 서울의 특정 지역 같은 경우 일 년에 10억씩 올라가는 아파트를 보고 있으니 내가 착하게 살아온 것이 후회스럽다. 이제 선하게 행동하면 다시 선함으로 돌아온다는 흥부의 법칙은 존재하지 않는다.

착한 사람은 남을 쉽게 믿어 사기를 당하고 점차 손해, 실패, 좌절에 처한다.

듀크 로빈슨은 "착한 사람들은 자신들이 왜곡된 사고의 틀에 길들여져 있다는 사실을 깨달아야 한다."고 말한다. 더 이상 착하기만 해서는 안 되는 현실을 받아들이라는 뜻이다. 착한 사람들의 본성은 세상 모든 사회 조직의 밑바탕이 되며 사회를 움직이는 힘이 된다. 하지만 소수의 특권층은 그 착함을 이용해서 부를 축적하는 데 이용한다. 착하게 살고 남에게 한없이 사랑을 주면 나에게도 흥부처럼 제비가 박씨를 물어 줄까? 절대로 현실 세계에서는 그런 일이 일어나지 않는다. 모두 나의 착함과 나의 사랑하는 마음을 이용하는 세상이다.

나의 친구는 치매가 걸린 아버지를 장남도 아닌 자신이 시골에서 모시고 있다. 그 친구는 영관급 장교로 예편하고 지역에서는 알아주는 기업의 공장장으로 재직했지만 경기도 지역의 공장으로 발령을 난 것을 아버지를 모시기 위해 과감히 회사를 그만둔 친구였다. 지금은 아버지가 중중의 치매로 자식조차도 알아보지 못 해 요양병원으로 모시라고 하여도 형제들이 이제 들어가면 돌아가실 것인데, 여태 고생한 거 조금만 더 집에 계시게 하자며 휴일날은 형제들이 돌아가면서 돌보겠다며 말을 해 그 친구는 또다시 자신 혼자 아버지를 모시고 있다. 당연히 어느 형제자매 휴일날 교대해 주는 사람은 없다. 그래서 자기 혼자서 치매 걸린 아버지를 돌보고 있다.

물론 효자라며 착하다고 주변에서 칭찬할 것이지만 그 친구는 자신의 삶이 송두리째 아버지에게 빼앗기고 말았지만 누가 그것을 보상해 줄 수 있겠는가? 그리고 부모에게 극진한 효자 앞에서 어떤 여자가 붙어 살 수 있을까? 그 친구도 나의 글을 매일 본다. "친구야! 이제 그만하고 아버지를 요양병원으로 모시라." 만약 내가 그런 상황에 처한다면 나는 어떤 행동을 했을까? 제일 먼저 나의 부모보다, 나의 자식과 나의 마누라부터 생각하였을 것이다. 그것이 착하게 사는 방법 아닌가? 이제 흥부는 이 세상에서 점점 발을 붙일 수 없는 세상이 되어 간다.

56. 내가 할 줄 모르는 것은 모르는 것이다

어렸을 때는 멋진 어른들을 보면서 나도 크면 저렇게 될 줄 알았다. 막상 어른이 되어 보니 어려서 하던 행동을 그대로 하는 것들이 많이 있다. 예를 들면 처음 보는 사람에게 낯가림을 하는 것이 나이가 들면 나아질 줄 알았는데 60이 가까워진 지금도 난 여전히 처음 보는 사람에게 쉽게 접근하지 못하고 어색한 자리는 피하고 싶다.

그리고 어른이 되면 공으로 하는 운동은 잘할 줄 알았는데 난 여전히 둥글게 생긴 공으로 하는 운동 경기는 어느 것 하나 잘하는 것이 없다.

평생을 이렇게 살았는데 몇 년이 지났다고 내가 바꾸어지지는 않을 것이다. 아마도 난 평생을 낯가리고 둥근 공으로 하는 운동은 하지 못하는 어른으로 지낼 것이다.

그러나 나만 그런 게 아닐 것이다. 그것을 습관(習慣)과 버릇이라 한다. 나쁜 습관을 고치기 위해서 반복하여 훈련이 필요하다. 하지만 반복하기란 어지간해서는 하기 힘들다. 너무 지루하고 따분하기 때문이다. 그런데도 꾸준함으로 인내하고 반복하다 보면 놀라운 변화가 기다린다. 몸이 자연스러워지고 있음을 느끼게 된다. 처음의 어색함을 넘어서 편해지며 반복하게 된다. 그렇게 시간이 흐르면 익숙해지고 어느새 습관으로 자리 잡는다.

이럴 때는 속담이 꼭 들어맞는다. "세 살 버릇 여든까지 간다." 물론 열심히 반복하여 노력하면 될 수도 있지만, 원천적으로 자신이 싫어하는 것을 노력만으로는 되지 않는 경우가 많이 있다. 특히 수학을 아무리 해도 되지 않은 사람에게 수학을 연습하게 한다고 실력이 늘어나지는 않을 것이고 나같이 공에 대한 거부감이 있는 사람이 아무리 연습을 한다고 아주 뛰어난 사람이 되지는 않을 것이다.

물론 일정 수준까지는 할 수는 있겠지만 자신이 싫어하는 것을 억지로 한다는 것 자체가 어려운 일이다. 만약 재능도 없는데 열심히 노력만 하면 자신이 꿈꾸는 것이 이루어진다면 난 억지로 참고 하는 것은 자신이 있다. 그런다고 축구나 배구를 못하는 내가 노력만으로 잘하는 사람이 될 수는 없는 것이다.

여러 가지 자기 계발서에는 나쁜 습관이나 버릇을 고치라고 조언 하고 있다. 어떤 책에는 지치거나 불쾌한 반응이 생길 때까지 그 행위를 반복하라고 하는 내용이 있다. 예를 들면 역겨울 때까지 담배를 억지로 피움으로써 담배에 대한 혐오감에 금연을 할 수 있다는 내용도 있다. 난 담배를 한 번도 피워 보지 않아서 모르지만 중독이 된 애연가에게 아무리 담배를 많이 핀다고 해서 금연을 할 수 있을까? 담배에 더욱 중독될 것이다.

나의 친구 갑이는 하루에 담배를 3갑을 피고 있다. 그는 겁이 나서 건강검진을 받으러 가지 않을 정도로 담배 골초이다. 이 친구 같은 경우 얼마나 더 많은 담배를 피워야 담배에 대한 불쾌한 생각을 가질 수 있을까?

아마 불가능할 것이다. 술을 마셔 봐서 난 안다. 밤새 고주망태가 되도록 술을 마신다고 해서 다음 날 아침에는 절대 마시지 않겠다고 다짐하지만, 저녁이 되면 다시 생각나는 게 술이다.

이런 자기 계발서를 쓴 사람은 술을 못 하거나 담배를 피워 보지 못한 사람이 책을 쓴 것 같다.

습관이나 버릇으로 굳어진 나의 행동은 피나는 노력을 하면 고칠 수 있을 수 있을 것이다. 하지만 원천적으로 내가 잘하지 못하는 것을 반복한다고 새로운 사람으로 뚝딱 탄생할 수는 없다. 그것을 인정하는 것이 나를 행복하게 만들어 주는 길이다.

57. 직사로 쏘는 내가 한국인의 표준이다

우리나라에 체류하는 외국인을 대상으로 한국 사람의 성격을 하나의 단어로 표현하라는 설문조사를 하였더니 1위가 "직설적이다."라고 했다고 한다. 그 이유를 사계절이 뚜렷한 날씨 영향인 것 같다고 말한다.

그러나 똑같은 위도에 있는 일본 사람이나 중국인들은 그러하지 않다. 특히 일본 사람들은 그 사람이 어떤 생각을 가지고 있는지 도저히 알수가 없다. 아무리 친한 사이라도 자기가 어떤 마음을 가지고 있는지 꼭꼭 숨기고 있다. 타인과 교제에 이중, 삼중의 바리게이트 같은 마음의 벽이 있고, 오랫동안 은인자중한다. 그러다 마침내 울화통이 터지면 자기 파멸과 같은 충동으로 내달린다. 그것이 일본인의 미학이다. 그리고 사태가 최악의 상태로 꼬인 경우 자살을 행동으로 옮기는 일이 많다. 일본인들은 역학 관계의 우열이 명백해지면 건방지게 되는 것이 또한 고약한 버릇이다.

반면 한국인은 화끈하고 직설적이다. 꾸밈이 없는 감정과 마음먹은 대로 실행하는 국민성을 지니고 있다. 의리와 인정이 많고 어떤 일에 주장이 선명하다. 그리고 앞뒤 가리지 않고 직설적으로 행동한다. 한국인은 타인과 관계에서도 최초의 어색함이 사라지면 숨어 있던 본심이 바로 나온다.

이것만 보더라도 날씨와는 전혀 상관이 없고 '빨리빨리' 문화가 인간 관계에서도 나타나지 않는가 싶다.

나 또한 어떤 표현을 할 때 질질 주변을 돌아가는 표현은 싫어한다. 항상 직사로 표현하는 것을 좋아하는데 이것이 나만 그런 것이 아니라는 것이 한국에 사는 외국인들의 눈에 비친 대부분의 한국인이 그러한 모양이다.

대한민국의 국토는 반도라는 특성과 그 지정학적 위치의 영향으로 대륙이나 해양 세력의 침입을 막장 동네인 캅카스나 중동, 발칸 반도까지는 아니지만 그래도 자주 겪었고, 이에 대항하기 위해 국가 혹은 민족 단위의 단합이 빈번하게 일어났다.

고려 중기까지 국가 단위로 외세에 맞섰으나 몽골 제국과의 전쟁 때부터 지배층은 정권을 지키기 위해 백성을 버리고 피신하는 일이 많아지자, 백성들은 지배층에 불신과 냉소를 지니며 '나와 내 가족을 지킬 건 스스로 달려 있다.'고 자각하여 죽창과 낫 같은 날붙이를 들고 거대한 침략 세력에 맞서 싸웠다.

또 조선 시대 이후부터 지도층인 사대부가 유교 문화를 국가 통치의 기치로 내세우면서 유교적 가치관의 영향을 강하게 받았고 근현대사를 거치면서 일본식 군대 문화, 근대 민족주의(Nationalism)의 확산 등이 더해진 결과 한국인들 사이에는 공동체 정신문화가 강하게 퍼져 있다. 이 같은 공동체 문화는 단결을 통해 단체의 역량을 끌어올리는 데 적합하므로 비교적 짧은 시간인 70여 년 사이에 비약적인 경제 성장을 이뤄 낸 한국 사회에서 상당히 강조됐다.

그러나 이는 사회생활에서 혈연, 지연 등이 더 강하게 하고 외국과의 지나친 비교로 인한 필요 없는 열등감 혹은 비뚤어진 애국심과 같은 국수주의의 단편 등과 같은 부작용을 일으키는 원인이 되기도 한다. 그러나 특유의 공동체적 문화는 국가의 주인 의식과 결합하면 때때로 국가적 사건에 대처하는 데 있어서 엄청난 결집력을 보여 주기도 한다.

새마을 운동, 금 모으기 운동, 태극기 집회 등 단기간 단합된 동안의 단결력은 상상을 초월하는 모습을 보여 주기도 한다. 농경 사회인 게나 두레, 품앗이로 대표되는 공동체 의식이 기원이 아닐까 생각된다.

2020년 전염병이 세계적 확산할 때 외신들은 한국인들이 합심하여 보여 준 사회적 거리 두기 실천 등의 시민 의식과, 선별진료소 등에서 행해진 드라이브 스루 검사 등 새로운 검사 방식의 개발과 그 폭넓은 시행이 빠르게 이루어진 점을 두고 한국의 공동체주의 문화와 빨리빨리 문화가 그래도 긍정적으로 나타난 예로 보고 있다.

한국인들은 오지랖 문화도 꽤 강하다. 이 또한 나 역시 오지랖이 많아서 주변에 무슨 일이 있으면 나와 아무런 상관이 없어도 발 벗고 나서 해결해 주려고 노력하는 편이다. 결국 나만 그런 줄 알았던 내가 가지고 있는 여러 가지 성격들이 우리나라 사람의 특징이라 한다. 그럼 내가 우리나라 사람의 표준이 되는 것인가?

58. 나의 군대 이야기

　바른 자세로 걷는 방법을 가장 많이 보유하고 있는 곳이 바로 군대라고 한다. 다양한 사람들이 함께 동작을 맞추기 위해서는 모든 사람들이 바른 자세로 걸어야 하기 때문이다. 하지만 몇 시간씩 가야 하는 행군은 금세 자세가 흐트러지거나 지치게 된다. 내가 30여 년 전에 군대 생활했던 곳의 예명은 '산악사단'이었다. 그곳은 최전방의 예비사단으로 연간 70% 이상을 자대가 아닌 바깥에서 군대 생활을 할 정도로 작업과 훈련이 많은 곳이었다. 한겨울 많은 눈이 내릴 때를 제외하고는 대부분의 계절에는 부대 내에 있을 일이 없을 정도로 많이 이동하며 걸었다. 한두 시간 정도 걸을 때는 줄도 맞추고 구령도 하면서 걸어가지만 5시간 이상 행군을 하거나 높은 산을 넘어가야 할 때는 어느 누구도 줄을 맞추려 하는 이가 없다. 낙오 없이 오로지 목적지까지 잘 걸어가는 병사가 가장 뛰어난 군인으로 인정해 주었다.

　특히 야영을 하게 되면 담요부터 텐트 개인 용품까지 합치면 그의 20kg이 육박할 정도로 배낭의 무게는 나가게 된다. 지금처럼의 배낭이 아닌 바깥에 ㄷ자로 90도 세운 모양으로 군용 담요를 달고 그 안에 다른 것을 넣고 야삽과 반합을 달아서 행군을 해서 목적지까지 가야 했다. 팀

179

스피리트 훈련을 두 번을 참여했는데 보름 동안 강원도 횡성에서 경기도 여주, 이천까지 걸어서 이동했다. 지금 생각하면 무식하기 짝이 없는 훈련이었다. 그리고 작업을 위해 6개월 이상 부대를 비운 적도 있었다. 평화의 댐 공사는 일반 민간인들이 하였지만 그 주변의 철책 공사는 전부 군인들이 하였다. 그때 연대 병력이 들어가 철책 공사를 하였는데 최전방이다 보니 지뢰를 탐지하면서 작업할 정도로 위험한 곳에 군인들이 작업을 했다.

지금으로 치면 북한의 군인들이 공사에 투입되는 것과 같은 개념이었다. 그런 군대가 지금 우리나라 육군은 세계 5위의 군사력을 자랑한다. 우리 군에서 사용하는 군 장비는 세계 어느 곳의 장비보다 월등히 우수하고 우리 군이 사용하고 있다고 하면 전 세계적으로 알아준다고 한다. 가령 k9 자주포나 보병이 사용하는 소총까지도 외국군이 탐을 내는 정도로 성장했다.

내가 군 생활할 때는 수통이나 반함이 1940년대 생산된 제품들이 간혹 있었다. 6·25 때 사용하든 군수 물자를 1980년대까지 사용할 정도로 우리 군은 빈약하기 짝이 없었는데, 지금의 우리 군은 육군만 비교한다면 일본보다도 무기 숫자나 화력 면에서 훨씬 뛰어난 부대로 성장했다. 물론 아직도 강원도 지역의 부대에서 k9 자주포가 아닌 155mm 견인포도 있고 6·25 때 사용했던 M1 탱크가 남아 있다. M1이 굴러가는 게 신기할 따름이다. M1 뒤쪽의 열기는 엄청나 시동을 걸지 않고도 반함에 물을 끓일 정도의 열기가 있었다.

30여 년 전에는 위장막이 없어서 나무나 풀을 잘라서 탱크 주변에 꽂아 두었다. 훈련 중에 탱크 옆에 타고 가는 경우도 있었는데 우연히 뒤를 보는데 위장을 한 나무에서 불이 붙어서 연기가 조금씩 나길래 무심결에 "어~ 나무에 연기 난다." 말하니 전차장이 갑자기 전차를 세우고 쏜살같이 나오고 탱크에 타고 있던 병사들도 스프링처럼 모두 튀어나오는 것을 보고 깜짝 놀랐다. 탱크 주인은 도망가고 우리는 멍청하게 탱크 옆에 앉아 있었던 기억이 난다.

아직도 그 M1 탱크가 남아 있다니 군인들이 얼마나 손질하고 정비하였으면 지금 굴려 가나 싶다. 내가 근무했던 강원도 양구의 부대들은 지금도 죽어라 행군을 하고 있는지 궁금하다. 최근에 내가 근무했던 사단의 새까만 30년 후배를 만났는데 그는 사단 사령부에 있어서 일반 소총수의 이야기는 듣지 못하였다. 그래도 그놈은 자기 선배라며 군대 이야기를 많이 들려주었다. 군대 이야기는 90% 뻥이라고 하던데 난 그래도 사실에 입각해서 글을 쓸려고 노력했다. 지금도 전방 예비사단 개념이 남아 있는지 몰라도 그곳의 일반 소총수들은 많이 걸어 다니며 훈련하고 있을 것이다. 예전처럼 작업은 많이 하지 않았으면 좋으련만.

59. 건망증이 있다고요…?

어떤 사람의 물건 정리법 첫 번째 눈에 잘 띄는 곳에 두는 것이라고 한다. 그래서 가장 좋아하는 책도 책장이 아니라 침대 머리맡이나 거실에 두고, 다른 곳에 가져갈 물건은 아침에 신고 갈 신발 옆에 두기도 한단다. 그리고 꼭 기억해야 할 것들을 휴대폰 배경 화면에 저장한다. 주로 내가 평소에 사용하는 방법도 있고 하지 않는 방법도 있다. 내가 좋아하는 물건을 내 곁에 두는 것은 잘하지 않는다. 내가 좋아하는 물건은 어디에 갔다 두어도 잘 찾기 때문이다. 그러나 다음 날 아침 가져갈 물건을 현관 입구에 갔다 두기는 잘하는데 그것도 잊어버리고 그냥 나가서 아예 신발 위에다 올려놓고 아침에 잊지 않게 가져가고 있다.

특히 어떤 서류라든지 작은 물건들은 생각났을 때 미리 호주머니에 넣어 둔다. 그리고 부피가 큰 물건들은 저녁에 미리 차에다 두고 오는 것이 잊어버리지 않는 방법이다.

가져갈 물건이나 약속을 자주 잊어버리는 사람들이 주변에는 많이 있다. 그들은 자신이 건망증이 심해졌다며 잊어버린 것을 변명한다. 그러나 분명히 하루에 몇 번은 생각이 나는데 그것을 무시하고 "내일 하면 되지…." 미루기 때문에 그런 일이 일어난다. 나 같은 경우도 약속이나 해야 할 것들은 핸드폰의 배경 화면으로는 사용해 보지는 않았지만 핸드폰의 달력에다 표시해서 사용한다. 그렇게 하면 약속이나 할 일 전에 알람으로 미리 알려 주고 습관적으로 폰 달력을 한 번씩 쳐다보게 된다. 그래서 사촌들의 제삿날이나 집안 행사는 미리 내가 먼저 알려 주는 편이다. 어떤 때는 사촌들이 자신의 아버지 제삿날도 깜박했다며 나에게 고맙다고 말을 할 정도이다.

나이가 들어가서 건망증이 심해 잊어버린다는 말은 사실은 맞지 않다. 무엇을 하든지 미리 해 두거나 스마트폰을 활용한다면 절대로 잊어버릴 일도 없고 중요한 것을 잊어버릴 것도 없다. 물론 나이를 먹다 보면 자주 깜박할 때는 있을 수 있다.

휴대폰을 냉장고 안에 두기도 하고 신발장에 두기도 해서 내가 전혀 생각하지도 않는 곳에서 발견되면 정말 황당할 때도 많다.

몇 년 전에 의령 집의 도로가 협소해서 내가 대신 차를 빼 준 일이 있었는데 스마트 키를 주지를 않아서 고속도로 올리기 전에 내가 직접 갔다가 준 일이 있다. 차량의 스마트 키는 일단 시동이 걸리면 키가 없어도 중간에 스마트 키가 없다고 경고도 하지 않고 시동을 끄지 않는다면 목적지까지 아무 일 없이 잘도 간단다. 그러니 한 번씩 잊어버리고 스마트 키를 명절날 고향 집에 두고 집에까지 오는 일이 있다고 나의 지인이 말을 한다. 그럴 때는 택배로 스마트 키를 받는다고 자신의 경험담을 말한다.

스마트 키가 어느 정도 멀어지면 출발을 못 하게 하든지 아니면 경고라도 계속 보내 주어야 잊지 않고 스마트 키를 챙겨 올 텐데 자동차 제작사는 큰 기술을 필요로 하는 것도 아니면 개선해야 할 부분이다.

난 아직은 핸드폰을 잊어버려서 새로 만든 적은 단 한 번도 없는데 의외로 젊은 사람들이 핸드폰을 분실하는 경우가 많이 있다. 그들은 핸드폰을 자신의 몸속에 있는 콩팥이나 간, 폐처럼 항상 몸의 일부분인데 그들이 왜 핸드폰을 잘 분실할까. 아이러니가 아닐 수 없다.

아마 아이들의 폰은 최신 폰이라 누군가가 흘리면 그것을 되팔려고 돌려주지 않아서 자주 잊어버리는 것일 수도 있다. 나 같은 경우도 식당에서 두고 나오기도 하지만 금방 다시 찾아온다. 당연히 구형 폰이라 누구도 거들떠보지도 않아 잘 찾는 것일 수도 있다.

어쨌든 난 휴대전화기 분실은 한 번도 하지 않았다. 건망증이 많다고 걱정하지 말고 나의 생활 방식을 바꾸어 보자. 무조건 폰에 기록하고 잊어버릴 물건은 미리미리 챙기는 습관을 만들어 두면 나이가 많아서 건망증이 심하다는 말은 하지 않게 된다.

60. 매일 피로한 당신 한 움큼의 약으로 해결하세요

물건이든 살림이든 집 안에 쌓이는 것은 순식간이다. 비우고 버리는 것은 참 어렵다. 집의 베란다 한쪽 구석에는 1+1으로 꽉 차 있고 해마다 조금씩 새 옷을 사지만 그렇다고 예전에 입던 옷들을 버리지 않으니 옷장은 하염없이 옷이 쌓이고 있다. 우리 집 싱크대 찬장은 그의 약장을 방불케 한다. 건강식품, 약국에서 지어 온 여러 약봉지가 하나 가득히 있다. 나 같은 경우 병원을 거의 가지 않기 때문에 내가 지어 온 약은 아닌데 무슨 약봉지가 그렇게 많은지 어제는 투덜거리며 전부 싹 정리했다. 그러나 아내는 약봉지가 사라져도 그게 어디 갔냐고 물어보지도 않는다. 그것은 자신도 혹시 필요할까 모아 두고는 잊어버리고 있는 것이다. 다람쥐가 가을에 이곳저곳 도토리와 밤을 숨겨 두고는 자신이 숨긴 장소를 몰라 그것 때문에 나무가 번식을 한다고 하던데 그것과 같이 약봉지는 우리 집에 한없이 쌓이고 있다. 나의 집사람은 특별히 지병이 있는 것도 아닌데 약봉지가 왜 많은지 모르겠다.

어떤 사람들은 아침 식사 대신에 건강 보조 식품으로 배를 채운다 하는 사람도 보았다. 오메가 3, 프로폴리스, 로열 젤리, 스쿠알렌, 키토산, 효모 등 내가 알지 못하는 것을 포함해서 여러 수백 종의 약을 좋다고 하니 아침마다 한 주먹씩 입에 털어 넣고 온다는 사람이 주변에 많이 있다.

항상 만성피로에 시달리고 운동할 시간이 없으니 건강 관리를 이렇게라도 하고 싶어 하는 그런 분들이 이해는 된다. 그래도 한 움큼 되는 여러 종류를 한꺼번에 먹는다고 해서 부작용이 없을까 싶다. 누가 뭐가 좋다고 하면 이것도 사고 저것이 건강에 좋다고 하면 또 사게 되고 그런 모양이다. 그것도 이해할 수 있는 것은 요즈음은 젊은 사람들도 암에 걸려 죽는 사람도 있고 건강검진을 아무리 잘 받아도 갑자기 중병이 걸리는 사람들도 주변에서 종종 보게 되니 그럴 수 있다 생각되지만 그것보다 종편 방송에서 무엇이 몸에 좋다며 이곳저곳에서 계속 방송을 하는 것이 사람들이 사게 했다.

예전의 경우 건강식품은 인삼이면 최고로 생각하고 당연히 인삼 제품으로 건강을 챙기고 있었다. 그러다가 건강이 많이 좋지 않으면 한의원에서 보약 한 첩 먹는 것으로 한해 건강은 그것으로 족했다. 그러다 산양삼이 대중화되면서 한때는 산양삼 열풍이 불었는데 지금은 찾지 않은 이유가 있다. 강원도 지역의 대량 생산하는 사람들이 관광버스로 하루에도 몇 대씩 사람들이 사러 오는 곳들이 많았다. 그 사람들에게 그 많은 양을 조달하기 위해서는 가짜를 팔 수밖에 없었고, 그것을 취재하여 여러 곳에서 방송을 했다. 사람들이 산양삼이라면 귀하게 생각했던 것이 한순간에 모든 산양삼이 가짜로 낙인찍히게 되는 계기가 되어 지금은 겨우 명맥만 유지하는 곳도 많고 폐업하신 분들도 많이 있다.

산양삼이나 인삼 그리고 보약을 먹던 국민이 이제는 외국에서 들어온 천차만별의 건강식을 먹고 있다. 이렇게 만들어진 원인은 당연히 매스컴의 영향이다. 종편에서 어떤 건강식에 대해 심층 분석하고 있으면 다른 홈쇼핑 채널에서는 그 약을 판매하고 있다. 아직도 티브이에서 좋다고 방송을 하게 되면 사람들은 그것을 신뢰하게 된다. 그러니 수입 업자와 홈쇼핑, 종편이 한통속이 되어 우리 국민을 바보로 만들고 있는 것이 눈에 보이는데 그것을 아무 의심 없이 몸에 좋다고 하니 무작정 사 모으고 다 먹을 수 없으니 하루에 한 주먹씩 여러 종류를 먹게 된다.

그런데 그렇게 먹고 있는 예쁘고 날씬한 연예인을 방송을 하니 그것을 보고 아…! 저렇게 먹어도 괜찮은 모양이구나 싶어서 일반 사람들도 따라 하게 된다. 건강식품의 산업은 거대 산업으로 성장했다. 그래서 어떤 방법으로도 일반 사람들에게 판매해야 하는 마케팅 전략을 만들 수밖에 없다. 어느 집이고 건강식품 병이 없는 집은 없을 것이고 매일 아침 꼭 챙겨 먹는 사람도 많이 있을 것이다. 건강할 때 건강을 지켜야 하는 것은 분명히 맞는데, 건강식품을 먹는다고 모두 병이 들지 않는다면 지금 있는 병원들은 전부 문을 닫아야 되는 것이 아닐까? 그런데 병원들은 더욱 번창하고 있다.

61. 신문지가 귀한 물건이 되었다

지금도 어떤 가게에서는 깨지기 쉬운 유리 제품이나 섬세한 물건을 팔 때는 신문지에 싸서 준다. 그리고 택배를 보낼 때도 충격 방지용으로 꾸겨 넣기도 하고 집 안에서 튀김 요리할 때나 파나 배추, 무 등을 다듬을 때도 신문지는 자주 이용된다.

나도 아이들이 어릴 때는 신문을 10년 이상 받아 보았다. 그 당시 신문은 티브이에서 방송되지 않은 사건의 뒷이야기나 칼럼 등이 있어서 신문을 꼼꼼히 읽어 보았다. 어떤 때는 하루 치 신문을 처음부터 끝까지 읽으면 5시간 정도 걸리는 경우도 있을 정도로 신문을 정독하는 편이었다. 그러다가 뉴스 전문 채널과 종편이 나오게 되고 스마트폰이 보급되면서 신문을 끊게 되었는데, 지금 사는 아파트에서 이제는 신문을 받아 보는 사람들은 아무도 없다. 그래도 이발관이나 서비스 센터에 가면 요즘도 신문이 놓여 있다. 누가 신문을 보나 생각하겠지만, 아직도 종이 신문을 받아 보는 이가 있기에 신문을 발행하고 있을 것이다.

군사 정권에 태어나서 전두환, 노태우까지 치면 그의 25년 동안을 언론을 통제받던 시대를 살아온 우리 세대는 티브이에서 방송되지 않은 진짜 뉴스에 대한 갈증이 많았다. 그래도 그나마 신문에서는 조금 나은 내용이 나와서 신문을 정독했다.

　지금도 《월간조선》이 만들어지는지 검색하니 아직도 출판되고 있다. 400쪽이 넘는 아주 두꺼운 그 책을 처음 보게 된 것이 20살 정도 되었을 때인데, 어떤 사회 문제나 현상에 대해 심층적으로 분석하는 논문을 읽는 느낌이라 일부러 용돈을 아껴서 책방에서 사서 보기도 했다. 80년대에 청년인 나에게 《월간조선》은 일종의 새로운 세상에 대한 호기심을 풀어 주는 책이기도 했다. 지금 책값이 12,350원 하고 있는데, 그때에는 상당히 비싼 책값이라 기억했는데 얼마인지는 검색되지 않는다.

　지상파 방송 3사의 한해 적자가 수백억씩 된다고 한다. 그래서 낮 동안의 방송을 예전의 방송을 재방송하거나 뉴스로 채워지고 있는데. 새로 제작하거나 드라마를 만들 예산이 없어서 그렇게 한다. 그만큼 사람들이 방송을 보지 않아 기업들이 광고를 주지 않기 때문이다. 그러나 신문사의 경우 더욱더 보는 사람이 없을 텐데 종이 신문사가 적자라는 소리는 듣지 못했다. 지상파가 그 정도라면 종이로 된 신문사는 더욱더 큰 타격을 받고 있을 것이다. 물론 거대 신문사의 경우 종편을 같이 운영하고 있어서 그나마 상황이 좋겠지만 중소 신문사들은 거의 폐업 위기가 아닐까 생각된다. 그러나 《한겨레》나 《문화일보》, 《경향신문》이 폐간되었다는 뉴스가 없는 것을 보면 신기하다. 이제는 모든 뉴스나 지식은 스마트폰으로 습득하는 시대이다. 그것도 꼭 집어 말하면 유튜브에 가면 모든 것을 다 알 수 있는 시대에 우리는 살고 있다. 기자들이 아닌 일반인들이 만들어 내는 뉴스이다 보니 편향적인 내용도 많고 과도하고 과격한 내용도 많이 있다. 그래서 여러 가지 부작용도 많이 발생하지만 그래도 이 사회의 대세는 이제 유튜브 방송이고 모든 국민들이 시청하고 있다.

나 역시도 궁금한 것이나 새로운 것을 알아보는 것은 당연히 유튜브이다. 얼마 전 내가 항상 차고 있던 삼성 기업 제품이 고장이 나서 새로운 삼성기어 45만 원짜리 제품을 사려고 하다가 유튜브를 한 시간 검색하고 난 뒤 택배비를 포함해서 43,000원 하는 중국산을 샀다. 물론 삼성 제품과 차이는 있지만 가격이 10배 차이이지만 기능이나 디자인이 영 엉망은 아니라서 지금도 잘 차고 다니고 있다. 만약 유튜브로 검색하지 않았다면 난 10배 이상 비싼 갤럭시 기어를 구매했을 것이다. 얼마 전 시제를 지내는 날 사촌 동생이 삼성 제품의 손목시계를 자랑하며 여러 기능이 있다며 칭찬을 하길래 내 것도 그런 기능 전부 다 있다며 보여 주었더니 괜히 비싸게 샀다며 속았다고 말한다. 겉멋보다 실속을 좋아하는 나에게는 유튜브는 여태까지 경험하지 않은 새로운 세상인 것은 틀림없다.

계속 적자가 나는 신문사나 지상파 방송국이 앞으로 10년 이내에 사라지지 않을까? 그럼 신문지가 없어서 명절 때 튀김은 무엇을 깔고 해야 하나?

62. 줄을 서시오…?

한 심리학 보고서에 따르면 음식을 먹을 때 줄을 서면 그 맛이 무려 3배나 좋게 느껴진다는 결과가 있었다. 현대인들은 음식물이 풍부해서 이미 맛있는 음식을 모두 경험했기 때문에 기다림이라는 시간의 조미료가 필요하다는 것이다. 사람들은 배고픔을 참고 줄을 서서 기다리는 동안 수백 번 그 맛을 상상하며 기대감을 더 높인다. 만약 어떤 집이 긴 줄을 서야만 먹을 수 있는 집이 있으면 그 집은 십중팔구 항상 붐비고 줄을 서야만 먹을 수 있다. 사람들의 심리가 줄을 서 있으면 무엇이 그리 맛이 있는 궁금하여 더욱 더 모인다.

창녕의 순대 전골집 같은 경우 초라한 시골집에서 시작하여 지금은 현대적인 호화 시설을 갖추고 순번 대기표를 나누어 주고 기다리는 장소를 따로 두고 안락한 대기 공간까지 있다. 처음에는 길가에 차를 주차하게 하더니 주차장도 50~60대 주차할 수 있도록 만들어 놓아도 여전히 손님들은 줄을 서고 있다. 한국 사람들은 빨리빨리가 특징인데 어떻게 긴 줄을 서서 기다리고 있는지 궁금하다. 실제로 심리학 보고서 결과처럼 기다리면 그 맛이 더욱더 좋게 느껴지는 모양이다.

최근에는 가지 않았지만, 전염병이 창궐하는 요즈음도 그곳은 손님이 많이 찾아올 것이다.

내가 음식을 고르는 기준은 간단하다. 맛은 어디 가도 비슷하고 그저 배고픔을 달래는 정도이면 족하다. 그래서 단 두 명이 가도 난 음식을 내가 고르는 일은 거의 하지 않는다. 상대방을 배려해서가 아니다. 실제로 나는 어떤 음식이든 딱히 좋아하는 음식이 없기 때문에 상대방이 가자는 데로 시키는 대로 먹는다. 예전에는 육류 섭취를 많이 안 하려고 노력했지만, 요즈음은 그것마저도 하지 않고 있다. 그러다 보니 보는 시각에 따라서는 나는 가리지 않고 잘 먹는 것처럼 보이기도 하는데, 반대로 보면 음식에 대한 욕구가 전혀 없는 사람으로 비치기도 한다. 이 모습은 내가 고등학교 때와 청년 시절에 절에서 생활해서 만들어진 식습관이다. 스님과 같이하는 식사는 아무리 현대적인 곳이라도 식사 규율이 근엄하다. 그런 곳에서 음식이 맛이 있다고 맛있다는 표현을 마음대로 하고 더 먹고 싶다고 말할 수도 없는 분위기이다 보니, 자연스럽게 음식을 대하는 태도가 맛이 없어서 억지로 먹는 모습으로 비치게 된다.

그래서 나의 친구는 나하고 밥 먹으러 가지 않으려고 한다. 식사 때가 한참 지나도 밥 먹자 소리도 하지 않고, 밥을 먹으러 가도 어떤 음식이든 아주 천천히 먹으니 나하고 같이 가면 밥맛이 나지 않는다며 투덜댄다.

김주영 작가의 『객주(客主)』를 보면 이런 구절이 나온다.

"잔치에서 밥을 먹을 때는 손으로 집어 먹지 말며, 국물을 그지없이 들이마시지 말며, 먹던 부침을 그릇에 도로 놓지 못하며, 적게 먹어 빨리 삼키고 자주 씹되 입노릇을 하지 말라 하였소. 함께 음식을 먹을 때는 배부르게 먹지 말며, 뼈를 깨물어 먹지 말라 하였소. 구태여 남의 앞에 있는 것을 먹으려 하지 말며, 밥을 흘리지 말고, 젖은 고기는 이로 베어 먹고 마른고기는 이로 베어 먹지 말며, 군고기를 한입에 넣어 먹지 말며, 이쑤시지 말며, 젓국을 마시지 말라 하였소."

조선 시대 양반들의 식사 예절이다. 김주영은 『객주』를 쓰기 위해 몇 년을 자료 수집하고 고증을 거쳐 집필했다 해서 유명하였었는데, 이 문장도 자신이 지어낸 것은 아닐 것이다. 지금 나의 식사법은 조선 시대 양반과 비교된다. 어떤 음식을 먹을 때는 보통 혼자 식사하는 일은 드물고 상대방과 같이하는 경우가 많은데 나 같은 사람은 같이 밥 먹기 좋은 사람은 아니다. 어떤 음식을 먹든지 상대방이 맛있게 먹어 주어야만 그 맛이 더욱 나는데, 난 같이 밥 먹기에 빵점짜리 상대이다. 하지만 몸속에 배인 습관을 하루아침에 바꾸어지지는 않겠지만, 이제는 말이라도 "우와! 맛있다." 하며 음식을 먹어야겠다. 그럼 상대방도 맛있게 먹을 것이다.

63. 유령의 집 있던가요…?

놀이공원이나 유원지에 가면 유령의 집이 지금 있는지 모르겠지만 내가 제주도 수학여행을 갔을 때 성산일출봉 밑에 있었다. (요즈음은 안 보이는 듯하다.) 그 친구와 만난 지 37년이 지난 지금도 가끔 연락도 하고 만나는 여학생과 멋도 모르고 들어가서 얼마나 고함도 지르고 무서워하는지 진땀을 뺀 적이 있었다. 그때 너무 놀라서인지, 설마 그렇지는 않겠지만 그 친구 요즈음 심장이 안 좋아 요양차 우리 집에 자주 온다.

우리 집에 오면서부터 많이 좋아졌다며 휴일에 무조건 오려고 해서 큰일이긴 하다. 사람이 어두운 곳에 들어가게 되면 본능적으로 한 손으로는 벽을 짚고 다른 한 손으로는 앞에 놓인 장애물이 있는지 휘저으면서 앞으로 걸어가는데, 유령의 집에서는 벽에 사람이 서 있어서 사람을 놀라게 하든지 아니면 바닥이 고무처럼 점점 밑으로 빠지는 것이 있어서 사람들의 공포심을 자극하게 된다. 40여 년이 되어 가는 기억인데 지금도 그 친구의 고함이 귓전에 맴도는 듯하다.

검색해 보니 그런 곳은 전부 사라진 모양이다. 아마 없어지는 것이 맞을 것이다. 저승사자도 있어야 하고 여러 곳에 사람이 배치되어 놀라게 해야 하는데 사람들의 인건비 때문이라도 하지 못한다. 하지만 가장 큰 이유는 이곳보다 더 재미있는 것이 많아지고 아이들이 그런 곳을 가는 것보다 핸드폰으로 게임을 하는 것을 선호하니 당연히 사라지게 되어 있다.

그리고 지금은 자식이 너무 귀한 존재라서 그런 곳에 가서 놀라게 하면 큰일 날까 봐 지레 겁을 먹고 보내지 않을 것이다.

세상이 많이 달라지긴 했다. 유령의 집에서 가장 늦게 빠져나오는 사람은 대부분 벽에서 손을 떼고 가는 사람이라고 한다. 양손을 모두 놓고 휘저으며 가다 보면 방향을 잡지 못해 제자리에서 빙빙 돌기 때문이다.

살다 보면 한 치 앞도 보이지 않는 날들이 종종 나의 앞에 오게 된다. 그럴 때 앞이 보이지 않는다고 양손으로 아무리 휘 저어 봤자 그곳을 탈출하지 못하고 제자리에서 빙빙 돌게 된다. 내가 살아온 날을 돌이켜 생각해 보면 어두운 방에서 손을 휘졌듯이 무언가 열심히 노력하고 목표로 삼는 일은 제대로 된 것이 없는 것 같다.

그래서 항상 한 손은 벽을 더듬어 보면서 한 손은 앞에 장애물이 있는지 확인하면서 천천히 한 걸음 한 걸음 걸어가야 하는데, 어두운 방에서 누군가가 나의 손을 잡으며 앞을 인도해 주는 이가 있을 수도 있지만, 이제는 그런 것 믿지 않고 천천히 어두운 방을 빠져 나오기를 바랄 뿐이다.

늦은 나이에 무엇을 새롭게 시작한다는 것이 얼마나 어려운지 새삼 깨닫게 되는 요즈음이다. 3번의 면접을 보고 어제 모두 발표하였는데 한 군데도 되지 않았다. 여러 가지 원인은 있겠지만, 일단 나는 관공서에서 좋아하는 타입이 아니라는 것이다. 그곳은 상명하복과 시키는 대로만 하는 곳인데, 창작하고 새로운 것을 만들기 좋아하는 성격이라 그런 곳에서 안주하는 내가 아니다. 당연히 용수철처럼 튀어 오르게 될 것이다. 하지만 무엇보다 나에게 일을 시키는 간부들이 나보다 나이가 적고 스펙도 나보다 훨씬 못하니 나를 만약 채용하게 되면 간부로 있는 자신의 밥그릇이 날아갈 것 같으니 배제하게 된다.

내년 4월에 의령군수도 재보궐 선거가 있다. 유력 주자 중 한 분이 나와는 인연이 아주 깊다. 그분의 선거 운동을 열심히 도와서 당선이 되기를 바랄 뿐이다. 그래서 이번에 낙방시킨 그곳의 '장'으로 가야겠다고 다짐을 했다.

물론 그분이 당선되어야만 하겠지만 한 번도 군수를 하지 않은 분이라 되기만 하면 10년 정도는 철밥통인데 그분에게 열심히 도와드리겠다고 연락해야겠다.

지금 기분은 쓸개를 맛을 보며, 원수를 갚는 그날까지 와신상담[臥薪嘗膽]하여 원수를 갚아 주어야 하는데, 사람이 독기가 있으면 오래 살지 못한다. 사는 동안은 아프지 않고 건강하게 살아가려면 그러려니 하며 잊어버리자. 그냥 전기 기술자로 살아 갈련다.

64. 개미지옥을 조심하자

"인간의 욕심은 끝이 없고, 똑같은 실수를 반복한다." 언젠가 이 말이 인터넷에서 유행처럼 번졌다. 이 말은 거의 모든 상황에 맞아떨어져 연예인들이 패러디를 만들었다. 그 재치에 피식 웃기만 한 것이 아니라 많은 공감을 했다. 이유는 이 말 안에 인간 특성의 한 단면이 들어 있기 때문이 아닐까. 우리는 뉴스에서, 주변 사람들에게서, 그리고 자기 자신에게서 지치지 않고 실수를 반복하는 인간의 모습을 쉽게 본다. 술은 분명 몸에 해롭다는 것을 알면서 아침엔 며칠 쉬었다 마실까 생각했다가 저녁이 술 생각을 하고 있는 나를 발견한다. 운동을 꾸준히 하게 되면 건강에 도움이 되는지를 알고 있지만 그것조차도 들쑥날쑥하게 된다.

사람들이 똑같은 실수를 반복하는 것은 조금만 생각해 보면 해서는 안 된다는 것을 알 수 있지만 지나고 나면 후회하게 만든다. 특히 눈앞에 작은 이익 때문에 자신의 앞날의 큰 오점을 남기기도 한다. 명주잠자리는 우리 산천에서 자주 볼 수 있는 곤충이다. 고운 이름은 비단 천(명주)처럼 맑고 투명한 날개 덕분이다. 이런 명주잠자리의 유충 이름이 개미귀신이라니 반전이다. 다른 잠자리 유충들은 물속에서 모기 애벌레인 장구벌레를 잡아먹는다. 반면 개미귀신은 개미를 잡아먹기 위해 수변지대

근처 모래밭에 깔때기 모양의 함정을 파는데 이름이 개미지옥이다. 함정에 굴러 떨어진 개미는 탈출하려 기를 쓰지만 미끄러져 내려오는 모래 때문에 결국은 개미귀신의 먹이가 된다. 그곳을 '개미지옥'이라 한다.

우리는 작은 욕심 때문에 점점 수렁에 빠져 도저히 헤어나지 못하는 경우를 종종 본다. 특히 다단계를 하는 사람들이 처음에는 성공하는 것처럼 보여도 자신의 전 재산을 다 탕진하고 패가망신하는 것을 나의 주변에도 그런 사람이 있다. 그들은 처음 시작은 많은 금전적인 이익이 눈앞에 보이니 시작했을 것이다. 그러나 자신이 개미지옥에 빠졌다는 것을 깨달을 때는 이미 돌이킬 수 없는 지경으로 내몰렸다는 것을 알게 된다. 다간계의 특징은 자신의 주변 사람들에게 똑같이 피해를 입혀서 자신의 인간관계까지도 파괴하게 되는데, 우리 사회에서 다단계가 없어지지 않고 수많은 사람들이 그곳을 다시 찾는 것은 눈앞에 보이는 이익 때문에 욕심을 내기 때문이다.

욕심(欲心)은 어떠한 것을 정도에 지나치게 탐내거나 누리고자 하는 마음을 말하는데, 한 개를 가지면 두 개를 세 개를 가지고자 하는 것이 인간의 마음이다. 그래서 인간의 욕심이 끝이 없다고 했는지 모르겠다.

자연 다큐멘터리를 보면 개미귀신이 개미사냥에 실패하는 경우도 있다. 개미귀신이 개미지옥을 잘못 팠거나, 나뭇가지가 우연히 그곳에 바람에 날려 들어오는 특별한 행운이 개미를 살릴 수도 있을 것이다. 아니면 개미의 내공이 남달라서 그곳을 탈출했던지, 아무튼 개미지옥을 탈출한 개미가 아주 없진 않은 사실이 새삼 흥미롭다. 우리의 삶도 '재미지옥'

에 빠지지 않으려면 무리한 욕심을 버려야만 같은 실수를 반복하지 않게 된다. 살아갈 날이 얼마나 많이 남아 있을지 모르지만 개미지옥에는 근처도 가지 않기를 바랄 뿐이다.

65. 새옹지마는 그냥 만들어진 말이 아니다

살다 보면 꼭 내려야 하는 중요한 결정 앞에서 갈팡질팡할 때가 있다. "내가 내린 결정을 후회하고 말고는 앞으로 내가 어떻게 하는지 하는지에 따라 달렸다." 이 말은 어떤 결정을 내린 후에 어떤 마음가짐으로 임해야 하는지를 말해 준다. 그러나 어떤 결정을 내리던 그 결과는 아무도 예단할 수도 없고 현재에는 잘 내린 결정이지만 시간이 흐른 뒤에 그 결정으로 인해 자신에게 엄청난 피해를 줄 수도 있는 것이 인생이다.

그래서 인간사 새옹지마(塞翁之馬)란 말이 괜히 만들어진 것이 아니다. 지금 내린 결정이 나에게 어떤 결과가 만들어질지는 아무도 모르고 그저 지금 한 나의 결정으로 훗날 아무쪼록 좋은 결과가 생기기를 바랄 뿐이다.

60살이 가까워지고 있지만 아직도 나는 새로운 일에 대한 열망을 가지고 있다. 어떤 공부를 할까 고민도 하고 누군가가 권유하는 자격증에 대한 도전도 하려고 하고 있다.

돌이켜 보면 무얼 준비해서 그것이 나의 미래에 도움이 된 일은 거의 없었던 것 같다. 하지만 하루하루를 막살지는 않았고 그저 생긴 대로 나에게 닥쳐온 여러 가지 문제를 풀어 가면서 그것이 좋은 결과로 나올 때도 있지만 또 일을 더 어렵게 만들어 더욱더 힘들게 한 때도 있었다. 어려울 때 누군가의 도움으로 극복할 수도 있었지만 대부분 시간이 흘러서 저절로 해결된 경우가 더 많았던 것 같다. 얼마 전 32살의 동생이 자신의 친구에게 돈을 빌려주어 힘들어하는 이야기를 쓴 적이 있었다. 이 친구는 이제 전화 통화도 잘 안 된다. 그 친구는 일을 할 수 없을 정도로 나에게 매달렸는데 그는 이제 열심히 일하고 있다고 나에게 카톡이 왔다.

한때는 그 친구가 극단적인 선택을 할까 봐 조마조마했는데 그의 일 년을 방황하다가 그는 이제 과거의 모든 것을 잊어버리고 오로지 자신이 잘하는 분야에 일을 열심히 할 것이다.

아직 나이 어린 그 친구에게도 앞으로 살아가면서 사기당한 것이 새옹지마(塞翁之馬)로 보답이 되어야 할 텐데, 살아갈 날이 훨씬 많은 그에게 독이 아닌 좋은 약이 되기를 기원한다.

어떤 결정을 내리고 나면 내가 고른 길에 믿고 열심히 걸어가다 보면 어떠한 미래가 닥쳐도 잘 헤쳐 나갈 수 있을 것이다. 혹시 중요한 결정을 앞두고 잘할 수 있을까? 고민하지 말자. 무슨 결정을 내린다 해도 아무도 그 결과에 대해 알 수 없는 것이다.

괴테는 "지나간 일을 쓸데없이 후회하지 말 것. 잊어버려야 할 것은 깨끗이 잊어버려라. 과거는 잊고 미래를 바라보라."라고 했다. 괴테뿐만 아니라 모든 사람들이 그렇게 생각하고 있다. 하지만 나에게 크나큰 손해를 입힌 지난 일을 잊는다는 것은 정말 힘든 일이다. 그 일을 잊지 못해 우울한 날을 보내는 사람들은 주변에서 많이 본다. 그 사람들의 공통점은 자신이 가장 소중하게 생각하는 것을 갑자기 사라졌을 때일 것이다. 그것이 어떤 이에게는 금전일 수도 있고 어떤 이는 명예 또 어떤 이는 사랑하는 사람일 수도 있다. 그런 것들을 잊어버린 것을 후회한다고 그것이 제 발로 찾아올 리는 없다.

그저 빨리 잊어버리는 것이 약이다. 만약 자신이 계속 괴로워하며 살아간다면 주변에 있는 가족뿐만 아니라 모든 사람에게 피해를 줄 것이다. 잘못된 것은 어차피 잘못된 것에 반성하고 두 번의 실수를 하지 않는다는 각오로 다시 한번 분발하는 계기로 삼아서 살아가다 보면 언젠가는 또 좋은 날이 나에게 찾아올 것이다.

66. 2020년 12월 31일을 보내며

우리가 매일 먹고 있는 어떤 과일이라도 나무 씨앗을 파종해서 열매를 맺기까지 한두 해는 어림도 없고 적어도 3~4년은 잘 키워야 열매를 볼 수 있다.

묘목은 씨를 뿌려서 한 해를 길러 뿌리가 아주 튼튼한 토종 나무에 접을 붙이고 그다음 해부터 아기를 다루듯이 길러서 본밭에 정식을 하게 되는데 보통 과일나무가 수확량이 많아지는 것은 10년 이상 되어야 해서 기나긴 인내가 필요하다.

기술자가 제대로 인정받으려면 10년 정도 한곳에서 꾸준히 노력해야만 되는 것과 같은 이치이다. 10년이 지나고 20년이 넘어서면 서서히 은퇴를 준비하듯이 나무들도 20년 이상이 되면 새로운 품종으로 개량을 하거나 큰 나무에 다른 새로운 종류의 가지를 접을 붙여서 과일을 생산하게 된다.

우리의 삶도 마찬가지이다. 나도 전기 기술을 익히고 20여 년이 된 이후부터 지금 가지고 있는 기술에서 여러 가지 다른 기술을 배우고 익혀서 흡사 오래된 나무에 새로운 종류의 신품종을 접을 붙이듯이 각종 자격증이나 기술을 접목하였다.

기술 분야에서는 그런대로 나의 삶에서 많은 도움이 되었지만, 자격증을 이용한 새로운 돌파구를 시도할 때마다 번번이 실패를 거듭하고 있다.

나이가 많아서 진입이 쉽지 않아 마음에 상처를 많이 받고 있다. 그래서 두 번 다시 시도하지 않으리라 다짐하며 그냥 기술자로 살아가라고 하는 의미라고 생각하며 그 일에 대해서 체념하게 만든다.

그리고 올해는 기술직의 자격증을 도전하였는데 마지막 3주 정도 남았을 때 난데없이 취업 제의가 들어와 공부도 제대로 되지 않았고 취업도 이상한 놈 때문에 되지 않았다. 차라리 그때 시험 때까지 끝까지 공부를 하였다면 1차 시험은 붙을 수 있었을 것이라고 아쉬움도 남는다. 취업도 자격증도 되지 않고 취업을 위해 기존에 일하고 있던 회사와도 등을 돌리게 되는 이상한 일이 벌어졌다.

"아~ 올해는 한 게 하나도 없네!" 연말엔 이런 생각에 괜히 무기력해진다. 이제 올해도 24시간이 남지 않았다. 특히 올해는 더욱더 아쉬움이 많이 남는 한 해로 기록될 것 같다. 새로운 것에 도전도 해 보고 새로운 공부도 하게 했던 한 해였다. 변화무쌍한 날씨와 같이 우리 인생은 어떻게 전개될는지 모른다. 물론 안정된 직장을 가진 사람이나 안정된 사업을 하고 있었다면 이런 어려움이 없을 것이라 생각해 보기도 한다.

중형 마트를 두 개를 운영하는 나의 친구는 전염병이 있어도 나름대로 잘 운영하고 있었는데 한 곳을 최근에 처분했다고 한다. 수십 년을 마트만 한 친구인데 그도 올해의 전염병의 높은 파도를 넘어가기 힘들었던 모양이다. 친구는 두 개를 운영하다 한 개를 운영하니 시간도 많이 나서 좋다며 이제는 쉬엄쉬엄하겠다고 말을 하지만 아쉬움이 많이 남을 것이다.

일이 잘되는 사람보다 어려움이 많은 사람들이 많았던 올해를 보내며 새해에는 더욱더 좋은 일이 많을 거라 기대해 보지만 내년에는 더욱더 어려워질 거라는 각종 통계를 보면서 새해를 맞이하면서 사람을 더욱 긴장하게 하지만 "산 입에 거미줄 치랴."라는 속담처럼 아무리 살기가 어려워도 사람은 죽지 않고 그럭저럭 먹고살아 가기 마련이다. 잘사는 것보다 오래 살아남아 있다 보면 또 좋은 시절이 우리에게 돌아올 것이다.

67. 시력이 좋은 것이 좋을까…?

당신의 시력은 어떻게 되는지…? 시력이 안 좋으면 안경이나 렌즈를 사용한다. 그런데 그런 것을 아예 안 쓰는 사람들도 주변에 있다. 세상을 조금 흐린 눈으로 보다 보면 주변의 신경도 덜 쓰게 되고 또 보기 싫은 것은 피할 수 있어서 스트레스도 덜 받는다고 한다.

살면서 세상을 굳이 선명하게 볼 필요가 있을까…? 괜히 자세히 보았다가 더 상처를 받는 경우가 많이 있다. 특히 남의 허물에 대해 더욱더 그러하다. 물론 명명백백 밝혀내어 일벌백계하는 것도 맞는 일이나 그렇게 해서 자신에게 돌아오는 것이 얼마나 많은지 묻고 싶다.

특히 배우자나 자식들의 잘못에는 내가 너무 인색한 것이 아닌가 되새겨 봐야 할 것이다. 다른 사람에게는 관대한 사람들이 자녀에게 교육한다는 이름으로 아이들의 잘못을 더욱 부각하게 되는 것이 아닌가를 되돌아보자. 나도 어릴 때는 실수를 했고 지금도 마찬가지로 실수를 하게 된다. 그때 돋보기를 쓰지 않은 눈처럼 그냥 지나가는 아량도 필요하다. 나 같은 경우도 마찬가지이다. 다른 사람이 나에게 물질, 심적 피해를 주고 잘못을 했다면 다음에 저 사람과 만나지 않으면 된다고 생각하거나, 속으로 욕하고 마는 경우가 많다. 특히 상대방과 다툼이 일어나면

"뭐가 무서워서 피하냐. 더러워서 피하지." 속으로만 삼키고 참는다.

하지만 가족의 경우 평생을 얼굴 맞대고 살아가야 해서 어떤 허물에 대해 그냥 지나쳐 가기는 서로가 힘든 것도 사실이다. 나의 지인 중에 어떤 분은 자신의 배우자를 의심하여 일 년 동안 잘못을 수집하여 이혼을 하는 사람도 보고, 어떤 부부의 경우도 어린 자녀를 두고 이혼하고는 지금도 서로 재혼도 하지 않고 혼자 살면서 왕래하며 살아가는 사람도 있다. 그러나 그 사람들 역시 지금은 후회하고 있다. 살인한 나의 가족이 있다 해도 내가 숨겨 주거나 거짓말하는 것은 법정에서도 그것은 죄가 되지 않는다.

그 정도로 가족은 내가 인생을 살아갈 때 최고로 안전한 울타리이고 내가 피신할 수 있는 은신처가 되어야 하는데, 우리는 내 가족에게 그렇게 하고 있는지 되새겨 보자.

'허물'은 원래 파충류, 곤충류 따위가 자라면서 벗는 껍질을 말한다. 우리가 말하는 허물은 인간이 '저지른 잘못' 또는 '모자라는 점이나 결점'을 말한다. 사람은 누구나 크고 작은 허물이 있다. 그런데 나의 허물은 작고 남의 허물은 크게 보이게 마련이다. 세상의 모든 이치가 그러하듯 허물 역시 상대적이다. 그래서 내가 생각하는 나의 작은 허물이 남이 생각할 때에는 치명적인 큰 허물일 수도 있다.

마찬가지로 내가 생각하는 상대의 큰 허물이 상대가 생각하기에는 작은 허물일 수도 있다. 이 허물을 달리 생각해 보면 참 다행스럽기도 하다.

내가 허물을 가지고 있기에 허물이 있는 '너' 또한 이해할 수 있기 때문이다. 나에게 허물이 없다면 허물이 있는 상대를 이해할 수는 없을 것이다. 타인의 허물을 탓하기보다는 허물을 덮어 줄 방법을 생각해 보면 좋을 것 같다.

그 방법은 사랑이다. 서로가 허물을 덮어 주고 용서하며 살아야 바른 관계, 복된 인생이 될 것이다. 그리고 『채근담(採根談)』에 이런 말이 있다. "남의 허물을 들추지 마라./다른 사람의 작은 허물을 꾸짖지 말고/다른 사람의 비밀을 들추어내지 말며/남의 지난날 악을 마음에 두지 마라./이 세 가지를 실천하면 덕을 기를 수 있고 또 해(害)를 멀리할 수 있다."라는 가르침을 보더라도 우리는 살아가는 데는 아주 밝게 보이는 안경은 필요하지 않다.

68. 지구를 지키는 보일러는 하기 나름이다

겨울이 되면 보일러 전문가에게 이런 질문을 자주 하게 된다. "외출을 할 때 보일러를 끄는 게 나을까요? 아니면 계속 가동하는 게 나을까요?" 전문가들의 조언은 "비록 집이 비어 있더라도 일정한 온도를 유지할 수 있는 외출 버튼으로 계속 난방을 하는 것이 효과적이다." 애기한다.

차가운 바닥을 처음부터 다시 난방하려면 에너지 효율 면에서 그만큼 비용과 시간이 더 많이 들기 때문이다.

난방비 절감을 위한 방법을 검색하면 '카더라' 통신이나, 원리에 맞지 않은 내용도 많고 누구 집에는 이렇게 사용한다고 무턱대고 따라 했다간 난방비 절감은 고사하고 보일러 수명만 단축시키는 경우가 허다하다.

아파트의 경우 싱크대 밑에 각 방에 가는 난방 분배기가 설치되어 있다. 보통은 사용하지 않는 방의 난방을 잠그거나 거실 같은 경우도 난방을 안 하는 경우가 있는데 그것은 잘못된 방법이다.

그리고 온도 조절기가 있는 큰방은 보통 침대가 있어서 다른 곳은 난방해도 침대에 전기장판을 사용하고 난방 안 하는 집들도 있다.

보일러가 가동하고 멈추는 것은 그의 대부분 가스보일러의 경우 바닥의 온도를 감지하는 것이 아니라 큰방(요즈음은 각자 방에 온도를 조절하는 아파트도 있음)에 있는 온도 조절기의 온도 감지 센스가 온도를 감지하여 보일러를 제어한다.

큰방에 있는 보일러 온도 제어기 높이가 1m 20cm 정도 되니 공기 중의 온도를 감지하므로 만약 큰방을 난방하지 않으면 큰방의 온도를 감지하여 전체 난방을 하는 보일러는 계속 돌아갈 것이다.

그리고 공기 중의 온도를 감지하여 난방을 하므로 아파트처럼 각방이 서로 연결되어 있는 구조에서는 다른 곳을 잠그는 것은 큰 의미가 없다. 물론 아주 넓은 아파트의 경우 사용하지 않는 방을 분배기 밸브를 잠글 수 있겠지만, 보통 아파트 30평 정도의 아파트는 모두 난방 하는 것이나 일부 난방은 난방비 절약에는 큰 의미가 없다.

그리고 어떤 분들은 분배기 밸브를 활짝 여는 것이 아니라 절반만 열어 두고 사용하는 집도 있다. 그렇게 사용하다가는 빨리 난방이 되지 않아서 보일러 수명을 단축하게 된다.

보일러의 원리는 간단하다. 공기 중의 온도를 감지(온도 조절기가 있는 큰방)하여 바닥에 난방 배관 온수를 데우는 것이 전부이다.

방바닥의 온도를 감지하는 것이 아니다. 우리 집 실내 공기의 온도를 잘 관리하게 되면 난방비를 절약할 수 있다. 공기를 중 온도를 높이는 방법은 외부로 연결되는 창이나 문단속을 철저히 하고 난방을 하지 않는 방의 문은 닫아 두어야만 공기 중 온도가 내려가지 않는다.

그리고 보일러 교체 주기에 대해 많이 물어보시는데 우리 집 가스보일러는 27년째 사용하고 있다. 물론 중간에 고장이나 부품을 몇 번 교체

하였다. 하지만 아직도 난방은 잘되고 있고 난방비도 요즈음 나오는 보일러와 별반 차이도 없다.

만약 27년 전의 보일러와 지금의 보일러가 완전 다른 제품이라면 부품이 없어서 수리조차 되지 않을 것인데, 고장이 나서 수리기사를 부르면 "몇 년 사용 못 합니다."라는 말을 수리할 때마다 들었지만 아직도 잘 사용하고 있다.

27년 전의 보일러의 부품이 아직도 호환된다는 것은 보일러의 기능이 바꾸어진 것이 전혀 없다는 반증이기도 하다.

요즈음 친환경 보일러는 교체하면 80만 원 주어야 한다. 에너지가 많이 절약된다고 선전을 하지만 실제로 광고하는 만큼의 절약은 되지는 않는다.

'질량 보존의 법칙'은 화학 반응에서 반응물 전체의 질량과 생성물 전체의 질량은 동일하다는 법칙이다. 이 말은 어떤 방법으로 하여도 에너지가 들어간 만큼 난방이 된다는 말과 같다.

바닥에 흐르는 온수처럼 우리 마음에 흐르는 감정도 비슷한 원리가 아닐까? 너무 차가운 바닥까지 온도가 떨어지지 않도록 주변에 있는 사람들과 자주 소통하자.

69. "~하라, ~하지 마라"를 내가 들을 나이인가

"스트레스는 동물성이고 우울감을 수용성이다."이란 말이 있다. 이 말은 먹는 것으로 스트레스를 풀고 우울감은 샤워를 하거나 운동을 해서 땀을 흘려 날려 버리라는 것을 비유해서 하는 말이다.

복잡하고 빠르게 돌아가는 현대 사회를 살고 있는 우리에게 스트레스를 피할 수 있는 마법 따위는 없다. 직장에서는 업무, 상사와의 갈등, 동료들끼리의 험담으로 인한 스트레스가 있고, 가정으로 돌아와도 부모나 자녀와의 사소한 갈등, 쌓여 있는 집안 일이 우리를 힘들게 한다.

스트레스를 풀려고 애인을 만나도, 친구를 만나도 별 소용이 없다. 스트레스를 풀기는커녕 더 받지 않는다면 그나마 다행이다.

나 같은 경우 배우자에게 받는 스트레스는 엄청나다. 남이면 차라리 안 보면 끝이고 자식도 자주 얼굴을 보지 않으니 별로 스트레스를 주지 않는데, 배우자가 나에게 스트레스를 주면 정말 피할 수 있는 방법이 없다.

가장 나를 힘들게 하는 것은 별거도 아닌 아주 사소한 것으로 "~하라, ~하지 마라." 소리에 사람을 미치게 한다.

나는 누구보다도 자존심도 강하고 누구보다도 남에게 싫은 소리를 듣기 싫어하는 사람이다. 특히 나 같은 경우 몇십 년을 사업을 해서 직장에서 상사에게 무슨 소리를 들어 본 적도 없었는데, 배우자의 "~하라, ~하지 마라."는 나에게는 감당하기 어렵다.

특히 하나의 주제로 여러 번 그리고 지속해서 "~하라, ~하지 마라." 한다면 나는 폭발하고 만다.

30년 정도 살았으면 상대방이 어떤 것에 감당하지 못한다는 것은 알때도 되었지만, 배우자는 자신이 하고 싶은 대로 한다.

요즈음은 많이 참다가 한 번 이런 일이 있으면 우울감으로 감당하기힘들다. 차를 타고 가다가 갑자기 '축대 벽을 박을까?' 생각하기도 하고높은 곳에 가면 그냥 뛰어내리고 싶은 충동이 갑자기 든다.

어제 맹이와 울산 문수사를 갔었는데 높은 절벽을 보고 뛰어내리면날아갈 것 같은 충동이 들었다.

내가 왜 이런 생각을 하고 있나 내심 나 스스로 놀랐었지만, 스스로삶을 포기하는 사람들의 심리를 알겠다 싶다.

내가 겪은 일을 말하면 코웃음 칠 정도로 아주 사소한 것이다. 난 많은 사람들이 모이는 곳을 가질 않으니 마스크 착용이 잘되지 않고 자주깜빡한다. 그래서 집에서 쓰고 온 마스크가 차 안에는 15장 이상이 있다. 그래서 엘레베이트를 타고 내려올 때 자주 마스크를 하지 않게 된다.

나의 배우자는 그것을 못 견디어 한다. 연속 3일 동안 아주 심하게 마스크 쓰지 않는 것에 대한 "~하라, ~하지 마라."를 톤을 높여서 말을 한다. 결국 토요일에는 내가 폭발하고 말았다.

만약 차를 같이 타고 가지 않았다면 별일 없을 것이다. 그날은 하도 잔소리를 하기에 차라리 혼자 14층에서 걸어가겠다 하고 실제로 14층에서 계단을 걸어 내려와 차를 빼고 타는 순간부터 "~하라, ~하지 마라."를 말하기 시작한다.

그 정도 잔소리는 '테스형'도 아마 참지 못했을 것이다. 며칠 동안 쌓였던 것까지 울분이 쏟아지니 좋은 소리가 나올 리 없고 미처 날뛰는 나에게 가만히 보고 있을 나의 배우자가 아니다.

소름 끼칠 정도의 눈빛을 하고 있는 배우자를 내가 감당할 수가 없다. 예전엔 돌아서면 금방 풀리던 것들이 이제는 차곡차곡 쌓인다. 그리고 계속 화가 나고 그로 인해 우울감은 더욱 깊어진다.

나의 친구가 스스로 목숨을 버린 이후부터는 죽음에 대한 두려움도 사라지고 없다. 나의 배우자는 착하고 효녀이다. 어디에도 빠질 게 없는 사람이다. 자식들한테도 "~하라, ~하지 마라."를 하지 않는데 유독 나한데만 그렇게 하는지 이유를 모르겠다.

이런 기분이 드는 것이 내가 갱년기라 그런가 생각해 보기도 하지만, 모든 것이 의욕도 없고 같이 얼굴 대하기도 힘들다. 한두 번 정도는 말을 할 수도 있고 나도 그 정도는 들어줄 수도 있다. 내 나이 60이 가까운 사람이 아무것도 아닌 일에 잔소리를 감당하기엔 이제 늙었다.

물론 나도 잘못하는 것도 많고 꼴불견인 것도 있을 수 있지만, 최소한 배우자에게 "~하라, ~하지 마라."를 하지 않는다.

지가 무엇을 하든 어떤 결정을 해도 난 단 한 번도 토를 단 적이 없다. 그것이 그 사람이 잘해서가 아니라 눈에 거슬리는 것이 있어도 그냥 넘어가기 때문이다. 정도가 심한 것은 먹는 것으로 스트레스를 풀고 우울감은 물로 씻는 것으로 해결되지 않는다. 그저 시간이 약이겠지.

70. 할머니가 만들어 준 흰죽이 먹고 싶다

따끈한 흰죽은 기술보다는 정성이다. 물을 부어서 한참 끓이다가 바글바글 부풀어 오르면 조금씩 조금씩 다시 물을 부어서 저어주고 다시 끓어오르면 물을 부어 주고 밥물이 맑게 퍼질 때까지 뭉글하게 오랜 시간 천천히 끓여 내어야 흰죽이 완성된다.

흰죽은 아이들이나 노약자들이 중한 병에 회복될 때 처음 먹는 것이다. 특히 장염을 앓고 있는 사람에게는 아무것도 첨가되지 않은 흰죽을 먼저 먹다가 다른 죽으로 먹는 것이 순서이다.

내가 어릴 때인 1970년대에는 흰죽은 정말 많이 아픈 사람이나 먹는 것이었다. 특히 신생아가 엄마가 젖이 나오지 않을 때는 분유가 없었던 시대였기에 흰죽밖에 먹일 게 없었다. 내가 기억하는 그때의 신생아를 살리는 방법은 하루 동안 쌀을 불려서 일일이 쌀을 입안에 넣어 씹어서 가루를 내어서 죽을 끓여 신생아에게 먹였다. 믹서기가 없고, 분유가 없던 시절에 아기를 살리는 유일한 방법이었다. 우리 집 형제들은 엄마 젖이 모자라지 않았지만 다른 집에서는 그런 광경을 어릴 때는 자주 목격하는 풍경이었다.

지금의 산모들이 들으면 비위생적이라고 기겁할 일이지만 본능적으로 어른들이 했던 쌀을 씹어서 죽을 끓인 것이 현대 과학에서는 어른들이 비위생적이지 않았다는 것을 증명해 주고 있다.

신생아는 소화 효소가 부족하여 인위적으로 공급해야 하는데 아밀라제 성분이 들어 있는 엄마의 침에서 공급했던 것이 증명되었고 실제로 일반 바이러스나 병균 등은 죽을 끓이는 과정에서 소멸한다.

신생아 시기가 지나고 아장아장 걸을 때가 되면 엄마뿐만 아닌 할머니들이 육아를 담당하게 되는데, 그때 할머니들의 침의 활약이 시작된다. 밥을 그냥 주면 먹지 못하니 할머니가 씹어서 아기에게 먹이는데, 그 광경 역시 요즈음 아기 엄마들은 상상이 되지 않은 광경이다. 내가 어릴 때는 당연히 했던 풍경이고 그것이 할머니의 손자 사랑이었다.

세계 여러 나라에서 씹어서 아기에게 먹이는 것이 아직도 남아 있다고 한다. 의학적으로 아무런 지식이 없었던 우리의 할머니들이 조상 대대로 내려오는 생활 방식대로 아기를 양육했다. 씹어서 아기에게 주는 방법을 처음 터득한 것은 원시시대부터였을 것이다. 새들이 고기나 곤충을 잡아먹고 토해 내어서 새끼에게 주는 것을 보고 따라 하지 않았을까?

엄마의 침 속에 있는 병원균의 흔적이 아기의 항체 생산을 촉진한다는 연구 결과가 있다. 엄마의 침으로 아기의 면역계는 나중에 컸을 때 이런 병원균을 어떻게 다뤄야 할지를 미리 숙지하게 되는 것이다.

그래서 천식 같은 자가 면역 질환에 걸릴 위험이 줄어드는 효과를 볼 수 있다.

요즈음 천식이 흔해진 것은 단순히 산업화로 공기의 질이 나빠서가 아닌, 2세 이전에 병원균과 너무 적게 접촉한 탓이라는 것이 면역학적으로 밝혀졌다. 침 속에 있는 세균의 감염성을 줄여 주는 항체가 속에 들어 있어서 아기들을 침에 노출해 주게 되면 병에 걸릴 위험이 감소하고 병원균의 백신을 맞는 것과 같은 효과를 볼 수 있다.

침에는 우리들의 유전적 청사진 일체가 들어 있다. 그리고 침의 DNA는 다른 방법보다 추출하기가 쉬운 상태라서 눈물 1.5방울 분량의 침이면 충분한 양의 표본을 얻을 수 있다.

지금 유행하고 있는 전염병 검사 역시 침을 이용한 검사 방법은 아주 쉽고 빠르다. 침에는 사람마다 제각기 다른 다양한 성분들이 들어 있다. 가령 당뇨병이나 피부병에 걸린 사람이라면 각종 호르몬 샘에서 자신의 질병을 치료하기 위해 특별 제조한 성분이 침을 통해 분비된다.

그런 성분들은 다른 사람이나 일반적인 약에서는 결코 얻을 수 없는 것들이다.

따라서 자신의 침만 잘 이용하여도 스스로 질병을 치료할 수 있다는 얘기다.

『동의보감』에 보면 아침에 자고 일어나서 이빨을 마주치기를 36회 한 후 그 침을 삼키라고 했다. 침은 소화 작용을 돕고 피부의 종양을 없애고 눈을 밝게 한다고 나와 있다.

우리 할머니나 엄마가 못 배우고 무식해서 밥을 씹어서 주었던 게 아니고, 단지 엄마의 사랑으로 쌀을 씹어서 죽을 만들어진 것이 아니라는 것이 밝혀낸 과학 발전이 너무나 고맙다.

옛날 나의 할머니가 나에게 했던 아기 양육법을 다시금 주목 받을 날이 빨리 왔으면 좋겠다.

71. 딴 세상 사람 같은 그들

　　과속 방지 턱(過速 防止-)은 일반 도로 구간에서 차량의 주행 속도를 강제로 낮추기 위하여 길바닥에 설치하는 턱으로 보통 주거 환경이나 보행자 보호를 위하여 설치하며, 포장과 다른 색으로 표시를 한다.

　　과속 방지 턱 표지판을 보면 삼각형 안에 반원의 도형이 그려져 있다. 그 모양이 마치 야트막한 높이의 둥근 언덕 같기도 한데 평소에는 대수롭지 않게 느끼어지다가 이렇게 비가 오거나 운전이 서툴 때에 과속 방지 턱은 커다란 장애물처럼 보이기도 한다.

　　특히 시골길 같은 경우 너무 많은 과속 방지 턱 때문에 짜증이 날 정도이다. 바쁜 일이 있거나 마음이 급할 때는 과속 방지 턱을 무시하고 통과하다가 날아가는 느낌을 받을 때도 있지만 어떤 때는 차량의 밑부분이 부딪쳐 변속기 케이스를 깨어서 수리비를 많이 내기도 했었다. 그만큼 과속 방지 턱은 차량 운전자에게는 운전하는 데 귀찮은 존재이고 잘못하다가는 차를 손상하는 장치이지만, 통행이 잦은 고속도로나 일반국도에도 차선이 많아 차가 많이 통행하는 곳에는 설치하지 않는다.

　　그것은 마치 우리 인생과 비슷하다 생각이 든다. 잘나고 똑똑한 사람은 아무런 장애도 없는 그런 길을 갈 것이고 우리처럼 힘없고 가진 것이 없는 사람은 시골의 2차선처럼 꼬불꼬불하여 속도도 내지 못하고 길이 조금 바른길은 과속 방지턱이 있어서 더욱 천천히 가야 하는 그런 길로 우리는 가야 한다.

남들은 아무런 언덕이 없는 큰 도로로 잘만 다니고 있는데, 난 왜 작은 길은 가야 하는지 한심하기까지 하다.

나도 언젠가는 시골길이 아닌 고속도로로 달려갈 때가 있을 거라 기대해 보지만 이제는 빠른 고속도로는 젊고 활력이 넘치는 이들에게 양보하고 우리처럼 나이 든 이들은 천천히 방지 턱이 있는 그런 길을 천천히 가야 할 시기이다. 수많은 방지 턱이 있는 도로를 지나서 오면서 우리의 삶과도 비교해 본다.

우리의 삶도 이렇게 순간순간 고비를 지나는 것일 것이다. 우리 인생은 커다란 시련보다는 과속 방지 턱처럼 작은 숙제들이 계속 이어지는 그런 삶일 것이다. 이제는 고속도로를 아무런 장애 없이 달려가는 그들을 부럽지는 않다. 생각은 그렇게 하려고 노력하지만, 사실 많이 부럽다.

어제 서울에서 미팅한 그분은 단 한 번의 일로 몇백억의 수익을 얻었다며 자신의 총명함을 자랑한다. 내가 생각하고 있는 세상과 다른 세상의 삶고 있는 그들을 보며 세상이 공평하다는 말은 거짓말인가 싶기도 하다.

그분 같은 경우 돈이란 언제든 마음만 먹으면 벌 수 있다고 생각하고 길이 없는 곳은 어디든 고속도로처럼 자신이 만들어서 해결하는 능력이 있었다. 그런 사람 옆에 가면 난 항상 초라해 보인다.

그래서 되도록 서울 사람들과 만나지 말아야 하는데, 일을 위해서는 어쩔 수 없다. 내 인생에 있어서 어려운 일이 생길 때마다 서울에서 돌파구를 찾았던 것 같다. 지금이야 옛날처럼 그렇게 어려운 상황은 아니지만 그래도 그들의 삶과 나의 삶을 비교하게 되어 기분은 썩 좋지는 않다.

물론 그들 나름의 고민도 있고 나를 부러워하는 것도 있다. 그 부러워하는 것이 내가 생각하기에는 자신은 언제든 할 수 있는 것이고 내가 그 사람이 부러운 것은 나는 평생을 노력해도 이루지 못할 것을 한순간에 만들어 버리는 것이 부러운 것이다. 부러우면 지는 것이지만 부러운 것을 어쩌라.

72. 말이 치료제이다

말의 힘이란 이상할 정도로 묘미가 있다. 나의 지인 중 자신이 김혜수를 닮았다는 분이 있다. 내가 보기에는 전혀 김혜수의 근처에도 가지 않은 분인데, 그녀는 그것을 믿고 있었다.

최근에 김혜수의 〈내가 죽던 날〉이란 영화를 보다가 계속 그녀와 김혜수가 겹쳐지니 그 예쁜 김혜수가 그녀의 얼굴로 바뀌지는 것을 경험했다.

글래머이고 늘씬하고 얼굴까지 예쁜 김혜수가 내가 알고 있는 지인의 배도 좀 나오고 얼굴도 그저 그런 모습으로 김혜수의 얼굴이 다시 보이는 것을 경험했다.

혹시 내가 〈내가 죽던 날〉의 영화에서만 그렇게 느꼈나 싶어 김혜수가 요즈음 가끔 티브이에 출연해서 그녀를 보았는데 역시 그녀는 예전 김혜수의 모습이 아니었다. 이것이 언어의 힘이다.

암 말기인 동서에게 문병을 하러 갔었다. 나는 가족들에게 지금의 상황을 정확히 전달해야 한다는 말을 했지만, 환자의 얼굴을 맞이하니 입이 떨어지지 않았다. 그리고 환자는 자신의 상태에 대해 어느 정도 인지하여 둘째 결혼이 5월에 날을 받아 두었는데 그때까지 살 수 있을까? 되물어 본다.

　그런 사람에게 "당신은 6개월 이상 살 수 없다."라는 말을 도저히 할 수 없었다. 그래서 나의 주변에서 암 말기로 여러 곳에 전이된 사람의 사례를 얘기하며 건강을 되찾아 지금은 생활을 잘하고 있다고 말을 해 주었다.

　나의 동서는 병원을 다녀오고는 전혀 음식을 먹지 못한다. 나는 부산의 임성해 형님의 이야기를 해 주었다. 그는 신장, 간, 폐, 뿐만 아니고 뼈에까지 암이 전이되었는데도 몸속에 있는 암세포가 하루 만에 사라지게 한 분이다.

　임성해 형님은 정확히 말의 위력을 알고 계시는 분이다. 그는 암이 퍼진 자신의 몸을 보고 분노하지 않고, 나의 몸에 있는 암세포에 깊은 반성을 하였다고 말을 한다. 그는 부산 원자력병원에 입원할 당시 밤중에 병원을 빠져나와 산속에서 배 속에 가득 찬 암세포를 쓰다듬으며 밤새 눈물로 참회하였다고 한다. "내가 잘못했다.", "나의 몸을 돌보지 않아 이렇게 되었다."며 몇 시간이고 마음속 깊은 참해의 눈물이 흘렀다고 한다.

　임성해 형님은 그다음 날 암세포가 모두 사라졌다. 담당 의사도조차도 의학적으로는 도저히 설명이 안 되는 기적이라고 했다고 한다.

　그리고 그 뒤 회복하는 과정에서 음식이 전혀 먹지 못했는데 그는 그것도 이렇게 극복했다고 한다. 밥을 먹기 전에 마음속으로 '맛있다.'를 열 번을 외었다고 한다.

　그렇게 해도 입맛이 없으면 마음속으로 하는 것이 아니라 실제로 입으로 "맛있다."라는 말을 외지치고 음식을 먹으면 거짓말 같이 그 음식이 넘어간다고 했다.

임성해 형님은 담배 골초에다 술도 엄청나게 마시고 있다. 우리 집에 한 번씩 오실 때마다 술을 너무 드셔서 필름이 끊어져 실수를 자주 할 정도로 주당이다. 그는 암이 사라지고 난 뒤 술이나 담배가 암을 발생시키지 않는다고 믿고 있고 실제로도 그 형님을 보면 전혀 관련 없어 보인다.

말기 암이 사라지고 8년째이지만 아직도 건강하다. 그러나 술이 암하고는 관련이 없으나 치매를 일으키는 것 같다며, 요즈음 자주 깜박한다고 한다.

동서에게 난 이 모든 것을 말을 해 주며 절대 포기하지 말고, 분노하지도 말라고 신신당부했다. 말의 위력이 얼마나 대단한지를 임성해 형님이 증명해 준다.

가족의 갈등은 말 때문에 일어나는 경우가 많이 있다. 이 말이 상대에게 얼마나 상처가 될 것인지 알게 된다면 독이 들은 말을 해서는 안 된다. 그 말 때문에 상처가 생기게 되고 말로 인해 상대를 죽일 수도 있다.

나 또한 말을 가리지 않고 막 쓰는 편이다. 언어의 힘을 알고 있는 나에게는 치명적인 단점이다. 하지만 나의 말에는 독성이 없다. 욕쟁이 할머니 밥집이 사람이 많이 찾아간 이치와 같은 것이다. 말은 사람을 살리기도, 죽이기도 하는 한다는 것을 우리는 명심해야 한다.

73. 모르는 것을 '모른다' 하자

"요즘 모르겠다는 말을 많이 한다. 때로는 어긋나고 싶고 종종 가로 지르고 싶고 옆도 뒤도 안 돌아보고 한 번을 치달리고 싶은데, 못 그러니까 깊은 모름 가파른 모름 두터운 모름까지 못 가고 어설픈 모름 속에서, 잔바람에도 진저리치며 더럽고 질긴 깃털만 떨구는 늙고 병든 새처럼 다 떨구고 내 앙상한 모름의 뼈가 드러날 때까지 그때까지만 쓸 것인가. 모르겠다."

권여선의 『아직 멀었다는 말』

그녀는 이 소설에서 '모르겠다.'란 말을 가장 많이 사용했다고 한다. 소설을 시작할 때만 해도 머릿속에 그려지던 사람과 이야기들이 알면 알수록 이해하면 할수록 모르는 영역에 들어선 기분이었다고 그녀는 고백한다.

낮달에 모습을 본 해가 밤에 뜨는 달에 모습을 모르는 것처럼 세상에는 더 많은 미지의 것들이 있다는 것을 작가는 『아직 멀었다는 말』에서 말하고 있다.

우리는 모르는 것을 모른다고 하는 것을 두려워한다. 그래서 자신이 모르는 분야까지 잘하는 척해야 하는 수도 있다.

하지만 그렇게 모르는 것을 아는 체하다가는 얼마 지나지 않아서 그것이 들통나게 되어 있다.

한 번도 해 보지 않은 것을 자신이 너무 잘 안다고 하시는 분이 계신다. 물론 그분은 그분 나름대로 모르는 것은 배워서 할 수 있으나 전문가가 하는 것과는 차이가 날 수밖에 없고, 일하다가 조금만 다른 방향으로 일이 진행되면 그런 분은 당황하여 어쩔 줄 모르게 된다.

요즈음은 모르는 것을 모른다고 하지 않으면 금방 들통이 나는 시대이긴 하다. 손바닥 안에 스마트폰에서는 실시간으로 모르는 것을 찾아내는 신기한 기계가 있어서 더욱더 그러하다.

십 년 이상 숙련되어야 하는 기술 분야에서는 섣불리 아는 체하였다간 코피 터지는 경우가 많이 있다.

옆에서 보면 쉽고 아무나 할 수 있을 것 같은 것도 실제로 내가 직접해 보면 여러 가지 변수가 발생한다.

몇 년 전 동생 집을 시공할 때 설비시공을 직접 내가 한 적이 있었다. 몇 번 시공을 해 보았기에 별다른 어려움 없이 완료해 주었는데, 이것이 몇 년이 지나고 나니 하자가 나오기 시작한다.

설비는 물과 관련된 것이 많아서 한 번 시공하면 두 번 다시 수리하는 것이 어려운 것들이 많이 있다.

특히 수압이 약하거나 배관에서 물이 새는 것은 어쩔 도리가 없는 경우도 많이 있다. 그것을 다시 보수하려면 엄청난 비용이 들어가게 된다.

공사를 할 때 아주 사소한 실수로 나중에 큰 장애가 일어나는 경우가 종종 있다.

동생 집에 내가 시공한 전기 부분은 전혀 문제가 없이 완벽하지만, 설비는 요즈음도 많은 문제를 일으킬 때마다 아는 체했던 내가 미안해진다.

물론 영 집이 엉망인 것은 아니지만 그래도 전기 시공만큼 완벽하지가 않아서 동생 집에 갈 때마다 잘못된 부분이 눈에 거슬린다. 특히 동생이 원해서 만든 부분들이 내가 만약 설비 전문가였다면 동생이 원해도 불합리하다고 설득할 수 있었을 것인데, 내가 모르는 분야라 그것이 불합리한지는 모르기 때문에 원하는 대로 만들어 주게 된다. 그것이 전문가와 비전문가의 차이점이다.

누구나 자신이 직접 하지 않고 옆에서 볼 때는 별거 아닌 것 같아도 몇십 년을 그 분야에서 나름대로 여러 상황을 경험했기에 자신들만의 노하우가 만들어지게 된다. 나도 똑같은 전기 분야에서도 그때는 그렇게 하는 것이 아닌데 하며 후회할 때도 있다.

특히 지금은 가전제품이나 난방제품들이 대형화되어서 예전에는 충분하다고 시공하였는데, 전선 용량이 모자라서 재시공해야 하는 경우가 더욱더 그렇다. 아는 것도 더욱더 갈고 닦아야 하는 시대에 모르는 것을 아는 체하였다간 잘못하면 낭패 보기 십상이다.

228

74. 길을 막는 사람들에게

우리나라는 정착 농업을 하였기에 예전부터 이웃과 상부상조하며 잘 지내 왔다. 화적 떼나 산적이 없었던 것은 아니었지만 그래도 그들 나름의 지키는 룰이 있을 정도로 온순한 민족이었다. 그럴 수밖에 없었던 것은 농사는 혼자서 짓는 경우는 그의 드물었다. 모내기를 하거나 수확을 할 때는 서로 '품앗이'를 할 수밖에 없었다. 그래서 이웃 간에 다툼이 일어나도 서로 화해하지 않으면 서로가 농사일하지 못하게 되었고, 만약 분쟁이 일어나도 동네 사람들이 가만히 두지 않고 중간에서 중재하면 못 이기는 척하며 서로 화해하게 된다.

어느 날부터 이제 시골에는 예전의 그런 풍경은 사라지고 없다. 특히 토박이 동네 사람들이 사라지고 외지 사람들이 들어오기 시작하면서 자신의 것에 대한 집착도 많아지고 수백 년 다니던 길도 측량하여 자신의 땅이 한 평이라도 들어갔다면 스스럼없이 길을 막아 버리는 시대가 되었다.

처음 우리 동네 어떤 여자가 자신의 집 옆다리를 막았던 그는 정신적인 문제가 있기에 좀 이해가 되는 부분도 있었다.

칠북 처가 동네에 새로 이사 들어온 사람은 농로 중간 이상을 담을 쳐서 출입조차 못 하게 만들어 버렸다.

옛날 같으면 상상도 못 할 일이 나의 주변에서 벌어지고 있다. 물론 정부에서 잘못한 것이 더욱더 많다. 현재 길을 사용하고 있으면 그곳을 길로 편입하든지 아니면 용도를 도로로 표기해야만 하는데 전혀 그렇게 하지 않았다. 나의 집도 두 곳이 도로와 접하고 있는데 두 곳 다 나의 땅이 도로로 들어가 있다. 예전에 평당 3만 원 할 때는 별거 아닌 돈이지만 지금은 시골도 평당 70~80만 원 하는 곳이 많이 있어서 매매를 할 때 도로에 대한 돈을 공제를 했던 하지 않았던 새로 산 사람은 언감생심 욕심이 안 나면 사람이 아닐 것이다.

그렇게 되니 길을 막는 사태가 종종 발생하고 있다.

이렇게 되었을 때 관청의 태도는 아무것도 할 수 없고 뒷짐만 지고 있다. 서로 화해하라고 하는 정도의 노력밖에 하지 않는다. 그리고 법적으로도 허점투성이다. 민간업자들이 아파트를 개발할 때도 일정 부분 수용이 되면 나머지 땅을 강제 수용하는 법이 있다고 하는데 많은 사람이 이용하는 도로를 막아도 아무런 행정력 미치지 못하는 것이 도저히 이해되지 않는다.

21세기에 살아가는 우리나라의 현실이다. 대중이 이용하는 길을 막아 버려도 어느 기관에서도 그냥 쳐다만 보고 있다.

이게 자유 민주주의의 본모습은 아닐 것인데, 왜 이럴 때만 정부의 기능이 약해서 두 손을 놓고 있는지 모르겠다.

의령 동네 들어온 지 10여 년이 되어 가는 동안 길을 내려고 시도한 것만 5번은 된다. 실제로 자금이 배정되어 공사를 시도한 것도 몇 번이 되었다. 그때마다 봉착되는 것이 지주의 동의가 없어서 길을 내지 못하고 있다. 무슨 개인 길을 내는 것도 아니고 주민들이 이용하는 길을 내는데 무슨 동의가 필요한지 모를 일이다.

사유재산을 인정하는 것이 민주주의의 가장 기본이지만 공익을 위한 도로나 하천을 만드는 데 땅 주인의 허락이 왜 필요한지 참 개가 웃을 일이다. 하지만 법이 그렇게 되어 있다는데 어쩔 도리가 없다.

도로를 주지 않는 할머니에게 수없이 전화했더니 이제는 나의 전화를 받지도 않는다. 내가 왜 그 할머니에게 사정을 해야 하는지 어떨 때는 화가 난다. 이제는 길을 넓히기 위해서 할 수 있는 방법은 다 해 보았다. 마지막 남은 것은 국회에서 법을 만드는 일인데 나만 이런 불편을 겪지 않을 것인데 국회의원 나리들은 뭐하신지 모르겠다. 길을 막는 사람은 법적으로 아무런 문제가 없으니 막는 것이다. 이게 왜 죄가 되지 않을까…?

75. 전염병이 만들어 낸 도시의 풍경

우리 국민들은 노래를 부르는 것을 좋아하고 듣는 것 역시 좋아하는 민족이다. 지금은 전염병의 여파로 노래하는 것을 못 하고 있으니 그것 또한 엄청난 스트레스라고 하소연하는 사람들이 많이 있다.

어제 지인들과 5시에 만나서 저녁 식사를 하고 시내에서 맥주 한잔 더 하러 2차를 갔는데 금방 밤 10시가 된다. 누군가는 위반을 할 수도 있을 것인데 밤 10시가 되니 1970년대의 통행금지는 저리 가라 할 정도로 아무도 없는 것을 보고 깜짝 놀랐다.

술집을 제외한 옷 파는 가게나 음식점들은 7시에 벌써 문을 닫고 불이 꺼진 집이 많이 있을 정도로 사람들이 왕래도 없었다. 소상공인이 어렵다는 방송을 들어도 별로 실감이 나지 않았는데 내가 직접 경험해 보니 심각한 정도가 아니다. 술을 한잔하고 나와서 대리기사를 불러도 아무도 오지 않았다. 웃돈 7천 원을 더 주어야 겨우 대리를 잡을 수 있었는데, 대리 하시는 분의 말을 들어 보니 밤 10시에 집중적으로 손님이 있고 그 이후 11시부터는 대리를 찾는 사람이 전혀 없다고 한다.

그럴 줄 알았으면 웃돈 주지 않고 조금만 기다렸다가 불렀으면 할인해서 집에 올 수 있었겠다 싶었다.

우리 국민이 이렇게 말을 잘 듣는다 생각했지만, 전염병이 걸리면 죽을 수 있다는 공포감 때문에 그런 것이 아닐까? 아무리 그래도 한두 술집들은 밤늦게까지 영업을 할 수 있을 것인데 그런 집이 전혀 없다고 한다.

만약 10시 이후에 영업을 하다가 걸리면 벌금이 3백만 원이 부과된다고 한다. 공무원들이 단속하는 것을 아니라 아무나 신고 전화 한 통이면 영업 정지와 함께 벌금을 부과한다고 하니 그런 위험을 감수하며 장사하는 업주는 없을 것이다.

만약에 올해도 전염병이 사라지지 않고 장기화한다면 지금의 번화가는 모두 사라지고 말 것이다.

이런 어려움 속에서 전염병이 발생하고 일 년 동안 견디어 온 소상공인들이 참 대단한 사람들이라 느껴진다.

이제 누구도 시내에서 밤새도록 술을 마시는 이는 없다. 그러다 보니 사람들 왕래도 사라지고 없다.

바이러스를 소재를 한 영화에서 나오는 장면을 보는 듯하여 섬뜩함까지 든다.

바이러스와 함께, 그보다 훨씬 빨리 전염되는 것은 바로 '공포'이다. 전염병에 대한 공포는 어제 오늘 생겨난 것이 아니다. 중세 유럽 인구의 최대 3분의 1을 죽음으로 몰고 간 페스트, 너무 두려워서 '마마'라 불렸던 천연두, 비교적 최근 가장 큰 피해를 입힌 1918년 스페인 독감까지 전염병은 역사 속에서 인류에게 큰 트라우마를 남겼다.

바이러스를 다룬 최근 영화나 문학작품을 보면 현대인의 공포가 보인다. 영화로도 만들어진 소설 『눈먼 자들의 도시』에서는 '백색 질병'이라 불리는 실명 바이러스가 도시를 휩쓸었다. 〈나는 전설이다〉는 바이러스 확산으로 사람이 사라진 뉴욕을, 〈28일 후〉와 〈둠스데이〉는 비슷한 상황의 런던과 스코틀랜드를 각각 배경으로 삼았다.

일본 영화 〈블레임: 인류멸망2011〉은 2009년에 창궐한 신종 독감 바이러스로 전염 7일째 4600만 명 사망, 30일째 도시 기능 마비, 90일째 국가 폐쇄 조처, 2년 후 인류 멸망이 일어난다는 이야기를 그렸다.

졸지에 모든 사람들로 하여금 마스크를 쓰게 하고 일상적 활동을 전면 보류하게 만드는 상황은 영화에서만이 아닌 현실에서 일어나고 있으니 사람들의 공포감은 더욱더 심해진 것이 아닐까?

〈나는 전설이다(I Am Legend, 2007)〉 영화 장면 중 빌딩이 즐비한 텅빈 도시를 '윌 스미스'가 혼자 생존하여 살아가는 장면과 밤 10시 이후 우리의 모습과 비슷하다는 생각이 자꾸 든다. 정말 그렇게 될 수도 있다는 생각은 나만 가진 것이 아닐 것이다. 호환·마마보다 무서운 것은 바로 우리들의 '공포감'이다.

76. 4번째 동서의 죽음 앞에서

설 연휴가 시작되기 하루 전 오후 3시에 4번째 동서는 운명하셨다. 우리 집 제사는 동생에게 맡기고 갑자기 남겨진 홀로된 처형과 조카들을 위로하고 있다. 암 진단받고 20여 일 만에 매우 빠르게 돌아가신 동서 형님의 죽음이 나에게 많은 것을 시사한다.

나의 동서는 오로지 자신의 자식과 배우자를 위해서 살았다고 해도 과언이 아닐 정도로 오로지 가정을 위해서만 살아왔다.

설 연휴 기간과 코로나로 인해 문상객들도 받을 수 없었고, 나의 동서께서 워낙에 빨리 세상을 등지는 바람에 별안간에 모든 것이 이루어진 것 같다.

처형은 아직 67살밖에 살지 못한 동서에 대한 그리움이 사무치게 많이 슬플 것이다. 물론 나의 조카 또한 젊은 시절 갑자기 맞이한 아버지의 죽음 앞에서 어찌할 바를 모르고 있다.

건강 검진에도 아무 이상이 없고 꾸준히 운동도 열심히 하셨고, 송해 선생처럼 오래 살려고 나의 4번째 동서는 매일 목욕탕을 가는 것도 실천하고 있었다. 그러는 그가 갑자기 암이 발병한 것도 믿기 힘든 일인데 도저히 손을 쓸 수 없는 최악의 말기 암이 발병된 것은 본인에게도 충격이고 가족은 날벼락을 맞은 심정이었을 것이다. 도저히 회복을 할 수 없는 상황이면 차라리 고통이 없이 빨리 돌아가시는 것이 병간호를 하는 가족이나 아픈 본인에게도 좋은 일이지만 입 밖으로 말을 할 수가 없었다.

그는 20일 동안 생을 마감할 시간을 가졌고 가족들과도 충분한 이별의 시간을 가졌다. 우리의 삶에서 생로병사(生老病死) 는 아무리 권력자이거나 거지라도 거쳐야 할 우리의 인생 관문이다. 생(生)이나 사(死)는 나의 의지로 어떻게 할 수 없는 것들이다.

특히 지구상의 어떤 생물이든 사(死)는 절대로 나의 마음대로 할 수 없는 부분이다. 4번째 동서의 경우처럼 조금은 아쉬운 죽음이지만 그래도 엄청난 통증을 감내하지도 않았고 자신이 사형 선고를 받고 20여 일 동안 가족들과 이별의 시간을 가진 것은 내가 본받고 싶은 사(死)의 모습이다.

40여 년 전에 외할머니가 돌아가신 후 상여가 나간 뒤 큰 외삼촌 친구분들이 집으로(그때는 장례를 집에서 모두 했다.) 모여 와서 농악 놀이를 하는 것을 보았다. 그때 외삼촌 친구분이 농악 장단에 맞추어 춤을 추고 거나하게 노는 모습이 지금도 눈에 선하게 보인다.

우리 민족뿐만 아니라 세계 여러 민족들의 장례 문화는 무조건 슬픈 모습만 만들어지는 것이 아니라 망자가 새로운 삶을 살게 된 것을 축하하고 가족을 잃은 남은 가족들에게 슬퍼하고 있지 말라는 위로의 자리를 만들어 준다.

오늘은 망자의 마지막 이생의 것을 모두 버리고 가는 화장을 하고 납골당에 모시는 마지막 의식이 치러진다. 4번째 동서의 가족은 나흘 동안 충분한 이별 연습을 하였겠지만 졸지에 남편과 아버지를 잃은 가족에게는 힘든 시간이 될 것이다.

난 아직 모친이 살아 계셔서 모친보다 먼저 저세상 갈까 봐 건강 관리에 많이 노력하고 있다. 그러나 나 또한 언제 저세상을 떠나갈지는 아무도 모른다. 너무나 슬퍼하는 처형을 보며 나의 집사람에게 "당신이 너무 슬프게 할까 봐 난 당신보다 하루 더 살게."라고 말을 했다.

40년 동안 아무 문제없이 살아오다가 갑자기 사라지는 4번째 동서의 배우자 자리는 누구도 그 자리를 대신할 수 없을 것이다.

새로 들어온 질부와도 까칠한 조카와도 오랫동안 대화를 할 수 있는 시간을 가질 수 있는 자리를 만들어 준 나의 4번째 동서의 길지도 않고 멋지지도 않은 67년의 생을 다시 한번 돌이켜 보며 그의 삶을 추억한다.

오늘이 지나면 나의 동서의 흔적은 이 세상에서 아무것도 남지 않고 모두 사라진다. 그의 죽음을 추억하며…….

77. 손의 흉터를 보듬자

얼굴에 표정이 있다면 손에는 세월의 흔적이 묻어 있다. 그래서 옛 어르신들은 얼굴만큼이나 손을 유심히 보았다. 우리 부모님의 손은 유난히 손가락이 굵고 손가락 관절이 굽어 있거나 아니면 한 치씩 없는 사람들이 많이 있다.

그의 대부분의 어르신이 고된 농사일로 손가락이나 손등이 거칠어 있다. 삶의 흔적이 고스란히 배어져 있는 곳이 손이다.

아무리 잘 차려 입고 관리를 잘했다 해도 손을 보면 그 사람이 살아온 세월을 짐작할 수 있다.

그리고 우리는 손으로 모든 일을 한다고 해도 과언이 아닐 정도로 손의 역할은 무수히 많이 있다. 그래서 거친 일은 하게 되면 손에는 고스란히 그 세월의 흔적이 남아 있게 된다.

예로부터 우리 민족은 거친 손보다 남녀 불문하고 손가락이 가늘고 긴 것을 좋아했다. 그래서 배우자를 고를 때 가늘고 예쁜 손을 가진 사람과 혼인하라고 어른들은 말씀하셨다.

그러나 평생을 살아가다 보면 나의 손에 여러 가지 상처를 만들게 되고 어떤 때는 내가 의도하지 않은 상처도 만들어 내게 된다.

24살 때 처음으로 아버지에게 반항하며 만들어진 상처는 아직도 깊숙이 나의 손등에 남아 있다. 입대를 하고 첫 휴가를 나왔을 때 일이다.

아버지는 50살이고 모친이 46살일 때 나의 아버지는 이번에는 바람 정도가 아니라 완전히 딴살림을 차려서 그때부터 가정을 돌보지 않았다.

동생들은 어리고 나 또한 아직 아무것도 모르는 20대 초반의 군대 간 청년에 불과했다.

정확히 어떤 말을 했는지 기억에 없으나 가정을 돌보라며 아버지에게 말을 했던 것 같고 아버지는 어린놈이 싸가지 없다 하신 것 같다. 도저히 대화가 되지 않았고 울분을 참지 못한 내가 유리문을 주먹으로 쳐 오른손에 깊은 상처를 내었다.

35년이 지난 지금도 나의 손등에는 그때의 상처가 흉터로 남아 있다. 난 그 흉터를 볼 때마다 아버지를 떠올리게 되고, 아버지처럼 살지 않으려고 부단히도 노력했다.

바람피운 그 여자로 인해 몇 십 마지기 되는 농토는 살살 녹여 먹더니 아버지가 돌아가실 쯤에는 자신이 살고 있던 팔지 못한 작은 농토와 선산만 조금 남겼다. 난 장남이지만 조금 남아 있던 토지는 막내에게 모두 주었다. 이 글을 쓰고 있으면서 손등의 상처를 계속 보고 있다.

이제는 오랜 세월이 흐르고 아버지도 돌아가셨지만, 군인인 어린 내가 아무것도 할 수 없어서 울분을 주체 못 해 창문을 부순 나에게 "이제는 용서해라." 말을 하고 있다.

그러나 흉터가 남아 있는 것만큼 나의 마음속 응어리는 마음 깊은 곳에 남아 있다.

아마 내가 죽을 때까지 손등의 상처는 남아 있을 것이고 상처를 볼 때마다 아무것도 할 수 없었던 나를 원망할 것이다.

지금도 모친에게 한 번씩 말을 한다. "다른 부모들은 자식이 군대 가면 건강히 나오라고 기도한다는데, 우리 부모는 군인인 아들이 부모를 걱정해야 했나?" 나의 주관적 관점에서 바라본 것이다. 그 이후에 나의 손에는 큰 상처가 없다. 물론 베어서 꿰맨 상처들이 있었지만 깊은 흉터를 남기는 상처는 없었다. 조금 깊게 베어서도 다른 상처들은 마음에 상처가 없어서 흉터를 남기지 않는 모양이다.

손의 상처는 얼굴이나 몸에 난 상처와 달라서 자신의 눈으로 항상 볼 수 있어서 더욱 마음에 담아 두는지 모른다.

그러나 마음에 담아 두어 보았자, 다시 상처를 입는 것은 본인이다. 물 흘러가듯이 그냥 그렇게 또 살아가자.

78. '단무지' 하자?

우리 생활에 활력을 주는 방법은 여러 가지가 있다. 가령 '따뜻한 햇볕을 쬐고 가벼운 운동을 한다.', '식사는 천천히 하고 식사 후에는 30분 정도 걷는다.' 그리고 '일부러 슬픈 영화나 드라마를 보면서 펑펑 울어 본다.' 또 '좋아하는 아이돌의 뮤직 동영상을 연속 재생하면서 즐거움을 찾는다.' 너무 당연해서 그냥 넘겨들은 말들이지만 이런 진부한 방법과 말이 매일매일 우리를 살리고 있다고 해도 과언이 아니다. 전문가가 추천한 방법도 좋고 스스로 나한테 맞게 해 보는 것도 좋다. 나열한 여러 방법 중 내가 하지 못해서 못하는 것을 하나도 없다. 하지만 우리는 여러 이유를 들어서 실천을 하지 말게 한다.

인생을 즐겁고 행복하게 살아가는 가장 중요한 것이 '단무지(단: 단순하고, 무: 무리하지 말고, 지: 지속 가능한 일)' 하라고 한다. 일단 실천할 수 있는 아주 작은 반드시 할 수 있는 목표를 딱 하나만 세우라고 조언한다. 가령 운동을 위해서는 하루 팔 굽혀 펴기 하나라든지 음악의 경우 악보 한 줄 연습하기, 줄넘기 열 개 등 하지 않으려고 해도 하지 않을 수 있는 것을 목표를 정해서 실천하게 되면 다음 날, 그다음 날도 저절로 나의 몸이 하게 만든다.

출발은 또 다른 출발을 하게 한다. 만약 아주 작은 일도 마음만 있고 실천을 하지 않는다면 모든 것이 하지 않게 된다. 대부분 사람들이 소수의 몇 가지 일을 잘해 낼 때 커다란 성공이 온다는 것을 모르고, 너무 많은 일을 하려고 애쓰다 인생의 길을 잃게 된다.

우리에게 주어진 시간과 에너지는 한정되어 있다. 그것을 너무 넓게 펼치려 애쓰다 보면 노력은 종잇장처럼 얇아지게 된다.

우리는 '더하기'가 아니라 무엇이든 '빼기'의 삶을 살아야만 성공한 삶을 이룩할 수 있다.

세상이 내 마음대로 안 된다고 탓할 시간에 지금 내가 할 수 있는 가장 작은 한 가지에 집중해 보자. 지금의 상황에서 '빼기'가 된 것은 무엇인가? 바로 '분주함'이다. 너무 많은 것을 하려고 하면 늘 분주하게 움직이게 된다. 그러다가 정작 내가 해야 될 것을 놓치고 만다.

지난 2년 동안 나의 인생의 목표는 단 하나였다. 그것은 자동차 할부 갚아 가는 것이다. 누가 들으면 무슨 뚱딴지같은 소리라고 할지 몰라도 나에게는 아주 중요한 것이었다. 차 할부 때문에 시골에서 은둔 생활을 하던 나를 다시 세상 밖으로 나오게 했다.

차 할부를 내기 전 5년 동안은 남들이 보면 귀농을 하여서 제대로 된 농사꾼처럼 살고 있었다.

하는 일이 너무 많아서 매일 바쁘고 생각은 항상 머릿속에 가득 차 있었다. 그러나 뒤돌아보면 아무것도 이룩한 것은 없는 그런 나날이었다.

차 할부를 위해선 난 10년도 넘게 하지 않았던 전기기술자 일을 시작하게 되었다.

그 일을 하고 나니 나의 일상은 아주 간단하다. 아침에 일어나면 일하고 퇴근하면 피곤해서 바로 자고 새벽에 일어나면 글을 쓰고 이게 나의 일상의 전부이다.

일이 없는 날에는 영화도 보고 친구도 만나거나 지인을 방문한다. 이제 차 할부는 9개월이 남았다. 차 할부로 인해 3년 동안 단순하게 살게 되었으니 앞으로도 아마 계속 단순한 삶을 살지 않을까 싶다. 그러나 두 번 다시는 할부로 차를 사고 싶지 않다. 매달마다 다가오는 할부 때문에 엄청난 스트레스였다. 아무리 기술자이지만 내가 손을 놓은 지 10년이 되었는데 누가 나를 써 주는 이가 있겠는가?

어찌어찌하여 2년간은 잘 지내왔다. 그래서 나름대로 다른 기술자들과 인맥이 형성되었고 그들이 다른 곳에 일이 생기면 이제 나에게도 연락이 온다.

어제 나와 동갑인 기술자가 어느 업체에서 300만 원 월급쟁이로 오라 하는데 가지 않았다고 "머리에 총 맞았나. 그 돈 받고 일을 하게." 이런 말을 한다. 난 삼백이면 두말하지 않고 월급쟁이로 갈 것인데 내가 나를 너무 낮추어 보고 있나? 아무것도 하지 않고 단순하게 살아가니 돈도 벌고 시간도 많다.

79. 당신과의 최단 거리는?

사진 촬영 중 알아야 할 것 중 하나가 최단 초점 거리(最短 焦點 距離)이다. 이는 대상을 가장 예쁘게 담기 위한 한계선으로 너무 가까워도, 멀어져도 사진이 제대로 나오지 않는다고 한다.

가장 가까이 접근할수록, 조리개를 개방할수록, 배경은 많이 흐려진다. 그것을 심도가 얕아진다고 표현한다.

우리가 살아가다가 어떤 것에 집중하게 되면 주변이 아무것도 보이지 않고 오로지 한 곳만 보이는 것과 같은 것이다. 간단히 설명하면 내가 좋아하는 이상형의 상대를 보게 되면 주변에 있는 것이 전혀 보이지 않듯이 주변의 사물이 희미하게 보이는 촬영 기법을 말한다.

인간관계에서도 거리 두기 어떻게 해야 할까 고민될 때 있을 것이다. 자세히 세세하게 보아야 할 때도 있고 멀찍이 두고 보아야 할 때도 있다. 사람들의 관계는 명확하지 않아서 카메라의 렌즈를 선택하듯이 어떤 자세로 보아야 하는지 선택하기가 어렵다.

물론 모든 것을 현미경처럼 일일이 찾아서 세세하게 관찰해야만 할 때가 있다. 하지만 어느 정도 인생을 살아 본 내 나이 정도 되면 일일이 관찰하지 않아도 싹수만 봐도 일이 어떻게 진행될 것인지는 대강 보이게 된다.

물론 처음 느끼는 감정이 틀릴 수도 있지만 보통은 내가 짐작한 데로 흘러가는 경우가 많이 있다. 어떤 사람은 상대를 필요에 의해서 만남을 유지하는 경우가 많다. 나 같은 경우 어떤 사람이든 나의 필요에 의해서보다는 정(情)을 중시한다. 사람은 지금 당장 나에게 필요 없지만 언젠가는 나에게 도움을 줄 수 있다는 생각을 하게 되면 어떤 사람이라도 허투루 할 수 없다.

그러나 현재 나에게 많은 피해를 주는 사람이라면 앞으로도 당연히 피해를 줄 것이다.

보통의 사람들은 평소에 서로 인사만 하는 정도이거나 아니면 같이 밥이나 술 한잔할 수 있는 사이라면 계속 그런 관계를 유지하고 있어야 한다고 생각한다.

몇 년 전 밴드에 올린 글을 보고 한 분이 찾아오신 적이 있었다. 그 사람의 경우 한참을 잘 지내며 우리 집에서 자기도 하고, 부산까지 공연도 같이 다니던 분이었는데 어느 날부터 집에 찾아서 오지도, 연락이 오지도 않는다. 그분 같은 경우 독특한 캐릭터의 소유자로 남들은 가까이하지 마라고 했지만, 난 아무런 거리낌 없이 지냈는데, 갑자기 연락이 오지 않고 있다. 물론 그분이 오지 않은 시점이 내가 변호사사무실 출근할 때쯤부터여서 혼자서 우리 집에 온다는 것이 부담스럽게 생각할 수도 있을 것이다. 서로가 전번을 바꾼 것도 아닌데 난 그분한데 연락을 하지 않고 있다.

그분 같은 경우 최단 초점 거리를 벗어난 적도 없고 그렇다고 서로 다툰 적도 없는데 그냥 서로 연락을 하지 않으니 금방 남남이 되었다. 나에게는 많이 서운한 것이 있긴 있다. 나의 친구가 갑자기 저세상 갔을 때 매스컴에서 대서특필되었는데, 위로의 전화는 고사하고 문자 한 줄도 없었던 것이 그 사람을 가까이 말자는 생각을 굳히게 된 계기가 아니었나 싶다.

사진을 촬영할 때나 인간관계는 흡사한 것 같다. 누구를 최단 초점 거리(最短 焦點 距離)를 유지할 때도 있고 산수화처럼 풍경 속에 사람이 보일 듯 말듯 배경에 묻히게 관계를 할 때도 있다.

가족을 제외하고 내가 최단 거리를 두고 지내는 관계는 몇 명이나 되는 곰곰이 생각해 본다. 5명이 넘지 않는 것 같다. 이러면 인생 잘못 사는 것인데, 당신은 몇 명이나 있는지 생각해 보라.

80. 숨 고르기의 정의

　바쁘게 돌아가던 일을 잠시 진정시키고 다잡는 것을 '숨 고르기'라고 말한다. 오늘 자 신문의 숨 고르기를 검색하면 "거침없이 3000포인트 고지를 밟으며 신축년 새해를 시작했던 코스피가 1월 중순부터는 한 달 넘게 숨을 고르고 있다."라고 나온다. 예전의 숨 고르기는 열심히 일을 하거나 운동선수가 경기 중 성적이 부진할 때 이 말을 사용했다.

　한 경기에서 여러 골, 멀티 골을 넣으며 최고의 성적을 내든 손흥민 선수가 이후 경기에서 주춤하자 이런 표현이 등장했다. "손흥민 선수가 숨 고르기 들어갔다."라고 표현했는데, 이제는 '숨 고르기'는 경제 용어처럼 사용되고 있다. 실제로 검색창 '숨 고르기'로 검색하면 주식이나 가상화폐 정보가 빼곡히 나온다.

　우리는 언제부터인가 경제적인 것이 인생의 모든 것 인양 살고 있다. 그리고 모두가 그곳으로 집중하다 보니 단어의 뜻마저도 변형되고 있는 실정이다. 지치고 바쁜 일상을 잠시 내려놓아야 하는 현대인은 자신이 큰 낭패(사업의 실패나, 중병)를 보고 난 뒤에 잠시 쉬어 가야 하는 것을 깨닫게 된다. 하지만 그때는 이미 돌이킬 수 없는 지경에 이르렀을 때가 대부분이다.

우리가 먹고 사는 것 외에 더 가져야 할 것이 무엇이 있을까…? 더 좋은 것에 살고 싶고 더 많이 가지려고 하고, 더 좋은 메이커를 입어야 하는 이유가 있는가? 아마 아무도 그 이유에 대해서 어느 누구도 이유를 대답할 수 없을 것이다.

물론 좋은 것을 걸치고 많이 가지면 편안하고 안락한 삶을 살 수는 있다. 하지만 그것을 위해서 우리는 많은 것을 버리고 살아가야 한다는 것을 명심해야 한다.

우리 삶에는 누구의 삶이 옳고 누구의 삶이 그른지. 정답이 정해져 있지는 않다. 그래서 속도도 방향도 정하지 않아도 우리는 그저 그렇게 살아가면 된다. 내 옆으로 다른 사람이 빛의 속도로 달려가거나 날아간다고 해도 그 사람 역시 하루 세끼 밥에 그저 그런 일을 하며 살고 있다. 묵묵히 나의 길을 가다가 누구나 한 번쯤은 그간 힘겹게 걸어오던 그 길 위에 주저앉아 잠시 숨 좀 고르고 가야 할 때가 있다. 그것이 내가 원해서든 어쩔 수 없이 넘어져서 숨 고르기를 해야 할 때 편안한 마음가짐으로 그것을 맞이하자.

우리 속담에 "엎어진 김에 쉬어 간다."는 말이 있다. 이 말의 원래 뜻은 힘들 때 쉬어 간다는 말인데 국어사전에는 "우연히 기회가 닿은 김에 염두에 두었던 일을 함을 비유적으로 이르는 말"이라고 나와 있다.

나는 많이는 살지는 않았지만 내가 여러 가지 이룩한 업적 중 내가 무진하려고 계획하고 노력한 것들은 대부분 이룩하지 못하였고, 엎어진 김에 쉬어 갈 때 우연히 만들어진 것들이 나의 주변을 채워져 있다. 시골집이 그러했고 나의 자동차도, 그리고 결혼하여 가정을 꾸린 것도 우연한 기회에 만들어지게 되었다.

그러나 만약 내가 그것을 할 준비가 되지 않았다면 엎어져도 돌멩이가 많은 곳이나 물 울 덩이에 넘어질 수가 있다. "소매 긴 김에 춤춘다." 처럼 내가 춤에 소질이 없다면 아무리 소매가 길어도 수줍어서 긴소매를 감추기 바쁠 것이다.

뭐가 잘되지 않을 때 '숨 고르기'를 하지 말고 지금 한창이다. 싶을 때나 자신을 돌아보고 나를 위한 에너지를 충전하는 자세가 필요하다. 오랫동안 방전이 된 배터리는 다시 아무리 충전하여도 다시 충전되지 않는다. 주변에 전염병으로 많은 사람이 엎어져 있다. 그들이 엎어진 김에 마음 편히 다른 것을 준비한다면 자신의 삶에 새로운 돌파구가 마련될 것이다. 내가 가장 힘들 때 새로운 돌파구는 항상 열리게 되어 있다는 것을 명심하자.

81. 천재인 그들이 부럽다

전 세계 소비자들이 이용하는 미국 최대 쇼핑몰 아마존닷컴(Amazon. com)은 직원 4명과 함께 베조스 집 창고에서 온라인 서점으로 시작했다. 그것이 급성장하여 이제는 매출이 어느 대기업보다 많이 발생하고 있다. 마이크로 소프트가 처음 시작도 차고에서 시작했다고 하더니 미국에서 성공하려면 창고나 차고에서 시작해야 하는 모양이다. 두 곳 전부 창업자는 엄청난 부를 축적했다. 물론 마이크로사 같은 경우는 기술력이 뒷받침되어야 하지만 아마존닷컴(Amazon.com)은 단지 생각의 전환으로 만들어진 기업이다. 그 중심에는 바로 제프 베조스(Jeff Bezos, 1964년~) 아마존닷컴 대표다. 잡스나 빌 게이츠 등 대부분의 IT 거물들은 10대 때부터 반쯤 컴퓨터에 '미쳐' 일찌감치 IT 업계에 뛰어들었다. 그와 달리 베조스는 서른 살에 첫 사업을 시작한 늦깎이다. 늦긴 했지만 '인터넷으로 책을 판다'는, 당시로써는 누구도 상상하지 못했던 획기적인 아이디어로 베조스는 2012년《포브스》집계 세계 스물여섯 번째 갑부(184억 달러)가 되었다.

그는 어릴 때부터 과학에 뛰어난 자질을 보여 신동으로 불렸던 베조스는 과학영재학교를 다녔고, 마이애미 팔메토 고등학교를 1등으로 졸업했다. 공부에 방해가 될까 봐 여동생이 자신의 방에 들어오지 못하도록 방문에 전자 벨을 만들어 달았다는 일화는 유명하다.

주변에 성공한 사람들의 면면을 보면 부동산 투기가 아닌 정상적인 장사나 공장으로 성공한 사람들은 보통 학창 시절 뛰어난 영재성을 보인 사람들이 많았다. 나의 주변에 일명 SKY 출신들 중에는 공부만 잘하는 것이 아니라 사업에도 뛰어난 실력을 발휘해서 나 같은 사람의 기를 죽이는 이가 간간이 있다.

질녀 사위도 고려대를 나와서 대형 차량 운전을 하고 있는데 차량 대수가 몇 대인지는 몰라도 젊은 친구가 직접 운전을 하면서 큰 부를 이룩하고 있고, 고려대를 나와서 일본 와세다를 나온 어떤 기업의 회장님은 지금도 무슨 일이 제대로 안 되면 무조건 자기한테 가져오라고 하시는 분이다.

뛰어난 두뇌를 가진 사람들이 사업 수완도 많아서 우리처럼 어중개비는 정말 설 자리가 없구나 싶어질 때가 많이 있다.

물론 좋은 학교 나온다고 모두가 잘하는 사람이 있는 것은 아니었다. 20여 년 전에 서울대 출신의 어떤 기업인과 거래를 한 적이 있었는데, 그는 온실 난방을 폐타이어로 할 수 있다며 매스컴에 대대적으로 홍보되어 동읍 대산의 유리 온실에 처음으로 시공하여 농업기술센터 직원이 자신이 정년이 다 되어 가는데 농민을 위해서 큰 업적을 남기게 되었다며 흥분하는 모습을 지금도 기억이 생생하다. 그러나 그 기술이 제대로 된 것이었다면 지금 들판에는 폐타이어 보일러가 가동되고 있었겠지만 아무도 하지 않고 있는 것을 보면 제대로 된 기술이 아니기 때문이다.

몇천 평 되는 유리온실 난방은 아주 많은 열량의 에너지가 필요하고 실제로 폐타이어는 높은 열량을 내는 재료는 맞지만 완성된 기술도 아닌 것을 섣불리 적용해서 농업기술센터 직원도 징계를 받았고 서울대 출신 개발자는 소리 소문 없이 사라지고 그 기업 투자자만 남아서 어떻게 다시 만들어 보려고 발만 동동거리다 결국 폐기되었다. 투자자도 엄청난 손실을 입고 다시는 회생할 수 없게 되었다.

뛰어난 머리를 가진 자들이 부를 많이 축적할 수 있는 기회를 많이 만드는 것은 분명한 현실이다. 그러나 그 뛰어난 두뇌로 사기를 치게 되면 보통 사람들은 모두가 당하게 되어 있다. 나의 주변에도 뛰어난 머리를 이용해서 이런 저런 궁리를 하는 일본에서 석사 학위를 받은 이가 있다. 그는 지금도 아주 이상한 기계의 사진 몇 장으로 사람들은 현혹하고 있는데, 그의 프로필에 반해서 자신이 돈을 대고 싶다는 사람이나 관공서가 많이 있다. 그는 최근에는 본 적이 없는데 아마 어느 곳에서 또 다른 약을 팔고 있을 것이다. 실제로 그의 말에 혹~해서 투자 했다가 생을 마감한 이도 있다는 말을 들었다. 머리가 뛰어난 사람들의 특징은 자신의 실체가 드러날 쯤에는 자신이 한 일에 대한 책임감은 전혀 없고 연기처럼 사라진다는 것이다. 그들의 좋은 머리로 자신이 불리할 때가 언제인지를 정확히 알고 있고 법적으로도 전혀 문제없이 사라진다.

천재성을 가진 좋은 머리로 주변 사람들에게 피해를 주지 말고 제대로 된 기업을 만들어 많은 사람들을 고용해 주는 그런 사람이 필요하다.

82. 봄이란 이런 것이다

여름과 가을, 겨울은 두 글자인데 봄은 왜 한 글자일까? 한 번도 이런 생각을 하지 않았는데 누군가가 나에게 물어본다. 봄은 모든 계절에 선두에 있어서 가볍게 시작하기 위해서 부피를 줄인 것이다.

"내가 그저 당신을 바라보는 봄/금방 흘러가고 말 봄//당신이 그저 나를 바라보는 봄//짧디짧은 봄/우리 그저 바라보기로 해요." 유병록(庾炳鹿, 1982년~) 시인의 「아무 다짐도 하지 않기로 해요」의 일부분처럼 다른 계절은 두 글자이고 봄은 너무 짧아서 봄이라고 말한다. 봄은 조어 '볼'에서 '볼 →볼옴 →보옴 →봄'으로 변천한 말이다. 국어에서는 접미사 '-옴'이 붙었다. '봄(春)'의 조어 '볼'은 '볕(陽)'과 어원이 같은데, 태양의 본뜻을 지니고 있다. 한자 '春(봄 춘)'은 햇볕을 받아 풀이 돋아 나오는 모양을 나타낸 글자이다.

인생의 봄은 언제일까? 아마 신혼 초가 아닐까 생각된다. 언제 지나갔는지 모르고 지나고 나서 아~ 그때가 봄이었구나 생각되듯이 우리 인생에서 신혼은 금방 지나고 없다. 단지 다르다면 신혼은 한 번 지나고 나면 두 번 다시(혹시 재혼하면 다시 오려나) 찾아오지 않지만 봄은 일 년에 한 번씩 꼭 찾아온다는 것이 차이점이다. 그만큼 봄은 길이가 길지 않고 봄의 한가운데에 있어도 한겨울처럼 추위가 몰려오기도 해서 한겨울 같기도 하다가, 어떤 때는 여름날처럼 무덥기도 한 것이 봄의 날씨이다.

3월이면 남부 지방에는 봄꽃이 만발한데 강원도 지역에 지금 폭설이 내리고 있어서 도로에 갇혀 있는 사람들이 한둘이 아니라는 뉴스가 나온다. 군 생활을 강원도 양구에서 30개월을 해보아서 잘 아는데 내가 근무할 때 개나리와 진달래가 피어 있었지만 4월 16일에도 눈이 20cm 내린 적이 있었다.

봄이란 정말 종잡을 수 없는 날씨로 우리를 힘들게 하지만 계절의 시작이 봄이라 생각하면 아직 겨울 기운이 남아 있는 겨울일 때도 있을 수 있고 다음 계절인 여름을 맛보라고 여름 같은 날씨로 우리를 적응하게 한다.

신혼 초에 연애만 하다가 서로 한집에서 살아보면 서로를 맞추어 가는 과정에서 알콩달콩하기도, 깨가 쏟아지기도 하지만, 보통은 서로 다투기도 많이 한다. 특히 연애할 때 숨기고 있던 감정을 스스럼없이 발산하는 시기가 신혼 때다. 그때 '아~ 배우자는 이런 것에 민감하게 반응하네~.' 알아간다.

나 같은 경우 신혼 초 아내가 경남은행 통장 정리를 해 오라고 하는 것을 깜박 잊고 정리를 해 오지 않았더니 엄청나게 화를 내는 것을 보고 나에게는 별일 아닌데 아내는 그것을 엄청 중요하게 생각하는구나 생각했다. 아직도 볼펜으로 가계부를 쓰고 있는 집사람을 보면 그 사람이 왜 그렇게 화를 내는 이유를 알 것 같다. 최근에 "당신 신혼 때 통장 정리 안

했다고 엄청 나에게 뭐라 했다." 말을 하니 자신은 그때 일은 까맣게 잊어버리고 "통장 정리 별거 아닌데 내가 그때는 왜 그랬을까?" 말을 한다.

세월이 흐르고 나니 젊은 시절 모난 감정도 많이 닳아 없어지고 이제는 서로 둥글둥글한 감정으로 살아간다. 그래서 밋밋하고 별로 재미가 없다. 그래서 난 내가 재미있는 분야로 새로운 재미를 느끼고 있지만, 집사람은 그런 게 별로 없어서 남편의 꽁무니를 따라 다니길 원한다. 물론 취미 생활이 같이하는 것이 좋겠지만 나 같은 경우 한 번 시작하면 끝장을 보는 성격이라 무엇이든 집사람이 내가 하는 것이 못마땅하다. 내가 글을 쓰는 것도 그러하고 많은 사람을 만나는 나의 성격도 그는 싫어하고 한때 미쳐 있던 자전거 타기도 그녀는 전혀 하고 싶어 하지 않는다. 난 새로운 것에 도전하기를 좋아한다. 그럴 때 나의 가슴은 흥분하면서 그것에 빠져들게 된다. 나의 배우자는 그런 나를 사고 친다는 것으로 표현한다. 그래서 항상 나를 못마땅하게 생각하고 내가 하는 것에 딴지를 걸게 된다. 그렇게 해도 난 한 귀로 듣고 내가 하고 싶은 것은 하고 있으니 배우자 입장에서 얼마나 한심할까? 나하고 만나 한 30년 살았으면 그런 나를 받아들일 때도 되었는데 신혼 때부터 맞추기는 아직도 우리는 현재 진행형이다.

83. 3월이 시작되었다

　긴장됨, 떨림, 설렘, 어색함 같은 단어의 주인공은 누구일까? 이런 감정을 느끼는 이는 바로 3월에 입학하는 새내기 학생들일 것이다. 새 학기를 맞은 신입 학생들뿐만 아니라 수십 년을 학교 생활하신 선생님들도 방학을 마치고 새 학기가 시작되면 많이 긴장을 한다고 나의 절친 선생님께서 말씀하신다. 그분에게 학생도 아닌데 뭐가 그리 긴장되느냐 물어보니 새로운 수업 준비해야 하고 하루 몇 시간 정해진 시간에 아이들에게 말하는 것이 얼마나 많은 에너지가 들어가는지 아느냐며 신학기만 되면 몸살을 할 정도로 그는 부산하다.

　나는 살면서 경험하지 않은 것이 없을 정도로 많은 것을 했다. 작년까지 학생 신분은 해 보았지만, 누구를 가르치는 선생은 해 보지 않아 그가 느끼는 고충은 잘 이해되지 않는다. 그리고 학원을 하는 나의 절친에게도 어제 김다현 양 아버지의 문자를 전송해 주며 투표 좀 하라고 했더니 자신은 그 시간에 수업 중이라 할 수 없다고 문자가 온다. 발송 시간이 밤 10시 반인데 그때까지 아이들을 가르치고 있다고 한다.

　학원 선생도 보통 중노동이 아니구나 싶다. 난 그 시간 훨씬 전인 밤 8시면 잠자리에 들어가는데 그 늦은 시간에도 아이들과 공부를 가르쳐야 하는 그의 체력이 대단하다. 그래서 힘들다고 많이 먹으라고 했더니 자신의 체중 관리는 어쩌느냐며 말한다.

남을 가르치는 직업이 보통의 정신력으로는 되지 않은 모양이다. 그래서 신입 학생도 선생들도 똑같이 긴장하고 있다. 선생님들의 공통된 대답은 "방학만 기다려요!"라고 말한다.

학생이나 선생님이 아닌 우리들은 어떨까? 우리도 마찬가지로 새해 1월 1일보다 음력 1월 1일이 지나고 정월 보름까지 지나가면 그의 3월이 된다. 우리 조상들도 그때부터 새해를 시작 했다. 그래서 나 또한 3월이 되면 한 해 시작이 본격적으로 되는구나 느껴지고 한 살 더 먹었다고 실감이 난다. 새해가 되어도 음력 새해가 되기 전에는 작년 나이로 다른 사람에게 보통 소개하게 하다가, 한 살 더 먹었다는 것이 3월 정도 되어야 제대로 실감 난다.

그래서 3월은 신입생이나 선생들뿐만 아닌 우리들도 같이 느끼는 "이제 정말 새해이다."라는 것을 느끼게 된다.

저마다 3월의 의미가 다르겠지만 아마 많은 사람이 3월은 '출발'이라는 것에 동의할 것이다. 그래서 3월을 세 번째 시작이라고 표현했다. 왜 세 번째냐면 새해 복을 더블로 주고받는 대한민국인지라 양력 1월 1일과 음력 1월 1일에 이미 두 번 한 해의 시작을 했기 때문이다. 그래서 3월은 세 번째 새해 다짐을 하게 된다. 음력과 양력의 새해와 달리 3월은 이제 어느 정도 새해에 단련이 된 상태이기 때문에 실질적인 한 해의 시작을 할 수 있다.

그러나 여전히 세 번째 시작을 못 하는 사람들이 있다. 학교는 졸업했고 취업은 하지 못한 청년들, 취업 엄두조차 내지 못하고 집 안에 갇혀 있는 청춘들이 생각보다 많다. 코로나로 힘들다지만 그래도 학생들은 "학교에 못 가서 힘들지?"라는 위로라도 받지만 "젊은 놈이 뭐라도 해야지 집 안에만 있냐!"며 주변의 시선을 의식하며 그들은 숨소리조차도 내지 못하고 주눅 들어 있다.

"만물이 소생하는 3월." 이 말은 편지를 쓸 때 처음 시작을 예전에 이렇게 했다. 개구리와 벌레들도 잠에서 깨어나 몸을 움직이는 3월! 몸을 움직이고 싶어도 갈 곳도 없고 할 일도 없어 무기력하게 시간을 보낼 수밖에 없는 많은 실업자나 전염병으로 가게 문을 열어 두어도 파리만 날리는 사람들이 주변에는 많이 있다. 모두 함께 세 번째 시작을 맞을 수 있도록 안타까운 마음만 가득한 올해의 3월이다.

84. 독실한 신앙을 가지고 싶다

운전을 할 때 우리가 힘껏 핸들을 잡을 때는 급커브를 돌아갈 때나 급정거를 해야 할 때이다. 그리고 안전벨트를 다시 한번 확인할 때도 차내나 기내가 불안정할 때인데, 그러나 이렇게 불안정한 시간은 전체 운행 시간에 중에 아주 짧은 시간이다. 좀 불안할 때도 있지만, 다시 중심 잡고 안정 찾아가고 평온하게 가는 법이다. 중심을 잡기 위해서 안정을 찾기 위해서 힘껏 애쓰는 시간 평온한 순간을 가지려고 꼭 필요한 과정이 아닐까 싶다.

우리 인생도 돌발적인 급커브를 돌아야 할 때나 급정거를 해야 할 때가 생기게 마련이다. 그때 나 자신을 지탱해 줄 안전벨트나 손잡이가 있는가? 그것이 누구는 보험이 될 수도 있고 어떤 이는 종교일 수도 있다. 자동차 운전을 처음 하게 되면 운전이 서툴러서 접촉 사고도 많이 일어나고 급정거나 급커브에서도 운전을 순조롭게 대처를 못 하지만 어느 정도 운전을 하게 되면 미리 차량 흐름을 보고 급정거를 하지 않게 된다. 우리네 인생도 누구는 모두가 초행길이라고 말을 하지만, 똑같은 길은 아니더라도 살아온 연륜으로 어느 정도 가면 커브가 나오고 또 어느 지점에 가면 정지해야 한다는 것을 감으로 알 수 있게 된다.

물론 도저히 알 수 없는 짙은 안개로 가득 찬 길이나 깜깜한 밤에도 가야 할 때도 있다. 젊은 시절이라면 무리를 해서라도 가겠지만 그럴 때는 잠시 쉬고 있다가 안개나 밤에 길을 떠나는 것이 아니라 밝은 낮에 가는 것도 한 방법이라는 것을 뒤늦게 깨닫게 된다.

난 독실한 신앙을 가지지 않은 것을 후회하고 있다. 인생을 살아가면서 수많은 어려움이 있을 때마다 절대자에게 하소연하거나 희망을 달라고 할 수 있는 존재가 있다는 것은 일종의 자신의 든든한 백이 될 수 있기 때문이다. 신앙을 가지지 못한 첫 번째 이유는 어떤 종교이든 사후 세계를 너무 강조하고 권선징악을 종교의 교리가 대부분이기 때문이다.

이제는 눈부신 과학의 발달로 사후세계가 있다는 것은 믿는 사람은 별로 없을 것이다. 물론 아직도 그런 것이 있다고 굳게 믿는 분도 있을 수 있지만 내가 만난 여러 사람들 중에 종교인도 그것을 부정하는 분들도 있었다. 그리고 조상을 잘 모셔야 자신이 복을 받는다는 믿음 또한 많이 사그라드는 추세이다.

내가 어릴 때만 해도 할아버지 제사는 살아 있는 사람의 생일보다도 엄청난 대우를 했다. 제사를 모시고 난 뒤 집집마다 제삿밥을 나누어 먹든지 아니면 집으로 초대를 해서 같이 밥을 먹었다.

제사뿐이 아니라 매장을 할 때도 풍수지리에 맞게 명당에 묘를 쓰고 일 년에 몇 번씩은 묘를 돌보는 행사를 매년 하여 죽은 이에 대한 대우를 극진히 했다. 그런 것들이 모두 자신이 잘되기를 위해서 조상을 섬기는 행위였다. 이것 또한 조선 시대 유교의 영향이다.

우리 사회는 권선징악(勸善懲惡)이 사라진 지는 오래된 일이다. 누구든지 자신의 지위를 이용해서 돈을 모으는 것이 정당화되고 있다. 지금 언론에 나오는 LH공사 직원들의 투기를 보면 더욱 알 수 있다. 아무리 법적으로 제도를 만든다고 해도 안 걸리면 아무 일 없는 세상이다. 법보다도 사회 구성원들의 손가락질이 있었다면 그들은 양심의 가책이 발동하여 그런 일을 하지 않았겠지만 공사 사장까지 투기한 직원들을 감싸는 발언을 하고 있는 것이 우리나라의 현재 도덕성이다. 그러나 이제는 도덕성을 강조하고 직업 윤리를 앞세워서 '악'을 막지는 못한다.

그렇게 하지 못하는 우리가 뒤떨어지는 것은 어쩔 수 없는 세상이다. 이런 세상에 살아남는 방법은 '얇고 길게' 살아가는 수밖에 없다.

85. 자식들에게 난 어떤 아버지일까?

"한 시인이 어린 딸에게 말했다/착한 사람도, 공부 잘하는
사람도 다 말고/관찰을 잘하는 사람이 되라고/겨울 창가의
양파는 어떻게 뿌리를 내리며/사람은 언제 웃고, 언제 우는
지를"

마종하(1943~2009)의 「딸을 위한 시」

여기까지 읽었을 때는 요즈음 사람이 쓴 시인가 착각할 정도로 선각
자이다. 다음 문장의 시에는 오늘은 학교에 가서 도시락을 안 싸 온 아이
가 누구인지를 살펴서 함께 나누어 먹으라고 하며 시는 마무리되는 것
을 보면 「딸을 위한 시」가 언제 발표되었는지는 검색되지 않으나 60년대
만들어진 시이구나 생각된다.

마종하 시인과 선친은 비슷한 연배이다. 나도 60년대 태어났으니 그
어린 딸이 나와 비슷한 연배일 것이다. 나의 아버지는 나에게 어떤 가르
침을 주고 나를 양육했을까? 이 시를 읽으며 곰곰이 생각해도 도저히 떠
오르지 않는다. 내가 태어나고 공부했던 시절에는 누구나 할 것 없이 비
슷한 환경에서 고만고만하게 자라나서 그저 그렇게 살아간다.

262

마종하 시인의 딸은 지금 모습으로 살아가고 있을까? 아버지의 바람대로 관찰을 잘하는 사람이 되어서 과학자가 되어 있을까? 아니면 사람들의 마음을 어루만지는 정신과 의사로 살고 있는지 딸에 대한 근황은 검색되지 않는다.

물론 사람의 인생이 부모의 바람대로 살고 있지는 않을 것이다. 나 자신도 우리 아버지가 바라는 대로 살고 있지는 않고 있다. 돌아가시는 해에 난 의령에 집을 짓기 시작했다. 그때 아버지는 기초가 되어 있는 것을 보고 아주 흡족해하시며 "풍수로 봐서 문은 앞쪽으로 내고 창문은 이쪽으로 내라."며 몇 번이나 전화가 왔었다. 결국 집이 완성되는 것도 보지 못하시고 8년 전 내일 날짜에 돌아가셨다.

꿈을 잘 꾸지 않는데 글을 쓰기 위해 새벽에 일어나면서 아버지가 꿈속에 보인다. 경운기 시동을 걸고 분주하게 방앗간을 왔다 갔다 하시는 어린 시절 내가 보았던 아버지의 모습이다.

아버지는 평생을 작은 시골에서 방앗간을 하면서 사셨다. 그래서 다른 아이들과 달리 밥을 굶어 본 적은 없고 친구들이 꽁보리밥 먹을 때 난 쌀밥에 계란 프라이 도시락을 싸서 다녔다.

그것만 해도 난 아버지에게 감사해야 하지만 한 번도 그런 마음을 가져 본 적이 없었다.

워낙에 바람을 피워서 정말 집안에 바람 잘 날 없었다. 모친은 항상 어린 나에게 아버지에 대한 복수심을 심어 주었다. 아버지는 죽는 그날까지 바람 잘 날 없이 사셨다.

아버지 입장에서는 오로지 자신을 위한 삶을 살아가신 분이다. 돌이커 보면 선친은 그리 잘난 것도 키가 크지도 않았는데 여자들이 끊이지 않았는지 모를 일이다. 현란한 언변 때문일까? 아니면 그 당시에 방앗간을 한다고 하면 부자라서 여자들이 붙었는지 모르겠지만 아버지를 떠올리면 나에게 어떤 가르침을 주었는지 골똘히 생각해도 '여자'란 단어만 떠올리게 한다.

난 매일 글을 쓰는 것은 아마 내가 만약 이 세상을 떠나고 나서 나의 자식들이 우리 아버지는 어떤 삶을 살았을까? 궁금할 때 여기에 있는 글을 읽으며 우리 아버지는 이런 사람이었구나! 볼 수 있는 자료가 될 것이다. 그래서 되도록 나의 이야기를 많이 쓸려고 노력하고 사실대로 글을 쓰고 있다. 우리 아이들에게 난 어떤 아버지로 살았는지는 그들의 마음 속의 일이다. 나름 아이들에게 최선을 다해서 아이들이 하고 싶은 거 하도록 살았다고 생각하는데, 아이들 입장에서 아버지의 존재가 어떤 사람일지 평가는 내가 하는 것이 아니라 아이들의 몫이다.

이 세상의 모든 아버지 그러하듯이 아이들의 마음에 상처가 되지 않는 아버지가 되기 위해 난 오늘도 나의 일에 열중하고 있다.

86. 시골에서 살아가기

강화도에 사는 함민복 시인이 사람에 대해 이렇게 정의한 적이 있다. "사람은 가난하고 외롭고 하루하루가 보이지 않더라도 누군가에게 전할 수 있는 온기를 가진 뜨거운 존재다." 그러면서 질서가 사라진 현대 사회 속에서 개개인이 모두 중심이 될 것이며 각자가 아름다운 섬으로 세상이라는 바다 위에서 조화를 이룰 것이라고 말한다.

강화도 마니산 풍광에 매료돼 1996년 이래 25년째 강화도에 살고 있는 함민복 시인. 그가 매료된 강화도 풍광과 그곳에서의 생활을 엿볼 수 있는 에세이『섬이 쓰고 바다가 그려주다』를 최근에 출간했는데 그는 어릴 적부터 현재까지도 자본주의 문명과 거리를 두고 자연과 더불어 살고 있다.

나 또한 자연과 더불어 살고자 작심을 하고 산속으로 들어 온 지가 그의 십 년이 되어 간다. 처음 시작은 장난처럼 시작하였다가 이제는 이곳에 집까지 지어서 살고 있으니 나도 나름 산속 삶이 편안하고 재미있게 살고 있지만, 어느 날 우연히 시작된 도시와 시골의 이중생활을 하고 있다.

도시 생활을 완전히 절단하지 못하는 것은 시골에서 살려고 해도 일정 금액 이상의 돈이 필요한데, 난 시골에서 농사를 지어서 그 돈을 충당

할 수 없었다.

처음에는 농사를 하여 그 정도의 돈을 만들 수 있을 거라 생각하고 많은 특용작물도 심어 보고, 농산물을 이용한 가공도 하여 판매도 하고 남들처럼 체험 농장도 만들어 보았지만, 처음에는 조금 되는 듯해도 나름 스트레스가 많이 생긴다.

함민복 시인처럼 문화 강좌나 책을 팔아서 수익이 난다면 그것으로 자본주의와 담쌓고 살 수는 있을 것이다. 그도 처음 강화도에 들어갔었다는 폐가에서 농촌 생활을 시작했다고 쓰고 있다.

그가 강화도에서 뿌리를 내릴 수 있는 것은 글쟁이로 어느 정도 인지도가 있어서 가능한 것이다. 만약 마냥 시골이 좋았다고 자연과 더불어 살고자 생각만 가지고 시골 생활을 시작한다면 큰코다치게 된다.

바로 앞집에 나보다 몇 살 많은 사람이 부산에서 생활하다가 시골로 내려온 사람이 있다. 그 사람은 내가 보기에는 아무 대책도 없이 막무가내 내려와 혼자서 폐가를 수리를 하고 처음에는 농사를 짓는다고 하더니 지금은 다시 도시에서 일을 하고 저녁에는 시골에서 자는 생활하고 있는 그는 불을 때어서 난방을 하고 있는데 도시에서 노가다 하고 와서 빨리 쉬어야 내일 일에 지장이 없을 것인데 부석에 쭈그려 앉아서 군불을 때고 물을 데펴서 씻어야 한다.

난 그 사람이 얼마나 버티고 있는지 지켜보고 있다. 아마 오래가지는 못할 것이다. 왜냐하면 도시에서 일거리를 찾아야 한다면 도시에서 살아야만 일을 할 수 있기 때문이다.

농사는 아무나 하는 것이 아니다. 평생을 농사일만 했던 사람들도 농협에 빚을 가지고 살고 있는 것이 현실이다. 시골에서 살고 싶다면 어느 정도의 고정 수입이 없다면 절대로 그곳에서 살 수 없다.

그래서 난 국민연금이 시작 될 때까지는 어쩔 수 없이 이중생활을 해야 한다. 다행히 난 기술을 가지고 있으니 죽어라 몸으로 때우며 일을 하지 않아도 되니 다행이긴 한데, 이 일도 연속으로 계속하게 되면 입에서 단내가 날 정도로 힘들다.

어떤 때는 저녁 퇴근 시간에 운전을 할 수 없을 정도로 하품이 나올 때도 있다. 역시 "나이 앞에 장사 없다."고 하는 말이 나도 비껴갈 수 없는 현실이 되었다.

100세 시대라고 말을 하지만 내가 일을 할 수 있는 나이를 꼽아 보아라. 정년이 이후 과연 몇 년이나 더 일할 수 있겠는가? 일을 할 수 있을 때까지 딱 살다가 가면 좋으련만 사람의 생명이 나의 마음대로 되는 것도 아니다.

국가나 나의 자식들이 나의 노년을 당연히 책임지지 않을 것이다. 노년에도 일을 해야 하는 것이 지금의 우리의 현실이다.

그러나 방법은 있다. 어디 아프지 않고 건강하다면 병원비가 들어가지 않을 것이고, 난 다행히 시골에 집을 가지고 있어서 아파트 생활을 하지 않아 관리비가 안 들어가고, 글 쓴 것을 모아서 책을 출판하여 인지도 높여서 어디 강의를 하러 다닌다면 노년은 걱정 없겠다.

그러나 모든 것이 '필요충분조건'이 되어야만 하는 맹점이 있기는 하다. 아프지 않을 수 없고 시골에도 기본적인 생활비는 들어갈 것이고, 돈을 들여서 책을 출판해 보았자 누가 사 주지 않으면 모든 것이 허사이다. 그러나 어쩌라 그것이 우리네 인생인 것을….

87. 행복은 연습해야만 만들어진다

한 심리학자가 발견한 사실인데, 우울증에 관한 연구에 비해 기쁨이나 행복에 관한 연구는 터무니없이 적다고 한다. 예를 들어 우울증 연구가 4만 건이라면 행복에 대한 연구는 겨우 40개 정도로 매우 적다고 한다.

나를 기분 나쁘게 만드는 상황이나 사람에 대해서는 깊게 생각하고 고민하지만, 내가 언제 기쁜지 왜 즐거운지 진지하게 생각해 본 적은 별로 없을 것이다.

이것은 인류의 뇌가 진화의 과정에서 '부정편향(negativity bias)' 정보에 더 초점을 맞추어서 그렇게 된 것이라 한다.

인간이 긍정적 정보보다 부정적 정보에 더 민감하게 반응하게 된 것은 사회학자들은 그 원인을 부정적 정보에 민감할수록 생존 확률이 높기 때문이라 말한다.

가령 사회를 부정적으로 보고 삐딱하게 말하면 뭔가 많이 아는 것처럼 보이기 때문이기도 하다.

그리고 두려워하고 걱정하는 쪽이 무방비 상태로 지내는 것보다 정체를 알 수 없는 주변 신호를 빠르게 감지하고 대처할 수 있다는 믿음 때문일 수도 있다.

원시 시대에 시시각각 다가오는 맹수의 위협에서 경각심을 높이거나, 질병에 대한 두려움과 염려가 예비 차원에서 생존의 확률을 높일 수 있었을 것이다.

그것이 인류가 계속 진화해 온 과정에서 그대로 남아 있게 되었다.

그래서 최상의 건강 상태보다는 가벼운 질병을 더 예민하게 받아들이고, 작은 질병에 대한 염려와 공포에 휩싸이게 된다.

질병의 염려를 초월한 낙천적인 삶이 심리적으로나, 육체적으로 더 유익하다는 사실을 모르지는 않지만 우리는 건강 염려증이라 할 정도로 작은 것에 아주 민감하다.

예전에는 모르는 사람들과 된장찌개나 김치찌개 따로 먹는 경우는 그의 없이 같이 숟가락을 집어넣어서 먹었고, 술잔 대부분 돌려 가면서 마셨다.

그러나 지금은 그렇게 하면 큰 병이나 걸리는 것처럼 호들갑이다. 그리고 생수도 마찬가지이다. 난 집에서도 출근하여서도 생수를 사먹지 않는다. 오로지 정수기의 물을 마시고 정수기물이 없을 때는 수돗물도 거리낌 없이 마신다.

그런 나를 보며 물값이 아까워서 못 사먹는 자린고비나 미개인 취급하는 것이 당연할 것이다.

집안 식구뿐만 아니라 대부분의 사람들이 물이라면 생수를 마시고 그것도 삼다수처럼 메이커 생수를 마셔야만 되는 것으로 착각하고 있다.

10년 전만 생각해도 정수기 물을 마시는 사람들이 많이 있었는데 최근에는 대부분의 가정에서도 물을 사 먹고 있다.

한 번씩 나보고 마트에서 생수를 사 오라고 한다. 난 내가 마시지도 않는데 왜 사 와야 하느냐고 말하면 자신은 무거워 들고 올 수 없다고 하지만 나도 물을 들고 오려면 많이 무겁다.

사 주지 않으니 택배를 시켜서 베란다에 수북이 쌓아 두고 마시고 있다.

수많은 긍정적인 정보가 있음에도 단 하나의 부정적 정보에 마음이 바뀌는 인간 심리를 '부정편향(negativity bias)'이다.

위협과 불쾌감에 대한 반응은 기회와 기쁨에 대한 반응보다 더 빠르고 더 강하고 억제하기도 더 어렵다.

예를 들어 부정적인 경험을 더 민감하게 기억하는 것은 어릴 때 탈이 났던 음식은 어른이 된 이후에도 그 음식을 피하게 된다.

나 같은 경우는 옥수수 삶은 것을 절대로 먹지 않는다. 기억에는 없지만 어릴 때 먹고 심하게 배탈이 났던 것 같다.

어린 시절에 경험한 부정적인 정보들은 사람을 위축시킬 수 있기 때문에 소극적인 사람으로 성장하게 되거나 부정적이고 염세적인 사고방식을 갖도록 영향을 미칠 수 있다고 한다.

그래서 내가 내성적인 사람이 되었는지 모른다.

어쩌면 인간은 실패의 요인을 찾고 그에 반응하도록 프로그램되어 있는지도 모른다.

그래서 나를 사랑할 수 있는 마음이 필요하다.

계속된 자기 비하는 부정적이고 반성적인 사고로 이어져 생산성을 저하할 뿐 아니라 우리 몸속에서 염증 반응을 일으켜 만성 질병과 노화를 유발할 수 있다고 전문가들은 충고한다.

　몸과 마음에 해로울 수 있는 실수와 경험을 계속 생각하는 것보다, 행복하고 재미난 것만 일어나면 좋으련만, 인간은 원시시대부터 남아 있는 '부정편향(negativity bias)'이 갑자기 사라지지는 않을 것이다.

　그래도 열심히 노력하면 나의 생각도 점점 부정적인 것보다 긍정적인 사고로 바뀌어 갈 것이다.

88. 지금 난 힘이 들어가 있다

이상하게 평소엔 그렇게 힘 빼고 잘 누워 있으면서 주사 맞을 때 간호사가 "힘 빼시고요. 놓습니다." 하면 긴장해서 엉덩이를 괜히 힘을 더 주어 버리게 된다.

운동할 때도 강사가 어깨에 힘 빼라고 하면 자신도 모르게 어깨에 힘이 들어간 나를 발견하게 된다.

우리는 모든 것에 있어서 힘이 들어가는 나를 발견한다. 사람들은 힘들어하는 이에게 응원의 뜻을 담아 "힘내라!"라고 말한다. 물론 좋은 마음에서 하는 말이겠지만 차라리 "힘 빼라!"라고 말해 주는 게 나을 때도 있다.

그 말은 지금 힘들어 하는 사람에게는 자신이 아무리 노력한다고 해서 지금의 상황이 나아지기는커녕 더욱 나빠지는 것을 종종 보게 된다.

자신이 처한 나쁜 것을 해소하기 위해서 무엇이든 무리하게 되어 있어서 여러 가지를 생각하지 않고 눈앞에 있는 이익만 보여서 행동하게 되어 더욱 더 힘든 상황을 만들어 버리는 것을 종종 목격하게 된다.

차라리 장사가 되지 않은 사람이나 실직을 한 사람에게 지금이 새로운 삶을 살기 위한 기회이니 한 발 물러서서 조용히 자신을 돌아보고 다른 것을 준비한다면 새로운 어떤 돌파구가 보이게 될 것이다.

바나나를 입구가 좁은 상자에 넣어 두어서 원숭이 사냥하는 법을 들어 본 적이 있을 것이다.

원숭이는 바나나를 놓으면 손이 입구에서 빠질 것인데 욕심 때문에 바나나를 잡고 있어서 결국 사람들에게 잡힌다고 한다.

실제로 그런한지 원숭이 사냥법이라는 단어로 검색해 보았다. 비슷한 것이 있긴 있다.

인도네시아의 보르네오 원주민들은 곡식과 음식 창고를 약탈해 가는 야생 원숭이들 때문에 오랫동안 골머리를 앓았다.

원주민들은 빈 코코넛 껍질에 원숭이 손이 겨우 들어갈 만한 작은 구멍을 내어 쌀을 집어넣고 땅에 단단히 묶어 둔다. 그러면 잠시 후에 원숭이들이 쌀 냄새를 맡고 몰려와서 이 코코넛 안에 있는 쌀을 집기 위해 손을 집어넣는다.

그때 원주민들은 원숭이를 향해 일제히 고함을 지르면서 뛰어나오면 원숭이들은 도망을 가기 위해 코코넛 껍질에서 손을 빼야 하는데 당황해서 손을 빼지 않고 있을 때 그물로 잡는다고 한다.

그럴 수 있겠다 싶다. 원숭이가 얼마나 영리한 동물인데 손에 쥐고 있는 바나나를 손만 놓으면 빠지는 것을 모를 리가 없다.

원숭이 입장에서는 당황하여 손을 빼지 못하는 것이다. 힘을 빼라는 의미로 원숭이와 바나나 이야기를 많이 인용하고 있는데, 그것은 원숭이를 잘 모르고 하는 오해이다.

만약 사람에게도 똑같은 상황이 된다면 원숭이뿐만 아닌 사람들 역시도 그렇게 행동하는 일이 있을 수 있다.

나 역시 눈앞의 작은 이익이나 욕심을 내려놓지 못해서 더 큰 손해를 볼 때가 있을 수 있다. 물질적인 손해도 손해이지만 다른 사람에게 나의 욕심 때문에 마음의 상처를 줄 수도 있기에 항상 그 부분을 조심해서 행동하려고 한다.

우리는 누군가의 욕심 가득한 속을 알게 되면 참으로 슬픈 생각이 들게 된다. 그리고 그동안 그 사람에게 갖고 있었던 신뢰가 한꺼번에 무너지는 경험도 하게 될 때가 있다.

'저 사람이 내 앞에서 욕심을 부리네?', '저 사람이 내 앞에서 어떻게 그럴 수 있지?'

이런 생각이 들 때면 우리는 상대에게 드러내 놓고 싫은 내색이나 표현은 하지 않지만 조금씩 애정을 거두고, 그 사람에 대해서 조심하게 된다.

아직도 나는 어떤 일에 힘이 들어가 있는지 모른다. 앞으로 일 년 동안은 월급쟁이가 되어서 이제 일을 찾아야 하는 부담에서 해방되었다.

그만하면 행복한 일이고 올해 11월이면 차 값도 다 갚을 수 있게 되어 마음속 족쇄도 사라지게 된다.

그럼 내년부터는 내가 원하는 삶을 살 수 있겠지만 인생이란 한 치 앞을 몰라서 또 어떤 일이 나의 손아귀에 힘이 들어가게 할 수도 있을 것이다.

그때도 지금처럼 의연하게 대처할 것이다. 물론 마음은 편안하지 않았다. 일이 없어서 노는 날이 많아서 힘들었지만, 그런대로 잘 대처하여 위기를 극복하고 있다.

그런 나에게 대견하다고 토닥토닥해 본다.

89. 전단지의 의미

초보자가 가장 쉽게 구할 수 있는 일자리는 무엇일까? 정답은 바로 전단 아르바이트이다. 홍보물을 가게에서 받아와 특정장소에서 나누어 주거나 부착하는 단기 알바, 각종 구인·구직 사이트에 올라온 공고에 의하면 일반적으로 오천 원대부터 만 원 사이의 시급을 지급한다. 특별한 기술이나 경력이 요구되지 않고 나이나 성별 역시 중요하지 않다 보니 미성년자들 혹은 반대로 나이가 지긋하신 아주머니들이 주로 이 일을 한다.

세상일이 그렇듯 쉽기만 한 일이 어디 있겠는가. 단순한 일이기는 하지만 전단 아르바이트는 날씨의 영향을 많이 받는다. 특히 영하로 기온이 떨어지는 겨울은 알바생이 가장 싫어하는 계절이다. 몇 분만 서 있어도 추위가 뼛속까지 파고들어 말이 잘 안 나오는 데다가 손까지 얼어 전단지를 건네기가 쉽지 않다.

요즈음 사람들은 전단을 주면 전혀 미동을 하지 않고 외면하는 사람들보다 손을 내밀어 받는 사람들이 많이 있다고 한다.

어느 직장인의 글을 인용해 본다.

"평소 같으면 주머니에 손을 꽂고 지나 칠 덴데 손을 내밀

어 받는다. 며칠 전 아내의 말이 떠올라서이다. "나는 그냥
받아. 그분들 일당이잖아.""

누군가 써 놓은 글이 마음에 와닿은 이유는 한 번쯤 같은 생각을 해
보았기 때문이다.

모두가 어려운 시절에는 상대적으로 타인을 생각하는 마음이 크게 된
다. 왜냐면 사는 게 만만치 않다는 것을 모두가 알게 된다.

갑자기 자신도 어느 날 전단을 돌릴 수 있을 거라는 생각이 들기 때문
일 것이다.

방송에서 아이를 잃어버리고 전단을 돌리는 것을 보게 된다. 그분들
의 전단지는 얼마나 가슴에 사무치는 전단일까? 지금도 아이를 잃어버
리고 전단을 돌리는 분이 있는지 모르겠지만 10여 년 전만 해도 아이를
찾을 수 있는 방법이 별로 없어서 무조건 기다리거나 아니면 부모들이
이리저리 뛰어다녀야만 했다.

지금은 수많은 감시 카메라 때문에 실종 아동이 발생하면 하루 이상
걸리지 않고 바로 찾아서 부모 품에 돌려보낸다고 한다.

정보 통신의 비약적인 발전 때문이다. 그렇다고 실종 사건 자체가 사
라진 것은 아니다. 최근 뉴스에서 나오는 실종 아동들은 정신이 온전하
지 않은 아동들이 대부분을 차지한다.

그들은 겉모습은 멀쩡해서 사람들이 대수롭지 않게 생각하게 되고 길
을 잃어버리면 아이가 울거나 움츠려 있는 것이 아니라 막무가내 걸어
간다고 한다. 그래서 어떤 때는 깊은 산속에 발견되기도 해서 아이를 찾

는 데 애를 먹는다.

정신장애를 가진 아동의 부모 역시 지금도 딱히 찾을 방법이 없어서 아이를 찾기 위해 전단지를 만들어서 돌리게 된다.

전단지를 만드는 것은 광고의 효과 때문이다. 실제로 전단지가 효과적인지 알 수 없으나 누군가는 전단지를 돌려서 그 돈으로 생활하게 된다.

우리 아파트에는 옛날 아파트라 아무나 들어올 수 있어서 어떤 때는 현관 입구에 여러 장의 전단지가 테이프로 도배가 되다시피 할 정도로 많이 붙어 있다.

어느 날인가 아주머니가 배낭을 메고 나와 엘리베이터를 같이 타고 올라 왔는데 나의 눈치를 보며 고개를 들지 못하길래 윗층에서부터 다 돌리고 가시라고 말해 준 적이 있었다.

그 아주머니가 돌리지 않아도 다른 분들이 돌릴 것이고 누군가에게는 그 일이 소중한 자신의 일자리일 수 있기 때문이다.

전염병으로 모두 힘든 시기에 전단지 돌리는 일자리라도 가진 사람들이 부럽게 생각하는 것이 현실이 되었다.

특히 공연에 종사하든 많은 사람들이 이제는 정말 한계가 와서 대부분이 다른 곳에서 일을 하고 있다. 문화 예술이 사라질까 두렵다.

90. 사랑하는 감정이 열정이다

월요일 하루 어떻게 보냈는가? 지루하였는지? 아니면 무얼 좀 배웠는지? 음악가들은 더 이상 배울 게 없다고 생각되는 날에는 연주를 쉬기보다는 오히려 같은 곡을 계속 반복하여 연습한다고 한다. 다시 배우고 실력을 다지는 연습 속에서 또 다른 흥미를 느낄 수 있기 때문이다.

세계적인 거장이라고 칭하는 사람들 중에는 음악사에서 이름 앞에 '거장'이란 수식어가 붙은 음악가는 종종 발견할 수 있지만 '성자'란 호칭으로 존경 그 이상의 숭배를 받는 음악가는 흔치 않다. 첼로의 성자 파블로 카살스(1876~1973년)는 예술가로서뿐만 아니라 한 인간으로서 어떻게 살아가야 하고 또 늙어 가야 하는지를 몸소 보여 준 음악가다.

"카살스 선생님, 당신은 이미 세상에서 가장 위대한 첼리스트로 잘 알려져 있습니다. 그런데도 여전히 매일같이 하루에 6시간씩 연습하는 이유가 무엇입니까?" 첼로의 성자라 불리는 카살스에게 기자가 질문했다. 그는 이렇게 대답했다. "난 아직 매일, 조금씩 실력이 좋아지는 것을 발견하기 때문입니다." 인터뷰 당시 카살스의 나이는 95세였다고 한다.

카살스가 3번째 결혼을 발표했을 때 온 세상이 깜짝 놀랐다. 결혼을 발표할 당시 그는 82세 고령이었고, 신부 마르타 몬테스는 22세였기 때문이다. 60년의 나이 차를 뛰어넘는 사랑에 대해 한 기자가 마르타에게 물었을 때 그녀는 이렇게 대답했다. "카살스는 나이를 초월한 사람이었어요. 그는 나이 든 사람의 지혜와 젊은이의 패기를 겸비한 사람이었죠. 그런 그를 어찌 사랑하지 않을 수 있나요." 나도 꼭 본받고 싶은 카살스의 삶이다.

의학이 지금처럼 발달하지 않았던 73년도에 97세까지 장수 하였던 비결은 죽을 때까지 매일 연습하는 그의 부지런함과 사랑하는 사람이 있다면 적극적인 구애로 사랑을 쟁취하는 열정 때문이다.

어떤 이는 사랑하는 열정 하나만 가지고 사람을 만나게 되면 크게 후회한다고 말한다. 그러나 내가 살아 보니 원 없이 사랑 한 번 해 보지 않은 사람은 다른 어떤 일에서도 그런 열정이 없는 삶으로 살아간다.

물론 뜨거운 열정이 지나쳐 일이 잘못될 수도 있지만 파블로 카살스의 경우처럼 열정이 없다면 그저 그런 삶을 살다가 세상을 하직할 것이다.

어느 날부터인가 티브이를 보아도 그 사람 참 예쁘다는 생각이 사라졌다. 십여 년 전의 일이다. 티브이를 보고 있는데 일반인이 인터뷰하는 모습을 보고 처음 보는 여자에게 저 사람 꼭 만나야겠다며 엄청난 호감을 느낀 적이 있었다, 그 사람은 미혼인 젊은 여성도 아니었고 온 가족이 나오는 그런 프로였는데 강렬한 끌림이 있었다.

하지만 지금은 어떤 연예인이나 일반인을 보아도 그런 강렬함은 사라지고 없다. 아니 사라진 것이 아니라 나 스스로 감추고 있는지 모를 일이다.

다른 일에도 마찬가지일 것이다. 새로운 것에 대한 갈증이 없다면 식욕이 사라진 것처럼 우리의 삶은 무의미하게 된다.

음식을 먹지 않게 되면 생존을 할 수 없는 것처럼 사랑하는 감정이 사라진 삶이란 음식을 먹지 않는 것과 똑같은 삶이다.

그러나 난 그런 감정이 사라진 것 같다. 82세에 22살의 여인과 결혼할 수 있는 그런 열정이 부럽기만 하다.

어떻게 하면 그런 열정이 다시 살아날 수 있을까? 정답은 파블로 카살스처럼 살아가면 된다.

모든 면에서 열정적인 삶을 살아가다 보면 나도 다시 사랑하는 감정이 되살아날 수 있을 것이다.

열정이 사라진 원인 중 가장 큰 것은 인생이 내가 생각한 대로 되지 않아서 자신감이 결여되었기 때문이다.

나의 자존감을 높이는 일은 다른 사람이 해 주는 것이 아니라 나 스스로 해야 한다는 것도 알고 있다. 이제는 나의 가치를 높이는 일에 열중해야겠다.

91. 반려동물 떠나보내기 힘들죠? 저도요

나의 글에 자주 등장하는 우리 집 노견이 오늘 저녁에 하늘나라로 갔다. 아침부터 걸음을 제대로 걷지 못하고 용변도 아무데나 눠서 저러다가 괜찮아지겠지 생각했는데 오늘 고비를 넘기지 못했다.

그놈이 우리 집에 온 것은 큰애가 초등학교 5학년 때 내가 생일 선물로 사 주었다. 그전에 몇 마리를 키웠지만 모두 남들이 키우다가 나에게 보내 온 놈들이 있었지만, 꽃님이는 어린 강아지 때부터 우리 아이들과 동고동락을 한 형제 같은 존재이다.

우리 큰애가 28살이니 그놈도 우리 집에 산 지가 16년이 되어 간다. 개들 중에는 장수한 편이라 하지만 우리 집에는 부모가 죽어도 그렇게 슬퍼하지 않을 정도로 엄청나게 울고불고 난리였다. 작은 놈은 사천에서 수업 중인데도 불구하고 '꽃님이'가 위독하다는 소리를 듣고 모든 것을 제쳐 놓고 한달음에 달려 왔다.

처남도 눈물을 펑펑 쏟을 정도로 꽃님은 우리 집 막내처럼 모든 사람들이 받아들였다.

꽃님이가 처음으로 집에 왔을 때 아주 조그만 새끼가 너무 귀엽고 앙증맞았다. 그래서 큰애는 그놈을 유달리 좋아했는지 모른다. 오늘도 아침에 출근하였다가 꽃님이가 걱정이 되어서 반차를 쓰고 병원에 데리고 갔는데 작은 병원에서 안 된다 해서 창원 상남의 대형 동물병원으로 데리고 가 거기서 꽃님이 생을 마감했다.

큰애가 꽃님이 때문에 병원에 입원을 한 적이 있었다. 이놈이 어릴 때 천방지축으로 뛰어다녀서 그놈을 잡으려다 발목이 골절되어 병원에 한 달 동안 입원했던 적도 있었다.

그때도 꽃님이가 보고 싶어서 몇 번이나 외출을 할 정도로 유난히 좋아했다. 처음에 애견을 집에 들이려고 할 때 나도 많이 고민했었다.

분명히 사람보다는 오래 살지는 못할 것이고 큰애가 성인 되어서 죽어도 그렇게 충격이 크지는 않을 것이라 생각하고 사게 되었다.

그러나 그것은 나의 오산이었다. 큰애가 너무나 슬퍼해서 내가 괜한 짓을 했구나 후회하고 있다. 큰애가 원하는 대로 무덤을 만들어 주고 작은 강아지를 위해서 땅을 파고 흙이 모자라 다른 데서 몇 번씩 들고 와야 했다.

의령 집 옆에 무덤을 만들어 달라고 해서 두말하지 않고 집 옆에다 비석을 세우고 여기는 아직 개나리가 피어 있어서 개나리꽃 한 다발을 무덤 앞에 놓아두었다.

그렇게 한 것은 노견을 위해서는 절대 아니다. 오로지 나의 큰애가 조금이라도 마음의 위안이 되기를 바랐기 때문이다.

모든 절차를 치르고 나니 밤 10시가 넘었다. 내가 글을 쓰고 있는 바로 창밖에는 꽃님이가 잠들어 있다.

그놈이 우리 집에 입양되어서 행복한 것만 기억했으면 좋겠다. 유독 차를 타면 낑낑거리던 그놈이 얼마 동안은 나의 뇌리에서 자리 잡고 있을 것이다.

벌써 잔디를 사야 한다는 둥 주말에 비가 오니 비닐로 덮어 주라고 신신당부를 하고 방금 아파트로 모두 갔다.

누군가는 유난스럽다고 말을 할 수도 있겠지만, 반려동물이라는 것이 나의 피붙이처럼 정이 많이 든다.

이제는 우리 집에서는 아마 오랫동안 반려동물을 키우지 않을 것이다. 짐승이라도 떠나보내는 것은 참 힘든 일이다.

92. 랙이 걸리는 컴이 미워요

컴을 하다 보면 여러 개의 창을 띄어 놓고 작업할 때가 있다. 특히 내가 글을 쓸 때도 혹시 내가 알고 있는 내용이 정말 맞는지 항상 확인해야 해서 많게는 열 개 정도 창을 띄워서 내용을 확인하면서 글을 쓰게 된다.

한참 글을 작성할 때는 모르고 쓰다가 갑자기 랙이 걸리거나 완전히 컴퓨터가 정신이 나갈 때가 있다. 처음 컴퓨터로 글을 작성할 때 한두 번이 아니라 자주 그런 일이 있어서 글을 쓰는 즐거움보다 화가 나서 더욱 스트레스를 받아서 숨이 넘어가는 일도 한두 번이 아니었다.

요즈음도 종종 이런 일이 일어나지만 난 이제는 화도 내지도 않고 컴퓨터도 나무라지도 않으며 처음부터 다시 쓰게 된다. 어떤 때는 전부 작성하고 맞춤법 확인하는 과정에서도 글을 날리는 적도 있는데, 글이란 것이 처음부터 다시 쓴다고 모두 생각나는 것도 아니고, 그 감정이 되살아나는 것도 아니라서 그럴 때는 아예 다른 주제로 다른 글을 쓰게 된다.

보통 한 번 글을 쓰면 두 시간 정도 시간이 필요한데 이런 날에는 4시간을 할애해야만 그날 글이 완성되게 된다. 그런 날에는 수면 시간이 서너 시간밖에 되지 않아서 다음 날 일정에도 지장이 많이 생기게 된다.

누구도 내가 그렇게 글을 작성하는지 모르고 있다. 그냥 어디 글을 업어 오는가 생각한다. 심지어 우리 가족조차도 모른다. 글을 쓰는 시간이 모두가 잠들어 있는 두세 시부터 시작하고 글을 다 쓰고 나면 잠깐 아침 시간에 눈을 붙이는 수도 있어서 일어나는 사간이 자신들과 비슷하다고 생각한다.

십여 년 이런 생활을 하고 있다.

심리학자 안데르스 에릭슨(K. Anders Ericsson)은 자신의 저서 『아웃라이어』에서 "누구나 1만 시간을 투자하면 탁월한 경지에 오른다."라고 쓰고 있다. 그의 저서에서 '복잡한 업무를 수행하는 데 필요한 탁월성을 얻으려면, 최소한의 연습량을 확보하는 것이 결정적'이고, 진정한 전문가가 되기 위해 필요한 '매직 넘버'는 바로 '1만 시간'이라고 주장하고 있다.

물론 그의 주장이 맞는 말이다. 그러나 여기에는 수많은 변수가 존재한다는 것을 간과해서는 안 된다. 나 역시 처음에는 그냥 관심 정도에서 글을 쓰게 되었고 이제는 글을 쓰는 것이 전혀 낯설지 않은 하루의 일상으로 자리 잡은 지가 꽤 되었다.

1만 시간의 법칙대로라면 난 벌써 중견 작가 이상의 실력이 되어 있어야 하고 매스컴에 오르내리는 그런 존재가 되어야만 한다.

내가 작가라고 소개하면 처음 물어보는 것이 "책이 출판되었나요?"라고 물어보는 사람이 대부분이다. 난 책을 출판하지 않았다. 그래서 전문가들 틀에 들어가지 못하는 것인지도 모른다.

사실 처음 등단하라고 등을 떠미는 분들이 많았는데 그때마다 손사래를 쳤는데, 어떤 기회가 되어서 등단하게 되었고 한 단계 성장해서 글의 내용도 더욱 풍성해졌다는 평을 듣고 있다.

그럼 나도 책을 내어야 한 단계 더 성장할까? 고민하기도 한다.

"뭐 그게 무엇이라고." 왜면하다가도 책에 대한 유혹은 요즈음 들어서 계속하고 있다.

수필집이야 지금 쓴 글을 책으로 만든다면 몇 권이라도 만들 수 있을 것이다. 난 수필보다는 소설을 쓰는 것이 꿈이다. 그것도 아주 진한 사랑 이야기가 나오는 소설을 만들고 싶은데, 나이가 있어서 그런 진한 사랑 의 감정이 나오려나?

소설도 자신의 경험을 글로 표현하는 것이기에 그런 소설을 쓰려면 여러 가지 많은 경험을 해야 하는데, 언제 시작할지 모르겠다.

언제든 마음만 먹으면 시작할 준비는 되어 있다. 하지만 아직은 아이 들을 출가시켜야 하고 기본적인 생활을 할 수 있는 연금이 나오는 그때 부터 시작하지 않을까 생각하고 있다.

스토리 채널에 글을 남기기 시작한 것이 6년이 넘었다. 나름대로 열 심히 달려왔다. 글을 읽는 분들의 배려보다는 나의 생각이 너무 들어간 편향된 글을 쓰고 있지 않은지 다시 한번 되돌아본다.

93. 악필인 나도 불편하지 않은 세상이 되었다

당신은 손 글씨 잘 쓰는 편인지? 나의 가장 큰 핸디캡(handicap)이 손 글씨이다. 학창 시절부터 글쓰기는 좋아했지만 글씨체가 워낙 악필이라 연애편지도 제대로 쓰지 못했다.

지금도 생생하게 기억하는데 중학교 3학년 때 어떤 여학생이 나에게 크리스마스카드를 보내 왔는데 그 애에게 글씨체가 예쁘지 않아 편지를 하지 못한 것이 지금도 후회하고 있다.

만약 그때 그녀에게 악필이라도 답장을 하고 자주 편지를 주고받았더라면 아마 그녀와 인연이 되어 잘살고 있을는지 모른다.

우리 친구들 중에 중학교 동기와 사는 커플이 5~6쌍이 있을 정도로 시골에서 처음 만난 인연을 길게 가지고 가는 친구들이 많이 있다.

그중 나도 그렇게 되지 말라는 법은 없었는데 손 글씨가 예쁘지 않아 인연이 되지 못했다.

멀리 떨어져 있는 것도 아니고 우리 지역에서 살고 있는 그녀는 40대 중반에 배우자를 잊는 아픔도 있었고 고향에서 횟집을 한다는 소문을 들었지만 학창 시절 이후 단 한 번도 우연이라도 마주친 적이 없었다.

일부러 그녀를 피하는 것도 아닌데 이상하게 그녀를 본 적이 없다.

학창 시절 그녀만 보면 가슴이 두근거리고 아랫배가 짜릿했던 그녀가 잘살고 있었으면 좋겠지만, 그녀의 삶도 편편하지는 않다.

시골에서는 나름 예쁜 아이였기에 좋은 곳에 시집가서 행복하게 잘 살고 있을 줄 알았는데, 그녀의 삶도 우여곡절이 많은 삶을 살고 있다.

만약 나의 학창 시절에도 핸드폰이 있었다면 악필인 나도 그녀와 예쁜 사랑을 했을지도 모른다.

지금은 손으로 글을 쓰는 일이 그의 없다. 그래서 나의 악필이 교정해야겠다는 필요성을 느끼지 못하고 있는지 모르겠다.

손으로 쓴 글씨는 인쇄를 위한 글씨의 기계화 과정이랄 수 있는 활자체처럼 일률적이지도, 공식적이지도 않은 모든 개인이 저마다 가진 고유의 글씨체라 할 수 있다.

손 글씨를 두드러지게 사용하면 격식에 얽매이지 않은 자유롭고 개인적이며, 때로는 비밀스러운 분위기가 느껴진다.

지금이라도 누군가가 손 편지로 나에게 편지를 보낸다면 난 그 사람에게 프린터를 해서 보낼 것이다. 그만큼 나에게는 손 글씨 쓰기가 어렵고 힘든 일이다.

누구는 성질이 급해서 글씨를 잘 못 쓴다는 사람도 있고, 어떤 이는 지능이 높고, 똑똑한 사람이 글씨체가 악필이라고 말하는 이도 있다.

정자로 반듯하게 쓸 수 없는 것은 내가 생각할 때는 악필의 원인은 성격 탓인 거 같다.

급한 성격 탓에 처음에는 정성 들여 글씨를 쓰다가 나중에는 '에이 모르겠다.' 생각하며 갈겨쓰게 되는 것 같다.

요즈음 유튜브에서도 글씨체를 교정하는 채널도 있어서 나만 노력하면 얼마든지 악필을 면할 수 있지만, 난 한 번도 시도조차 해 본 적이 없다.

연애편지를 쓰지 않아도 되고 그리고 손 글씨로 글을 써서 보내는 곳도 없으니 그냥 그렇게 살아간다.

캘리그래피(calligraphy)이 유행하고 있다. 손으로 그린 그림 문자라는 뜻으로 글씨를 아름답게 쓰는 기술을 뜻하는데, 감성디자인을 이용한 마케팅이 주목받는 만큼, 인간의 다양한 감성을 인간적이고 따뜻하게 감각적으로 표현해 낼 수 있는 장점이 있다.

시내에 보니 캘리그래피(calligraphy) 간판이 몇 군데 보이던데, 글씨를 써 주는 곳인지 아니면 글씨를 연습하는 곳인지 그곳이 뭐하는 곳인지 가늠하기 어렵다.

그리고 간판을 걸고 장사를 하고 있다면 무언가 이익이 있기 때문에 하는 것일 것이다.

글씨를 잘 쓰는 사람들을 보면 부럽다. 하지만 이제 그 글씨를 많이 쓸 일이 없으니 악필인 나에게는 정말 다행스런 세상이 되었지만 글씨 잘 쓰는 그들에게는 발전한 세상이 싫을 수도 있겠다.

94. 끝물인 나의 인생

한창 달고 맛이 있었던 비닐하우스 딸기가 4월이 되면서 끝물에 접어들었다. 끝물이라고 하면 별 볼 일 없는 것으로 생각하는데, 끝물의 정확한 뜻은 곡식, 과실, 해산물 따위에서 마지막에 수확하는 것을 의미한다.

수확하는 순서에 따라서 푸성귀나 해산물, 또는 곡식이나 과일 등에서 그해에 맨 먼저 거두어들이거나 생산된 것 '맏물' 중간에 거두어들이는 것은 '중물' 그리고 갓 나온 과일을 '새물' 끝에 나온 물건을 '끝물'이라 표현하는데 농부들이 마지막까지 조심해서 따는 것을 끝물이라 말한다. 물론 끝까지 좋은 열매를 맺어 주는 과일이나 채소가 고마울 수 있지만 끝물에 생산되는 농산물은 가격 면에서는 그리 좋은 편은 아닌 것은 어쩔 수 없다.

우리의 삶을 돌아보아도 육십이 접어들면 인생의 끝물이다. 물론 과일처럼 끝까지 달고 맛있을 수는 있어도 나이 든 사람은 돈만 많이 주어야 하고 일에서도 젊은이들에게 밀릴 수밖에 없다.

누구는 인생이 육십부터라고 말을 하지만 60이 되어서 반듯한 새로운 직장을 구할 수 있는 사람은 별로 없을 것이다.

산불 조심이나 공공근로를 하는 사람은 그나마 좋은 직장에 속한다.

체력을 받쳐 주지도 않고 어떤 일에 대처하는 것도 속도가 늦을 수밖에 없다. 그런데 왜 "인생은 육십부터~."라는 말이 생겼을까? 물론 좋은 직장에서 정년을 마치고 퇴직금이나 연금으로 자기가 하고 싶은 것을 마음껏 할 수 있는 사람도 있을 수는 있다.

우리 동네에도 부부가 선생으로 정년을 맞이하여 두 분이 노년을 보내는 분이 계신다. 그분들의 일과를 유심히 보니 처음에는 자신들이 하고 싶은 것을 열심히 배우고 하더니 최근에는 남편은 허리가 아파서 병원에 입원하는 일이 많이 있고 부인도 질병이 있어서 병원을 자주 들락거리신다. 그 부부는 교직원 연금이 둘이 합치면 엄청난 금액을 수령하고 있지만 결국 나이가 많이 들면 돈도 아무리 많아도 필요 없게 된다.

이제 고작 70살이 조금 넘어갔을 뿐인데 그 부부가 눈에 띄는 것은 산보하는 것 이외 특별히 하는 것도 없이 하루 종일 집안에서 티브이만 보고 계신다.

그들 부부가 정년을 맞이하고 처음에는 여러 가지 자신이 하고 싶은 것을 하고 운동도 하면서 재미있게 지낼 수 있었을 것이다.

그러나 그것도 잠시이고 나이가 들어가면서 자신이 하고자 하는 욕망이 점점 사라지게 될 것이다.

나 또한 나이가 들어가면 그렇게 살게 될 것이다. 어떤 일에서 마음만 앞서고 실제로 나를 써 주는 사람도 없을 것이다. 그렇게 되면 인생에 의욕도 없고 하고자 하는 욕망도 사라지고 그저 그런 끝물 인생이 펼쳐질 것이다.

292

다행히 난 운이 좋아서 일 년 연봉 계약을 하였지만, 내년에도 계약이 될는지 알 수가 없다. 그렇게 살아가는 것이 우리네 인생인데 어쩌라.

내가 하고 싶은 것이 있다면 다음에는 절대 할 수 없다. 그것이 누구를 사랑하는 것이든 나의 취미든 하고 싶은 것이 있다면 지금 하자. 그래서 그때 내가 할걸 하며 후회하는 일이 없도록 하자.

95. 마스크가 너무 답답하다

답답한 전염병 시국에 일상을 잃었다고 생각하기 싫지만 잘 찾아보면 대체할 만한 것이 꼭 있다. 가령 지금은 마스크 벗은 맨 얼굴은 보기 힘들지만 덕분에 서로의 눈을 더 지그시 바라보게 되고, 벚꽃 축제, 진달래 축제 등이 줄줄이 취소되고 있고 봄꽃은 가까이서 즐기는 것이 되지 않아서 차를 타고 이동하면서 산이나 들판을 유심히 관찰하는 습관을 가지게 되었다.

우리는 불편한 상황이 계속 주어지고 그것을 피할 수 없다면 최대한 그 안에서 좋은 요소들을 찾아보게 되어 있다. 그래서 거기서 미처 알지 못했던 가치를 하나하나 다시 깨닫다 보면 절망 속에서도 희망이 피어날 것이다.

전염병으로 우리의 지금 하고 있는 일상이 굳어지게 되어서 사람들도 많이 모이지 못하고 어디 가더라도 마스크가 생활화되는 그런 날이 만약 앞으로 십 년 이상 지속된다면 우리의 일상은 어떻게 변화될까?

지금은 누구나 죽을 수 있다는 공포감 때문에 많은 사람이 정부 시책을 잘 따라 주고 있다. 그러나 백신을 맞아도 다시 변이가 생겨 백신의 효과도 사라지고 맞아 보았자 아무 도움이 되지 않은 사태가 발생한다면, 지금처럼 우리 국민들이 정부 시책에 말을 잘 들을까? 아니면 유럽이나 미국처럼 자유를 달라고 시위를 벌일 수 있을까? 나는 우리 국민들은 그렇게 하지 않을 거라고 생각한다.

묵묵히 억압되고 나의 심신이 구속된 상태에서 그 속에서 자신의 삶을 살아갈 것이다.

영화 〈올드보이〉(2003)는 이유도 모른 채 납치되어 사설 감옥에서 15년을 보낸 샐러리맨 오대수(최민식)의 기구한 인생을 그린 영화이다.

이유 없이 감금되어 군만두만 먹었던 주인공 오대수는 15년 동안 감옥에서 무슨 생각을 하면서 그 긴 시간 동안 살 수 있었을까?

물론 영화이지만 내가 그런 생활을 해야 한다면 도저히 견딜 수 없겠다는 생각부터 들게 된다. 그런 상황이 된다면 누구나 또 그것을 견디어 내고 살아가게 되지 않을까?

지금의 전염병도 마찬가지이다. 처음에는 모두가 힘들다. 어떻게 살아갈까 걱정하고 관광이나 문화 공연으로 먹고살았던 사람들은 힘든 정도가 아닌 폐업을 하고 실직을 하였지만, 그들은 또 다른 일거리를 찾아서 새로운 삶을 살아가고 있다.

전염병으로 너무나 당연한 일상들을 하지 못하게 되어 처음에는 그것이 적응하는 데 어렵고 힘들 수 있다. 그러나 우리는 하루 이틀에 끝날 수 없는 긴 세월 동안을 지금의 생활을 계속해야 한다면 〈올드보이〉의 최민식처럼 매일 만두만 먹는 생활도 견디어 낼 것이다.

인간은 어떤 환경에서도 적응을 할 수 있는 존재이다. 인간은 4번의 빙하기에도 공룡이 활개를 치던 쥐라기에서도 멸종되지 않고 살아남았다.

그러나 처음 만나는 사람과 마스크를 쓰고 대화를 하니 그 사람의 이미지가 제대로 저장이 되지 않아서 다음에 만나도 누군지 모르는 일이 자주 일어나고 식당에서 밥을 먹을 때도 대화를 하면서 즐겁게 먹는 것이 아니라 밥만 먹고 자리에서 일어나는 것이 습관이 되었다.

많은 사람들이 모이는 곳은 되도록 피하고, 마스크를 쓰고 생활하는 것 자체가 힘들다.

물론 적응하여 살 수는 있지만, 더운 여름이 곧 올 것인데 여름날 마스크를 쓰고 어떻게 생활할까 걱정부터 앞선다.

96. 당신도 구석 본능이 있죠? 나도 그래요

어렸을 때 숨바꼭질하면 장롱이나 책상 밑 구석에 몸을 숨곤 했다. 어둡고 습하기까지 한 그 구석에 들어가면 뭔가 아늑함이 느껴지고 왠지 모르게 마음이 편안해지면서 나도 모르게 잠들어 버리는 일도 있었다.

성인이 되어서도 카페나 회의실 같은 데 가면 정중앙보다 구석 자리를 먼저 찾는 것을 보면 인간에게는 구석 본능이 남아 있다.

숨바꼭질뿐 아니라 아기들을 관찰해 보면 구석에 들어가는 걸 볼 수 있다.

아기들이 넓은 장소보다 가구 틈새나 상자 속 같은 구석을 그렇게 좋아한다. 그 이유는 여러 가지 설이 있다. 첫째는 아기들은 구석에 있으면 엄마의 자궁 속에서와 같은 편안함을 느끼기 때문에 본능적으로 구석을 좋아한다는 설이다.

그러나 다른 포유류가 비교했을 때는 설명이 되지 않는다. 동물들의 경우 구석을 좋아하는 이유는 천적이나 자연재해로부터 자신을 보호하기 위해서가 구석이나 굴속에 자신의 몸을 숨기는 경우가 많이 있다.

만약 어린 짐승일 경우 항상 큰 동물들에게 사냥의 표적이 될 수밖에 없다. 그래서 어미 옆에 붙어 있을 때나 어미가 사냥을 나갔을 때는 자신을 은폐하고 있지 않으면 언제든 공격을 받을 수 있으니 자신의 보호 본능으로 구석이나 굴에 몸을 숨기지 않을 수 없다.

인간도 마찬가지로 오스트랄로피테쿠스로 인류가 지구에 살게 시작한 것은 대략 300만 년 전일이다. 그때의 인류는 짐승들과 비슷했지만 두 발로 서서 걸었고 간단한 도구를 사용했을 정도였지만 사자나 호랑이 공룡들에게 먹잇감이 될 수 있었다.

인류가 구석기 시대에는 도구는 사용해도 수렵과 채집 생활을 하였고 신석기 시대부터 정착을 하여 살게 되었다. 신석기 이후부터 인류가 지금과 같은 문명을 이루고 살았다고 가정하면 신석기는 고작 8,000년 전부터 시작되었다.

300만 년 전의 부터 인간의 DNA 속에 아이들이 천적을 피하려면 어떻게 해야 한다는 것이 뇌리에 남아 있는데 하루아침에 그런 본능이 사라지지는 않을 것이다.

그래서 아이뿐만 아니라 어른이 된 뒤에도 구석을 좋아하고 자신만의 동굴을 가지고 싶어 한다. 요즈음 나의 동굴은 언제 가 보았는지 기억이 까마득하다. 혼자 가야 하는 곳에 노견을 집 근처에 묻고 난 뒤에 아이들이 계속 오려고 해서 나의 동굴이 아이들에게 빼앗기는 기분이 든다.

아이들이 이러다가 얼마 지나지 않으면 시들해지겠지 생각하며 기다리고 있다.

우리 아이들은 노견에 대한 트라우마는 상상을 초월할 정도로 심각하다. 큰애 같은 경우 집 안에 혼자 있기를 두려워하고 잠도 혼자서 자지 못해서 엄마랑 같이 잠을 잔다.

잠을 잘 때도 노견이 항상 머물던 큰방에는 꽃님이가 그립고 냄새가 난다고 거실에서 이불 펴고 엄마랑 잠을 자는 생활을 지금 10일째 하고 있다.

혼자 있거나 회사에서도 꽃님이가 생각이 나면 근무 중에도 눈물을 흘린다고 한다.

작은놈도 마찬가지로 큰 충격에 빠져 있다. 우리 아이들에게 강아지는 그냥 애완동물이 아닌 자신의 형제와 같은 존재라고 생각하여 앞으로 오랫동안 아이들에게 깊은 상처로 남아 있을 듯하다.

그래서 당분간은 나의 의령 집은 주말마다 아이들이 올 것 같다. 저번 주 휴일에는 비가 많이 오는데도 꽃님이 무덤 근처에 꽃잔디를 심고 개무덤에 비가 들어가지 않게 비닐로 덮어주고 했다. 심리치료를 해야 하나 싶을 정도로 우리 아이들의 가슴에 큰 상처를 남겨 주었다.

집사람도 주방에서 음식을 하다가 펑펑 운다. 놀래서 물어 보니 고기를 요리하면 꽃님이가 고기를 얻어먹으려고 발밑에 있어서 많이 혼내는데 "이럴 줄 알았으면 고기도 많이 주고 할걸." 말한다.

나는 괜히 강아지를 키웠다고 후회를 많이 하고 있다. 우리 집 아이들은 앞으로 절대로 강아지를 키우지 않겠다고 다짐을 한다.

말하지 못하는 짐승이라도 정을 주고 살다 보니 이런 일이 생긴다. 꼴랑 강아지를 가지고 그런다고 지금 내가 쓰고 있는 글을 보며 비웃는 분도 계실 것이다. 개를 길러 보지 않은 사람은 절대로 우리 아이들 심정을 알 수 없다.

97. 상은 생각대로 될 수 없다

머글(소설『해리포터』에서 '보통 인간'을 칭하는 말)은 마법을 쓸 수 없지만 마법 학교에 다닌다는 상상을 해 볼 자유는 있다. 해리포터가 다닌 호그와트 마법 학교에 다닌다면 어떤 기숙사 생활을 하게 될까. 성격에 따라 기숙사 배정을 한다는 소설 속 설정처럼 개인의 성격이 제대로 반영될 수 있을까. 최근 연구에 따르면 가상의 기숙사 배정과 실제 성격 사이에 상당 부분 일치한다고 한다.

호그와트에 입학하는 학생들은 총 4개의 기숙사 중 자신의 성격에 맞는 방을 배정받는데, 용기 있고 영웅적인 면모를 가진 학생은 그리핀도르(Gryffindor), 공정하고 상냥한 학생은 후플푸프(Hufflepuff), 위트 있고 영리한 학생은 래번클로(Ravenclaw), 야망 있고 약삭빠른 학생은 슬리데린(Slytherin)으로 좋아하는 덕목에 따라 방을 배정받는데, 학생들은 방을 들어갈 때마다 고유의 암호를 말해야 들어갈 수 있게 되어 있다.
"바나나 튀김.", "허튼소리.", "주사위는 던져졌다." 등 암호만 대면 누구나 들어갈 수 있었지만 아무나 최고의 마법사가 될 수는 없었다.
용기와 성실, 지혜와 야망은 외운다고 이루어지는 것은 아니기 때문이다.
하루하루 흘러가는 시간 속에 내가 제일 아끼고 좋아하는 덕목을 무엇일까? 그리고 간절하게 걸어 보고 싶은 마법은 어떤 것이 있을까? 우리가 상상을 하면 상상대로 이루어지면 참 좋겠다.

예전에 광고에서 '생각대로 T'라는 광고가 있었다. 광고처럼 생각만 하면 모든 게 이루어지면 어떤 세상이 될까? 행복한 삶을 살 수 있을 것 같지만 난 반대로 생각한다.

만약 내가 짝사랑하는 사람이 있다고 가정을 해 보자. 그 사람과 전혀 관련이 없지만 내 생각대로 그 사람과 사랑이 이루어지면 좋으련만 한 사람이 아니라 여러 사람이 그 사람과 사랑이 이루어진다면 큰 혼란에 빠질 것이다.

그리고 우리는 입버릇처럼 "좋아 죽겠다.", "힘들어 죽겠다." 아니면 "맛있어 죽겠다."라고 말을 할 때마다 죽어야 하는데 생각대로 된다면 나의 목숨이 몇 개가 있어도 되지 않을 정도로 수없이 죽어야 한다.

상상만 하면 이루어진다면 생각조차도 마음대로 할 수 없게 된다. 우리는 나의 상상으로 무엇이든 내가 마음먹은 대로 할 수 있는 그런 자유로움조차도 사라지게 될 것이다.

마법처럼 어떤 주문을 외워야 나의 생각이 이루어지는 그런 절차가 있기는 해야 할 것 같다.

내가 생각만 하면 모든 것이 이루어지는 것은 어차피 현실에서는 실현이 되지 않겠지만. 내가 목표를 하고 차곡차곡 노력을 한다면 그것이 이루어지는 것은 책에 나오는 이야기이다.

나의 목표는 수많은 변수가 존재하게 된다. 그래서 내가 원하는 방향으로 세상은 흘러가지 않는다고 한탄하고 좌절하게 된다.

난 인생의 목표도 세우지 않고 무엇이 되고자 하는 바람도 없이 살아간다. 내가 목표를 하고 희망한다고 나의 생각대로 된다면 참 좋겠지만 돌이켜 보면 내가 바람을 가진다고 이루어지는 것은 단 하나도 없는 것 같다.

그저 흘러가는 대로 살아가다가 어떤 기회가 되어서 우연히 이루어지는 것들이 나를 여기까지 오게 한 것 같다.

어떤 순간의 대처를 잘하다 보면 바람, 희망 이런 것 없이도 행복하고 재미있는 세상으로 만들어 살아갈 수 있다.

98. 나의 인생도 해거름일까?

해거름 시간이 되면 자꾸 창밖의 풍경을 살피게 된다. 서너 달 전만 해도 아니 한 달 전만 해도 이 시간이면 해의 위치가 어떻게 되었다며 해의 위치를 찾게 된다.

나태주(1945) 시인은 이렇게 표현했다. 「해 질 무렵」에서 "해 질 무렵 한참은/전화를 받기 어려운 시각/이 사람 저 사람 전화를 걸어도/아무도 받지를 않네//하던 날 마치느라 바쁘고/자동차 타러 가기 위해 바쁘고/누군가 만나기 위해 바쁘고/여러 가지 힘들어서 그럴까//아닐 거야 아닐 거야/혼자 외로워 전화기 놓고/나무 수풀 사이 서성거리러 가고/지는 해 노을 보고 있어서 그럴 거야"라고 쓰고 있다. 시인의 말대로 전화를 받기 어려운 이유는 마음의 여유가 없어서 아니면 몸이 바빠서 두 가지로 나누어진다.

남의집살이를 하면 가장 즐거운 시각이 해가 넘어가는 해거름 시각이다. 그 시간에는 예전에는 안 그랬는데 엄청 피로가 밀려오는 시간이다. 나도 이제 늙어 가는구나! 하며 나 자신에게 위로한다.

아직은 마음은 무엇이든 가능할 것 같지만 현장에서 일을 할 수 있는 나이는 아닌 것 같다. 그러나 나의 주변에는 나보다 더 나이 많은 분들도 현장에서 일을 하는 사람들이 많이 있다. 그리고 실제로 내 나이쯤 되는 사람들이 현장에 뛰는 주축을 이루고 있는데 난 왜 피로를 느끼는 것일까? 아마 현장의 책임자로 있으니 더욱 피로하다 생각하는지 모르겠다.

특히 직업 특성상 손가락과 팔목을 많이 쓰는 일을 하다 보니 손가락 마디와 오른쪽 손목이 이 시간이 되면 많이 시큰거린다.

예전 같으면 별로 신경도 안 쓴 것들에 나를 힘들게 한다. 얼마 전에는 배관을 위해 종일 쪼그려 앉아서 일하고 나니 무릎도 아프고 한밤중에 양쪽 종아리에 쥐가 나서 며칠 동안 걸음도 못 걸을 정도로 힘들었다.

나태주 시인의 말처럼 지금 나의 인생의 해 질 무렵이 아닌가 생각해 본다. 해가 중천에 떠 있을 때는 아무런 문제도 없고 바쁘게 살 이유도 없는 삶을 살았는데, 해거름이 되니 생각지도 않았던 온갖 것들이 나를 힘들게 한다.

이렇게 몸이 힘들고 아픈 것도 많아서 일하기 어렵다면 언제까지 현역에서 일을 할 수 있을까? 70살이 넘는 분들도 일하고 있다. 그분들은 일의 감각도 떨어지고 어려운 분야에서는 실수를 해 일이 바쁘지 않으면 부르지 않아 점점 그런 분을 다시 일을 하러 오라고 할 수도 없다. 아무리 기술직이라도 자신이 감당할 수 없기에 일에서 점점 멀어지게 된다.

난 아직은 그 정도의 나이는 되지 않았지만 10년이나 15년 뒤가 되면 나에게도 똑같이 닥쳐올 것이다.

구름이 조금 끼어 있거나 호수나 바다에서 보는 해거름의 석양은 어떤 때는 참 아름답다. 석양이 항상 예쁘고 아름답지 않다는 것과 같은 말이다.

　누구나 찾아오는 해 질 녘에 전화도 받지 못할 정도로 바쁘게 살지 않았으면 좋겠다. 모든 것이 마음에서 비롯된다. 실제로 해거름이 되면 하던 일을 마무리해야 하니 마음이 바쁜 것은 어쩔 수 없다.

　"사랑하는 나의 당신! 당신도 이제 많이 늙었네요." 꽃다운 청춘 다시 돌아올 수 없고 나의 현실을 받아들여야 하는데, 인생무상(人生無常)이란 단어가 저절로 생각나게 하는 것은 어쩔 수 없다.

　다행히 난 아직은 고혈압, 당뇨 같은 성인병 약을 먹지 않고 있지만, 나도 언젠간 그 약을 먹으며 점점 약해지는 나를 맞이하게 될 것이다.

99. 그때 그 순간이 선명해진다면

요즈음 사진을 고화질로 바꾸어 주는 어플이 있다. 예전에는 폰에 저장 용량이 많이 차지해서 저용량으로 변환하는 것이 한때는 유행이었는데 이제 폰도 100GB 이상 되는 마이크로 sd카드도 나와서 이젠 일부러 화질을 낮추어서 저장할 필요도 없고 반대로 옛날에 저용량으로 된 사진들을 고용량 사진으로 변환하는 것이 유행이 되었다.

단순히 사진을 포토샵을 하는 것이 아니라 사진 자체의 품질을 높이는 작업을 하는 것이 때문에 인물이 예뻐지는 것과는 거리가 멀다. 몇 가지 어플을 직접 해 보았다. 저용량 사진은 확대를 하면 사진이 흐릿해지는데 고용량 변환 어플을 사용해서 변환을 해 보니 확대를 해도 사진이 깨지지 않았다. 사진뿐만 아니라 저용량 동영상도 고화질의 선명한 HD급 영상으로 변환할 수 있는 기술도 선보이고 있다.

이런 기술들이 예전에는 전문적인 분야에 속하는 기술이었다. 그래서 학원에서 배우거나 아주 비싼 장비가 없으면 누구나 사용할 수 없는 것이었다.

이제 손쉽게 어플 하나만 깔고 동영상을 간단히 변환할 수 있게 되었다. 나 같은 경우 수많은 예전의 비디오 촬영물과 사진들을 보관하고 있어서 나에게는 아주 유용한 어플이 아닐 수 없다.

1930년대 일본이 만주를 침공하는 영상이나 6·25 때 영상들을 원본으로 보게 되면 사람들의 걸음걸이가 종종 걸음을 걷거나 행동이 이상한 영상들을 본 적이 있을 것이다. 그리고 그 시대에는 전부 흑백인 영상이 많은데 이런 영상을 변환기에 넣게 되면 흑백도 칼라로 변환하고 부자연스런 영상들도 최근에 찍은 영상처럼 바뀌게 된다고 하는데 직접 시연해 보지 않아서 거기까지는 잘 모르겠다.

사진을 고화질을 바꾸어 주는 어플은 waifu2x나 레미니(remini) 등이 있다. 조금 흐릿하게 나온 것 물론이고, 어릴 때 사진도 방금 찍은 것처럼 선명하게 만든다.

이런 어플이 있는데 앞으로는 우리 기억에도 쓸 수 있는 그런 어플이 등장하지 않을까?

가령 너무 행복했던 순간들은 그때 온도, 습도, 조명부터 어떤 말을 했는지 하나하나 기억하고 싶은데 시간이 지나면 어쩔 수 없이 나의 기억이 흐릿해진다. 그럴 때 기억 보정 어플을 사용해서 그때 모든 상황을 전부 또렷하게 기억할 수 있게 만들어 주는 그런 어플이 있다면 얼마나 좋을까?

만약 그런 어플이 생긴다면 당신은 언제 어느 때 기억을 보정하고 싶은가? 나의 짝사랑과 처음 데이트하던 그때 그 순간이나 나의 큰애가 태어나던 그때 그 순간을 아주 세밀하게 기억하고 싶다. 이런 속도로 과학 기술이 발전한다면 공상으로만 그치는 것이 아니라 실제로 현실이 될 수 있는 세상이 찾아올 것이다.

자율 주행하는 차가 내가 직접 몰 수 있을 거라고 상상만 한 일이 지금 이루어지고 있고 개인 비행기도 드론 기술이 발달하여 이제 곧 현실화될 것이다.

선명하게 기억되는 그런 세상이 온다면 짝사랑했던 그 기분 감정까지 모두 보정이 된다면 세상이 참 아름다운 천국으로 보일 것인데, 언제쯤 그런 기술이 선보일까? 너무 늦지 않았으면 좋겠다.

100. '막'살자

심혈관질환을 가진 40대 관리직 1,200명을 두 그룹으로 나눠서 15년 동안 실험을 진행했다.

A 그룹 600명에게는 술과 담배를 끊고 소금과 설탕을 줄이도록 하면서 운동을 권했다.

정기검진을 통해 개개인에게 필요한 처방도 내렸다.

반면 B 그룹 600명에게는 특별한 지침 없이 평소대로 생활하도록 했다.

15년 뒤 이 두 그룹의 건강 상태를 비교해 봤더니 어떤 결과가 나왔을까?

자기 맘대로 생활한 B 그룹 심혈관계 수치가 더 좋았으며 성인병, 사망률까지도 훨씬 양호했던 것이다.

이것은 지어낸 말이 아니라 핀란드 노동 위생연구소에서 실제로 연구한 결과이다.

그 뒤로 이러한 현상을 '핀란드 증후군'이라고 부르게 되었다.

A 그룹이 더 안 좋은 결과가 나온 것에 대한 전문가들의 해석은 이렇다.

첫째: 좋아하는 걸 억누르고 몸에 좋은 것만 하고 살자니 스트레스가 심했을 것이다. 내가 항상 강조하는 '막살자'고 했던 말과 똑같

은 삶이다. 맹이처럼 죽어라 술을 마셔도, 열심히 운동도 하고 등산도 틈만 나면 하는 10살 아래 선생님보다 더 오래 살고 맹이가 더 행복지수는 높을 수도 있을 것이다.

둘째: 약이나 시술에서 오는 부작용이 치료 효과 못지않게 크다. 특히 성인병인 당뇨, 고혈압 약은 평생을 먹어야 하는데, 쌀밥도 오랫동안 먹으면 부작용이 있는데 하물며 약이 부작용이 없을 수가 있겠는가? 우리 사회는 약이나 의사의 말을 너무 신봉한다. 그리고 그것이 사이비 교주의 말처럼 절대 복종하며 철저히 지킨다. 그렇게 하지 않아도 어차피 더 잘살고 있다는 것을 핀란드 연구소에서 대변해 주고 있다.

셋째: 너무 위생을 강조하다 오히려 면역력을 해쳤을 것이다. 위생에 관련하여 나도 할 말이 너무 많이 있다. 우리가 자랄 때 목욕은 일 년에 단 두 번이다. 설날과 추석 때 그리해도 병치레하지 않았고 물도 지금과는 비교도 할 수 없을 정도로 열악한 우물을 마셨다. 우리 동네의 경우 강가에 살고 있었지만, 물이 귀해서 집집마다 우물이 있지 않아, 동네 우물을 마셨는데, 그 우물의 위치가 전부 논 근처이거나 들판에 위치해 있었다. 벼농사를 짓던 여름철에는 농약이 전부 그 우물에 들어가고 겨울철에는 새미물이 나오지 않아서 강에 가서 물을 길어 와서 마셔야 했다.

만약 지금 그 물을 마시라고 하면 아마 다 죽겠다고 마을에 폭동이 일어날 것이다.

너무 위생적으로 살려고 하지 말자. 막말로 위생이 불결하여 병이 생기는 것보다 요즈음은 깨끗해서 생기는 질병이 더욱더 많다. 특히 봄철이면 비염이나 천식 알레르기로 고생하는 사람들이 많은데, 이것은 전부 면역력과 관계가 많이 있다.

결국 어떻게 살아가든 선택은 본인이 하는 것이지만 '핀란드 증후군'처럼 모든 것은 마음에서 오는 것이다.

일체유심조(一切唯心造)는 불교에서 강조하는 대표적인 교리이다. (스님이 되었기에 이제 불교 교리를 조금씩 글로 표현하려고 한다.)

화엄경에 나오는 말로 모든 것은 마음먹기에 달려 있다는 말이다. 대표적인 비유는 원효 스님이 중국의 당나라에 유학을 갈 때 어느 동굴에서 잠을 자다가 목이 말라 어둠 속에서 물을 마셨는데, 다음 날 깨어 보니 자신이 마신 물그릇이 시체가 썩어 있는 사람의 해골 물을 마셨다.

전날 밤 그렇게 맛있게 먹었던 그 물이 다음 날 일어나서 보니 속이 울렁거리고 구역질이 나는 그런 물이었다는 것을 알고는 큰 깨달음을 얻고 중국 유학을 가지 않고 신라에 다시 돌아왔다는 이야기는 모두가 알고 있는 내용이다.

이 이야기가 '핀란드 증후군'과 똑같은 것이다. 『화엄경(華嚴經)』은 당나라 시대 때 만들어진 것을 신라의 자장율사가 처음 가져왔다고 전해진다.

우리나라 사람들은 신라 시대부터 모든 것이 마음에 달려 있다고 알고 있었지만, 서양에서는 최근에 연구에 의해서 그것을 과학적으로 증명하고 있다.

요즈음 건강에 대한 걱정이 너무 지나쳐 오히려 그것이 병을 만드는 시대에 살고 있다. 다이어트로 건강 유지하려다 더 많은 스트레스로 나의 수명을 단축하는지 모를 일이다.

반듯하게 살려고 하면 얼마나 많은 스트레스를 받겠는가? '막살자.' 그렇게 살아야 건강하고 오래 살 수 있고 그렇게 해야 의료보험 재정도 튼튼해져서 우리나라가 부강해진다.

101. 나무하러 다닌 적이 있나요?

대형 산불은 한겨울이 아닌 봄철 3~4월에 많이 발생한다. 특히 오늘처럼 바람이 심한 강원도 지역에는 산불이 한 번 발생하면 우리나라에 있는 대형 헬기를 모두 동원해도 산불을 진화하는 것은 거의 불가능할 정도로 산불의 기세가 아주 강해서 불이 타는 것을 지켜보고 있을 수밖에 없다.

1970년대에도 산불이 있었다. 현재와 비교하면 그때는 산불은 그의 발생하지 않았다. 산불을 조심해서가 아니라 산불이 발생할 여지가 없었기 때문이다.

그 시절 겨울이 되면 집안에 있는 대부분의 사람들이 산에 올라가서 땔감을 해야 했다. 내 기억으로는 잡목이나 소나무가지 그리고 바닥에 있는 깔비(소나무 잎)도 남김없이 모두 다 바닥이 맨들할 정도로 땔감을 해야 했다. 물론 들판이나 냇가에 있는 나무들도 당연히 깨끗이 베어 와서 땔감으로 사용했다. 그렇게 불쏘시개가 사라진 산에서 산불이 나더라도 금방 진화되었고 지금처럼 거대한 산불은 잘 발생되지 않았다.

지금의 산들은 그의 사람이 들어가지 못할 정도로 잡목과 수풀이 우거져 있어서 산불이 한 번 발생하면 초기에 진화하지 않으면 불을 끄는 것은 그의 불가능에 가깝다. 몇 년 전 바람이 심한 날 산불이 일어난 곳을 우연히 지나다 본 일이 있었다. 산불이 바람에 불씨가 날려서 이쪽 산에서 몇 km 밖의 다른 산으로 옮겨 가는 것을 보았다. 그런 산불을 어떻게 진화 하겠는가?

작년에 우리 지역에서 작은 산불이 발생했는데 헬기가 한두 대가 아닌 20여 대의 대형 헬기들이 서로 부딪칠 정도로 쉴 새 없이 물을 퍼 나르는 장면을 보았다.

날이 어두워지기 전에 다행히 산불은 잡혔지만 많은 사람들은 동원하여 밤새 잔불 정리를 하였다. 이것이 우리나라의 산불이 나면 대응하는 방식이다.

미국에는 산불이 나면 어떻게 할까? 뉴스에서 보면 그곳의 산불은 몇 개월씩 산불을 진화를 하지 못하고 있는 것을 본다.

1988년 6월, 미국의 최고 국립공원인 옐로스톤(Yellowstone)에 산불이 일어났다.

여느 때와 다를 것 없는 평범한 벼락으로 시작된 산불은 강한 바람을 타고 번지면서 무려 4개월을 계속해서 타들어 갔다.

산불을 잡기 위해 대규모 인력과 장비가 총동원되었지만, 정작 불길을 잡은 것은 그해 9월 예년보다 일찍 찾아온 눈이었다.

이 초대형 화재로 충청남도 면적보다도 넓은 옐로스톤 국립공원 3분의 1이 완전히 타 버려, 국립공원으로 선정된 이후 사상 최대의 피해를 남겼다.

옐로스톤에는 매년 수백, 수천 건이 벼락이 내리친다. 그런데 왜 1988

년의 그 벼락만 유독 달랐던 것일까? 1872년 옐로스톤 지역을 국립공원으로 지정한 미국 정부는 수려한 자연 경관을 보호하기 위해 국립공원의 모든 산불을 철저하게 막아야 한다고 생각했다.

그래서 일단 산불이 나면 언제나 적극적인 진화에 나서 피해를 최소화했다.

그러나 인간의 인위적 노력으로 오랫동안 큰 산불이 일어나지 않게 되자, 옐로스톤 국립공원에는 불에 타기 쉬운 마른 나무와 죽은 나무가 급속도로 늘어나기 시작해서, 한 번 불이 붙기만 하면 초대형 산불이 되기 쉬운 상태로 변해 갔다.

그러다 우연히 내리친 작은 벼락 하나가 극도로 불안정해진 옐로스톤에 산불 일으키자, 불길이 광기에 가까울 정도로 빠르게 번져 나간 것이다.

이 산불 이후 미연방국립공원관리청(National Park Service)은 인공조림하지 않고 모든 것을 불에 타 버린 모습 그대로 놔두기로 했다.

그리고 자연적으로 발화한 산불은 끄지 않는다는 원칙을 확고히 했다.

산불을 끄려는 인간의 개입이 오히려 더 큰 산불을 일으킨다는 교훈을 얻었기 때문이다.

이 때문에 지금도 옐로스톤 국립공원에는 그때 타다 남은 앙상한 나무들이 그대로 남아 있다.

반면 우리나라의 산림 정책은 어떠한가? 등산로를 벗어나 산속으로 조금만 들어가면 걸어가는 것조차 힘들 정도로 잡목이 우거져 있다. 미국의 산림당국처럼 인위적인 산불을 제외하고는 그대로 두는 정책을 해야 하는 것이 아닌지 모르겠다.

우리나라의 산불은 대부분 실화가 차지하기에 자연적으로 발생하는 것은 드물다.

그리고 산림의 대부분이 소나무로 이루어져 있어서 한 번 불이 났다 하면 송진 때문에 엄청난 화력으로 불이 번져 진화를 하지 않는다면 아마 우리나라 전체가 불바다가 될 것이다.

올해는 다행히 봄철에 적절히 비가 내려서 산불이 많이 일어나지 않고 크게 번지는 것이 없었다.

4월이 지나면 5월부터는 신불감시원들도 모두 철수한다. 얼마 전 돌아가신 동서도 매년 산불감시원을 하셨는데, 칠십도 되기 전에 갑자기 돌아가신 동서가 그립다.

102. 반발 계수가 높은 당신 참으시오

운동 경기에 사용되는 모든 공에는 반발 계수가 있다. 두 물체가 충돌할 때 튀어 나가는 정도를 말하는 것인데, 수치가 너무 작으면 공의 탄성이 작아서 공이 멀리까지 나갈 수 없고 반대로 너무 높으면 탄력성이 지나치게 좋아져서 장타가 나올 확률이 높아진다.

인간의 경우 반발 계수가 높은 상태로 계속 유지할 수 없다. 연주를 마친 현악기의 경우 줄의 탄성을 줄여 준다. 이처럼 우리도 어떤 일에 몰두하였다면 계속 긴장 상태로 두는 것이 아니라 조금은 느슨하게 해 주야만 건강을 해치지 않게 된다.

다혈질(多血質)인 사람은 반발 계수가 높다. 쉽게 흥분하고 쉽게 욱하는 성격의 모습을 보이는 성질로 성급하고 인내력이 부족한 스타일이다. 그래서 자신에게 거슬리는 말이나 행동에서 바로 반응하게 된다. 반면 성질이 온순한 사람은 진흙에 떨어지는 구슬처럼 웬만한 것도 참고 있다.

두 사람 중에 어떤 사람이 건강하게 오래 살 수 있을까?

상식적으로 생각해서는 맨날 성질부리는 사람이 자신의 분에 못 이겨서 병치레도 많이 할 것 같지만 의외로 그런 분들이 오래 사는 것을 볼 수 있다.

그런 분은 자신이 스트레스를 받았다 싶으면 상대를 전혀 인식하지 않고 그때그때 자신의 감정을 발산하기 때문이다.

물론 인내력이 부족하다고 무조건 다혈질이 아니라 온화하고 인내력이 강한 사람도 스트레스를 너무 억눌러 오면 나중에 한 번에 쏟아내며 다혈질이 되기도 한다.

내가 그런 형의 사람이다. 지금이야 많이 없어졌지만 젊은 시절 많이도 싸웠다. 나는 나름 참다 폭발한다고 생각하는데, 상대편 입장에서는 매일 화를 내는 사람으로 인식하고 있었다.

오십 줄이 넘어가니 자연히 웬만한 일에는 신경도 쓰지 않게 되고 내가 정의의 사도가 아니라는 것을 계속 마음속에 새기고 있다. 그래서 요즈음에는 서로 다투는 일이 많이 사라졌다.

나이는 사람을 철들게 하는 모양이다.

103. 기쁜 날이 많은 날을 기대하며

인생에 허망함을 느낄 때 당신은 언제인가? 이런 질문을 받으면 왠지 엄청 슬픈 이야기가 등장할 것 같지만, 사실 허망함은 일상에 사소한 순간순간에서 느껴진다.

누군가 나에게 살아오면서 가장 좋았던 기억이 무엇이냐고 물어본다면 난 대답을 빨리 못 할 것이다. 그러나 나에게 가장 안 좋았던 기억이 무엇이냐고 물어본다면 난 한두 개가 아닌 20~30개도 대답할 수 있을 정도로 안 좋은 것에 대한 마음의 상처는 많이 가지고 있다.

그래서 사람들이 허망함에서 오는 많은 짐을 지고 있는지 모른다.

그것은 왜일까? 아마 좋은 기억은 단지 그 순간만 즐겁고 시간이지나면 그 즐거운 마음이 나의 기억에서 사라져서 그런 것이 아닐까? 우리 아이가 "아버지는 언제 가장 기분이 좋았는지?" 나에게 물어본 적이 있었다. 난 네가 태어날 때가 가장 기분이 좋았다고 말을 했지만 실제로는 아이가 태어나서 아버지로서의 의무감으로 기쁜 것이 전혀 없었다.

그리고 보면 살아가면서 아주 기쁜 날은 항상 다른 일로 인해 기뻐하기보다 걱정을 더 많이 한 것 같다.

나이가 좀 더 들어서 손자손녀가 태어나면 거기서 기쁨을 찾는다고 하지만 난 아이들은 싫어해서 근처에 오는 것조차도 싫어한다. 특히 우는 아이들은 도저히 보고 있을 수 없어서 다른 곳으로 피하는 경우가 많다.

사람들은 기쁜 일만 생각한다면 정신병으로 고생하는 사람은 없을 것이다.

허망(虛妄)은 빌 허에 망령 망 자로 표현한다. 무엇이 기대와 달리 보람이 없고 허무하다는 뜻이다.

예를 들면 사고 싶은 물건을 몇 시간을 검색해서 인터넷 최저가로 파는 사이트에 가입하고 마케팅 수신 동의하고 쿠폰까지 받고 해서 최고보다 만오천 원 정도 아끼고 뿌듯하다 생각했는데, 다음 날 사만 원짜리 속도위반 딱지가 날아온다.

허무함을 느끼는 수많은 순간들 속에도 우리의 일상이 무너지지 않는 이유는 그 허무함을 채워 주는 즐거움도 곳곳에 존재하기 때문이다.

어떤 이는 소소한 즐거움을 잘도 찾아서 즐기는 이도 있지만, 보통은 즐거움보다 허망함이 기억에 더욱 남는 것은 어쩔 수 없다.

나 자신도 내가 이익을 본 것보다 손해 본 것이 더욱 아까워하고 그것에 더욱 집착하게 된다.

그런 것에 계속 집착하게 되면 결국 신경정신과 약을 먹어야 될 것이다.

아무리 어려운 일이라도 그 속에는 작은 즐거움이 항상 숨어 있다. 그 즐거움을 잘 찾는 사람이 항상 행복하고 즐겁게 살아가게 된다.

작은 즐거움은 남이 만들어 주는 것이 아니다. 하루에도 수많은 작은 즐거움이 있을 수 있는데 단지 내가 느끼지 못하기 때문이다.

작은 목표를 세워서 성취한다면 그런 것들이 차곡차곡 모여서 즐거움이 배가 될 수 있다.

화분에 피어 있는 꽃을 보는 즐거움이나 초록이 우거진 산책길의 상쾌한 공기 그리고 내가 세운 작은 목표를 달성했다면 더욱더 즐거움이 배가 될 것이다.

104. 당신은 뒷배가 존재하나요?

"나 그대를 생각함은 항상 그대가 앉아 있는 배경에서 해
가 지고 바람이 부는 일처럼 사소한 일일 것이나, 언젠가 그
대가 한없이 괴로움 속을 헤매일 때에 오랫동안 전해 오던
그 사소함으로 그대를 불러보리라."

황동규 시인의 「즐거운 편지」

귀에 전혀 거슬리지 않고 잔잔하게 마치 물처럼 흐르는 배경음악 중
당신은 어떤 음악을 좋아하는가? 한 음악가는 "자신의 최종 목표는 배경
으로 깔리는 음악을 만드는 것이다." 그런 말을 했다. 누군가의 생활에
배경이 될 수 있다는 것은 누군가의 인생을 좋은 쪽으로 만들어 주는 것
이다.

우리말 '뒷배'는 겉으로 나서지 않고 뒤에서 드러나지 않게 보살펴 주
는 일의 의미의 준말로 뒤쪽 배경의 줄인 말이다.

누군가의 뒷그림자가 될 수 있다는 것은 누구나 멋진 풍경이 있는 곳
에 가면 그곳을 배경으로 사진을 찍고 싶은 것과 같다. 밤하늘의 별이 빛
날 수 있는 것은 어두운 밤이 배경이 되기 때문이다.

정작 자신을 돋보이게 한 것은 자신의 뒤에서 배경이 되어 준 풍경인 것이다.

누군가의 배경이 되어 준다는 것은 그 사람에게는 어릴 때 나에게 한 없이 감싸 주는 어머니 같은 존재이다.

누구나 그늘이 필요한 사람에겐 느티나무가, 비 맞는 사람에겐 우산이 될 배경이 되고 싶어 하지만, 배경이란 아무나 할 수 없다.

나에게도 든든한 '뒷배'가 존재했었다. 그 친구가 있어서 나는 항상 나의 자랑이고 나의 어려움을 그 친구 능력으로 해결 안 되는 일이 없을 정도로 뛰어난 존재였는데, 어느 날 갑자기 사라져 몇 년간은 멘붕이 와서 삶의 희망이 없이 살아갔었다.

지금은 많이 나아졌지만, 한때는 나도 친구를 따라갈까 생각한 적이 있을 정도로 심한 우울감을 잊으려고 열심히 몸을 움직여야 했었다.

그 친구 덕분에 나의 주변에서 무슨 일이 생기면 나에게 먼저 그 친구에게 줄이 닿을 수 있도록 청탁도 많이 들어오기도 했고, 실제로 그런 청탁을 해결할 수 있는 능력이 있어서 난 그 친구를 뒷배로 지역에서는 유지 행세를 할 수 있었다.

그 친구가 떠나간 지 이제 삼 년이 접어든다. 아직도 그 친구가 떠나간 것이 꿈속 같다.

적폐 청산한다고 까불든 현 정부도 이제 바람 빠진 풍선처럼 나락으로 떨어지고 있다. 다가오는 대통령 선거에 꼭 야당이 당선되어서 나의 친구 복수를 했으면 좋겠다.

물론 야당이 집권한다고 나의 친구가 다시 살아오는 것도 아니고 나의 든든한 뒷배가 다시 이루어지는 것은 아니다.

뒷배가 될 때까지 하루아침에 이루어지는 것이 아니다. 그 친구와 함께했던 세월이 수십 년을 친구로 지내었고 자신이 힘들 때 내가 많은 도움을 줄 수 있어서 그 친구가 나의 뒷배가 될 수 있었다. 이제는 어떤 유력한 사람을 뒷배를 만들 수도 없다. 지금은 경제적인 것도 뒷받침되지도 않고 몇십 년을 친구로 지내는 유력한 사람도 주변에 없기 때문이다.

물론 찾아보면 있을 수 있지만, 친구로 지내는 이 역시 육십이 가까워져 있기에 나의 친구처럼 중앙 정치를 할 수 있는 인물을 어디에서 만날 수 있겠는가?

큰애는 어찌하여 공기업에 들어갔지만 아들놈이 늦깎이 대학생이 되어 있는데, 나의 뒷배가 있었다면 조금은 쉽게 자신이 원하는 곳을 보내줄 수 있었을 것인데, 생각하면 할수록 더욱 나의 친구가 그립다.

나는 이제 뒷배가 없이 평생을 살아가야 한다. 평생을 살아가면서 난관이 없을 수가 없는데, 그때마다 난 그 친구가 사라진 것을 그리워할 것이다.

이제는 내가 어떤 이의 뒷배가 되어 주어야 한다. 하지만 난 나의 친구만큼의 능력도 없고 그저 그런 중늙은이일 뿐이다.

그래도 나의 뒷그림자가 필요한 이가 있다면 난 그가 누구든 힘껏 뒷배가 되어 주고 싶다.

105. 삼성궁의 역사

　지리산에 있는 삼성궁은 처음 만들기 시작한 것이 80년대 말부터인데 아직도 건축하고 있다.

　물론 개인이 만들고 있지만 어떤 가치관이 없이는 아무나 할 수 없는 일이다.

　지금도 한풀 선사 강민주는 거지처럼 옷을 입고 자신이 직접 돌을 쌓으며 민족의 성전을 만들고 계신다.

　아무리 대공사라도 10년이 걸리지 않는데 30년 이상을 오로지 자신이 디자인한 대로 대역사를 쓰고 계신다.

　그곳의 입장료로도 도저히 공사비가 충당이 되지 않을 정도로 엄청난 계획을 세워서 생각대로 만들어 내고 있는데, 그것 또한 일반인이라면 벌써 중도 포기할 정도로 엄청난 규모로 만들어 내고 있다.

　거대한 성벽 같은 구조물을 만들어 놓고 자기 생각과 맞지 않으면 두말하지 않고 다시 헐어서 쌓기를 계속하는 것을 내 눈으로 보고 있다.

　한풀 선사님은 입버릇처럼 "이제는 그만하고 쉬고 싶다." 말을 하지만 그는 오늘도 장비를 대고 일꾼을 붙여서 또 작업을 한다.

　이제 삼성궁을 잘 가꾸어 줄 후진에게 지금의 대역사를 넘기고 자신은 그만 쉬고 싶다고 말을 하지만 내가 생각할 때는 그는 죽을 때까지 그곳에서 돌을 쌓고 있을 것이다.

개인의 영리만 생각했다면 그는 거기서 나는 수익으로 다른 일을 하거나, 지금도 모든 사람들이 감탄을 할 정도로 웅장한데 더는 만들 필요 없이 입장료만으로 호의호식할 수 있지만, 그는 오늘도 공사비가 모자란다고 나에게 하소연한다.

나는 한풀 선사님에게 "이만하면 되었습니다. 그만하시고 쉬세요." 말한다. 그도 인간이라 어떤 때는 자신이 지금 뭐 하고 있는지 심한 우울감에 빠질 때도 있다고 말한다.

그때는 팔도를 유랑하며 쉬시기도 한다.

어떤 때는 우리 집에 오셔서 보름 이상도 계시는 일도 있지만 금방 다시 추스르고 삼성궁의 역사를 쓰고 계신다.

가우디 성당보다도 난 삼성궁을 더 높이 평가하고 싶다. 물론 가우디 성당을 가 보지 않아서일 수도 있지만, 종교적인 이유가 아닌 오로지 우리나라의 민족 성전을 만든다는 이념 하나로 평생을 한 가지 일에 매진하는 한풀 선사 강민주 님께 찬사를 보낸다.

나의 주변에 있는 사람들이 나와 막역하게 지낸다고 그분을 깔보는 사람들이 있다. 특히 우리 집사람과 처가 식구들은 내가 그분과 어울리는 것을 탐탁지 않게 보고 있다.

어느 날 그분이 열심히 돌을 쌓다가 작업복 차림을 보고는 거지도 무슨 저런 상거지가 있냐며 정말 삼성궁 주인이 맞는지 물어보기도 한다.

만약 나와 막역하지 않았다면 돌을 쌓다가 나를 만나지도 않았을 것인데, 사람을 겉모습만으로 판단한다.

건강하시어 자신이 생각하는 대업을 꼭 이루시길 기원한다.

최근에 삼성궁은 드라마 젊은이들이 좋아하는 프로 촬영과 꼭 가 보아야 할 곳으로 소개되어 엄청난 인파로 휴일이면 들어가지 못할 정도로 사람들이 많이 오는 곳이 되었다. 이제 한풀 선사님은 자신의 대업을 그의 완성하셨다.

106. 나의 새옹지마

공부를 하려고 책상에 앉은 후부터 좀 쉬거나 화장실에 가려고 일어나기 전까지 그 시간 동안 딴짓 1도 하지 않고 오로지 공부만 하는 학생이 얼마나 될까? 마찬가지로 출근해서 컴퓨터를 켜고 나서 자리에서 일어날 때까지 인터넷 뉴스나 아이쇼핑 이런 거 하나도 안 눌러 보고 100% 일만 하는 직장인은 과연 얼마나 될까?

공부하는 학생도 일개미 직장인도 공부를 하거나 일을 하루 종일 그 일만 계속해서 한다는 것은 기계가 아닌 이상 딴짓을 하게 된다.

물론 일을 시키는 사람 입장이나 학생의 부모는 오로지 공부를 하거나 일을 하기를 원하지만, 공부나 일만 주구장창 한다고 능률이 오르는 것은 아니다.

그래서 사람들은 능률적이라는 미명 아래 약간의 일탈은 서로가 눈감아 주기도 한다.

작년 겨울 엘지전자 세탁기 생산 공장에 그의 한 달 동안 공사를 하러 간 적이 있었다. 그곳의 생산라인은 기계화가 많이 된 것 같아도 하청 직원이 일정 부분 서서 계속 밀려오는 생산라인에 자기가 하는 것을 기계처럼 일하는 모습을 보았다.

세탁 드럼통만 올리는 사람, 모터를 올리는 사람, 그리고 어떤 부분을 피스로 체결하고 포장하고 포장된 완제품을 지게차로 옮기는 사람 등 어느 한 부분이라도 놀고 있다면 전 생산라인이 멈추어 서는 일이 발생하기에 딴짓은 아예 꿈도 꾸지 못하는 곳이었다.

생산라인이 돌아갈 때는 밖에서는 수많은 트럭들이 각종 부품을 공급하려고 줄을 서서 기다리고 있었는데 그 트럭 역시 한 대라도 공급이 되지 않으면 마찬가지로 생산 라인은 올 스톱되고 만다. 그래서 대기업이 무섭다 생각이 든다. 그들은 정해진 시간 이외에 생산라인에서 단 1초도 딴짓을 할 수 없게 만들어 놓았다.

생산라인 길이가 그의 300m는 되는 곳에 처음에는 부품만 올려놓기만 하는데 나중에는 포장이 되어서 완제품이 나오는 것을 보고 신기해서 난 한참 동안 그 모습을 보고 있었다.

만약 나 보고 생산라인에서 하루 종일 서서 일하라고 한다면 할 수 있을까? 반대로 라인에서 일하는 사람을 사무실 업무를 시킨다면 그 사람들이 일을 할 수 없을 것이다.

물론 자신이 꼭 해야 한다면 절박함이 때문이라면 어떤 방법으로도 그곳에 적응하여 일을 할 것이다.

나 같은 경우 엔지니어이기에 약간은 자유롭게 일을 하는 축에 들어간다. 그러나 다른 공정과 맞물려 갈 때는 어쩔 수 없이 생산라인 저리가라 정도로 힘들게 일을 해야 할 때도 있다.

이런 기술도 없이 오로지 사장만 했더라면 나도 어쩔 수 없이 생산라인 부품처럼 살아가야 했을 것이다.

다행히 오너를 해서 사무실 업무도 능숙하고 현장일도 막힘없이 해 주니 돈 주고 일 시키는 사람 입장에서는 재목이라고 생각해서 월급 주는 것이 아깝지 않을 것이다.

물론 그것도 나의 생각이지만….

요즈음 세상사 새옹지마(塞翁之馬)라는 말이 실감이 난다. 만약 내가 대학졸업 후 나의 전공한 대로 의료 계통에 일을 하고 있었다면 지금쯤 잘려서 무얼 할까 고민하고 있었을 것이다.

그러나 난 그들이 화이트칼라로 멋있게 있을 때 현장에서 노가다를 해야 했다.

처음에는 나의 모습을 숨기기 급급했고 모임은 절대로 나가지 않았다. 내가 사업을 시작한 것도 어찌 보면 화이트칼라인 친구들보다 내가 더 잘나가는 것을 보여 주려고 시작했는지 모른다. 이제는 그들은 정년이 다가 오니 임금피크제를 해서 평소 월급의 절반도 안 받는 이도 있고 어떤 친구는 사직을 하여 하는 일 없이 놀고 있는 친구도 있다.

그러나 난 아직도 기술자로 대우받으며 정년도 없이 일할 수 있어서 친구들의 부러움을 사고 있다.

어찌 되었던 내년 상반기까지는 연봉 계약을 하였기에 일 년 동안은 돈 걱정 없이 살게 되었다.

주중에는 쉴 수 없는 것이 흠이기는 해도 현장이 바쁘지 않는다면 사랑하는 당신이 놀러 가자고 부추기면 일정 조정하여 주중이라도 따라나설 수 있다.

지금 모두가 힘든 시기이다. 사람 일은 알 수가 없다. 자신이 처한 현실에서 열심히 노력하다 보면 또 그곳에서 새로운 길이 열린다.

나도 지금 연봉 계약한 곳에 일당으로 일을 하려 와서 연봉 계약자가 되었다.

107. 우와! 여름이다

우리는 사계절을 연속적으로 경험하지만 조금만 생각해 보면 지금 피어나고 있는 봄꽃은 가을 단풍과 결코 마주할 수 없다는 것을 알 수 있다.

여름의 푸르름을 새하얀 겨울은 모르고 짜릿한 시원함을 후덥지근한 여름은 절대 알 수 없다.

봄처럼 가볍고 여름처럼 시원하고 가을처럼 낭만적이고 겨울처럼 고혹적임을, 서로의 다름을 안다는 것은 계절의 변화만큼 신기하고 기쁜 일이 될 수 있지 않을까?

지구상의 여러 생물들 입장에서 여름은 성장하는 시기이다. 나무들은 한겨울에 성장을 멈추고 봄에는 싹을 피우기 위해 안간힘을 쓰고 여름에는 성장을 위한 푸르름이 진해진다. 일 년 중 3~4개월 동안 나무가 자라지 못한다면 나무는 자연에서 살아남지 못하고 도태되고 말 것이다.

동물들 역시 여름에는 먹이가 풍부해서 새끼를 기르고 성장하기에는 좋은 계절이 여름이다.

그러나 여름은 너무 뜨거워서 바깥에서 작업을 하는 나는 어찌 보면 가장 힘든 시기이다. 다른 사람들도 마찬가지로 야외 활동이 가장 힘든 것은 겨울보다는 여름이 어려울 것이다.

그런 여름이 며칠 동안 경험하고 있다. 물론 한여름의 낮 기온과 비교한다면 별로 높지 않은 온도이지만 갑자기 기온이 높아지니 적응하기 어렵다.

예전에는 여름은 더워야 제맛이라며 여름을 즐기는 형이었다. 그래서 바캉스 시즌에 잘 보이려고 일부러 더욱 다이어트를 해서 몸을 만들고 여름 휴가철을 기다렸다. 그도 그럴 것이 수영을 매일 해서 물과는 많이 친한 편이었다.

그런 내가 이제 여름이 오는 것이 두렵다. 나이도 먹은 것도 있지만 뜨거운 햇볕 아래서 노동을 한다고 생각하기 때문이다.

그리고 예전의 여름과 달라서 이제 낮 기온이 35도가 넘는 날이 점점 많아지고 있다.

올여름도 만만치 않을 거라는 예보가 있어서 더욱 사람을 주눅 들게 한다.

덥기만 하고 모기도 같은 벌레도 많은 여름이 사라지면 어찌될까? 야외에서 일을 하는 난 좋겠다. 하지만 또 이런 날씨에도 우리는 적응하며 살아가야 한다.

다르게 생각해 보면 흔히들 여름은 젊음의 계절이라고 말을 한다. 여름이 싫어졌다는 것은 내가 젊은이가 아니기 때문일 수도 있다.

내가 지구에 살고 있는 동안은 더운 여름을 피할 수는 없다. 젊음은 마음의 상태이지 나이의 문제가 아니라는 말이 있지만 더운 여름이 두려운 것을 어쩌라.

결국 난 나이가 먹었다는 증거이다.

108. 어떤 일에 의미를 두지 말자

자전거를 열심히 타거나 달리기를 열심히 하는 사람들에게 자신이 하는 그 의미에 대해 누군가가 물었다.

그러자 돌아온 대답은 "아무 의미가 없다."라는 대답이 돌아 왔다. 돈을 벌고 사업을 하고 명성을 얻어야 행복해질 것이라 생각했는데, 의외로 생산적이지 않는 것에서 큰 만족감을 느낄 수 있다.

물론 운동을 하면 살도 빠지고 건강에 도움이 될 것이라는 생각을 하지만 얼마 전 글에서 언급한 '핀란드 증후군'처럼 운동으로 인해 건강에 도움이 되는 것보다 손실이 더 많을 수도 있다.

나이가 많이 들수록 자신이 견디는 운동 능력을 무시하고 평소 하던 대로 운동을 하다가는 무릎이 손상되거나 인대를 다쳐서 병원 신세지는 경우도 많이 있다.

나의 주변에도 그렇게 병원에서 오랫동안 고생한 사람이 있다.

나의 경우도 한때는 자전거에 미쳐서 매일 자전거를 타러 갔었다. 같이 갈 때도 있었지만 멀리 오랫동안 타려고 혼자서 가기를 좋아했었다.

그때는 무슨 마음으로 그렇게 열심히 자전거를 탔는지 딱히 대답할 말이 없는 것을 보면 아무 의미가 없는 것이 맞는 모양이다.

살아가면서 꼭 치열하게 아등바등하며 살아가야 하는지 난 항상 고민한다.

그저 뭐든 적당히 하면서, 남들이 보기에 나태하고 대충 사는 것처럼 보일지 몰라도 여유가 있고 현재가 행복하면 그것이야말로 삶의 정답이라 여긴다.

단순히 행복하다는 결과만을 놓고서 보면 분명 나의 삶의 방식이 맞다.

그리고 어떤 일에 의미를 부여하기 시작하면 챙겨야 할 것들이 한둘이 아니게 되어 나 혼자 감당하기 어렵게 되어 주변에 피해를 주기 시작하게 된다.

화창한 어느 날 평화로운 해변에 누워 일광욕을 하고, 잔디밭에 돗자리를 깔고 앉아 콧노래를 흥얼거리는 것은 분명 즐거움을 주는 일이지만 성취감은 느낄 수는 없다.

두 군데의 현장에서 난 책임자이다. 그래서 다른 사람들보다 훨씬 더 많이 신경을 써야 하고 챙겨야 할 일들이 많이 있다.

그래서 나의 일과는 다른 사람들보다 먼저 시작하고 조금 늦게 퇴근하고 있다.

만약 내가 하고 있는 일이 단순히 월급을 받기 위한 수단으로만 생각했다면 전혀 그렇게 할 필요가 없다.

그러나 난 매일 작업이 끝나면 이만큼 이루어졌다는 성취감으로 기분이 참 좋다. 책임자로만 있으니 일 수주에 대한 부담감도 없고 나의 책임에 대한 한계가 있으니 나의 마음대로 현장을 꾸려 갈 수 있어서 더 성취감이 생기는 모르겠다.

"어차피 월급쟁이인데 대강 한 달만 개기다가 월급 받으면 되지." 누구는 이렇게 말할 수 있을 것이다.

그러나 기술 분야는 그렇게 했다간 여러 곳에서 하자가 발생하게 되어 있어서 나중에는 뒷감당이 안 되어 그 현장에서 도망가야 한다.

현장이 그렇게 되었으면 금방 소문이 퍼져서 두 번 다시 불러 주지 않게 되고 그것을 수습하려면 엄청난 시간과 돈이 들어가게 된다.

요즈음 몸은 많이 피곤하고 옛날만큼 시간적 여유도 없지만 하루 일과를 마치고 나면 현장이 이만큼 올라간 것에 대한 뿌듯함으로 기분은 참 좋다.

십여 년 전 경영하던 회사를 문을 닫고 처음으로 월급쟁이로 남의 집에 갔을 때는 모든 것을 잊기 위해서 죽어라 일을 했었다.

그때 생각이 불현듯 난다. 그때의 나는 참 힘들고 어렵고 세상이 무서웠다.

현재의 나와 비교가 많이 된다. 다행히 월급 주는 이도 나를 전폭적으로 신뢰하고 현장에 대한 것은 전혀 잔소리하지 않아서 더욱더 내가 하는 일에 보람을 느끼는지 모르겠다.

회사가 오랫동안 아무 일 없이 잘 유지되기를 기원한다.

109. 휴일 날의 풍경

똑같은 차이지만 평일에 차를 타면 일하러 가는 것 같고 휴일에 차를 타고 나가면 여행처럼 즐거운 기분이 든다.

평소에는 내가 가는 목적지만 빨리 가고자 해서 오로지 앞만 보고 가지만 휴일에는 바깥 풍경도 감상하고 한적한 도로를 달리며 여기저기 감상하기도 하며 앞뒤 차량에 탄 사람의 표정도 볼 수 있는 여유로운 시간이다.

이 정도만 되어도 휴일의 몫을 다하고 있는 것은 아닐까 생각된다.

특히 이번 주처럼 토요일에 출근을 하는 날 같은 경우 더욱 일요일 하루를 값지게 보내려고 노력하고 있다.

휴일 날 남들은 낮잠을 자거나 레저를 즐기지만 난 휴일이라고 글 쓰는 것을 멈추지 않으니 새벽에 일어나 글을 쓰고 나면 아침이 되는 경우가 많이 있고 아침이면 배가 고파서 늦어도 7시경에는 식사를 챙겨 먹어야 한다. 그럼 늦잠 자는 것은 할 수 없다.

잠자리에 일어날 때는 밥 먹고 다시 자야지 생각하지만 밥을 먹고 다시 자는 것은 한 번도 해 본 적이 없다. 무얼 먹고 나면 잠이 모두 달아나고 시골집에는 여러 곳에 할 일이 많아서 이곳저곳 일을 하다 보면 금방 점심시간이 된다.

그러고 난 이후에는 보통 여태 보지 못한 영화를 저녁때 까지 달아서 서너 편 보게 되는데 만약 영화가 약간 지루하면 영화를 보다가 조는 경우는 있다.

낮잠이라면 난 그때 조금 자는 것을 제외하고는 낮잠은 거의 자지 않는다. 물론 나도 사람이라 잠은 충분히 자려고 하는데 계산을 해 보면 토막잠까지 합쳐서 5시간은 자는 것 같다.

하루 8시간 이상 수면을 유지하라고 하는데 지금처럼 새벽에 일어나 글을 쓰는 것이 습관화되어서 수면이 부족한 생활을 계속하고 있다.

젊은 시절부터 난 잠을 많이 자지 않았다. 일부러 안 자려고 그런 것이 아니라 낮 동안 어떤 일이 잘 풀리지 않으면 밤중에 일어나서 그 일에 대한 고민을 골똘하게 된다.

그때는 그것이 나의 장점으로 생각했다. 풀리지 않아 고민스러운 일을 밤을 설쳐 가면서 여러 가지 생각해서 답을 찾아내는 습관이 지금도 남아 있어서 어떤 일에 대한 올바른 판단을 하기 위한 수단이 되었다.

돌이켜 생각해 보면 밤새 고민해 봐야 시간이 지나면 저절로 해결되는 일도 선방의 스님들의 화두처럼 지니고 골똘히 생각을 했다.

그러니 언제 잠을 잘 수 있겠는가? 정확히는 모르지만 어느 날부터 잠을 자기 위한 수단으로 글을 시작했을 것이다.

글을 쓰기 위해서는 글의 주제도 찾아야 하고 주제가 정해지면 글을 쓰게 되는데 어제처럼 개가 많이 짖거나 술을 많이 마시는 돌발 상황이 발생하는 날도 있다. 그때는 하루쯤 쉬는 날도 있으면 될 텐데 나의 자신과의 약속 때문에 절대로 쉬는 날이 없다.

그러고 보면 나도 엄청난 독종임이 틀림없다. 물론 나의 성격을 다른 사람이 판단할 때는 어떤 성격의 소유자로 보는지 몰라도 다른 일에는 그렇게 독종 짓을 하지 않는다.

그래서 나의 주변에 사람들이 많이 모이겠지만, 월급쟁이 생활을 하니 여러 사람들과 교감을 할 수 없는 것이 흠이라면 흠이다.

불쑥 우리 집에 누가 찾아오기도 하고 어떤 날에는 내가 찾아가기도 하는 생활을 하였는데 이제는 휴일만 기다리게 되고 나의 입장에서 휴일 날 어디를 간다는 것이 많이 부담스럽다.

휴일 날 쉬어야 한다는 것이 뇌리에 남아 있어서 선뜻 어디를 나서지 못하고 있다.

어제 같은 경우 맹이가 맛난 거 먹자며 언양으로 오라고 하였지만 내일 출근하여야 해서 못 간다고 말을 했더니 "니 계속 빼면 자른다." 한다.

늘그막에는 친구가 최고라고 하는데 이러다가 주변에 사람들 모두 사라지는 것이 아닐까 두렵다.

110. 이제 잡초의 세계가 되었다

어디서든 잘 자라는 잡초는 우리가 생각하는 이상으로 생명력이 훨씬 강하다.

잡초(雜草)는 가꾸지 않아도 저절로 나서 자라는 여러 가지 풀라고 정의한다.

농촌은 지금부터 잡초와 전쟁이라 해도 과언이 아닐 정도로 풀들이 경쟁적으로 자라기 시작한다. 특히 봄철에 나물로 각광받던 어린 쑥이나 다른 종류의 풀들이 날짜에 따라 다르게 땅을 차지하기 위해서 서로 경쟁하게 된다.

귀농이나 귀촌을 하여 가장 먼저 하는 것이 텃밭을 가꾸거나 마당에 잔디를 심는 일이다. 처음에는 마당에도 잔디를 심고 텃밭에는 유기농으로 농사를 짓는다며 농약도 안 치고 농사를 시작한다. 그러다가 잡초의 세력에 놀라서 주말에 쉬는 것이 아니라 매일 잡초를 뽑는다고 다른 일은 전혀 하지 못하는 신세가 되어 버린다.

특히 마당에 잔디는 정말 골칫거리이다. 아이들이 놀러 온다고 제초제는 전혀 사용하지 못하고 땡볕에 쭈그려 앉아서 죽어라 풀을 뽑아야 겨우 잔디를 유지할 수 있다.

나의 동생도 마당에 아주 넓게 잔디를 심고 텃밭에는 고추나 야채를 심었다. 아직까지는 젊어서 그들은 재미있어 하는데 올해부터 조카들이 모두 군대를 가서 그 넓은 잔디밭에 풀을 어떻게 할는지 걱정이 된다.

잡초의 생명력이 얼마나 강하냐면 풀이 하두 올라와서 부직포를 깔아 놓고 바람에 날리지 말라고 흙을 한 삽씩 올리는 그곳에 풀이 조금 귀엽게 올라오다가 금방 부직포 위에도 뒤덮게 된다. 그럼 땅과 밀착되어서 다음해에는 부직포를 거두어 내지도 못하는 불상사가 일어나게 된다.

난 집 주변에 콘크리트 포장을 다했다. 그래서 잡초는 별로 신경 쓰지 않는데 어느 날부터인가 한삼덩굴이 집 주변에 가득 메우고 있다.

이 풀은 덩굴이 나가는 풀이라 처음에는 조금 올라오기 시작하다가 갑자기 감당이 되지 않을 정도로 엄청난 속도로 자란다.

한삼덩굴이 나무에 올라와 나무를 고사시킬 정도로 세력은 과히 상상을 불허한다. 그리고 다른 잡초는 그늘을 만들기 때문에 모두 고사시키는 무서운 존재이다.

밭에다 고사리를 심으면 그늘을 만들어서 다른 잡초가 올라오지 못한다 해서 난 작년에 산에다 거금을 들여서 고사리 모종을 심었다.

그러나 고사리는 한삼덩굴에 이기지 못하고 모두 죽었다. 잡초 중에 최고는 한삼덩굴이 아닐까 생각된다.

물론 외래종인 교란 식물도 있겠지만 우리나라 잡초 중에는 과히 대적할 존재가 없다.

잡초 입장에서는 자신들이 아무리 척박해도 수만 년 동안 강한 생명력으로 살아왔다. 그들 속에 인간이 들어와 그들과 전쟁을 하고 있지만 항상 승리는 잡초가 할 것이다.

인간의 능력으로는 농약이라는 화학 무기를 사용하지 않고는 잡초와 대적할 수 없다.

한여름 땡볕에서 고랑에서 풀을 메고 있는 동네 아낙들이 이제는 점점 사라지고 없다. 그 자리는 이제 잡초라는 생명력이 강한 풀들이 자리를 차지하고 있다.

자연 속의 인간은 한낱 나약한 존재에 불과하다.

111. 때가 아니면 가만히 엎드려 있자

불비불명(不飛不鳴)이라는 말이 있다. 사마천(司馬遷)의 『사기(史記)』 '골계열전(滑稽列傳)'에 나오는 이 말은, 새가 날지도 않고 울지도 않는다는 뜻으로, 큰일을 하기 위하여 조용히 적절한 때를 기다림을 이르는 말이다.

또 기회를 보며 적절한 시기가 무르익기를 기다리는 지혜를 불비불명이라고 한다.

제(齊)나라 위왕(威王)은 즉위한 지 3년이 지나도록 날마다 주색에 빠져, 정치는 돌보지 않았다. 하지만 누구도 함부로 나서서 위왕에 간언하지 못하였는데, 순우곤(淳于)이라는 신하가 위왕에 "삼년불비우불명(三年不飛又不鳴)! 큰 새가 한 마리 있는데 3년 동안이나 날지도 울지도 않으니 무슨 까닭입니까?"라고 물었다. 그러자 위왕은 "3년 동안 날지 않다가 날게 되면 장차 하늘을 찌를 것이며, 또 3년 만에 울게 되면 장차 사람을 놀라게 할 것이오."라고 답한다.

이 말은 정치인들이 많이 인용한다. 인용 사례들은 너무 많아서 일일이 열거하기 어려울 정도로 정치인들이 좋아하는 말 중 하나이다.

배우 윤여정은 영화 〈미나리〉로 요즈음 말로 핫(hot)하다. 개봉하기 전에 다운로드 받아서 보았고 아카데미상을 받기 전이었다.

그녀의 연기는 별로 뛰어난 연기력을 발휘한 것도 아닌 그저 그런 늙은 노배우로 주연 배우들 사이에 양념 역할을 하는 그런 배우로 보였다.

여배우라면 전지현, 송혜교 같이 젊고 예쁜 여배우를 먼저 떠올리게 되는데, 외국 사람들은 늙은 여배우에서 우리가 느끼지 못하는 그런 점이 있었나 보다.

한 평론가는 "사람이 어느 시기가 되면 빛을 발하는 때가 오는 것 같다." 늘 하던 모습이어도 누군가의 눈에 띄고 누군가의 마음에 슬며시 들어앉는 때가 있다.

윤여정이 불비불명(不飛不鳴)의 사례가 아닌가 싶다. 내가 할 수 있는 방법으로 가장 나답게 하는 것이 오래갈 수 있고 또 즐길 수 있는 방법일 것이다.

나 역시 그저 그런 삶을 살고 있다. 배우 윤여정이 만큼의 나이는 아니지만 그래도 남들이 얘기하는 정년이 가까워지는 나이이다.

그래서 사무실 업무나 현장에서 일을 하는 것보다 일한 것을 관리 감독할 나이이지만 나름 나의 분야에서 욕을 듣지 않을 정도로 나의 앞가림은 하고 있다.

이제 어떤 돌발 상황이 발생해도 당황하지 않으며 일을 하는 정도까지는 된다.

연륜이라는 것은 무시 못 하는 것이 윤여정의 경우처럼 70이 넘는 동안 자신이 얼마나 많은 배역을 연기했겠는가? 그래서 어떤 배역을 주더라도 어떤 상황에 부닥쳐도 그녀는 담담히 그 역할을 할 것이다.

나 또한 일을 하거나 사람을 대할 때 수많은 상황을 만났을 것이다. 그때마다 여태 해 왔던 것을 되새겨 보면 아주 쉽게 자신이 맡은 일을 풀어나갈 수 있을 것이다.

"노인 한 사람이 죽으면 그것은 도서관 하나가 불타 없어지는 것과 같다."는 말이 있듯이 노장들이 주목받는 사회가 되었으면 좋겠다.

젊은이들이 아무리 머리가 비상하고 영리하여도 모든 것이 경험에서 나오는 일의 대처는 젊은이들의 영리하고 비상함보다 앞선다.

물론 창작을 하거나 개척을 해야 하는 분야에서는 젊은이를 따라가지는 못할 것이다.

특히 새로운 일을 시작해야 할 때는 나이가 많은 사람은 일단 겁부터 난다.

만약 내가 40대 초반이었다면 앞뒤 가리지 않고 기름통을 메고 불 속에 뛰어 들어가는 일도 서슴없이 할 수 있었다.

나이가 많은 사람은 실패의 쓰라림이 먼저 떠오르기 때문에 어떤 일에서도 소극적일 수밖에 없는 것이 늙은이의 단점이다.

그런 단점이 있지만, 연륜으로 모두 대처할 수 있는 능력은 누구나 가지고 있다.

윤여정처럼 늘그막에 상을 받을 수 있었던 것은 일단 일을 해야 한다. 나 역시 주목을 받기 위해서는 일을 하고 있어야 한다는 결론이 나온다.

그럼 70이 넘어도 일을 해야 한다는 것인가? 기회가 주어진다면 난 그렇게 하고 싶다.

이제 노는 것보다 일하는 것에 재미를 붙이고 있는 중이다.

112. 송홧가루로 세상이 노란색이다

꽃의 계절이 지나고 지금은 푸른 잎의 계절, 단단한 풀의 계절 그리고 작은 씨앗들의 계절이다.

4월 하순에서 5월 상순은 민들레 씨는 하얀 눈송이처럼 하늘을 날고 소나무의 송홧가루는 풍선 같은 두 개의 공기 주머니를 달고 바람에 멀리멀리 날아가는데, 사람 입장에서는 청소하기 힘든 작은 티끌에 불과하지만 저마다 계획과 꿈을 안고 먼 여행을 떠나는 것일 것이다.

지금 하얀 솜털처럼 날아다니는 그 솜털은 버드나무나 포플러의 씨털이지 꽃가루가 아니다. 그래서 알레르기를 일으키지 않는다.

또 개나리, 벚꽃, 철쭉같이 화려한 꽃에서 나오는 꽃가루들은 알레르기의 원인이 아니라고 한다.

화려한 꽃들은 벌레를 유혹해서 수정을 돕게 하는 충매화(蟲媒花, 곤충에 의해 꽃가루가 운반되어 가루받이가 이루어지는 꽃)다.

이런 꽃들은 이미 충분히 아름답기 때문에 가만히 있어도 벌레가 알아서 꼬이고 수정도 도와준다.

하지만 참나무, 자작나무, 소나무의 꽃은 작고 예쁘지도 않은 데다 잎과 구분도 잘되지 않아 벌레나 벌이 찾아와 줄 리 없다.

그래서 이런 꽃들은 머리카락 굵기 절반 정도(평균 30㎛)의 매우 작은 꽃가루를 많이 만들어서 최고 800km 떨어진 곳까지 멀리 날려 최대한 수정 확률을 높이는 방법을 사용한다.

이런 꽃들을 풍매화[風媒花, 바람에 의해 수분(受粉)이 이루어지는 꽃]라고 한다.

이렇게 작은 꽃가루들은 호흡기에서 걸러지지 않기 때문에 그대로 인체로 들어와서 알레르기성 비염, 결막염, 피부염, 기관지 천식 등을 일으키게 된다.

예쁜 꽃들은 얼굴만 디밀어도 수정을 할 수 있는데, 못생긴 꽃들은 한반도 끝에서 끝까지 꽃가루를 날릴 정도의 노력을 들여야만 수정을 하고 열매를 맺을 수 있는 것이, 어쩜 자연의 세계는 인간의 세계와 그리도 닮아 있는지 모르겠다.

꽃가루는 주로 새벽에 방출돼서 오전 10시 정도까지 공기 중에 가장 많이 떠 있다고 한다.

그래서 3월부터 5월까지 특히 4월에는 아침 외출을 하지 않는 게 좋다. 괜히 새벽 운동한다고 나가 보았자 꽃가루만 실컷 마시고 들어오게 된다.

꼭 나가야 할 때는 마스크를 챙겨 쓰라고 권고하고 있는데 요즈음처럼 마스크를 철저히 써서 알레르기 환자들이 많이 없어서 병원들이 고민이겠다.

특히 기온이 높고 날이 맑으며 살랑살랑 바람이 불 때 가장 잘 퍼지니까. 그런 날씨다 싶으면 절대 아침 외출은 삼가야 하는 게 좋다.

기상청에서 발표하는 '꽃가루농도위험지수'를 꼼꼼히 챙겨 보는 것도 중요하다. 위험지수가 높은 날에는 가급적 창문을 열지 않고 외출할 때도 마스크를 꼼꼼히 챙겨야 한다. 또 외출에서 돌아왔을 때는 엘리베이터나 현관문 들어서기 전에 옷을 툭툭 털어서 꽃가루를 떼어 낸 뒤, 집에 들어가서 곧바로 깨끗하게 샤워를 해야 한다고 권고하고 있다.

특히 이 계절에는 창문을 열고 환기를 한다고 해 보았자 집안 꽃가루만 들어오게 만든다.

조금 답답해도 5월 중순까지는 되도록 환기는 자제하는 것이 건강에 도움이 되고 집 안 청소하기도 더 쉽다.

꽃가루는 눈에 띄지도 않는 보잘것없는 외모지만, 종족 번식이라는 위대한 목적을 위해 온몸을 쥐어짜며 노력하는 그들이 노력을 우리는 본받아야 한다.

가만히 있어도 알아서 찾아오는 예쁜 것들을 이길 수 있는 방법은 송홧가루처럼 멀리 그리고 많이 추파를 던지는 것이다. 그러다가 진상이라는 소리 듣기 딱 맞지만 지금 날아다니는 송홧가루를 보면서 그들의 종족 번식의 생명력에 다시 한번 감탄하게 한다.

348

113. 한때 비가 내린다

날씨 예보를 보면 그날의 미세 먼지나 날씨 상황을 이야기 할 때 한때라는 말을 종종 쓴다.

"30일 금요일 남부 지방은 한때 흐리고 비가 흩날리는 곳도 있겠습니다. 미세 먼지는 오전 한때 나쁨으로 바람이 불면서 오후에 나아질 것으로 예상됩니다." 이런 식으로 오늘의 기상예보를 한다.

여기서 '한때'는 지나간 어느 한 시기(the same time)의 의미인데, 보통 현재와 반대되는 상황에서 사용한다.

술 한잔 거나하게 취해서 지금의 현실에 한탄하며 "내가 왕년에 한때는 잘나갔다." 말하기도 한다.

기상청의 예보처럼 종일 흐리거나 미세먼지가 많다가 좋아지거나 아니면 반대될 때도 '한때'라는 단어가 자주 등장한다.

'한때'라는 말이 나름 괜찮은 것 같지 않나? 한때는 흐리고 한때는 나쁠 수 있지만 차차 좋아질 거라는 가능성을 품고 있는 말이다.

『한때 신이었던 짐승들에게』,『한때 소중했던 것들』,『한때 그리고 봄날』 등 '한때'가 들어가는 책의 제목이 수없이 많다.

그만큼 '한때'라는 단어를 우리나라 사람들이 좋아한다는 방증이기도 하다.

성경에는 "반드시 한때, 두때, 반때를 지나서 성도의 권세가 다 깨어지기 까지니 그렇게 되면 이 모든 일이 다 끝나리라."(다니엘서 7장 25절)라는 말이 있다.

한때라는 말을 평소에 자주 쓰는 말이지만 두때, 반때라는 단어는 생소한데 처음 성경이 들어오고 우리말로 번역하면서 누군가가 실수를 하였거나 아니면 예전에는 사용했는데 사라진 말일 수도 있다.

한때, 두때, 반때를 검색하니 정확한 의미보다는 기독교는 이 단어는 굉장히 중요한 것인지 성경에 관련된 내용만 나오고 있다.

'한때'는 지금과 반대되는 상황을 설명할 때 사용되는 단어임을 알 수 있다.

우리는 살아가면서 현실보다는 예전의 한 구간이 참 행복했다는 것을 생각하며 그것을 위안을 삼으며 살아간다.

그러나 평생의 기간 동안 아니면 하루 24시간을 나누어 토막을 내어 보면 하루 중 잠깐이라도 즐겁지 않은 날이 없을 수 없다.

지금 바깥에는 바람이 돌풍 수준으로 심하게 불고 비까지 내리고 있다. 한때 바람 불고 지역에 따라서 돌풍 현상이 있을 거라는 기상청 예보가 있었지만, 바닷가나 강원도 지역이라고 생각했지, 우리 지역에는 예보도 없었는데 바람이 많이 불고 있다.

사는 동안 나에게는 그런 일 없겠지 싶은 일이 우리는 수없이 겪으며 살아간다. 50년 이상 살아오면서 최근처럼 나의 주변에서 사람이 죽어

가는 일은 없었다.

내가 나이도 많이 먹지도 않았는데 왜 이렇게 많이 일어나는지 모르 겠다. 나이가 많아서 죽으면 하늘의 뜻이겠지 생각하겠지만 연배가 비슷 한 이들이 이 세상을 등지니 나에게는 참으로 힘든 시간들의 연속이다.

이것도 '한때'로 지나가기를 간절히 기원해 본다.

114. 도움을 받을 수 있는 사람이 있는가?

비행기 트랩을 오르면 그 앞에 승무원 둘이 나란히 서서 아름다운 미소로 승객들을 반갑게 맞는다. 그 이유가 얼핏 궁금했던 적이 있다. 비싼 항공료 낸 승객들이 너무 고맙고 사랑스러워서? 친절한 미소를 짓는 교육을 잘 받아서?

전염병 여파로 항공업계 사정이 안 좋은 요즘은 정말 그럴지 모르겠다. 하지만 예전에 이 업계가 잘나갈 때도 승무원들은 따듯하고 아름다운 미소로 우리를 반겼다.

승무원들은 승객들이 통로를 걸어오는 것을 유심히 관찰하는 것은 기내를 걸을 때 위아래로 훑어보아 A.B.P인지 알아보는 것이라고 한다.

A.B.P(able-bodied people의 약자)는 비행 도중 응급 상황이 생기면 승무원들이 도움을 청할 수 있는 손님들을 미리 파악하는데 이들은 군인, 소방관, 간호사, 의사들일 수 있는데 예를 들어 의료 응급 상황이나 비상 착륙을 시도할 때, 아니면 보안에 문제가 생겼을 때 누가 우리를 도울 수 있는지 미리 알아보는 것이라고 한다.

다른 이유 중 하나는 혹시 비행기 안에 들어오면 안 되는 것을 흘리거나 이상한 냄새가 나는 물품을 휴대하지 않는지 살피고, 누군가 인신매매를 당해 비행기에 오른 것이 아닌가 탐색하기도 한다.

승무원들은 인신매매를 찾도록 훈련을 받는다. 만약 승무원들이 미심쩍은 승객을 확인하면 기장에게 보고하여 기장은 그가 편도티켓을 소지하고 있는지와 같은 더 많은 정보를 달라고 지상 운영위원에게 전화한다.

승무원들은 이런 특정 직업군을 척 보면 안다는 것일까? 그래야 "혹시 의사분이세요?"라고 질문할 수 있을 테니 말이다. 어느 정도 눈썰미나 안목은 훈련을 통해 길러진다는 것은 직장이나 인생 경험이 오래된 이들은 대체로 공감할 수 있는 내용이다.

오랫동안 자신의 분야에 일하게 되면 그들은 겉모습만 봐도 그들이 어떤 사람인지 파악이 될 수 있을 것이다.

난 군인도 아니고 의사 또한 아니니 나를 승무원들이 본다면 '쓸모없군.' 생각하고, 내가 그럴 일이 없겠지만 내가 만약 일등석이 탄다면 '너 같은 사람이 일등석에 앉을 리가 없지.' 생각하고 있을 수도 있다.

매년 한 번 정도는 외국 여행도 다니고 하다못해 제주도에도 가기도 했는데, 비행기를 하도 오랫동안 타지 않아서 이제 비행기를 어떻게 타는지도 잘 모를 지경이다.

우리도 그럴 때 있다. 힘들 때 가장 먼저 찾게 되는 사람은 심리적으로 기댈 수 있는 큰 나무 같은 사람일 것이다.

그런 사람은 곁에 있어 주는 것만으로도 든든하다. 4월 한 달 잘 보낸 것도 누군가의 덕분일 것이다.

그런 존재는 종교를 가진 사람은 절대자일 수도 있고, 어떤 이는 사랑하는 배우자일 수도 있다.

살아가면서 누군가에게 도움을 받은 적이 있는지? 사람은 망각의 동물이라 나도 분명 누군가에게 도움을 받았던 적이 있을 것인데 딱히 생각이 나지 않는다.

그러나 누구에게 도움을 준 적은 많이 있다고 생각이 많이 난다. 그래서 '내가 너한테 이렇게 해 주었는데 너가 이러면 안 되지.' 생각하며 마음에 상처를 받는 적도 있다.

지금도 한밤중에도 나에게 도움을 요청한다면 특별한 일이 없는 한 그 사람의 고민을 들어주려고 하고 그 사람의 고민을 해결해 줄려고 노력한다.

물론 그것이 오지랖일 수도 있지만 도움이 필요한 이에게 나의 작은 힘이 상대방의 고민이 해결할 수 있다면 그것만큼 뜻깊은 일은 없을 것이다.

115. 당신과 하루를 할 수 있다면 천년을 주겠소

잠시 내 하루의 일부를 함께하는 사람들을 떠올려 보면, 같은 공간에 있는 것만으로도 스트레스인 사람도 있고, 심지어 떠올리기만 해도 마음이 힘들어지는 사람도 있다.

반면 곁에만 있어 주면 아무것도 안 해도 모든 것을 다해 주는 것처럼 느껴지는 사람도 있다.

낮에는 스트레스를 유발하는 사람들과 어쩔 수 없이 어울려야 하지만 직장이나 내 삶의 터전을 벗어나는 밤에는 내가 좋아하는 사람들과 어울릴 수 있는 선택권은 내가 가질 수 있다.

하루를 24시간으로 나눈 것은 BC 3000년 전인 고대 메소포타미아인들이다. 수학이 발달하여 곱하기, 나누기는 물론 분수, 대분수까지 썼다. 그들은 시간이나 각도를 재는 데에도 60진법을 응용하여 1시간을 60분, 1분을 60초, 원의 각도를 360도로 나누었다. 7일을 1주일로 정하고, 1일을 24시간으로 나눈 것도 메소포타미아인이 시작이다.

5천 년 전에 벌써 하루라는 개념이 정립되었다는 것이 나를 의심하게 한다.

고대인들은 지금처럼 삶이 스트레스도 없고 그저 먹는 것 이외는 별로 할 일이 없으리라 생각했는데, 그때에도 많은 농사를 위해서 사람들을 효율적으로 관리하기 위해 시간이 관리해야 했을 것이다.

만약 내가 분명 그때 태어났다 한들 왕족이나 지배자는 될 수 없을 것이고 일반인이었다면 지금보다 더 많은 노동을 해야 했을 것이다.

누구나 똑같은 하루의 시간을 가지지만 누구는 하루가 아주 느리게 가고 어떤 이는 그 하루가 금방 지나가 버린다.

물론 나이를 먹으면 시간이 빨리 지나간다고는 하지만 나이와 상관없이 자신이 다 어떤 일을 하느냐에 따라서 시간의 흐름의 차이가 나는 것 같다.

만약 내가 아무것도 안 하고 가만히 있으면 그 하루는 엄청나게 늦게 갈 것이고, 자신이 좋아하는 일을 매일 한다면 하루는 금방 지나갈 것이다.

난 요즈음처럼 하루하루가 시간이 빨리 지나가는 때는 없는 듯하다. 평일에는 현장에서 일을 하니 후다닥 지나가고 휴일에는 쉬는 시간이 아까워서 운동하거나 누구를 만나는 것도 하지 않고 종일 영화 서너 편을 보면 금방 하루가 지나가 휴일을 이렇게 보내는 것이 아까워서 저녁이면 후회를 한다.

나이 육십이 되면 어떤 느낌일까 난 항상 궁금했었다. 할머니가 육십이 될 때 혼잣말로 "내가 사십만 되었으면…." 하셨다.

내가 아마 십 대 후반쯤 되었을 때였는데 그때는 할머니가 왜 그런 말을 하시나 생각했는데 내가 할머니가 육십 때 하시든 말씀을 종종 나도 하게 된다.

지금 내가 사십만 되었으면 얼굴의 주름살도 없고 모든 일에도 에너지가 넘쳐날 것인데 생각이 든다.

난 어떤 일이 있어도 후회는 하지 않으려고 하는데 요즈음 들어서 자주 나이가 조금만 더 젊었으면 하는 생각을 하게 된다.

나도 똑같이 할머니처럼 후회하는 나이가 된 것이다. 앞으로 길게 보아도 10년이면 나도 70인데, 건축 현장에는 70살이 넘으신 분들이 종종 보인다.

그분들에게 집에서 편안히 쉬고 계시지 뭐 하러 일하러 나오느냐고 물어보면 집에 있으면 심심해서 나온다고 하시는 분들이 많이 있다.

난 심심해서 일하는 그런 삶을 살지는 않아야 하는데 나도 똑같이 그분들과 같은 삶을 살아갈 것이다.

어차피 인생은 비슷하게 흘러간다. 5천 년 전 메소포타미아인이나 지금 내가 살고 있는 현대이거나 하루의 24시간은 같기 때문이다.

116. 자기 일을 하면 좋을 것 같죠

오랫동안 다니든 회사를 나와 여행 작가로 전향한 최갑수 시인이 프리랜서로 자리 잡기까지 요령을 알려 주었다.

그것은 바로 '너무 먼 곳을 보지 않는 것.' 각자의 일을 하는 사람에 의해서 세상은 돌아가고 각자의 일을 하는 과정에서 우리는 사과를 하고 사정을 하며 칭찬을 하고 격려를 한다. 아픔과 슬픔 기쁨을 함께 나누기도 한다. 아주 간단한 이치다.

"나는 왜 이 일은 하고 있을까에 대해 의문이 들 때마다 지루하고 힘들게 느껴질 때마다 일단 이것을 잘하고 그 다음으로 넘어가자 결심을 한다.

프리랜서로 살겠다고 처음부터 마음을 먹었던 건 아니다. 어쩌다 보니 그렇게 됐다. (대부분 그렇지 않은가요. 의도치 않게 여기까지 온 것이 아닌가요?) 주위를 둘러본다. 아, 나는 왜 여기 서 있는 거지? 공항에 불시착한 펭귄 같은 어리둥절한 표정으로 서 있다."

최갑수의 『어제보다 나은 사람』

나도 그런 감정이 어떤 것인지 얼마 전까지 느끼며 살았다. 프리랜서(Freelancer), 말 그대로 흔히 조직이나 회사에 고용되지 않은 상태로 일하는 특정한 분야의 전문가를 말하지만 어떻게 보면 조직에서 잘려서 오도 가도 못 하는 존재를 말하기도 한다.

물론 프리로 살아가면 자기가 하고 싶을 때 일을 하고 하기 싫을 때는 일을 하지 않으면 된다고 생각하는데 정반대의 경우가 훨씬 더 많다.

가령 언제까지 일을 마쳐 달라고 한다면 그 일을 밤을 새워서라도 해야 할 것이고 어디에 돈이 들어가야 하는데 어떤 때는 일이 없어서 몇 달이고 놀아야 할 때도 있는 것이 프리랜서(Freelancer)의 일이다.

그래서 다들 들어가고 싶어 안달이지만, 일단 들어가고 나면 언제나 뛰쳐나오고 싶은 게 회사다. 그러나 많은 사람이 "난 회사 체질이 아닌 것 같아."라고 되뇌면서도 퇴사 후에는 또다시 새로운 회사를 찾아 헤맨다. 회사 밖에서 먹고사는 삶은 마냥 행복해 보이기도 하지만, 어쩌면 상상도 못 한 불안함이 도사리고 있을 수도 있다.

보통은 후자에 대한 두려움이 너무 크기에 우리는 다시금 몸담을 조직을 찾아 헤매는 걸지도 모르겠다.

엄청나게 큰 회사의 경우를 제외하고 사업을 하는 것도 결국 직원을 고용하는 프리랜서(Freelancer)라고 할 수 있다.

난 그런 생활을 20년 가까이 해 보았다. 사무실 경비 제하고 직원들 월급 주고 나면 항상 쪼들리는 생활을 해야 했다.

물론 어떤 때는 돈을 많이 버는 때도 있었다. 그렇게 계속 이어지면 좋으련만 항상 모래밭에 물을 부어 보았자 절대로 고이지 않는 것과 같이 돈이 모이는 일이 없었다.

만약에 내가 사업을 하지 않고 지금처럼 계속 월급쟁이로 살았다면 사업을 하는 노력의 5분의 1만 투자했어도 이 분야에 최고가 되어 있었을 것이다.

"앞으로 남고 뒤로 밑진다." 말이 있다. 남들이 볼 때는 자기 시간도 많이 있고 화려해 보이는 사업의 세계이지만 누군가가 시작하겠다고 한다면 난 시작을 말라고 충고하고 싶다.

아무리 노래를 잘해도 연예인으로 성공하는 사람이 1%로 안 되는 것과 같이 사업의 세계도 그러하다.

만약 최갑수 시인도 자신이 다니던 회사에서 계속 남아 있었다면 그는 지금도 회사원으로 있었을 것이다.

사람의 인생은 내가 원하는 곳으로 흘러가지는 않는다. 그래서 항상 변수가 존재하고 그 변수를 잘 대응하는 사람이 결국 평탄한 인생을 살아간다.

오늘 하루를 열심히 살아가다 보면 또 다른 나의 인생길이 열어질지 알 수가 없다. 그래서 최선을 다하며 살아가야 하는 이유이다.

117. 유머를 칠 때 주의 사항

우린 가끔 사랑하는 상대를 위해 개그맨, 개그우먼이 되기를 자처를 한다.

괜히 철 지난 아재 개그를 던지기도 하고, 핫한 개그맨의 성대모사를 잘 안 되는데 굳이 하기도 한다.

그렇게 하는 이유는 단 하나 내 사람이 웃는 모습을 보고 싶기 때문이다.

그런데 그렇게 해서 사랑하는 사람이 웃으면 오히려 상대보다 내가 더 기쁘고 즐겁고 막 엔도르핀, 세로토닌, 아드레날린까지 새로 돋는 그런 기분이다.

당신은 누구를 웃기기 위해 노력 중인가? 결국 그 사람이 당신을 웃게 하는 것이다

비즈니스나 누구를 만나는 자리에서 유머와 재치가 중요하다는 것을 모르는 사람은 없을 것이다. 특히 자리가 어렵고 긴장이 감돌수록 재치 있는 말 한마디는 빛을 크게 발한다.

분위기를 상승시키고, 상대를 이완시켜 종종 좋은 결과를 이끌어 주는 데까지 나아가기 때문이다.

상대방을 웃게 하는 유머 감각은 어떻게 키울 수 있을까?

먼저 대화 속에 유머의 소재가 있음으로 상대방의 코드를 잘 파악한다. 잘 보고, 잘 들어서 상대방을 관찰하자.

물론 그 유머가 서로 이해하고 공감해야 한다. 순간의 웃음을 위해 상처가 될지도 모르는 유머보다는 함께 웃을 수 있는 코드를 찾는 것이 중요한 키포인트이다.

상대방의 웃음 포인트를 파악하여 맞장구를 쳐 준다. 예를 들어 "맞아요!", "저도 그런 적 있어요!" 이런 식으로 적절한 호응을 보이며 반응을 보이면, 상대방이 웃을 때 같이 따라 웃는 것도 좋은 공감 포인트이다.

말투에 리듬 싣기를 하면 의외의 효과를 거둘 수가 있다.

'저 사람이 하는 말은 별거 아닌데도 웃겨.'라고 생각해 본 적 있을 것이다.

그것은 말투 안에 재미 요소가 있기 때문인데, 국어책 읽듯이 딱딱하게 말하는 것보다 말에 적절한 리듬을 실어 주면 같은 내용이라도 호응도가 달라진다.

그리고 말을 할 때 몸으로 표현해 보자. 말투와 함께 표정, 목소리 톤, 제스처 감정에 따라 풍부하게 표현하면 유머의 효과는 배가 되는 것을 느낄 수 있을 것이다.

자신의 에너지 레벨을 높여 상대방의 기분을 업시키고, 크고 활동적인 바디랭귀지를 사용하는 것 역시 유머의 팁이 될 수 있겠다.

유머를 칠 때 자신이 먼저 웃는 사람들이 있다. 그렇게 하면 아무리 재미있는 유머라도 상대는 웃지 않을 것이다. 그래서 포인트가 나오기 전에 절대 먼저 웃지 않으며, 웃음을 위해 목소리 톤의 변화, 말의 강약, 뜸 들이기 스킬을 사용해야만 상대가 빵 터지게 된다.

만약 자신이 유머 감각이 없다고 생각하는 사람은 평소에 재미있다고 생각했던 사람이 어떤 식으로 유머를 구사하는지 관찰한 뒤 따라해 보는 것도 좋은 방법이다.

분위기가 싸해지면 어쩌지, 미리 걱정할 필요는 없다.

개그를 치기 전에 당연히 웃을 것이라고 생각하되, 실패하더라도 여유 있게 넘기면 그만이다. 유머 감각은 타고나는 것만큼이나 관심과 피나는 연습이 필요하다.

처음에는 어색하고 쑥스럽더라도 사람들이 나의 유머로 인해 웃기 시작하면 자신감이 붙게 된다.

웃음은 만병통치약이라는 말, 많이 들어보았을 것이다. 그저 웃을 뿐인데, 하루에 15초면 2일간 수명이 연장되고, 하루 45초를 웃으면 고혈압이나 스트레스를 물리칠 수 있으며, 통증에 시달리는 환자가 10분간 통쾌하게 웃으면 2시간 동안 고통 없이 편안하게 잠잘 수 있다고 한다.

또한 엔도르핀 분비를 촉진해 기억력을 높이고, 긴장을 해소한다고 하니 비즈니스나 사랑하는 사람에게 머릿속에 강한 인상을 남기고 싶을 때, 웃음은 분명 많은 도움을 줄 것이다.

웃음이 피어나는 환경을 만들 수 있게 되면 건강과 인간관계, 비즈니스가 유쾌해지고, 사랑하는 사람과 영원히 좋은 관계로 살아갈 수 있을 것이다.

118. 어버이날의 의미

명심보감에 이런 구절이 있다. "養子方知父母恩(양자방지부모은) 立身方知人辛苦(입신방지인신고)"는 자식을 길러 봐야 (그때) 비로소 부모님의 은공을 알게 되고 사회생활을 해 봐야 (그때) 비로소 인생살이가 (얼마나) 어렵고 힘든지 알게 된다는 뜻으로 무엇이든 자신이 직접 경험하지 않으면 말로는 마무리 설명해도 알 수 없다는 말이다.

나 역시 이제 부모이고 사회생활도 남들만큼이나 많이 경험했다.

자식들에게는 그저 그런 부모이고 사회생활 역시 특별할 것도 뛰어난 것도 않게 살고 있는 듯하다.

나의 부모님과 비교하면 그래도 난 자식들의 앞날을 위해 물심양면 많이 힘써 준 것은 사실이다.

나의 청년 시절 가장 간절하게 생각했던 것이 누군가가 나에게 어떤 길로 가라고 알려 주는 이가 제대로 없었다는 것이다.

부모가 아니라면 친척들이라도 앞날을 위해서 무엇을 하라고 하는 이도 없었다.

만약 그 당시 부모님이 조금만 나에게 관심이 있었다면, 물론 내가 공부해도 안 될 수도 있고, 내가 별로라고 가지 않고도 있었겠지만 그때는 아주 쉽게 공무원이 될 수 있는 시절이었는데 그 길을 가라고 하지 않았던 것이 원망스럽다.

인생이란 게 지나고 나면 후회스러운 일만 남는다고 하지만 어버이날이 되니 나에게 우리 부모님은 어떤 존재였는지 다시금 생각하게 된다.

그리고 난 그런 부모가 되지 않기를 다짐을 하며 살아왔지만 나 역시나의 부모와 비슷한 삶을 살고 있지 않은지 나를 돌아보게 된다.

남들처럼 자식에게 큰 재산을 물려줄 수 있는 입장도 아니고 내가 뛰어나서 우리 자식들에게 그늘이 되어 줄 수도 없다.

그저 그런 평범한 삶을 살아온 나를 우리 아이들은 어떤 부모로 인식할까?

나이 육십이 가깝게 살고 있지만, 아직도 나의 자식들에게는 큰 그늘이 되고 싶다.

그러나 내가 능력이 안 되면 주변에 능력 되는 사람들이 있어야 하는데, 이제 그런 존재도 하나둘 사라지고 없어서 자식들에게 큰 그늘은 고사하고 앞으로 짐이 되지 않을까 걱정이다.

아직은 어디 아픈 데 없고 돈벌이도 하고 있으니 짐짝은 아니지만, 점점 나이가 들어가면 앞으로 그런 날이 올 것이다.

그게 십 년 아니면 이십 년 뒤면 좋겠지만 바로 오늘이 될 수 있는 나이가 되었다.

자식들에게 상속할 재산도 없고 그렇다고 자식에게 그늘이 되어 줄 수 없는데 짐짝까지 되면 큰일이다. 그런 부모가 되지 않으려고 노력하

지만 인생이란 게 노력한다고 내 생각대로 살아지지는 않는 것이 인생
인데 말이다.

어제 의령 정곡 미장원에 갔더니, 어느 젊은 여자 손님이 자신의 아버
지를 모시고 온 것을 보고 내가 "참 효녀네." 했다. 원장님께서 "어버이날
이 되니 여기저기서 효자효녀들이 많이들 있다."며 그날만이라도 효도
를 하니 다행이다 하신다.

그러나 우리 집사람은 365일 어버이날이다.

8년 전에 홀로되신 장인어른과 작년에 골절상을 수도 없이 입으신 시
어머니 뒷바라지에 고생을 많이 한다. 장인어른 연세가 88세라 이제는
거동도 제대로 되지 않지만 그래도 아직도 정정하시니 자식들 손길이
많이 필요한데 옆에 산다는 이유만으로 조금만 자기가 이상이 있으면
제일 먼저 연락이 온다.

그에 비하면 나의 모친은 그런대로 건강에는 이상이 없는데 반찬을
거의 하지 않으시고 식사를 하셔서 반찬은 집사람이 대부분 만들어 드
린다. 처음에는 힘들다고 하지 말라고 하시더니 이제는 그런 말씀도 없
으시다.

어버이날 많은 것을 생각하게 한다. 나도 장인어른처럼 오래 살면 큰
일이다. 그럼 우리 자식들이 힘든데….

119. 김일 선수가 보고 싶다

프로 레슬링(Professional Wrestling)은 원래 레슬링 선수가 대전료를 받고 출전하여 경기하는 것을 말한다.

프로 레슬링의 미리 승패가 결정된 상태에서 레슬러들이 가상의 격투를 벌이는 일종의 공연 예술이다.

19세기 후반 남북전쟁이 끝난 미국에서 카니발 축제가 열릴 때 프로모터들이 레슬러들의 경기를 열어 인기를 모으기 시작한 것이 프로 레슬링의 기원이다.

초창기에는 현재의 프로 복싱과 비슷하게 레슬러들이 대전료를 받고 그레코로만형 레슬링이나 캐치 레슬링 등으로 실전 경기를 하는 형태였으나, 경기가 너무 길고 지루했기 때문에 서서히 경기 길이와 내용을 미리 짜 두는 현재의 '워크' 형태의 프로 레슬링이 정착하게 되었다고 한다.

미국도 60~70년대에는 프로 레슬링이 국민 스포츠였다. 전성기 때 레슬러들은 영화 속의 주인공이었고, 대부분 악당을 물리치는 역할을 맡았는데, 이런 프로 레슬러들은 평소에도 자주 볼 수 있다고 한다.

거리에서 자원 봉사를 하는가 하면 이번 코로나 백신 접종센터에도 나타나서 사람들이 느끼는 두려움을 조금이나마 들어 주기 위해서 즐거운 무대를 만들어 주기도 한다.

무시무시한 싸움보다도 해학과 즐거움을 주는 프로 레슬링 링 안에서는 선수로 링 바깥에서는 따뜻한 인간미로 분명하게 나누는 역할이 인상적이다.

미국의 프로 레슬링은 19세기부터였지만 미국과 비슷하게 우리나라의 프로 레슬링은 1960~70년대가 전성기였다.

그 당시 김일이나 역도산의 명성은 대단한 영웅이었다. 내가 어릴 때 레슬링을 방송하는 날에는 어김없이 그 프로를 보았고 그들의 흉내를 내기도 했다.

악당들은 보통 복면을 쓰고 나오는데 보자기로 복면을 만들어 쓰기도 했었다.

그 당시에는 프로 레슬링이 짜고 하는 줄 아무도 몰랐다. 어른들도 티브이로 처음 보는 장면이고 우리들도 누군가가 말해주지 않으니 김일 선수가 다른 선수가 휘두른 도구에 맞아 피를 흘리면 어쩌나 마음 졸이며 본 것들이 전부 짜고 했다는 것은 성인이 되고 난 뒤 알았다.

미국에는 아직도 프로 레슬링을 하고 있지만, 우리나라에는 그 명맥이 끊어지고 말았다.

미국은 짜인 각본대로 연극을 한다고 생각해도 사람들이 그것을 보면서 즐거워하는데 한국 사람들은 그것을 용납하지 않는 모양이다.

그래서 실제로 하는 K1이나 격투기를 하는지 모르겠다. 나의 막냇동생이 격투기 선수로 생활했다. 2000년대 초에 K1선수로 활약하여 티브이에도 자주 방송을 타기도 했다.

장충체육관에서 하는 실제 경기 모습을 보기도 했는데 그날따라 피가 터지는 난타전이 일어나서 그해 최고로 인기 있는 경기 장면을 연출했었다.

그러나 피 터지는 당사자가 자신의 동생이라면 어떤 기분이 들까? 같이 간 고모는 비명을 지르고 난리가 아니었다.

경기는 상처로 TKO패를 입고 난 선수가 대기하는 대기실로 뛰어갔지만 벌써 구급차로 병원에 실려 가고 없었다.

한참 뒤에 동생이 눈 위에 상처를 꿰매고 나타나서 삐죽 웃는다. 동생이 우리를 초대한 것은 상대 선수를 이길 수 있다고 생각해서였을 것이다.

동생이 활약하던 그때 잠깐 격투기가 인기가 있더니 지금은 하는지도 모를 정도로 잠잠하다.

그 당시에는 남자들 사이에는 K1 선수가 내 동생이라는 소리를 하면 전부 대단한 동생 두었다며 경기 모습을 다시 본다고 난리였다.

프로 레슬링이나 격투기는 미국이나 일본은 아직도 사람들이 좋아하는데, 왜 우리나라는 없는가 하면 냄비처럼 그때 난리이고 계속 지속해서 하는 것이 없는지 모르겠다.

흑백 티브이에 피를 흘리며 손을 흔들어 주는 김일 선수의 모습이 눈에 아른거린다.

그때 정말 재미있었던 프로 레슬링이 다시 부흥하기를 기원해 본다.

120. 나도 수출을 하려고 했었다

유럽에서 생산된 가전제품을 보면 설명서가 다양한 언어로 적혀 있다. 영어 외에도 불어, 러시아어, 중국어, 독일어, 일본어, 아랍어 그리고 우리 한글까지 이렇게 다양한 다국어를 새겨 넣은 이유는 어느 나라로 수출될지 몰라서이다. 지금 당장은 인연이 없지만 언젠가 예상치 못한 곳에 인연이 닿을 수도 있기 때문에 준비 차원에서 미리 그렇게 해 놓는 것이라고 한다.

와인을 처음 만들기 시작할 무렵 군청에까지 소문이 나서 농진청의 시범 사업으로 큰돈을 지원받게 되었다.

그래서 내부 장비들과 디자인까지 지원받았는데 그때 만든 와인이 칡과 인연이었다.

나라에서 돈을 주니 내가 하고 싶은 것을 할 수 있었는데 와인의 설명서를 영어, 중국어로 만들었다. 그 당시 실제 중국인과 미국에 있는 동생의 도움을 받아서 만들었다.

지금 창고에는 그때 만든 다양한 상표와 와인병이 엄청나게 많이 있다.

어느 정도 있냐면 와인병은 5t 차 한 대가 있고 상표와 각종 상자가 컨테이너 가득히 들어 있다. 처음 와인을 개발하고 시음을 했을 때는 우리나라뿐 아니라 미국, 중국 등에도 수출이 엄청나게 될 줄 알았다.

실제로 미국 현지 바이어가 와인을 사러 직접 날아왔을 정도로 뭔가가 될 것 같았는데, 역시 술이라는 것이 하루아침에 사람들이 사 먹는 것이 아니라는 것을 뼈저리게 경험하였다.

지금도 고향 창고 마당에는 한 번도 쓰지 않은 와인병 산더미처럼 쌓여 있고, 상자 등 각종 상표가 창고 가득히 들어 있다.

그 당시 그렇게 사지 않아도 사업에는 지장이 없었는데 왜 그렇게 미리 많이 샀는지 모르겠다.

이제는 시간이 많이 흘러서 병들도 사용하지 못할 것이다. 그 많은 병을 어떻게 처분해야 할지 대책도 없이 시간만 흘러가고 있다.

차라리 와인을 만들어 창고에 차곡차곡 넣어 둘까도 생각했는데, 나의 성격상 파는 것보다 전부 나누어 줄 것이고 와인 보관 창고도 여름에도 18도 이하로 보관해야 해서 지금 있는 병에 전부 병입을 하게 되면 전기세가 엄청나게 나오게 된다.

그래서 청도의 감와인처럼 땅굴을 파거나 폐기차 터널 등을 이용해서 해야 하는데, 관청의 도움 없이는 엄두도 내기 힘든 일이다.

물론 현란한 세 치 혀로 지원을 받을 수 있겠지만 중요한 것은 와인을 만드는 일보다 시장 개척이 너무나 힘들다는 것을 느꼈기 때문에 자신감이 없다.

그리고 일정 부분 자기 자본이 없다면 되지도 않은 사업이기도 하다.

가장 중요한 것은 나이가 문제이다.

만약 내가 40대였다면 죽을 때 죽더라도 끝까지 밀고 나가 뭔가를 만들어 놓았을 것이다.

　이제는 모든 일이 걸림돌이 되는 나이가 되었다. 어제 현장에서 일하는 분들과 식사를 하면서 우리 언제까지 일할 수 있을까? 이야기를 했는데 앞으로 십 년 뒤면 일을 할 수 있겠지만 아무도 우리를 불러 주지 않을 거라고 말했다.

　이 나이에 무슨 사업을 할 수 있겠는가? 그저 마음만 빤히 보일 뿐이다.

　실제로 올봄에 와인을 병입을 하려고 마음먹었는데 결국 그것조차도 하지 못하고 있는 것이 나의 현실이다.

　이제는 가끔 오는 지인들과 술 한잔하고 누군가가 선물을 하고 싶다고 하면 한 병씩 주는 것이 나의 즐거움이다.

　목적 없이 혹은 성과 없이 해야 하는 일에는 언제나 물음표가 생기게 마련이다.

　하지만 "쓸모없는 시간이 모여서 쓸모 있는 일을 만든다."란 말도 있듯이 지금 하고 있는 노력에도 분명 역할과 이유가 있을 것인데, 와인 만드는 일은 나에게 어떤 의미인지는 아직도 알 수가 없다.

121. 나의 직업 이야기

낸시 리카 시프가 12년에 걸쳐 전 미국을 돌아다니며 다양한 직업을 카메라에 담은 사진작가이다. 그는 사진집 서문에다 "레이더 바깥쪽에 사는 사람들"이라고 적었다.

『기이한 직업들: 세상에서 가장 별난 직업들』 말로만 들어서는 어떤 일을 하는 건지 아리송한 별난 직업 예순다섯 가지가 사진과 함께 소개되어 있다.

예를 들면, 감자 칩 조사원, 빙고 게임 콜러, 애견 스니퍼, 지렁이 농장 경영자, '콘돔 테스터', '축산용 정액수집가', '금고 암호 해독가', '해부 준비보조원', '악취감시가' 등 처음 듣는 직업을 가진 사람들을 흑백 필름을 통해 인간적으로 담아냈다.

나 같은 경우 어쩌다가 하고 싶은 생각이 전혀 없었던 것을 평생 직업으로 하고 있다. 처음 내가 작은 아버지 전기 회사에 일을 하러 갔을 때만 해도 전문대학이라도 다니다가 건축 일을 하는 사람은 아무도 없었다.

1990년 초 우리나라 경제 성장이 10% 이상 성장할 때라 학교 졸업할 때쯤이면 직장을 몇 군데 중 하나 선택해서 가는 정도로 대기업이나 공무원이 되기 쉬운 시절이었다.

두산중공업 부장으로 정년을 하신 나의 지인도 몇 번이나 회사를 옮겨도 자신은 대기업만 다녔다고 말할 정도로 그때는 직장 구하기가 쉬웠던 시절에 난 건축공사 현장에서 노가다를 한다는 생각에 평생을 피해 의식이 있었는지 모른다.

최근에 그 당시에 같이 일을 했던 한살 많은 형님들 두 분을 30년 만에 만났다. 그것도 누구의 소개로 우리 현장에 일을 하러 왔는데, 처음 보는 순간 그 형님들이라 단박에 알아볼 수 있었다.

그들 역시 전기쟁이로 일하고 있었고 나 역시 이 일을 하지 않겠다고 잠시만 하는 것이라고 다짐하며 했던 옛날 생각이 난다.

하지만 만약 내가 전기기술이 없었다면 나의 가족들을 먹여 살릴 수 있었을까? 그리고 지금도 지술자라고 대우받으며 일을 할 수 있을까?

택도 없는 이야기이다. 어느 분야의 직업이든 요즈음은 하는 사람이 넘쳐 나는 시대이다.

나 같은 경우를 돈을 주는 사람이 좋아하는 이유는 이것저것 전기에 관련된 것을 모두 하기 때문이다.

사무실에서 업무를 보다가도 현장에 가서 기술자로 일을 하고 그러다가 감독들과 협의를 할 수 있는 사람은 별로 없다.

똑같은 돈으로 사무직과 기술자를 동시에 할 수 있으니 어느 누가 싫어하겠는가?

그러나 회사에서 일이 없을 때는 나와야 하는데 다른 곳에 취직될 때까지 놀고 있는 날이 많이 있는 단점은 있다.

내가 싫어하던 이 직업으로 인생의 마지막을 함께할 줄 꿈에도 몰랐다. 그것도 처음 기술을 배울 때 만난 사람들과 함께할 수 있으니 요즈음 일하러 가는 것이 즐겁다.

어제도 휴식 시간에 34년 전 내가 절에 살았던 이야기를 나의 입에서 하는 것이 아니라 상대에게 들으니 저절로 옛날 생각을 나게 만든다.

우리 회사가 일이 많아서 지금 일하고 있는 친구 같은 형님들과 정년을 같이 맞이하면 좋은데

인생이란 게 내 마음대로 되는 것이 아니란 것을 너무나 잘 알고 있다.

아무리 못해도 올해는 같이 일을 할 수 있을 것 같다. 다른 곳에 갈 때 나도 데리고 가자고 형님들한테 떼를 써야지.

122. 스승님이 없다

오래전 가르쳤던 제자가 어느덧 중년이 되어 찾아오자 학교에서나 스승과 제자이지 이제는 함께 나이 들어 가는 인생 친구라고 생각하셨기에 스승님은 "최 선생, 김 선생, 이 선생." 이렇게 말씀을 높이셨다.

어린 제자들은 어느새 선생님 나이가 되고 젊었던 선생님은 어느덧 부모님 연세가 되고, 인생의 과정을 차근차근 밟아 가는 제자와 스승의 모습 인간적이고 따뜻해 보인다.

오랫동안 기억 속에 머물고 시간이 지나도 잊히지 않은 선생님 성함을 언뜻 떠올려 본다.

불과 몇 년 전만 해도 나도 5월이면 내가 좋아했던 스승님을 찾아보기도 하고 갈 형편이 안 되면 전화도 드리고 했는데, 이제는 스승의 날이 언제인지도 모르고 살아가고 있다.

이것도 나이 탓이라 생각하면 되는데, 20~30대는 스승님을 찾지 않다가 40대가 되니 이제 학창 시절 동창회도 가고 그러다가 선생님을 찾게 되는 듯하다.

그러다가 동창회도 50대 중반이 넘어가면 시들해지고 선생님 만나는 것도 차츰 잊히게 되는 것이 인생의 순리인 듯하다.

물론 60~70대가 되어도 스승을 만나는 사람도 있을 수 있지만 대부분 나처럼 이런 절차가 되는 듯하다.

우리가 40대일 때 스승님은 갓 정년을 마치고 집에서 할 일이 없이 쉬시는 연배가 되신다. 그때는 스승님도 동창회 때 부르면 금방 오시고 왕성한 활동을 하시지만, 제자들 나이가 50대 중반이 되면 스승님의 연세가 70~80대이시니 만나지 못하는 것이 당연한 것인지는 모를 일이다.

일 년 반 이상 지금 동창회를 못 하고 있어서 친구들의 근황도 잘 모르고 있는 형편에 스승님까지 챙기지는 못하고 있다.

작년 2월부터 집합 금지를 하였으니 전염병이 계속 우리 생활과 같이 하게 된다면 앞으로 동창회는 없어질 수도 있겠다 싶다.

친구들도 자주 얼굴도 보아야 연락도 하게 되는데 스승님들처럼 일 년에 한두 번 연락하거나 얼굴을 본다면 점점 서로 잊히게 되는 것이 당연하다.

등산을 하거나 자주 보아야 서로 대화할 거리도 있게 되는데, 안 그래도 동창이나 스승님은 몇 번 보지도 않는데 어떻게 계속 전화 연락만으로 인연이 이어질 수 있겠는가?

지금 생존해 계시는 스승님들을 보면 학창 시절 독하게 했거나 우리에게 매질을 많이 하신 선생님은 생존해 계시고 아주 인자하고 학생을 친구처럼 여기시는 선생님은 일찍 돌아가셨거나, 연락이 닿지 않으신다.

역시 사람은 자기 감정대로 사시는 분이 오래 사는 것은 선생님을 보더라도 알 수가 있다.

지금 현직에 계시는 초등학교 선생님이 스승의 날이라고 아이들이 손 편지를 쓴 것을 나에게 잊어 주셨는데, 그때나 지금이나 아이들에게 인자한 선생이 학생들에게 인기가 있는 모양이다.

예전엔 선생님의 그림자도 밟지 않는다 할 정도로 근엄해야 했지만 지금은, 학생들이 친구처럼 생각한다는 것이 차이점이다.

이제는 학창 시절 스승님을 만나고 싶어도 연세가 많아서 만나기도 어렵고 대학 시절 내가 학생일 때 조교였던 나의 스승님은 아직 현직에 계신다.

몇 번 우리 집에 오시겠다고 하시더니 한 번도 오지 못하시네, 자주 연락도 못 드려서 이제 연락하기도 뻘쭘하다.

하기사 친구들 부모가 한 분이라도 생존해 계시는 친구는 손에 꼽을 정도이니 스승님 또한 나의 기억에서만 계시고 한 분, 두 분 하늘나라로 가신 것이 당연한 일이다.

점점 나이가 들어 가는 것이 싫어지는 순간이다.

123. 당신은 직접 만들어 본 일이 있나요?

직접 만든 가방이나 담요, 과자, 그림책, 와인 등을 선물하는 사람들이 있다. 평소에도 호감 가는 사람이었지만, 섬세함과 따뜻함까지 알게 되면 더 좋아지게 된다.

촘촘한 박음질처럼 아주 단단한 성격, 알 수 없는 성품 뒤에 담긴 다정하고 따뜻한 눈길, 작은 것까지 헤아릴 줄 아는 심성, 자연히 하는 가장 섬세한 일로 작은 것 안에서 볼 수 있다.

나 역시 남들에게 내가 만든 것을 주는 것을 좋아한다. 누군가에게 음식을 만들어 대접하거나 좋은 음악 연주회가 있다면 나의 지인들에게 같이하기를 권유한다.

처음에는 주변 분들이 감사하게 생각하더니 나중에는 당연하게 생각하고 권유를 해도 시큰둥한 표정이다.

최소한 주는 이의 정성을 생각해서라도 립 서비스라도 해 주어야 하는데 그런 것도 없다.

우리 모친은 박음질을 아주 잘한다. 내가 어릴 때부터 재봉틀에 앉아있는 모습을 항상 보아 왔다. 올해 80이신데 재봉틀에서 지금도 무언가를 항상 만들고 계신다.

얼마 전 어떤 식당에서 방석을 쓰던 것을 가지고 와서 베개를 수십 개 만드셨다.

내가 보기에는 아주 잘 만드셨고 헌 방석 느낌은 전혀 들지 않아서 어느 수예점에서 만든 것처럼 좋아 보였다.

난 모친이 수십 개의 베개를 만들어서 주변 사람들에게 나누어 주고 나에게도 의령에 손님들이 오면 베개로 쓰라고 십여 개를 주셨다.

집사람은 바로 인상이 굳어진다. 남들이 자리에 앉았던 것을 어떻게 베개로 하냐며 찝찝해서 못 쓴다고 버리라고 한다.

분명히 모친은 세탁을 해서 만들었지 그냥은 만들지 않았을 것이다. 그리고 시어머니가 정성 들여 만들었으면 최소한 앞에서는 좋은 척이라도 해 주어야 하는데, 면전에 대고 단박에 "싫어요."라고 말을 한다.

물론 우리 모친이 과도하게 많이 만드는 것은 잘못이라고 생각이 되지만 난 최소한 "우와! 이렇게 많은 것을 어찌 만들었소. 대단해요!"라고 해 주고 "베개 손님들이 좋아하겠다." 이렇게 말이라도 해 준다.

그것이 무엇을 만들어 주는 사람에게 해 주는 최소한 예의가 아닐까?

나 또한 모친의 피를 이어받은 유전자가 어디 가겠나. 항상 무엇을 만들어서 남들에게 주는 것을 좋아한다.

최소한 립 서비스(lip service)라도 해 주면 좋은데 면상에서 인상을 찌푸린다면 두 번 다시 만들어 주기를 하겠는가?

그러나 난 또 무언가를 만들기를 하고 누군가를 퍼 주기를 할 것이다. 우리 모친처럼 평생을 재봉틀에서 무언가를 뚝딱 만드는 실력은 되지 않지만, 그래도 와인도 종류별로 만들었고, 백숙 요리도 모두가 백숙집보다 훨씬 맛있다고 말을 할 정도로 잘 만든다.

그래서 휴일이면 누군가를 오라고 해서 백숙을 끓이고 내가 만든 와인으로 마시기를 하고 있다.

어느 날부터인가 내가 바느질을 하고 있는 나를 발견하고는 바느질하는 모친 옆에서 평생을 보아 온 실력이 나온다. 어떤 때는 아이들 옷을 꿰매고 있다가 청바지나 잠바 등에 구멍 난 것을 박음질을 하고 있다.

요즈음은 바느질하다가 모르는 것이 있으면 유튜브를 보면 신기한 바느질이 많이 나온다.

내가 그것을 보면서 재미있어 하는 나를 발견하고는 "피는 물보다 진하다." 말을 실감하고 있다.

"왜 내가 바느질이 재미있지?" 하며 피식 웃는다. 난 부모와 다른 인생을 살겠다고 다짐을 하고 부정을 해도 평생 보아 온 것을 닮아 가는 것은 어쩔 수 없는 것 같다.

당신이 혹시 싫증이 난 옷이나 새롭게 만들고 싶은 것이 있다면 내가 리폼을 해 줄 날이 있지 않을까?

내가 지금 나이가 많아 여성화되어서 바느질이 좋은 것은 아니겠지?

124. 우리 인생도 교정을 할 수 있다면

작가들이 쓴 초고 교정본에 보면 아무리 짧은 원고라도 빨간 글자로 다시 검토해야 할 사항이 표시되어 있다.

적절하지 않은 단어, 착각해서 쓴 날짜나 숫자, 온갖 실수 등을 표시해 두는 것인데 흥미로운 것은 빨간 글자마다 반드시 기호 하나가 적혀 있다. 바로 물음표인데 한 번 더 생각해 보시는 게 어떨까요? 조심스럽게 물어보는 것이다.

글을 쓰고 나서 나 역시 일일이 다시 한번 더 글을 수정을 한다. 물론 바쁠 때는 맞춤법 검사기를 돌려 보지만 그렇지 않을 때는 일일이 다시 읽어 보고 수정을 하고 있다.

그러나 본인이 쓴 글을 본인이 수정하면 자신의 글이라 수정하는 데 한계가 있다. 특히 받침이 틀리거나, 글자를 쓰다가 한 글자를 빼먹는 경우는 그냥 모르고 지나가는 수도 많이 있다.

만약 매일 쓰지 않고 하나의 글을 며칠을 두고 쓴다면 두고두고 고칠 수 있지만 나 같은 경우 매일 글을 쓰고 있으니 새벽에 보고 틀린 문장이 없다면 수정을 할 기회를 놓치게 되고 만다.

이번 주례사의 경우는 몇 번이고 내가 읽어 볼 수가 있어서 잘못된 표현은 자꾸 수정할 수 있었다.

　글을 한 번 작성하여 책으로 만들어지기까지는 많은 사람의 손이 필요했던 옛날과 달리 요즘은 맞춤법, 문법 검사기가 있어서 글을 쓰고 돌리게 되면 대부분의 글이 수정이 되는 시대에 살고 있다. 물론 사람이 교정을 보듯이 완벽하지는 않다.

　그래서 글을 쓰고 난 뒤 시간이 지나고 다시 한번 읽어 보게 되면 지금 쓰여진 표현을 달리 해야겠다는 생각이 저절로 들게 된다.

　그것은 그 당시 글을 쓸 때의 감정과 현재의 기분이 다른 경우도 있지만 어떤 특정 단어가 생각이 나지 않아서 다른 단어로 표현했던 경우가 많이 있다.

　나도 지금 쓰고 있는 글을 언젠가는 책으로 편찬해야 할 날이 올 것이다, 그때는 또다시 저장되어 있는 여러 개의 글들을 가구에 쌓인 먼지를 털어 내듯이 찬찬히 나의 글을 수정, 교정을 해야 할 날이 올 것이다.

　그때 나의 글을 읽어 보며 지금 하루하루 쓰인 사랑하는 당신과 만들었던 수많은 역사를 다시 한번 되새김하는 시간을 가질 수 있는 추억의 시간이 될 것이다.

　아직은 출판에 대한 간절함은 전혀 없다. 그저 내가 좋아서 글을 쓰고 있고 수많은 독자들이 나의 글 읽어 주고 있는데 괜히 출판을 하는 호들갑을 떨고 싶지 않다.

　교정이라는 시간을 가지며 앞으로 나아가는 것도 필요하지만 이렇게 한 번쯤 돌아보는 힘 덕분에 우리가 조금 더 성숙하고 깊어질 수 있는 거 아닐까?

우리 인생도 그러하듯이 말이다.

125. 맛집을 알려 주세요

눈에 띄는 작은 가게가 있어서 들어가 보면 이미 오래전부터 터를 잡은 사람들이 있다. 적잖은 사람들이 익숙하게 주문하고 오래된 탁자에 자리를 잡고 특유의 분위기 속에서 한데 어울려져 있다.

저녁 한때 문을 열었다가 사라지는 SF 속 장소처럼 용케도 찾아온 사람들이 특별하게 보일 정도이다. 그리고 보면 그동안 힘주어 보았던 시선들이 크고 화려하고, 강하고 힘세고, 빠른 것에 익숙해져 있었구나! 돌아보게 된다.

이런 곳이 있는지 주변에 아무리 생각해도 생각이 나지 않는다. 그도 그럴 것이 조금 맛집이라고 소문이 나면 너 나 할 것 없이 엄청난 인파를 경험한다.

부처님 오신 날 어떤 냉면집을 갔었는데, 점심시간 전인데 가게 앞 수많은 차량들 때문에 겨우 멀리 주차를 했고, 가게 앞에는 벌써 사람들이 대기 번호를 받고 있다.

내가 받은 대기 번호 39번이라, 그의 40분 정도를 기다리고 있다가 가게에는 거리 두기나 온도 체크, 명부 작성 그런 거 전혀 하지 않고 가게 안팎으로 자리를 만들어 손님을 받고 있었다.

그래도 손님들은 미어터진다. 누구 하나 불평도 없이 오로지 먹는 일에만 집중하고 있다.

그곳의 영업시간은 11시부터 오후 3시면 문을 닫고 여름 한철만 장사를 해서 9월이면 장사를 하지 않는다.

그곳을 지나다니며 한 20년 전에도 식당을 갔었지만 그렇게 사람이 많지는 않았는데 유독 최근 들어 사람들이 많이 오는 것 같다.

수많은 사람이 미어터지는 그런 집에서 맛을 음미하고 옆 사람과 대화하는 그런 식사가 될 수 있겠는가?

그저 눈치가 보여서 빨리 한 그릇 먹고 일어나 주어야만 할 것 같은 분위기인데 어떻게 맛집이 되었는지 의문이다.

그렇게 사람이 많이 모이는 곳에 위생이나 맛을 내기 위한 정성이 정말 제대로 지켜지겠는가?

눈으로 보이는 것만 봐도 사람들이 많이 오니 전염병 방역 수칙을 깡그리 무시하는 것을 보아도 위생이나 정성스러운 음식은 절대 아니라고 본다.

한 발 물러나서 생각해 보면 알 수 있는데, 그런데도 사람들은 엄청나게 오고 있다.

나 또한 그 자리에 동참했으니 할 말은 없다.

작고, 느리고, 약하고, 서툴고, 천천히 가지만 원칙을 지키는 그런 가게를 찾는 것은 어렵다.

그런 곳은 사실 장사가 잘되지 않는 곳이다. 그리고 나 같은 경우 맛집을 찾아다니며 즐기는 미식가는 아니라서 한 끼 대강 때우는 형이라, 누군가가 같이 식사하러 가자고 하면 무조건 상대방이 원하는 곳으로 가자고 한다.

그 이유는 상대방을 배려해서가 아니라 내가 어떤 곳으로 가야 할지를 모르기 때문이다.

최근에 멸치 쌈밥 집을 두 번 갔었다. 처음에는 아주 맛있게 먹었지만 (실제로 맛이 있었다.) 연달아 두 번 가서 먹을 정도로 맛이 있는 집은 아니었는데, 일행이 그곳이 좋다고 해서 따라갔었다.

나도 맛집도 찾아다니고 먹는 재미도 느끼며 살아야 하는데 그런 것에 취미가 없으니 누군가와 같이하는 식사 시간만 되면 고민이다.

우리 집 큰애는 "아버지는 김치만 있으면 되는데 다른 반찬 하지 마라." 한다.

만약 내가 독거노인이 되면 아마 김치랑 밥만 매일 먹고 한 번씩 국수에 초고추장 비벼 먹든지 하며 살 것이다.

독거노인이 되기 전 요즈음도 의령에서 나 혼자 있으면 그렇게 먹고 있다.

음식이란 혼자 있으면 맛보다는 배고픔을 달래는 수단으로만 전락하는 것 같다.

126. 삶이란 공정하다

"우리가 하는 100개의 근심·걱정 중에 96개는 쓸 데 없는 것이다."라고 어니 젤린스키는『느리게 사는 즐거움』에서 말한다.

책에서는 "우리가 하는 근심과 걱정의 40%는 절대로 현실에서 일어나지 않고, 30%는 이미 일어난 일에 대한 것이다. 22%는 정말 사소한 것들로 고민하고 있고, 걱정의 4%는 우리 힘으로는 어쩔 도리가 없는 불가항력적인 것이다. 그리고 나머지 4%는 우리가 바꿔 놓을 수 있는 일에 대한 것이다."라고 하였다.

정말 쓸데없는 염려와 걱정 속에 살아가지만, 그것에서 벗어나기란 쉽지 않은 것 같다.

인간은 남녀노소, 지위고하를 막론하고 각각 처지와 형편에 따른 염려와 걱정을 안고 살아가고 있다.

사람들의 염려에는 여러 가지 이유가 있겠지만 크게 두 가지로 요약될 수 있다. 하나는 지나간 일에 대한 후회와 염려이고, 다른 하나는 앞으로 닥칠 미래에 대한 염려이다.

그러나 한 발 물러나서 나를 보면 왜 걱정하는지를 금방 알 수 있다. 근심의 근본 원인은 대부분 나의 욕심에서 시작되는 경우가 대부분이다.

그래서 많은 사람들이 내려놓으라고 말을 하지만 어떤 일이 닥치게 되면 그것 또한 잘되지 않은 것이 현실이다.

사람이라면 과거에 내가 이렇게 했으면 지금은 저렇게 되었을 것이라는 후회를 안 할 수도 없고, 나의 잘못된 판단으로 손해를 입었다면 그것이 배가 아프지 않으면 사람도 아니다.

하지만 내가 선택한 것을 후회하여 보았자 나만 괴로움을 당한다는 것은 한참 뒤에 깨닫는다.

누군가는 이 밤에 근심, 걱정 때문에 잠을 이루지 못하고 잠을 꼬박 새우는 이도 있을 수 있다.

불확실한 미래에 대하여 염려와 걱정을 지나치게 하는 경우를 정신병리학에서는 '불안장애'라고 부른다. 요즘은 "아는 것이 힘이 아니라 아는 것이 근심이다."라는 말이 더 맞는 것 같다. 때로는 정말 모르고 사는 것이 행복할 때가 있다.

수많은 방송 매체를 통하여 흘러나오는 소식과 정보들이 오히려 이 시대를 살아가는 사람들에게 당하지도 않을 일에 대한 더 많은 근심과 걱정을 껴안고 살아가게 만드는 부분도 적지 않다.

특히 휴일 아침 종편에서는 어떤 것이 좋다는 방송을 하고 있다. 처음에는 나도 한 번씩 보기도 했지만, 지금은 전혀 보지 않는다. 그곳에는 몸에 좋은 것이 너무나 많이 방송을 하기에 헷갈릴 정도이다.

사람들이 여러 종류의 약을 배가 부를 정도로 먹는 것은 전부 종편의 영향이다. 예전에는 홍삼 정도의 건강보조 식품이 너무나 종류도 많은 것은 다 먹으려고 하니 한 줌씩 먹게 되는 것이다.

그리고 그것을 먹지 않으면 병이 들어서 죽을까 봐 불안해한다.

'램프증후군'이라는 의학적 용어가 있다. 알라딘이 힘들고 어려울 때마다 램프를 문질러 램프의 요정 지니를 불러내어 소원을 말하면 그 소원을 무조건 들어주는 것을 빗대어 걱정과 근심을 마음속 깊이 담아 두며, 그것을 수시로 불러내어 쓸데없는 근심과 걱정에 사로잡혀 고통받으며 사는 사람들을 가리킬 때 사용하는 용어이다.

스스로가 불행해지기를 기다리는 사람처럼 닥치지도 않은 일에 대하여 근심과 걱정을 꺼내 가며 살아가고 있는지도 모른다.

삶이란 공평하다. 내가 걱정한다고 그 공평함이 깨지지 않는다. 하루하루 최선을 다하는 삶을 살아가다 보면 혹시 로또라도 걸리는 행운이 나에게도 올지 알 수 없다.

아무리 용한 점쟁이도 지나간 과거는 잘 맞추어도 미래에 일어나는 일은 아무도 모른다.

근심, 걱정은 멀리 던져 버리고 그저 되는 대로 살아가자. 그러다 보면 좋은 날도 행복한 날도 나에게 저절로 찾아오게 된다.

127. 정원 꾸미기가 유행이다

집 안에 있는 뜰이나 정원을 가꾸는 가드닝 인구가 점점 늘어나는 추세라고 한다.

우리보다 집안 조경이 앞센 서구에서는 요즈음 트렌드 중 하나가 앞마당 대신 뒷마당에 정원을 가꾸는 것이 유행이라고 한다.

앞마당은 남들에게 보여 주기 위해 만드는 것이라면 뒷마당은 온전히 우리 가족만이 활동이 가능한 공간이다.

그리고 앞마당에 비하면 햇볕도 많이 들어오지 않고 주변 시선에서도 멀리 떨어져 있어서 자신만의 공간을 만들 수 있다.

요즈음 전염병 때문에 나들이를 못 하니 사람들이 자신의 집에 관심을 많이 가지는 것은 당연한 일이다.

나도 집 뒤를 집 지은 지 거의 10년을 방치해 두었다가 작년에 집 뒤 옹벽 공사를 하면서 터가 많이 생겨났다.

처음에는 앞쪽에 있는 남천을 한 그루 옮겨 심었다가 올봄 아이들과 함께 강아지 무덤을 만들면서 꽃나무를 몇 그루 심고 잡초도 제거하고 거기에다 잔디도 심게 되고 점점 꽃밭이 늘어나게 되었다.

만약 잡초를 제거하고 꽃을 심는 것이 재미가 없었다면 방치해 두었을 것인데, 매주 아침에 잠깐 30분 정도 호미를 들고 잡초를 제거하면 깨끗해 보이고 꽃들도 잘 자라서 보람이 있다.

내친김에 옹벽 부분에 쇠 받침을 만들어서 덩굴 장미를 심어서 꽃을 가꾸어 볼까 생각 중이다.

우리 집 앞쪽은 커다란 헛개나무가 있어서 그늘이 너무 많이 생겨서 꽃을 심거나 정원이 되지 않는다.

하지만 나무에 잎이 나오기 시작해서 여름, 가을까지는 모두가 나무 그늘을 좋아하고 나무 그늘 밑에서 소풍을 즐긴다.

어떤 분은 집 안에 큰 나무가 있으면 습기도 많고 풍수상 좋지 않다고 하지만 난 그 나무를 베어 버릴 생각은 추호도 없다.

인공으로 만드는 그늘이 아닌 숲속 그늘은 시원함의 차이가 많이 난다. 우산처럼 된 차광막은 햇볕이 조금만 세어도 더워서 그 속에 있지 못하지만 나무 그늘에서는 아무리 더워도 시원함을 유지한다.

요즈음 벌써 낮 기온이 30도가 넘어가는 날이 많이 있다. 마산 처형은 멀미 때문에 오랫동안 차를 타는 것을 하지 못한다. 요즈음 시대에 이런 분이 있나 싶을 정도로 나들이를 하지 않아서 예전에 시골 할머니들처럼 차만 타면 속이 좋지 않으신 분이다.

나이가 많은 할머니도 아니다. 나보다 몇 살 위인 분인데 얼마나 차를 타지 않았으면 그럴까, 안쓰럽기까지 하다.

어제 그 더운 날에 난 에어컨도 켜지 못하고 한 시간 이상 운전을 해야만 했다. 나들이를 멀리 가지 말고 우리 집에 오시면 되는데 갑자기 울산을, 처형 집에 가자고 하시기에 기꺼이 내가 운전기사 노릇을 했다.

그 집은 나름대로 정원을 꾸며 놓았지만 바깥에 햇볕이 있으면 어디 갈 데도 없고, 특색 있는 그런 공간이 있는 것도 아니라서 돈만 많이 들인 그런 집으로 보인다.

물론 그 집은 엄청난 돈을 주고 집을 지었고 정원 역시 자연석으로 여기저기 꾸며서 남들이 보면 우와~ 할 수 있게 되어 있지만 바깥에 사람들이 쉴 수 있는 공간은 전혀 없다.

거기에 비하면 우리 집은 여기저기 그늘이 엄청 많아서 어디에나 돗자리를 펴면 피크닉이 가능할 정도이다. 그러나 나무그늘이 많으니 다른 식물들이 자라지 못하는 것이 단점이다.

나의 집 뜰에서는 올해부터 꽃나무를 심기 시작했다. 그곳을 점점 넓게 만들어서 텃밭이 아닌 꽃밭으로 만들 생각이다.

물론 또 마음이 바뀌어 방치할 수도 있지만 지금처럼 즐거움이 있다면 계속하지 않을까?

128. 이제 주름살이 연륜이 아니다

세상에 모든 나무는 나름 하고 싶은 말이 있다고 한다. 그래서 사람의 지문처럼 생긴 나이테에다가 언어나 감정을 차곡차곡 쌓아 두는데 나이테를 보면 작년, 재작년, 그전까지 나무의 감정을 가늠할 수 있다.

날이 온화하고 비가 충분히 내렸던 해에는 행복해진 나무는 나이테를 넓게 확장하고, 가뭄이나 한파가 닥치면 자랄 힘이 없어져 나이테를 좁게 줄인다.

나무줄기나 가지의 가로 단면에 나타나는 둥근 모양의 테. 나이테를 보면서 옛날 목재 건물의 연대를 측정하기도 하는데, 또한 나이테 너비의 변화를 살펴봄으로써 옛날의 기후에 관한 정보도 얻을 수 있다

나이테는 봄에서 초여름에 걸쳐 만들어지는 춘재(春材)의 도관세포(導管細胞)가 늦여름부터 초가을에 걸쳐 만들어지는 추재(秋材)의 것보다 크거나, 비교적 세포벽이 두꺼운 섬유층이나 유조직층(柔組織層)에서 성장이 끝났을 때 더욱 뚜렷하게 나타난다.

계절의 변화가 뚜렷하지 않은 열대에서는 나이테가 형성되지 않는다고 한다.

온대 지방에서도 해충들이 잎을 다 먹어 버리는 경우에 나이테가 없

거나 생장이 멈춘 뒤 1년이 채 안 되어 2번째의 가짜 나이테가 생기기도 해서 실제로 나이테로 정확히 몇 년 살았는지 나무의 나이를 가늠하는 것은 어렵다.

그리고 나이테 한 칸이 일 년인 줄 알았는데 봄과 가을, 두 번 생긴다는 것을 이번에 처음 알았다.

겉으로는 한결같이 늠름해 보이는 나무도, 나무 입장에서는 자신이 베어지고 나서야 자신의 과거의 삶을 사람이 알 수 있다.

반면 동물은 뿔이나 물고기의 비늘로 나이를 가늠할 수 있다고 한다.

인간은 자신의 얼굴의 주름으로 그 사람의 살아온 삶의 모습을 기록한다.

표정을 나타내는 근육의 운동이나 장시간 반복되는 자세와도 관계가 많이 있어서 많이 웃는 사람의 주름과 맨날 찡그린 얼굴의 주름은 확연히 차이가 있다.

그래서 얼굴은 개인으로서의 '나'를 두드러지게 해 주는 내 몸의 출발점이자 내 존재를 부각하는 육체적인 서명이다.

주름을 생기게 하는 내부적 요소로는 나이와 노화 유전자 등이 있고, 외부 요소로는 햇빛(자외선)에 의한 손상, 좋지 않은 화장품과 비누의 사용, 공해, 먼지, 건조, 담배 등이 원인으로 꼽는다.

주름살이 생기는 것은 일종의 노화 현상인데 병원에서는 노화를 막는 수술이나 시술을 시행하는데 종류가 엄청나게 많은 것을 보고 사람들이 늙어 가기를 싫어하는구나를 다시금 느끼게 한다. 예전에는 여자들만 그것도 일부 연예인들만 시술을 하였는데 요즘은 남녀노소 누구나 병원에 가서 젊고 예뻐지는 수술을 하고 있다.

나의 질부도 얼굴이 좀 큰 편인데 어느 날 보니 얼굴이 작아진 느낌이 들어서 물어보니 보톡스를 맞았다고 말한다. 난 보톡스는 얼굴의 주름살만 없애는 줄 알았는데 얼굴을 작게 보이게 하는 것도 있는 모양이다.

이제는 얼굴의 주름살이 인생의 훈장이 될 수 없는 세상에 우리는 살고 있다. 현수막을 보니 "부위별 만 원" 이런 것이 쓰여 있는 것을 보고 나도 가서 한번 받아 볼까 고민하고 있다.

그러나 난 젊어 보이려고 주름살을 없애기 위해서 성형외과를 가지는 않을 것 같다.

내일모레 60인 내가 젊어 보여서 새로 취직을 하거나, 연애를 할 것도 아닌데 뭐 하러 주름살 제거를 하겠나…?

말은 이렇게 하고 있지만 나도 보톡스를 맞으러 가 볼까? 한 번씩 고민을 하는 나를 발견한다.

연륜(年輪)이라는 말은 여러 해 동안의 노력이나 경험으로 이룩된 숙련의 정도를 말하기도 하지만 나무의 나이테를 뜻하기도 한다.

이제 주름살이 연륜이 될 수 없는 그러한 세상에 우리는 살고 있다. 그럼 나도 세상의 변화에 같이 흘러가는 게 정답인데 사랑하는 당신이 주름살이 보기 싫다고 한다면 나도 보톡스 맞으러 가겠다.

"맞으러 갈까요…?"

129. 우리 바람피울까요?

조선왕조실록이 몇백 년이 지난 지금까지도 전해질 수 있었던 이유는 때맞추어 거풍(擧風) 작업을 했기 때문이라고 한다.

바람과 햇볕에 말리는 포쇄(曝曬)는 한마디로 책을 말리는 일로, 책의 습기를 제거해 충해 피해를 막음으로써 오래 보관하기 위한 것이다.

한지로 만들어져 습기와 책벌레에 약한 고서인 조선왕조실록이 600년이 지난 지금까지 전해진 것도 이런 선조들의 지혜와 정성 덕분이다.

조선 시대에는 봄이나 가을의 맑은 날을 택해 바람을 쐬고 햇볕에 말리는 실록 포쇄를 3년 혹은 5년마다 정기적으로 시행했다.

장마가 끝난 처서 즈음에 농부는 곡식을 말리고, 부녀자는 옷을 말리고, 선비는 책을 말린다는 기록도 전해진다.

포쇄를 담당하는 포쇄별감이 춘추관에 설치됐고 포쇄 때마다 일지를 썼을 정도로 책에 관련해 우리 조상들은 아주 소중히 다루었다.

비가 그치고 날이 개면 햇볕 아래 두꺼운 책을 펼쳐 놓고 선선한 바람을 쐬면서 그 사이 스며든 축축한 습기를 말려 주었다. 덕분에 종이를 갉아먹는 책벌레의 피해도 막을 수 있었다.

때때로 바깥공기를 쐬면서 눅눅한 기운을 밀어내는 책들처럼 우리의 마음도 한 번씩 거풍 작업을 하면 좋겠다.

피서 문화가 빈약했던 우리 조상들은 과감한 피서법이 존재했는데, 바로 풍즐거풍(風櫛擧風)이다. 남성들이 산에 올라가 상투를 벗어 산바람에 머리카락을 날리고 아랫도리를 드러내어 볕에 쬐는 풍즐거풍은 유교 문화의 관점에서 본다면 무척 충격적인 피서법이다.

그런데 하필이면 우리 조상들은 심볼을 볕에 말리는 거풍을 즐겼을까.

성인이 되어 틀어 올린 상투를 풀어 바람에 날리는 것은 충분히 이해할 수 있지만 완고한 양반들이 신체의 가장 은밀한 심볼을 노출했다는 것은 자못 이해하기 어려운데 그 속내는 바로 질병 예방이다.

목욕 문화가 발달하지 못했던 옛날에는 무더운 여름이면 땀으로 인해 사타구니에 염증이 잦았다. 이를 예방하기 위한 행동이 바로 거풍(擧風)이다.

옛날에 가뭄이 들면 여인들이 달밤에 산에 정상에 올라가 소피를 봄으로써 지신(地神)을 화나게 하고 이로써 비가 내리게 했던 노출과 비교할 때 거풍은 예방 노출이다.

이로 짐작할 수 있겠지만 의료시설이 빈약했던 옛날의 남성들은 임질을 비롯한 각종 성병으로 많은 고생을 했다. 특히 임진왜란을 통해 매독까지 전파된 이후로는 성병에 의한 사망률도 급격하게 증가했다.

옛날에는 성병을 화류병이라고 통칭했는데 그것은 기방을 통해 병균이 퍼져 나갔기 때문이다.

한편 중양절(重陽節)인 9월 9일에도 남자들은 국화전(菊花煎)과 국화주(菊花酒)를 들고 산에 올라가 풍즐거풍(風櫛去風)을 하는 풍속이 있었는데, 연중 양(홀수인 9가 2번 들어간 날)의 기운이 가장 강성할 때에 우주 만물의 기를 흡수하면 몸이 튼튼해지고, 정력이 강화된다고 여겼기 때문이다.

또한 여성들은 이날 국화로 만든 꽃 비녀를 꽂고, 국화꽃을 말려서 국침(菊枕)이라는 베개를 만들었다. 국침을 베면 남성이 에너지를 가장 많이 소비하는(?) 잠자리에 양의 기운이 퍼져 나와 기를 손상하지 않게 됨은 물론이고, 부부관계에도 활력이 생기고 무병장수한다고 믿었다.

풍즐거풍과 국화를 이용한 양생법을 통해 피서도 자연의 이치를 통한 성적 능력의 향상에 기초했던 우리 조상들의 지혜를 알 수 있다.

선조들은 의학적인 원인보다 햇볕을 쬐어서 양기를 보충한다는 의미가 더욱 크게 작용했을 것이다.

밤중에 보름달이 있는 날은 음기가 강하고 한낮 햇볕은 양기가 충만할 거라는 생각 때문일 것이다.

식상하지만 이런 유머도 있었다. 어느 은퇴한 노교수가 무료함을 달래기 위해 돗자리와 책을 들고 아파트 옥상으로 올라갔다.

햇볕이 너무 좋아 옛 선조들의 '거풍' 의식이 떠올라 아랫도리옷을 내린 다음 햇볕과 바람을 쐬게 한 후 누워 책을 보다가 그만 잠이 들었다.

그때 아래층에 사는 아주머니가 이불을 널려고 올라와서 모습을 보고 깜짝 놀라 비명을 지르며 소리쳤다.

"어머, 뭐 하시는 거예요!" 외마디 소리에 화들짝 놀라서 일어난 교수는 민망하여 상황 수습을 못하고 점잖게 말했다.

"시방 고추 말리는 중이오." 교수님의 어이가 없는 대꾸에 아주머니는

"호~호~호." 하며 웃더니 치마를 걷어 올리고서 속옷을 내리고는 교수의 옆에 눕는 것이 아닌가?

교수님이 화들짝 놀라면서 "아니 남녀가 유별한데 이게 뭐 하는 짓이요?"

아주머니가 얼굴을 붉히며 "네, 교수님~~! 저도 고추 푸대를 좀 말리려~~."

거풍(擧風)은 옛날이나 지금이나 우리 생활 깊숙한 성 문화에도 묻어 있지만, 풍치, 중풍 등 우리 몸에 바람이 든다는 것은 좋은 의미는 없다.

130. 배우고 익히는 것이 즐겁다고?

"나는 젊은 사람들이 좋다. 그들의 계획 안에서 내 계획을
발견하면 내가 죽어서 무덤에 묻히는 후에도 내 삶이 이어질
것이라는 생각이 든다."

프랑스 소설가이자 철학자 시몬 드 보부아르(Simone de Beauvoir
1908~1986)의 『나이 들어가는 방법』에 나오는 대목이다.

배우는 사람만큼 젊고 싱그러운 사람이 없다고 한다. 배우는 한 모든
사람은 학생 신분으로 살아가는 셈이기 때문이다.

그녀가 말하는 '잘 늙는 열 가지 방법'은 이곳저곳에서 많이 인용하고
있다. 그녀가 실제로 열 가지 방법을 어떤 책에서 인용했는지, 출처를 알
수가 없어서 옮기지 않았다.

조상들의 제사 의식에서 지우(지방)을 쓰는데 모든 죽은 남자들은 학
생부군신위(學生府君神位)라고 쓴다.

그 말은 평생 배우다 생을 마감했다는 말로, 學生이라는 말은 '유학생
(幼學生)'이란 말의 줄임말이다. 유학이란 벼슬을 하지 않은 유생(儒生)
이라는 뜻인데, 다시 말해 출사(出仕)하여 벼슬길에는 나가지 않았으나

지식의 깊이나 세상을 보는 경륜만은, 재주가 아까운 사람이고 평생을 배우고 익히다 생을 마감했다는 뜻이기도 하다.

모든 집에서 이제는 제사를 지내는 집이 사라지고 있다. 나또한 모친만 돌아가시면 나의 자식들에게 제사를 못 하게 할 것이라고 다짐을 하고 있어서 이제 지방을 쓰는 일도 사라질 것이다.

그리고 지우를 쓰는 일이 번거롭고 자주 쓰지 않은 글자라 잘 쓰지 못하여 한 십 년 전부터 지우를 프린터를 하여 사용하고 있다.

이제는 학생부군신위(學生府君神位)라는 글자를 어떻게 쓰는지도 가물거린다.

내가 중·고등학교 다닐 때만 해도 지우 정도는 모두가 쓰는 세대였는데 그리고 그것을 쓰지 못하면 많이 수치스럽게 생각했다.

근세의 시몬 드 보부아르(Simone de Beauvoir) 같은 프랑스의 대사상가도 수백 년 전 공자의 가르침대로 살았던 우리 조상들도 모두가 죽을 때까지 배우고 익히는 삶을 살아가라고 말한다.

나도 이제 중년의 고개가 넘어가고 노년으로 접어들어 가지만 얼마 전까지만 해도 죽어라 무엇을 배우려고 기를 쓰고 하였다.

그래서 사회복지사를 따기도 했고 행정학을 공부하여 학사를 이수하기도 하였다. 하지만 그런 것 들이 내가 늙어 가는데 무슨 보탬이 될까 곰곰이 생각해 보면 지금 당장은 전혀 활용 가치가 없다.

그리고 앞으로도 내가 볼 때는 어디에도 쓸모없는 자격증과 학력이다. 만약 내가 공부하였던 것으로 나의 삶을 바꾸어 갈수 있으면 좋겠지만, 이제 새로 배운 경험 없는 늙은 사람을 써 주지도 않을 뿐 아니라 나 또한 젊은 사람들과 경쟁하여 새로운 삶을 살아간다는 것은 무리이다.

젊은이들도 직장을 구하지 못해서 책만 붙들고 있는 이들이 많은데 늙은 사람까지 뛰어들어서는 안 된다.

나이 들어 배우고 익힌다는 것은 자신이 살아온 것과 전혀 다른 학문이나 새로운 것을 하라는 의미는 아닐 것이다.

그럼 나이 들면 무엇을 배워야 할까?

마산 동서는 평생을(50년) 고추 방앗간을 하였고 이제는 아들에게 물려주어서 아침에 잠시 문을 열어 주고 나면 하루 종일 할일이 없다.

그래서 그는 평소에 술을 좋아하니 시간만 나면 술을 즐긴다. 주변에 모든 사람이 마산 동서가 전화가 오면 받지 않을 정도로 주당이 심하다.

금요일 낮술을 하시고 퇴근 시간에 전화가 와서는 형설수설 하였지만 그의 한마디에 고속도로를 달리고 있던 나는 동서에게 가지 않을 수 없었다. 그는 나에게 "외롭다."고 말한다.

비가 억수로 내리고 한참을 돌아갔지만 동서를 모시고 시골에 와서 같이 한잔을 하였다.

우리 동서 같은 경우 자신이 잘할 수 있는 것은 고추 방앗간 일과 술을 마시는 것인데, 방앗간을 갈 수 없으니 이제는 자신이 잘하는 술을 마시는 것이다.

고주망태가 된 동서는 단둘이 있으니 재미가 없는지 택시를 타고 자신의 집으로 갔다.

내가 나이 들면 무엇으로 보람된 황혼을 맞이할 수 있을까? 여러 가지

할 일을 머릿속에 그리고 있지만 실제로 70살이 되고 80살이 되어도 그렇게 할 수 있을는지 모를 일이다.

그때는 모든 에너지가 고갈되어서 하고자 하는 의지 또한 지금처럼 강하지 않을 것이다.

술로 시간을 보내고 있는 나의 동서를 보면서 나는 그렇게 되지 않아야 하는데, 참으로 알다가도 모르는 것이 우리의 인생이다.

131. 시간을 낭비하자

우리가 가진 돈이나 물건 같은 것은 뭐든 적당히 쓰고 낭비하면 안 되는 것은 알고 있지만, 그래도 아껴 쓰기만 하면 조금 답답하다.

내가 가진 것 중에서 시간 요거 정도는 아끼지 않고 마음껏 써 보면 어떨까? 예를 들면 좋아하는 영화를 보거나 재미있는 드라마를 전부 내려받아 처음부터 끝까지 몰두하든지, 하루 정도 날 잡아서 시간을 마음껏 낭비해 보는 것이다.

그렇게 하루를 쓰면 시간이 조금 아깝고 허무할 수도 있지만, 평소에 느끼지 못했던 자유와 재미는 얻게 될 것이다.

만약에 주말을 자신이 마음껏 쓸 수 있다면 어떤 곳에 소비할 것인가?

독일의 철학자 칸트는 시간 관리가 철저하기로 유명하다.

철저히 시간 계획을 세우고 생활하는 사람을 칸트에 비유하기도 하는데, 칸트는 어린 시절부터 병약해서 자주 앓아눕곤 했다.

그래서 그는 어릴 적부터 건강을 위해 늘 규칙적인 생활을 하였다고 한다. 그는 언제나 아침 5시에 일어나 대학 강의를 하였고 오후 3시에는 산책을 즐겼으며 밤 10시에는 잠자리에 들었다.

그는 '걸어 다니는 시계'라는 별명을 얻을 정도로 "저기 칸트가 산책로를 지나가는군. 그렇다면 지금은 오후 3시 10분이다." 사람들은 그를 보며 시계를 맞출 정도였다.

그는 우리가 마음대로 사용해도 될 것 같은 시간을 아주 철저히 관리하며 자신에게 평생을 정해진 규칙에 얽매여 살게 했다.

그렇게 철저하게 자기관리를 하여서인지는 몰라도 18세기에 80살까지 살았다.

물론 일찍이 요절하는 사람도 있지만, 보통의 경우 이제는 의학이 발달하여 그렇게 철저하게 관리하지 않고, 대강 살아도 누구나 80살까지는 살 수 있는 시대에 우리는 살고 있다.

난 이번 주말은 정해진 시간에 무얼 해야 하는 것을 하지 않았다. 아침이면 출근해야 하는 압박감 때문에 정말 시간을 정해서 밥을 먹어야 하고 잠도 그 시간에 자지 않으면 출근하여 업무에 지장이 있어서 항상 긴장하며 생활한다.

물론 나만 그런 게 아니라 평소에는 자신이 무슨 일을 하든 모두가 그런 생활을 할 것이다.

주말이 되면 이거 꼭 해야지 하는 것을 하지 않는다. 그래서 잠도 글을 쓰기 위해 일어나면 그때부터 영화를 몇 편 보면서 아침을 맞이하고 배가 고프면 먹는데, 먹는 것도 평소에는 먹지 않은 라면을 먹는다. 그것도 만들기 아주 쉬운 컵라면에 물을 부어서 대강 한 끼 때우고 나무 그늘 밑에서 넋 놓고 있거나 술을 한잔하고 싶으면 맥주를 한잔하기도 한다.

잡초가 눈에 거슬리면 호미질 조금 하거나 그러다가 다시 영화를 보러 들어간다.

영화가 조금 지루하면 그때 잠을 자거나 아니면 평소에 먹지 않았던 과자나 빵 같은 것으로 대강 허기를 때우고 하루 종일 노닥거린다.

나의 친구는 휴일이면 너무 바쁘다. 평소에 하지 않았던 등산을 하러 가거나 약속을 여러 개 잡아서 그들과 함께 놀러 다닌다.

그래서 휴일에 그 친구를 만나고 싶으면 거의 대부분이 다른 곳에서 무얼 하고 있다.

어제 같은 경우도 아무 계획 없다고 하더니 바닷가 사진을 보내 주며 걷고 있다고 한다.

그도 평소에는 직장에 스트레스가 있을 것이다. 그는 나와 정반대의 휴일을 보내고 있다.

우리는 칸트처럼 유명한 철학자도 아니고 또 건강을 위해서 죽어라 운동을 할 필요도 없는 세상이다.

어떤 휴일이 그 사람에게 좋은지는 각자의 생각대로 보내면 되지만, 일주일 내내 시간에 매어 있다가 휴일이면 나를 위해 마음껏 써 보는 것도 좋지 않을까?

132. 먼저 간 친구를 기억하며

　나의 친구 조진래의 기일이 어제 저녁이었다. 작년 기일에는 전화라도 했지만 올해는 전화조차도 미망인에게 하지 않았다.

　작년에 전화하니 제사도 안 지냈다고 말하고 또 그가 간 날 전화하면 평소에는 잘 연락도 하지 않은 사람이 생색내는 듯하여 마음속으로만 고인을 생각만 하고 말았다.

　그가 고인인 된 것이 이제 겨우 2년 지났는데(2019년 5월 25일, 음력 4월 20일) 현재의 정권이 50년 간다고 하더니 세상은 너무나 바뀌어서 지지율이 바닥을 달리고 있다.

　아버지나 장모님이 갑자기 심장마비로 돌아가셔도 그렇게 놀라지 않았는데 그 친구가 세상을 떠난 날 아침은 운전을 하지 못할 정도로 놀랐던 것이 지금도 생각해도 그때의 생각으로 가슴이 먹먹하다.

　조금만 기다리고 있었으면 자신의 세상이 열릴 것인데 왜 극단적인 선택을 했는지 아직도 이해가 되지 않는다.

　그때 당시에는 내가 가장 가까이에서 그를 보좌했었고, 창원시장 후보로 출마하여 낙방하여 힘들어 하는 것이 어느 정도 치유가 되어 가고 있었는데, 갑자기 하늘의 날벼락처럼 그가 극단적인 선택을 했다.

그는 나의 친구 중 최고의 고위층이었지만, 항상 소탈하고 유머를 아는 친구였다. 그는 책을 한 번 보면 책 내용을 처음부터 끝까지 글로 옮길 수 있는 천재에 가까운 명석한 머리를 가지고 있었다.

어떤 데는 점심을 먹다가도 한시를 처음부터 끝까지 메모지에 쓰는 것을 보고는 우리와 다른 세계의 사람으로 알았다.

자신들의 지지를 등에 업고 자질도 되지 않은 것들이 정치를 한다고 까부는 그런 부류의 사람들과 차원이 다른 그런 존재가 나의 친구 조진래였다.

지금도 그 친구를 회상해 보면 변호사나 정치권에 몸을 담지 말고 자신의 형처럼 학자의 길을 걸었다면 아마 유명한 학자로 살고 있지 않았을까?

친구의 아버지가 통일주체국민회의의 대의원이 된 것이 그 친구가 하늘로 간 원인이 되었다고 본다.

자식은 아버지의 그늘에서 그것을 본받는데, 만약 부친께서 시골의 대의원만 되지 않았다면 그 친구도 정치적인 야망도 없었을 것이다.

그가 세상을 등지고 2년이 지났건만 그가 떠난 자리는 아무도 기억하지 않는다, 나 또한 귀농하여 편안히 살고 있는 나를 세상 밖으로 불러낸 나의 친구를 처음에는 원망도 많이 하였지만, 이제 도시 생활에 어느 정도 자리를 잡고 있다.

처음에는 갑자기 무엇을 어떻게 해야 할지를 몰랐다가 이제는 연봉을 받는 안정된 직장인이 된 것도 하늘에 있는 나의 친구가 힘을 써 준 덕분일 것이다.

이제는 그 친구를 죽음으로 몰아간 이 정권에 대해 원망도 하지 않는다. 하늘은 항상 사필귀정(事必歸正)으로 마감이 된다.

내년 대선에서 어떤 바람이 불어서 어떤 정권으로 바뀌 어도 사람들을 죽음으로 몰아간 책임은 누군가는 지게 될 것이다.

난 그때까지 몸 건강히 유지하여 그들의 말로를 지켜볼 것이다.

"나의 친구 조진래! 하늘에서 잘 지내고 있었소. 나도 조만간 당신 만나러 가지 않겠소?"

내년에도 당신을 회상을 하며 글을 쓸 수 있기를 바라지만, 인간은 금방 당신을 잊어버리고 말 것이요. 친구인 나도 내년에는 당신을 그리워하지는 않을 작정이요.

133. 노인이 된다는 것은 서럽다

매들린 랭글(Madeleine L'Engle)은 젊은이들을 위한 소설 『시간의 주름』에서 "어린 시절 우리는 어른이 되면 더 이상 나약하지 않을 거라 생각했다. 하지만 어른이 된다는 것은 나약함을 받아들이는 것이다. 살아있다는 것은 나약하다는 것이다."라고 말했다.

나 자신이 나약하다는 것을 알고 받아들이는 거 그게 바로 어른이 되고 있다는 증거라고 작가는 말한다.

"나는 다 잘할 수 있어! 무조건 겁 없이 도전하는 것보다는 이것은 못하니까 하지 말고 대신할 수 있는 것을 집중하자." 이렇게 내가 나약한 부분을 수용하고 선택과 집중을 할 줄 아는 게 효율적이라 생각한다.

여기까지는 젊은이들의 이야기이고, 중년 이후의 우리들의 모습은 내가 아주 잘하는 것도 한둘 할 수 없어지는 나이에 접어 든다.

특히 머리를 많이 써야 하는 직종이나 몸을 많이 쓰는 직업군에서는 더욱 두드러지게 나타난다.

나의 경우 서류의 오타로 자주 곤경에 처한다. 나름대로 두 번, 세 번 확인하고 제출하는데도 불구하고 자주 관청에서 오타의 지적을 받는다.

다른 사람은 몰라도 난 매일 글을 쓰고 있고 글을 읽어 보며 오타 수정도 하고 있는 습관을 들여 있지만, 관청의 담당자들은 매의 눈으로 그것을 발견하고 서류를 반려한다.

그럴 때마다 글자가 틀린 명백한 증거 앞에서 담당자에게 반격도 하지 못하고 나는 나의 자존감이 점점 바닥으로 떨어지는 것을 느낀다.

단지 나이가 들어 감이 야속하기만 할 뿐이다.

어느 날 현장에서 설비업자가 화장실 변기배관과 싱크대 배관을 거꾸로 시공한 것을 발견하고 현장 담당자에게 수정하라고 했었다.

그분은 도저히 있을 수 없는 실수를 하였다며 자신을 책망하는 것을 보았다. 어렵게 수정할 수가 있었지만, 만약 콘크리트 타설 이후에 발견하였다면 바닥 기초 부분이라 건물을 다시 부수고 지어야 할 치명적인 실수였다.

시공하신 기술자는 70에 가까운 분으로 수십 년 설비업을 하신 베테랑인데도 나이 앞에서는 어쩔 수 없이 실수를 하였다.

나이가 들어가는 것은 단순히 몸의 기력만 떨어지는 것이 아니라 나의 총명함도 같이 사라지게 하는 것이 두렵다.

그래서 모든 서류를 다른 사람에게 다시 확인하게 하고 있지만 그래도 조금씩 서류가 오류가 나고 있다.

물론 담당자의 세밀한 성격 때문일 수 있지만, 관공서 서류를 세밀히 확인해야 하는 것은 맞는 일이지만 그것 또한 나에게는 엄청난 스트레스이다.

예전에는 "서류가 틀리니 수정하세요." 하면 두말없이 다시 수정하고 욕 한 번 들으면 되지 생각되었는데, 이제 나이를 먹으니 그런 소리가 귀에 많이 거슬리고 반발심이 생긴다.

그래서 60살이 되면 이제 자신이 하는 일을 그만하라고 정년이라는 제도가 있는지 모른다.

오랫동안 살아온 경험과 노하우로 지식보다 중요한 지혜로움이 있다.

그러나 현실은 아무리 그 분야의 베테랑 전문가라도 나이 앞에서는 어쩔 수 없이 작아지는 자신의 모습을 발견한다.

지금 언론에서 돌풍을 일으키고 있는 '이준석'을 보면서 나이 많은 능구렁이 같은 노장 정치인들보다 역시 젊은이가 시원하고 좋다는 생각이 절로 든다.

계파와 연륜이 없으면 아예 발조차 들여놓을 수 없는 정치판에 또 다른 바람을 일으키고 있다.

이 말은 반대로 하면 이제 정치에도 노장들은 사라지게 될 것이다.

4차 산업혁명 시대에는 모든 면에서 노인이 설 자리는 점점 사라지고 있다.

특히 모든 것이 무인화, 자동화가 되고 있고 컴퓨터도 아주 능숙하게 다룰 줄 모르면 어떤 업무에서도 배제될 수밖에 없는 실정이다.

우리가 아무리 변화되는 시대에 따라간다고 한들 지금 시대와 발맞추어 갈 수 있을까?

그러나 시대에 뒤처지는 순간 생존과 직결되는 일이라 가만히 있을 수도 없고 참 난감한 상황이다.

134. 가족 같은 회사 좋아요?

"가족 같은 회사 내 가족은 집에 있어요." 이것은 내가 만든 말이 아니고 개그우먼 김신영의 〈주라주라〉 가사의 일부이다.

우리 세대에는 '가족 같은 분위기', '가족 같은 회사'를 강조하고 당연히 그런 회사를 선호했다.

한국인에게 '가족'이라는 단어만큼 따뜻한 단어가 또 있을까. 그런 단어를 수식어로 품은 '가족 같은' 회사…. 얼마나 멋진 말인가.

한국인 특유의 정(情)과 인간미가 넘치는 곳으로 생각이 되어 우리는 당연히 그렇게 생활하기를 원한다.

리드호프먼의 『협력(The Alliance)』에서는 고용주와 직원의 관계를 이렇게 정의하고 있다

회사의 거짓말은 직원의 충성심을 요구하면서 그 대가인 고용 보장은 절대 약속하지 않는다.

그리고 직원은 애사심이 있다고 하지만 더 좋은 기회가 생기는 순간 바로 이직을 한다.

이런 것이 오늘의 회사 분위기이다.

이런 양측의 거짓말로 인해 성립된 관계는 회사와 직원 모두에게 안 좋은 영향을 끼치고 결국 서로 손해를 보는 상황을 만든다고 책은 설명

한다. 이런 환경에서는 회사는 능력 있는 직원들을 잃게 되고, 직원은 자신의 능력을 100% 발휘할 수 없다.

이 대안으로 호프먼은 회사-직원 관계를 '동맹(alliance)'의 개념으로 보기를 주장한다.

80~90년대 우리가 처음으로 직장 생활을 하거나 사업을 시작한 사람들은 그 시대에는 회사가 어려워 월급이 나오지 않아도 묵묵히 회사가 좋아질 때까지 기다려 주기도 하고 일이 많으면 돈을 받지 않고 야근을 하는 것을 당연한 듯 받아들이는 분위기였다.

오너 역시 아무리 힘들어도 직원을 내보내기보다는 자신은 돈을 가져가지 않아도 직원의 월급은 꼬박꼬박 챙겨 주어서 정말 정(情)이 넘치는 그런 회사가 좋은 직장이라고 했다.

그래서 한번 직장에 들어가면 정년이 될 때까지 그 직장에서 근무하는 경우가 대부분이었다.

그러나 IMF 사태 때 대기업들도 줄도산을 경험하고는 한 번 들어가면 평생직장이라는 것이 점점 사라지게 되었고, 어느 날부터인가 이제 일년에 한 번씩 직원들은 직장에서 연봉을 협상하고 돈이 적거나 직장이 마음에 들지 않으면 바로 퇴사를 할 수 있고, 기업주도 직원이 마음에 들지 않으면 바로 퇴사를 요구할 수 있는 세상이 되었다.

이제 세상은 급속하게 바뀌어서 '가족 같은 회사'라는 단어조차 사라져 버렸다.

회식도 많이 하지 않는 회사가 좋은 회사이고, 저녁 늦게 야근하지 않은 회사는 더욱더 좋은 회사이다.

이제는 기업의 단체 문화보다는 개인의 일상을 더욱 소중히 여기는 것이 사회 분위기이다.

내가 몸담고 있는 곳에서도 몇 번이나 회식을 하자고 현장 분들에게 이야기했는데 한 달이 다 되어 가도 회식 날짜를 잡지 못하고 있다.

어제는 도저히 그냥 있을 수 없어 점심시간에 조금 비싼 식당에 가서 식사를 하는 것으로 회식을 대신하였을 정도로 나이가 많이 있는 사람들도 이제는 당연한 듯한 분위기로 바뀌었다.

IMF 전만 해도 회식을 하면 3차, 4차까지 새벽까지 동네방네 다녀야 제대로 된 회식이라고 생각했다. 그래서인지 몰라도 그때는 장사하시는 분들이 제법 잘살았고, 나 또한 그때 사업을 할 때는 돈도 많이 벌었다.

이제는 그런 호황은 우리나라에는 두 번 다시 오지 않을 것이다. 나라의 대통령도 우리나라 기업이 외국에 공장을 짓는 것을 자랑하고 있다.

좋은 기업들은 전부 외국에 가서 공장을 돌리고 있으니 우리나라에 남아 있는 사람들은 손가락을 빨거나 아니면 나라에서 만들어 주는 저질 일자리만 쳐다봐야 한다.

대기업 하나가 그 밑에 딸린 중소기업이 얼마나 많이 있는가? 미국에 가서 공장 짓는 것을 자랑으로 생각하지 말고 기업을 못 하게 내쫓는 것을 부끄럽게 생각해야 하는 당사자는 그것조차도 인지 못 하고 있다.

이게 지금 우리나라가 처한 현실이다. 앞으로 우리의 삶은 더욱 각박해질 것이라는 것이 현실로 다가온다.

135. 즐거운 일상

우린 매일 비슷비슷한 하루를 살아가지만 그 안에서도 "이 정도면 꽤 괜찮은 삶이구나. 이 정도면 그래도 즐거운 일상이지." 이렇게 느낄 수 있는 것은 딱 이거 하나 차이라고 한다.

매일 단 하나라도 즐거운 일이 있는지 없는지.

물론 일상의 즐거운 일을 한 가지 찾는 일이 쉬운 일은 아니지만 열린 마음으로 본다면 사소한 것도 즐거울 수 있다.

'멋진 삶', '꽤 괜찮은 삶'이란 과연 어떤 삶일까? 사람들은 끊임없이 '멋지고 괜찮은 삶'이란 어떤 모습이어야 하는가에 대해 고민하고 있다.

하지만 해답은 쉽게 나오지 않는다.

주변에서 이야기하는 멋진 삶을 위한 필수 요소들이 사람마다 제각기 다르기 때문일 것이다. 어떤 사람들은 '능력을 키워서 하고 싶은 것을 다 해 보는 삶'이 멋진 삶이라고 말할 수도 있고, 또 어떤 사람들은 타인을 위해 봉사하는 삶이야말로 진정 괜찮은 삶이라고 말할 수도 있다.

그리고 뭔가 새로운 어떤 것을 창조해 내는 것이야말로 훌륭한 삶이라고 말하는 사람들이 있는가 하면 '그저 조용히 편안하게 한평생을 보내는 것이야말로 멋진 삶'이라고 말하는 사람들도 있을 것이다.

이런 다양한 사람들의 각양각색의 의견들을 듣고 있다 보면, 해답이 나오기는커녕 점점 더 혼란스러워지기까지 한다.

추억 속 삶에도 희로애락은 있다. 그때도 가난한 생활은 고단했고, 모진 세상살이는 힘겨웠으며, 반복되는 일상은 무미건조하게 흘러갔다.

그렇더라도 지난 기억이 아름답지 않은 것은 아니다. 어떤 삶이나 몇 번이고 다시 보고 싶은 영화처럼 소중한 추억은 있다.

지루하고 유독 길게 느껴지는 날이면 꺼내어 볼 인생 영화 한 편쯤 없는 삶은 얼마나 무료한가. 인생 영화는 없어도, 떠올릴 때마다 그리운 추억이 있다면 꽤 괜찮은 삶이라 말할 수 있을 것이다.

나 또한 어느 날부터인가 추억을 되새기며 살아가고 있다. 이게 나이가 들었다는 증거이기도 하다.

추억은 오늘에 버팀목이다. 이는 옛날의 기억을 통해 오늘을 살아가는 하나의 큰 버팀목이라고 할 수 있을 것이다.

오늘도 이렇게 시간은 빨리 흐르고 있고 우리는 그 시간에서 촉박하게 살아가고 있는 나를 본다.

그렇기에 우리는 내면에 간직하고 있는 소중한 추억 하나조차 관리하지 못하고 있는 우리를 보면서 안타깝고 스스로 불쌍하다는 생각이 들기도 한다.

그래도 오늘을 살아가기에 내일 살 수 있는 것은 옛 추억이 있기 때문일 것이다. 그래서 우리는 추억을 관리하는 것에 중요성을 잘 알고 작은 추억하나까지도 잘 관리해야 한다고 생각한다. 추억은 버팀목이자 결국엔 하나의 소중한 내 재산이자 재산보다 더 소중한 또 하나의 가족이 아닐까?

"늦었다고 생각할 때가 정말 늦었다." 개그맨 박명수가 한 말인데, 처음 들었을 때는 그 말이 유머라고 생각했는데, 곰곰이 생각해 보면 지극히 현실적인이고 정말 맞는 말이다.

늦었다고 할 때가 이제부터 시작이라는 말들을 하는 사람도 있지만, 그것은 어디까지나 당사자에게 주는 작은 용기를 주는 말이고 현실은 정말 늦었기 때문이다.

시간은 우리를 기다려 주지 않는다.

그래서 시간이든, 사람이든 모든 것들을 잘 관리해야 되지만 정말 야속하게도 시간은 우리를 기다리지 않는다.

이제부터라도 추억을 관리해야 한다.

내가 행했던 그 모든 것들을 이제 관리하는 법을 스스로 찾아보자. 그래서 나만의 추억을 관리법을 만들어 보자.

136. 풋것의 의미

풋것의 사전 의미는 그해에 새로 익은 곡식이나 과일, 나물 등을 통틀어 이르는 말이다.

'철없는' 먹거리가 넘쳐나는 요즘에도 철을 놓치면 먹기 어려운 '여름 한정' 과일·채소들이 있다. 여름에만 나는 건 아니지만 여름에 가장 싸고 맛있어지는 것들, 여름이 지나가면 사라지는 것들도 있다.

'한정판' 먹거리가 유독 여름에 많은 것은 다른 계절에 나는 먹거리에 비해 저장이 어렵기 때문이다.

대신 여름것답게 산뜻하고 상큼하고 신선한 맛을 자랑하는 것들이 많이 있다.

우리 나이 때 여성들이나 조금 아래 분들과 봄나들이를 갈 때면 보통 혼자서 놀아야 하는 경우가 많이 있었다.

물론 어머니 때나 할머니 때도 마찬가지지만 어디에 쑥이나 나물이 올라오면 유원지에 놀러 가도 기어이 그것을 캐고 만다.

이게 놀려온 것인지 아니면 쑥 캐러 온 것인지 모를 정도로 여자들은 '풋것'에 환장을 한다.

난 원래 여자들은 나물이 올라오는 것을 보면 참지 못하고 모두 캐야 하는 유전자가 있는 줄 알았다.

그럴 수도 있겠다. 우리 조상들은 수천 년 아니 수만 년 동안 항상 굶주림에 노출되어 살아왔다.

그래서 본능적으로 나물을 보면 남들보다 먼저 캐어야만 가족들을 먹여 살릴 수가 있었을 것이다. 그래서 여자들은 누구나 할 것 없이 도시에서 태어난 사람이나 시골에서 자란 사람 할 것 없이 모두 봄이 되면 산으로 들로 달려가는 것일 수도 있다.

이제는 모든 음식이 남아도는 세상에 우리는 살고 있다. 그리고 계절이나 국적도 필요 없이 세계 어느 나라의 과일이나 곡식도 마트에 가면 다 먹을 수 있는 세상에 살고 있다.

인류 역사상 이렇게 풍족하게 살 수 있었던 시대는 단 한 번도 없었을 것이다.

물론 예전에도 일부 아주 특권층에게만 국한 되어 풍족한 사람들이 있었지만 보통의 국민들까지 먹거리가 이렇게 풍족한 시대는 한 번도 있지 않았다.

지금은 공산품뿐만 아니라 농산물도 모두가 대량 생산하여 대량 소비하는 시대가 되었다.

비닐하우스도 최소 몇천 평에서 몇만 평의 단지에서 일 년 내내 생산하는 시대이다.

그곳의 주인장은 농사꾼이 아니라 기업의 사장들처럼 직원을 40~50명 들이고 질병 관리사부터 식당까지 운영하고 있다.

이런 상황에서 '풋것'의 의미인 제철의 농산물은 점점 사라지고 있다.

나도 '풋것'인 시절이 있었을까? 아마 있었겠지 아무것도 모르는 사회 초년 시절도 있었을 것이고 지금도 내가 모르는 분야는 '풋것'일 수밖에 없다.

젊은 시절에는 내가 조금 실수를 하여도 잘 몰라서 그러는 것이라고 남들도 인정하지만, 만약 지금 내가 무슨 일에 실수를 하게 되면 그것은 이 사회에서 매장될 수밖에 없는 큰 오점으로 남는다.

20대의 싱싱한 '풋것'일 때가 어제처럼 선명한데 왜 이리 세월이 빨리 지나가는지 만약 달리는 차라면 운전사를 겁박을 주어서라도 달려가는 세월을 세우고 싶은 심정이다.

얼마 전까지만 해도 그런 생각이 들지 않았는데 요즈음 점점 그런 생각을 하는 것을 보니 나도 인생에 대한 자신감이 점점 사그라드는 모양이다.

이게 모든 사람이 나이가 들면 거치는 과정이라면 나도 어쩔 수 없이 이 길을 걸어가야지 별수 없다.

수박이나 메론이 나오는 제철 과일이지만, 예전에는 노지에서도 잘도 되는 작물들이 이제는 비 가림을 하지 않으면 전혀 농사가 되지 않는다.

대량 생산의 피해를 환경 오염으로 우리에게 앙갚음하고 있는지 모른다.

137. 당신과 나 사이에는 완충재가 필요 없죠!

배달된 택배 상자 안에는 물건을 조심스럽게 감싸고 있는 완충재는 화물의 내용물이 파손되거나 변형되는 것을 방지하기 위하여 포장 안에 넣는 재료는 충격 에너지를 흡수하거나 완화하여 준다.

충격에 민감한 물건을 보호하고 쉽게 파손되는 것을 막기 위한 것인데, 동글동글 옥수수처럼 생긴 스티로폼도 있고 공기가 들어간 투명한 에어캡도 있다.

그리고 온도 예민한 물건에는 시원한 아이스팩이 작은 냉장고 역할을 대신해 주고 모양이 흐트러지기 쉬운 생크림 케이크는 가운데 고정된 핀이 단단하게 중심을 잡아 주는 역할을 한다.

물건의 충격이나 변형뿐 아니라 완충(緩衝)은 여러 곳에서 사용되고 있다.

맞서거나 반대되는 사이에서 일어나는 불화나 충돌을 중간에서 완화하는 것을 뜻하는데 사용되는 곳에 따라 완충재, 완충 지대, 완충 장치, 완충 작용, 완충 녹지, 완충 구역, 완충 자본 등으로 쓰인다.

우리 생활의 여러 곳에서도 완충해야 할 곳이 수없이 많이 있다. 소리를 줄여 주는 방음 역할을 하는 장치나, 자동차 등 환경 오염이 심한 곳에 녹지를 조성하기도 하고, 자동차 등 흔들림을 완화시켜 주는 장치도 있다.

옛날 우리가 자랄 때는 한 가족이라면 보통 7~8명이 한 지붕 아래서 살았다. 그때 가족들의 갈등을 조절하고 서로가 아무 일 없이 살아갈 수 있게 만들어 주는 역할을 했던 것이 가장이었다.

물론 가부장적인 분들이 강압적으로 하는 분들이 있었겠지만, 고부가 서로 다툼이 있다면 중간에서 완충 작용 잘해야 했을 것이다.

아무리 좋은 사이라도 고부간에는 물과 기름의 관계가 많이 발생하는데, 그 사이에서 가장의 완충 작용은 아주 중요한 것이 된다.

현대를 살아가면서 많은 스트레스를 안고 살아간다. 그래서 긴장되지 않고 조금은 느슨하게 할 수 있는 공간이나 장소가 필요하다.

어떤 이는 그곳이 퇴근 후에 한잔의 호프일 수도 있고 누구는 집에 일찍 들어가 편안히 쉬는 것일 수도 있다.

난 새벽에 글을 쓰다 보니 그 시간이 나에게 완충 지대일 수도 있지만 매일 글을 써야 한다는 것 때문에 어떤 때는 완충 지대보다 스트레스일 수도 있지만 아직은 그런 것은 없다.

어찌 보면 배가 고프면 밥을 먹거나 잠이 오면 잠을 자는 것처럼 새벽이면 자연스럽게 일어나 글을 쓰는 일이 이제는 일상생활이 된 듯하다.

그리고 보면 글을 쓰는 것이 나의 일상에 완충 작용을 하는 것은 아니다.

난 이제는 여러 가지 이유로 운동도 하지 않고 있고 친구와 만나 술 한잔을 하는 그런 시간도 가지지 않고 있다.

이렇게 살아가면 조만간 누구처럼 성인병이 걸릴 수 있을 것인데 걱정만 하고 있다.

오래 살고 싶은 생각은 없으나 사는 동안은 건강하게 살고자 하는 것이 나의 바람인데 이러다가 성인병으로 골골하다가 고생하며 늙어 갈까 두렵다.

완충(緩衝)은 충격을 흡수할 뿐 아니라 우리 인생에 있어서 질병에 걸리지 않게 하기도 하고 다른 사람과 유대를 잘하게 하는 가장 중요한 역할을 한다.

당신은 운동, 여행, 친구와 수다 중 어떤 것이 나의 인생에 완충 작용을 하고 있는가?

138. 나쁜 습관도 나의 본모습이다

오랜 시간 서로의 곁에 있다 보면 그 사람보다 내가 더 잘 아는 특유의 말투나 표정을 알 수 있다.

예를 들면 화났으면서 아닌 척하는 상대방의 표정이나, 힘들지만 애써 괜찮은 척하는 말투, 그리고 마음에 드는 이성 앞에서 확 달라지는 친구의 행동 등을 오랜 세월 같이 있다 보면 서로 알 수 있다.

만약 나의 나이가 십 대나 이십 대라면 학교나 군대 그리고 어떤 모임에서 친구를 만날 수 있는 장소가 많이 만들어지겠지만 이제는 그런 일도 많이 없고 있어도 이제는 다른 곳에서 만난 사람과 일부러 친해지려고 술자리를 하거나 식사를 하지는 않는다.

지금 내가 만나고 있는 여러 사람들 중 업무적인 사람이 아닌 사람들은 보통은 몇십 년간 유대를 해 왔던 사람들이 대부분이다.

그래서 그 사람들의 하나하나의 버릇이나 말투가 있는데, 술을 좋아하는 친구들일 경우 술 마시고 난 뒤에 여러 행동은 아무리 세월이 지나가도 그대로인 경우가 많이 있다.

옛말에 "지 버릇 개 주겠나." 말처럼 수십 년이 흘러도 술버릇은 그대로인 친구가 대부분이다.

베풀데기 나의 친구는 술이 어느 정도 들어가면 쥐도 새도 모르게 간다는 소리도 없이 혼자 도망가고, 또 어떤 친구는 술이 90% 이상 되었는데도 꼭 2차, 3차 가자는 친구가 있는데, 그 친구는 완전하게 필름이 끊어질 정도로 취해야 술이 되었다고 생각한다.

정치꾼인 나의 친구는 지금은 낙방하여 많이 나아졌지만 예전에는 술자리에서 자신이 모든 대화를 다 참여해야 하고 절대 다른 사람이 말하는 것을 그냥 듣고 넘어가지 않는 친구도 있다.

이 친구 이번 지방선거에서 패배를 한 이후 다른 사람들 애기로는 많이 나아졌다고 하는데 나하고 술자리를 같이할 때면 그 버릇 때문에 그 친구와 대화가 하기 싫어진다.

이런 것을 보면 한번 어떤 계기로 만들어진 나의 행동이 한번, 두 번 하게 되면 그것이 습관이 되어 자신의 버릇으로 굳어지게 된다.

그렇게 되면 나중에 아무리 고치고 싶어도 무의식적으로 나타나게 되는데 그 행동은 술을 마셨을 때 자신도 모르게 나타나는 경우가 많이 있다.

나 또한 특유의 나의 행동이 존재할 것이다. 나도 어떤 행동을 하는지 나의 안티(집사람)가 조목조목 이야기를 해 주어서 어떤 행동을 하는지 알고 있지만, 나의 치부라서 글로 옮기는 것이 부끄럽다.

습관은 거의 무의식적으로 행해지며 선천적이기보다는 후천적인 행동을 가리킨다.

먹고 자는 것에서부터 생각하고 반응하는 것에 이르기까지 어떤 행동이든 습관이 될 수 있으며, 습관은 강화와 반복을 통해 발전한다.

강화는 어떤 행동을 유발한 자극이 되풀이될 때마다 그 행동 혹은 반응이 반복되도록 조장하며, 그 행동은 반복될수록 더욱 자동적이 된다.

그러나 어떤 습관들은 단 한 번의 경험으로 형성될 수 있는데 특히 정서와 관련된 경우에 그러하다고 한다.

원하지 않는 습관을 고치는 데는 전혀 방법이 없는 것은 아니다

이전의 반응을 새로운 반응으로 바꾸면 된다고 하는데, 예를 들면 단 것을 먹고 싶어 하는 욕구를 충족시키기 위해 사탕 대신 과일을 먹는다든지 해서 대리 만족을 하거나, 지치거나 불쾌한 반응이 생길 때까지 그 행위를 반복하는 것이다.

예를 들면 역겨울 때까지 담배를 억지로 피움으로써 담배에 대한 혐오감이 담배를 피우고 싶은 욕구를 대신하게 한다는데, 나의 경우를 비추어 보면 그것은 올바른 방법이 아닌 것 같다.

난 원래 담배를 피지 않아서 담배에 대한 욕구는 없지만, 술을 엄청나게 많이 마시는 날 뒤에는 술이 생각나지 않지만, 며칠만 지나면 나의 머릿속에는 술 생각을 하고 있는 나를 발견한다.

그래서 이 방법으로는 버릇을 고치는 게 어려울 것 같다.

습관을 고치는 여러 방법이 있지만 나쁜 습관이 교정되어도 언젠가는 다시 불쑥 나타나는 것이 나의 습관이다.

특히 도박이나 음주 흡연은 지금은 하고 있지 않아도 항상 나의 등 뒤에서 나를 노려보며 언제든 불쑥 나타나게 되어 있다.

나의 행동으로 남을 불쾌하게 하거나 피해를 주는 행동이 아니라면

조금 나쁜 습관은 고치려고 애쓰지 말고 그냥 생긴 대로 살아가는 가자.

139. 왜? 화내는 사람들이 많죠?

주변에 누가 화가 났을 때 어떻게 달래 주는가? 왜 화가 났는지 들어 주는지? 아니면 풀릴 때까지 가만히 있나?

화를 다스리는 방법에 대해 글을 쓰려고 검색하다가 의외로 아이들을 위한 화를 다스리는 책이 많이 나와 있었다.

화를 내는 아이들도 많이 있다는 방증이기도 해서 상당히 관심을 가지고 이곳저곳을 읽어 보니 아이들도 자신이 화가 났을 때 어떻게 대처하자는 것과 부모님이 아이 때문에 화가 났을 때 부모님에게 어떻게 하라는 것과 친구들과도 어떤 소통을 하라는 내용이었다.

그리고 아주 갓난아기들의 왜 우는지 울음에 대한 여러 가지 원인과 대처법이 많이 나와 있는 것을 보고 화를 내는 것은 어른들만 하는 것이 아니고 모든 연령층에서의 고민이라는 것을 새삼 알게 되었다.

화를 내는 사람들의 이유는 아주 간단명료하다. 자신이 다른 사람보다 부당한 대우를 받는다고 생각할 때나 자신을 무시한다고 생각이 들 때이다.

그러나 '무시함'을 느끼는 것이 사람마다 다르다. 그래서 난 별 뜻 없이 한 말에 발끈하는 그 소리를 듣고 있으면 상대는 가만히 참고 있을 사람은 없게 되고 그럼 서로가 감정을 상하게 되는데, 수십 년을 한 지붕 밑에서 살고 있는 부부일지라도 상대가 화를 내는 원인을 알 수 없을 때가 많이 있다.

난 업무의 특성상 다른 사람에게 지시를 해야 하는 경우가 많이 있는데, 어떤 일에 대한 브리핑을 할 때 꼭 중간에서 말을 끊어 버리거나 들을 필요가 없다고 말하는 사람이 있다.

그럴 때는 자존심도 상하고 화도 많이 나지만 그 사람들도 자신이 기술이 최고라고 자부하는 사람들이라 내가 거기에 토를 한마디 달거나 내가 하고 싶은 말을 쏟아 내게 되면 그 사람들은 두말하지 않고 다음 날부터 오지 않게 된다.

그래서 되도록 내가 하는 방법이 옳아도 난 아무 말 않고 참고 있다. 그러다 보니 요즈음에는 나 스스로가 화병이 날 지경이다.

얼마 전 이런 경우도 있었다. 양산에서 노트북을 들고 가서 밀린 업무로 정신이 없는데 도저히 일을 못할 정도로 이것저것 시키고 나중에는 자신들은 쉬고 있으면서 사무실에 있는 도면을 가져다 달라고 하기에 보는 앞에서 도면을 던져 버렸다.

그렇게 하고 나니 조금은 괜찮아지는데 그것도 한순간이었다. 어떤 때는 자신들의 노예가 아닌가 생각이 될 정도로 심하게 이것저것 심부름 시킬 때도 있어서 그냥 확~ 하다가도 참는다.

만약 그들과 같이 화를 내게 되면 월급 주는 이가 나를 간부로 시켜 주었겠나?

어제는 신호수를 하고 있는 베풀데기까지 나에게 전화가 와서 가져다 달라고 하기에 "놀고 있는 거 다 보인다. 네가 가지러 와라." 했더니 이 새끼 두말하지 않고 달려왔다.

'화'를 한자로 검색하게 되면 여러 가지 뜻을 가지고 있는데 꽃(花)을 뜻하기도 하고 대화(話)나 그림(畵), 빛이 나는 것(華)을 뜻하고 있다.

모두가 좋은 의미가 있어서 예전에는 여자들 이름에도 '화(嬅)'가 들어가는 이름도 많았는데, 요즈음에는 촌스럽다고 쓰지 않는다.

'화'는 우리가 살아가면서 평생 같이 가지고 가는 어쩔 수 없는 일이다. 화를 안 내는 방법은 없고 다스리는 방법도 특별히 없다.

가장 좋은 방법은 다른 사람과 같이 어울리지 않고 혼자서 산속이나 사람이 무인도에서 살고 있으면 화낼 일은 전혀 없다.

아마 거기서도 혼자서 화를 내는 사람이 있을 수도 있겠지만 더불어 살고 있는 세상 상대가 화가 났을 때 나만 조금 참으면 그냥 넘어가게 된다.

"혼자서 살 자신이 없으면 참고 살자."

140. 깜깜한 것이 더 좋은 요즈음

우리나라에 전깃불이 처음 들어온 곳은 1887년 3월 경복궁 안 고종의 처소인 건청궁이다. 이후 도시를 중심으로 급속히 전기 보급이 늘어났지만, 농어촌까지 모두 전깃불이 들어온 것은 1980년대 초이다.

나 역시 전기가 없는 깜깜한 밤을 경험했던 거의 끝자락의 세대이다. 그래서 전기가 없는 깜깜한 밤이 어떤 것인지 직접 경험을 통해서 잘 알고 있다.

아주 옛날에는 옆집에 마실 갈 때 호롱불(초롱)을 들고 다녔지만, 우리가 어릴 때는 깡통에 철사를 달아서 그 안에 초를 넣어서 들고 다녔다.

전기가 들어오기 전 삼천리 방방곡곡의 밤은 '칠흑 같다'는 말 그대로였다. 가물거리는 호롱불로 어둠을 밀쳐 내던 시절, 밤을 환하게 밝혀 줄 불빛은 귀중한 희망의 상징과도 같았다.

그리고 밤새 불을 밝혀 줄 존재도 없었다. 그 당시 아무리 부잣집이라도 불을 밤새 밝히는 일은 초상집과 혼인을 하는 집을 제외하고는 없었다.

옛날 전기가 없던 시절에 밤중에 불을 밝히는 것은 그만큼 호사를 누린다고 할 수 있다.

이제는 밤에 불빛이 많아서 피해를 보는 경우가 더욱더 많이 생겨서 시골의 가로등은 시커먼 게 칠해져 있는 것을 볼 수 있다.

밤중에 불빛이 있으면 식물들이 낮인 줄 착각해 열매를 맺지 않거나 꽃이 피지 않는다.

내가 사는 의령 집은 올라오는 길이 너무 좁아서 올라오는 것을 웬만한 사람들은 포기한다.

그 길은 어둡기까지 해서 밤중에 내려가려면 플래시를 지참해야 할 정도로 처음 오시는 분들은 적응이 잘되지 않는다.

그래서 군청에 이야기해서 가로등을 달라고 하지만 난 어두운 그 길이 참 좋다.

어두우니 개울에 내려가는 물소리도 잘 들리고 요즈음 계절에는 개구리 소리와 풀벌레 소리도 한층 더 잘 들리는 듯하다.

이 길을 올라올 때면 예전에 호롱불 들고 다니던 어린 시절이 생각이 나서 밤중에 걸어 보기도 한다.

야광나무는 밤에 야광주와 같은 빛을 낸다는 뜻이다. 봄이 무르익는 5월경 야광나무는 온통 흰 꽃으로 뒤집어쓴다. 잎과 함께 꽃이 피므로 초록색이 조금씩 섞여 있기도 하지만, 온통 새하얀 꽃밖에 보이지 않는다. 키 10여 미터, 지름은 한 뼘이 넘는 경우도 있어서 제법 큰 나무에 속한다. 별빛도 없는 깜깜한 밤의 야광나무 꽃은 주위를 밝혀주는 야광주를 연상하기에 충분하다. 야광나무는 중부 지방의 산에서 흔히 만날 수 있으며, 화려하고 예쁜 꽃으로 나방을 불러들여 수정을 하는 대표적인 충매화(벌을 유인하는 것이 아니라 나방을 유인하여 수정하는 꽃이라는 의미, 달맞이, 박꽃이 대표한다)다.

충매화들은 그냥 밤에 꽃만 피는 것이 전부이지만 야광나무의 경우

불빛까지 나오니 나방을 유인하는 데는 다른 충매화와는 비교 우위에 속한다.

불빛이라고는 전혀 없던 옛날에는 이 나무가 하얀 게 빛을 발하고 있다는 그 자체가 귀한 나무였을 것이다.

우리 지역에는 아직까지 밤에 빛이 나는 나무를 보지 못했는데, 아마 우리 지역에는 잘 없는 모양이다.

전등이 아닌 나무 스스로가 꽃이 피면 빛을 발하는 나무가 있다는 게 난생 처음 듣는 이야기이다.

불빛이 너무 많아서 피해가 생기는 요즈음에는 빛을 발하는 물건이 별거 아니지만 5월 꽃이 피는 시기에만 잠시 빛을 발하는 나무일지라도 예전에는 야광나무가 대접을 받은 나무였을 것이다.

141. 묵언 수행을 해야 할까?

천주교 신학대학에서는 저녁 8시부터 다음 날 아침 8시까지 '대침묵' 이른바 침묵의 시간을 가진다.

불교 수행 중에도 '묵언' 수행이라는 것이 있다. 침묵과 묵언은 단어만 다를 뿐 말을 하지 않는다는 점에서 깊은 맥락이 있다.

말을 하지 않음으로써 육체와 정신을 수련하는 과정 중에 하나다. 정신이 소란스럽고 마음에 마찰이 일어날 때 물끄러미 나의 몸을 바깥에서 바라보는 수행법이다.

인간의 소통 수단 중 가장 으뜸이 인간과 인간의 대화인데 성직자들의 수행법 중 말을 하지 않는 수행법이 있다는 것은 말로 인한 많은 폐단이 있다는 반증이기도 하다.

이 세상에서 말이 가장 많은 사람을 뽑는다면 나의 손위 동서일 것이다. 그와 내가 인연은 올해로 28년이지만 말이 이렇게까지 많은 사람은 아직 보지 못하였다.

예를 들어 집사람과 결혼하여 그때 했던 말을 아직도 듣고 있다면 얼마나 그분과 있기가 힘들지 알 수 있을 것이다.

식사 중에도 입을 음식 먹는 데 사용하지 않고 말하는 데 사용해서 도저히 같이 자리를 해서 식사를 못할 정도이고. 말도 한 번 한 것을 다시 반복해서 계속하고 있으니 같이 있는 것 자체가 고역이 아닐 수 없다.

그래서 주변에 친구도 없고 만나는 사람도 없다 보니 나에게 자주 연락이 오는 편이다. 처음에는 여러 핑계로 피했지만 70이 가까운 나이에 같이 놀 사람이 없어서 나한테 연락 온다 생각해서 어울려 주지만 만날 때마다 빨리 헤어지고 싶은 생각이 가장 먼저 든다.

그리고 그분이 운전을 하지 못해서 단 한 번도 차를 가지지 않았으니 매번 내가 모시려 가는 것도 고역이다.

이와 같이 말이 얼마나 상대방한데 피해를 주는지를 보여 주는 단적인 예이다.

나도 동서처럼 그러하지 않는지 항상 나 자신을 보게 된다.

언어는 인간에게 있어서 의사소통의 중요한 역할을 하는 것은 틀림없다.

성직자들이 말을 하지 않는 수행을 한다는 것은 말로 인해서 많은 피해가 발생하기에 말을 하지 않은 수행법이 생겼을 것이다.

그러나 대화를 잘하는 것은 자신의 훌륭한 자산이 될 수 있다.

옛말에 "말 한마디에 천 냥 빚을 갚는다." 말도 있듯이 말을 잘하는 법은 우리가 살아가는 데 많은 도움을 주는 것도 사실이다.

어떤 일이 발생하였거나 남에게 어떤 일을 부탁을 해야 할 때 상대방의 마음을 움직이게 할 수 있는 것은 말을 하지 않는 것이 아니라 상대에게 말을 해서 마음을 움직이게 해야 하는 수단도 말이다.

가령 변호사를 잘 만나면 있던 죄도 없어지게 한다.

반대로 변호사가 나의 변론을 잘못하게 되면 도리어 피해를 볼 수 있게 된다.

우리는 모든 사람들이 스님이니 신부가 되지는 않아도 된다. 그래서 극단적으로 말을 하지 않는 묵언이나 침묵은 할 필요가 없다.

말이란 적당히 그리고 제대로 할 수 있는 능력을 만들어서 여러 사람들과 제대로 소통을 할 수 있는 능력이 남들과 제대로 살아갈 수 있다.

지금은 말도 중요하지만 외부와 소통할 수 있는 수단 중에 인터넷이 중요하다는 것을 새삼 느낀다.

저녁에 집에 오니 인터넷이 되지 않는다.

고객 센터에서는 내일 업무 시간이 되어야 보수가 가능하다고 한다.

컴퓨터가 되지 않으니 노트북으로 핫스팟을 연결하여 글을 작성해 보니 속도가 나오지 않아 도저히 글을 작성할 수가 없다.

그래서 폰으로 글을 쓰고 있는데 여간 고역이 아니다.

말과 같이 인터넷 또한 없어서는 안 되는 것 중 하나지만 이거 또한 잘못 사용하게 되면 엄청난 피해를 보게 된다.

142. 나도 이제 도시 사람이다

내가 출근하는 사무실이 창원 시내 한복판에 위치해서 출퇴근 시간이면 거의 한 시간 가까이 걸리는데 조금 일찍 출근하게 되면 25분이면 출근할 수 있다.

그때는 매일 출근하는 길도 어디 다른 도시에 온 것처럼 그렇게 밀리듯 길도 차도 하나도 밀리지 않고 다른 도시에 여행을 온 듯한 착각에 빠진다.

그래서 서둘지 않아도 되어 길을 지나는 사람들 모습도 구경하게 되고, 옆에 운전하고 있는 여러 사람의 일상을 보면서 "저 사람들은 무슨 일로 아침 일찍 어디로 가고 있을까?" 구경하며 여유로운 아침을 맞는다.

누구는 밤새 일을 하고 지금 퇴근할 수도 있고 어떤 이는 어딘가에 일을 하러 갈 수도 있을 것이다. 도시 사람들의 일상을 구경하며 나 또한 이 거대한 도시의 하나의 부속품으로 끼워져 가는 그런 느낌이 든다.

신호 대기 중 많은 사람들은 만나지 않지만 횡단보도를 지나는 사람들의 모습은 이른 아침인데도 어딘가를 바삐 가는 모습을 보게 된다.

그때 만나는 사람들의 나이는 보통은 그의 40대의 사람들이 많이 있고 가끔 젊은 여성들이 지나간다.

이렇게 이른 시간에 젊은 아이들은 어디를 저렇게 갈까? 직장인이라면 이렇게 일찍 출근하지는 않을 것인데 공부하는 학생은 아닌 것 같고 어떤 때는 궁금하여 물어보고 싶을 때도 있다.

이곳에 출근한 지도 4개월에 접어들고 있다. 하루하루 바쁘게 지나다 보니 어느 정도 적응은 되어 가지만 마음 한 곳에는 이렇게 매일 일만 하다가 늙어 가야 하나 생각이 들기도 한다.

휴일도 억지로 쉬는 것 같고 이러다가 내가 꿈꾸는 재미나는 세상과는 전혀 다른 삶을 살아가고 있다.

놀러 가고 싶으면 며칠이고 횡~ 떠나든 옛날이 그립고, 매일 아침이면 들판으로 산책하고, 아무 때나 집으로 사람이 찾아오면 반갑게 차도 마시고 어느 때도 술도 한잔할 수 있던 자유로운 영혼이었는데 어느 날 갑자기 나의 길이 이상한 방향으로 흘러가더니 이제는 꼼짝없이 도시맨으로 살아가게 되었다.

돈 주는 이가 어제는 나보고 앞으로 십 년 동안은 자기와 같이 일하자고 말한다. 앞으로 십 년을 그럼 이런 생활을 해야 한다는 것인가?

차 할부만 끝나면 시골로 들어가려고 했는데 어쩌지…? 나의 운명이 또 이렇게 흘러가는 듯하여 이것은 아닌데 싶다.

사람 좋아하고 노는 것 좋아하는 나에게는 고문과도 같은 시간이지만, 내가 그렇게 살아가야 하는 운이라면 어쩔 수 없이 또 그렇게 살아가야지 어쩌랴.

사무실에 출근하는 첫날부터 서로 이야기는 하지 않았지만, 지금도 서로의 종교에 대한 이야기나 가치관에 대한 말은 하고 있지는 않아도 같은 종족이구나 느끼고 있다. (나 혼자 생각이지만) 그래서 사장 말마따나 어쩌면 십 년 동안은 이곳에 근무할 수도 있다.

그럼 시골 사람이 아닌 도시의 남자로 늙어 가게 된다. 내가 꿈꾸었던 삶은 아니지만, 또 그렇게 살아가야 하는 운명이라면 어쩔 수 없이 그렇게 살아가야 한다.

"햇살과 함께 종종걸음 멈춘 나에게 콘크리트 사이로 삐죽이 올라온 민들레가 을씨년스런 출근길 반갑게 인사한다.
미화원이 지나간 도로엔 상쾌한 정기로 저마다 가는 길 바쁘게 재촉하며 녹색 신호에 이어달리기하듯 발소리 커진다.
달리는 자동차 숨 가쁜 매연 토해 내며 구겨 태운 만원 버스 무게감에 뒤뚱거리고 도시의 회색 공기 속으로 힘차게 내달린다."

장선희의 「도시의 아침」

이제는 콘크리트 속에 올라온 풀이 정겹게 보이는 그런 삶에 절어 들어가는 도시인이 되어 가는 중이다.

143. 벼락치기도 방법이 있다

학창 시절 쭉 놀다가 시험 하루 앞두고 벼락치기 공부를 하여 시험 치른 경험이 한 번쯤은 있을 것이다.

나도 물론 있다. 공부를 하기 싫어서가 아니라 뭔가에 한 번 꽂히면 그것에 몰두하는 성격이라 그 일에 정신이 팔려서 시험공부를 못 했던 경험이 많았다.

내가 몰두했던 것 중에는 텔레비전이 가장 많이 차지했던 것 같다. 어릴 때는 텔레비전 속에 나오는 다른 사람들의 삶이 많이 궁금했다.

그래서 텔레비전을 애국가를 부를 때 켜서 외국가가 나올 때까지 하염없이 보고 있었다.

만약 지금처럼 24시간 방송했던 시대였다면 아마 학교도 가지 않고 하염없이 티브이만 보고 학교도 가지 않았을 것이다.

다행히 그때는 티브이 방송이 저녁 6시부터 시작하여 밤 12시 전에 방송을 하지 않았던 시대였다.

티브이가 보고 싶어서 난 화면 조정 시간부터 다트 모양의 화면을 넋 놓고 쳐다보고 있었다.

화면 조정 시간도 순서가 있었다. 처음에는 티브이를 틀면 치지 거리면서 아무것도 보이지 않다가 그다음에는 삐 하는 소리가 나오고 나면 다트 같은 화면 나오다가, 다트와 음악이 흘러나오기 시작한다.

그러다가 음악과 함께 외국의 휴양지나 관광지와 함께 음악이 흘러나오고 조금 있다가 "동해물과 백두산이~"가 나오면 어린이 프로 방송을 시작하게 된다.

하루 중에 방송하기 전 화면 조정 시간이 제일 길었던 것 같다.

그 피를 우리 큰애가 그대로 이어 받아서 초등학교 때 새벽까지 티브이 앞에 있는 것을 보고 몇 번이나 혼을 내었는데 그놈이 죽으라고 티브이를 보고 있었다.

지금처럼 아이들이 게임을 하거나 휴대폰이 있었던 시대는 아니었기에 우리 큰놈도 티브이를 열심히 시청하는 광팬이었다.

그래서 가족들이 모두 회의를 하여 티브이 선도 몇 번 자르기도 했는데 가장 참지 못하고 다시 보는 이는 집사람이었다. 집사람은 우선 줄을 자기가 살짝 이어서 혼자서 티브이를 보다가 들켜서 다시 내가 자르기도 했는데, 지금 생각하면 자기가 하고 싶은 것 실컷 하라고 했으면 하는 후회가 된다.

우리 아버지는 내가 티브이를 그렇게 보아도 티브이 선을 자르지 않았는데 난 아이들을 위한 것인 줄 알고 우리 아버지보다 아이들에게 더 모질게 했던 것 같다.

어릴 때 내가 한 것은 모르고 나의 자식들에게 너는 그렇게 하지 말라고 했다.

그의 12시가 되도록 멍하니 티브이를 쳐다보는 집사람은 여전히 티브이 광팬이다.

집사람이 잠자리에 들 시간에 어떨 때는 내가 기상하는 시간일 정도로 나오는 관심사가 다르고 잠자는 시간도 전혀 맞지 않는다.

이제는 몇 시에 잠자리에 들든지, 무엇을 해도 서로가 좋아하는 것을 하며 지내고 있다.

벼락치기 공부도 방법이 있다. 최근 연구에 따르면 사람의 뇌 신경은 멍하니 있거나 쉬는 동안에 빠른 시간에 재생이 되어서 기억력이 순간적으로 20배 이상으로 높아진다고 한다.

벼락치기를 할 때도 열심히 외우고 멍하니 가만히 있다가 시험을 치르게 되면 더욱 성적이 오른다고 한다.

그러나 그렇게 하지는 않을 것이다. 쉬는 시간에도 하나라도 외우지 않으면 불안해서 시험을 볼 수가 없을 것이다.

이제는 무엇을 열심히 외워야 하는 그런 긴장감도 없는 삶을 살고 있다. 기억하기보다는 노트에 기록을 하거나 핸드폰에 저장하기 바쁘다.

그래서인지 뭔가를 기억한다는 것을 하지 않고 사는 것 같다. 전화번호를 기억하는 이는 이제 아무도 없을 것이다.

기억은 이제 거의 대부분 기계가 하는 시대인데 왜 시험은 전부 기억을 하여 쓰라고 하는지 모르겠다.

시험도 검색하여 답을 적도록 하는 것이 맞지 않을까? 괜히 젊은 아이들 시험 치른다고 몇 년씩 책상에 잡아 두는 것이 이 시대에 맞는 것인지 의문이다.

144. 살면서 내가 지켜 온 원칙

살면서 나를 배신하지 않는 것들 ① 내가 취득한 자격증(라이선스) ② 틈틈이 해 둔 어학 공부 ③ 열심히 모아 둔 돈 ④ 꾸준히 운동해 놓은 체력이라고 한다.

당연한 말이고 누구나 그렇게 고개를 끄덕이는 말이다. 위에 말한 4가지가 공통점이 있다.

위의 것들 모두 시간과 공을 들이지 않으면 쌓을 수 없다.

위에 나열한 네 가지 중 꾸준히 해야만 되는 것도 있고 우리 나이에는 지금부터 하여도 별로 쓸모없는 것도 있다.

하지만 우리 인생은 언제나 내가 알 수 없는 곳에서 불쑥 새로운 것에 나타나 나를 당황스럽게 하는 경우가 많이 있다.

특히 지금처럼 변화가 심하고 앞날을 예측하기 어려운 시대에는 지금은 안정된 직장일지 모르지만, 갑자기 나의 직장이 사라질 수도 있다.

자신이 좋아하는 분야나 내가 관심을 두고 있는 곳의 자격증을 취득한다면, 나도 모르게 그곳으로 인생의 말머리가 돌아갈 수도 있다.

나의 친구 중 시골 출신이고 보잘것없는 부모 밑에서 보리밥 먹으며 살았던 친구가 있다.

그는 주님과 동격인 '건물주'이다.

나와 친분이 두텁기 때문에 모든 것을 다 알고 지내는 사이이다, 그는 위에서 말한 첫 번째 것을 아주 철저히 준비하는 친구였다.

건물주가 되기 전 부동산 관련 공인중개사를 취득했고 제빵과 바리스타 자격증을 취득하여 그 분야에 계속 관심을 두고 열심히 공부하더니 근 십 년 만에 창원 요지에 아주 큰 커피와 빵을 전문으로 하는 가게를 오픈하였다.

어떤 때는 그 친구가 너무 승승장구하여 배가 아플 때도 있지만, 돌이켜 보면 그 친구는 인생을 철저히 준비해 온 친구이다.

개업발인지는 몰라도 그의 대박 수준으로 장사가 잘되어 늦게 가게를 찾으면 그날 준비한 빵과 커피가 동이 날 정도로 장사가 아주 잘되고 있다.

그 친구가 하지 않는 것은 어학 공부를 제외하고는 위에 나열한 모두를 준비하였다.

그는 빵 공장을 운영하다가 도산을 하였지만, 공인중개사 시험을 일 년간 공부를 하고 내일을 기약하는 것을 보고 공부보다 돈벌이를 가라고 난 말을 했었다.

실제 내가 공사하는 현장에서 잡부로 일을 했던 친구는 이제는 내가 감히 상대되지 않을 정도로 무섭게 성장해 있다.

아무리 사람의 인생은 모른다고 말하지만 그 친구는 앞날을 예단하고 미리 십 년 전부터 철저히 자기의 인생길을 스스로 만들어 갔다.

그에 비하면 난 철저히 나 스스로 인생길을 만들어 간 적은 단 한 번도 없다. 무조건 물이 흘러가는 대로 그냥 흘러가기를 원했고, 도전이라는 것을 절대 하지 않았다. 그래서인지 고만고만하게 살고 있다.

물론 공인중개사 자격증이나 제빵, 바리스타 자격증은 흔하디흔한 것들이다. 그것을 이용해서 자신의 인생을 역전을 시킨 나의 친구는 정말 특별한 친구이기는 하다.

내가 만약 그 친구와 비슷하게 자격증을 가지고 있다고 가정해 본다면 나도 그렇게 나의 인생을 변화시킬 수 있었을까? 아마 자격증 딴다고 시간만 낭비한다 생각했을 것이다.

나 역시 몇 가지 자격증은 있다. 그리고 그것을 이용하여 뭔가를 해보려고 시도를 해 보았지만 하다가 되지 않아서 장롱 자격증으로 처박아 두고 있다.

나와 건물주 친구의 차이점은 절박함의 부족이라고 생각된다. 난 기술 분야에서 나름 인정을 받고 있기 때문에 도전했다가 조금만 나의 마음에 들지 않으면 내가 원했던 업무로 바로 복귀할 수 있었다.

그것이 나의 독이 될 줄 몰랐다. 그 친구의 경우 아무것도 할 줄 아는 것이 없으니 인생에 벼랑 끝에 선 것 같아서 죽어라 자신이 취득한 분야에 매진할 수밖에 없었을 것이다.

처음부터 기술 분야에 발을 들여놓는 것이 아닌데 괜히 기술을 배워서 부자가 될 기회를 놓치고 말았다.

이렇게 글을 마무리하면 우리 독자들이 배가 아플 것이지만, 그래도 현실이 그 친구처럼 앞날을 내다보며 준비하는 사람들이 성공하는 것을 옆에서 지켜보고 있다.

그러나 난 그냥 물 흐르는 대로 그렇게 살아갈란다. 큰돈은 없지만, 친구에게 밥 한 그릇 대접할 정도의 돈도 있고 휴일이면 나들이할 정도의 여유도 있다.

이 모든 것이 나의 위안이지만….

145. 인생은 타이밍이다

규범 윤리학의 창시자 아리스토텔레스는 덕(virtue, arete)을 핵심 개념으로 적절한 '때'를 이해하는 것이 삶의 지혜라고 하였다.

동양에서의 덕(德)은 도덕적, 윤리적 이상 실현을 위한 사려 깊고 인간적인 성품인데 반해, 서양에서의 덕은(arete) 어떤 것에 능함 또는 어떤 것에 있어서 훌륭함(뛰어남)을 의미하고 있다.

물론 virtue는 서양의 덕과 같은 뜻으로 번역하고 있지만, 우리가 생각하는 덕과 서양인들이 생각하는 덕은 차이가 있다.

결국 고대 그리스 철학자들이 말하는 덕은 '능력'을 기르는 것을 하는 것으로 반해 동양의 오랜 전통의 덕(德)은 인간의 착한 본성이라고 말하고 있다.

쉽게 말해서 우리가 절에 가거나 교회에 가서 듣는 이야기는 "착하게 살자."이다. 이렇게 살아야만 덕을 쌓는 것으로, "덕을 쌓아 가면 언젠가는 복을 받는다."고 사람들에게 가르치고 있다.

물론 착하게 살다 보면 남한테 해코지는 당하지는 않지만, 결국 복을 남이 줄 때까지 하늘만 쳐다보고 있으라고 하는 말과 같다.

우리 조상들은 권선징악과 도덕을 최고의 덕목으로 삼고 제대로 말을 듣지 않은 사람을 자신들의 공동체에서 벌을 하거나 아예 쫓아내기까지

했다.

이것이 우리가 아는 도덕인데, 동양과 서양의 덕이 왜 다른지 정확히는 알 수 없으나 서양에서는 무엇이든 뛰어난 사람이 현명하기까지 하다는 것이 아닐까 생각해 본다.

"현명함과 덕을 이끄는 것은 시간과 연관되어 있다." 아리스토텔레스가 말했다.

이 말은 우리가 살아가면서 적절한 타이밍이 중요하다는 것인데 현명하게 판단하는 것도 제시간에 제대로 판단하지 않으면 안 된다는 것이다.

만약 운전 중에 길을 잘 몰라 교차로에서 가만히 서 있다고 가정해 보자. 자신만 안 가고 서 있다 생각하겠지만 자신이 움직이지 않아서 사방의 차들이 꼼짝 못 하고 서 있어야 하는 일이 생기게 된다.

반대로 자신이 먼저 가겠다고 교차로에서 신호를 무시하고 달려간다면 또한 모든 사람들이 불편을 겪게 되거나 사고를 일으킬 수 있다.

그러나 차를 운전할 때처럼 우리 인생에서도 수많은 일을 시간에 맞게 적절한 판단을 할 수 있는 능력이 필요하다.

하지만 어떤 일을 결정하는 판단 능력은 하루아침에 이루어지는 것이 아닌 것이 문제이다.

우리는 살아가면서 판단을 잘못하여 재산을 탕진하기도 하고, 건강도 잃어버리기도 한다.

그렇게 우리는 경험을 통해 적절한 타이밍을 맞추어 가고 있지만, 항상 그것이 맞는 것이 아닌 것이 문제이다.

이것의 좋은 예가 주식이나 코인이 아닐까 생각된다. 나도 얼마 전부터 주식을 배우기 위해 적은 돈으로 투자를 하고 나름대로 연습을 해 보았다.

2년 정도 남들이 하라는 대로 해 보기도 하고 나름대로 공부도 열심히 하여 실전에 써 보기도 했는데, 누구도 아무도 정답이 없는 것이 주식이었다.

아무리 전문가가 추천한다고 해도 처음에는 실적이 좋은데 이것을 계속 유지하기란 보통 어려운 것이 아니고, 타이밍을 맞추지 못하면 쪽박을 차는 것이 코인이나 주식이라는 것을 경험을 통해서 느끼고 있다.

그래서 난 이제는 주식을 하되 장기투자를 원칙으로 하고 아예 단타는 생각지도 않고 있다.

요즈음 PC방은 전염병 때문에 손님이 없어서 코인을 채굴하고 있다. 100대 정도의 PC로 한 달에 6개 정도 채굴한다고 하는데, 코인 가격이 좋을 때는 전기세를 주고도 현상 유지는 되었는데, 지금은 전기세도 나오지 않을 정도로 가격이 내려갔다고 한다.

코인을 캐기 위해 그래픽카드를 아주 큰 용량의 PC로 교체해야 하는데 그 비용이 100대 기준 2억 정도 들어간다고 한다.

그의 대부분의 피시방이 아직 본전도 찾지 못하고 있는데 전기세 때문에 계속 채굴도 하지 못하고 그렇다고 놀릴 수도 없는 상황이라고 한다.

빚내서 채굴하고 있는 PC방들은 이제 이러지도 저러지도 못하는 신세가 되었다.

만약 그들이 조금만 버티고 있었다면 백신 접종도 많이 이루어지고 7

월부터 모임도 풀리게 되면 손님들이 많이 올 수 있을 것인데, 잘못 판단하여 도산하는 피시방이 즐비할 것 같다.

인생이란 항상 신호등이 없는 사거리 길목에서 서 있는 것과 같다.

나의 판단에 의해 인생이 순탄할 수도 있고, 구렁에 빠질 수 있다. 난 사거리에서 판단하는 기준은 명확하다.

"눈앞에 이득을 보지 말고 멀리 쳐다보고 판단하자."이다.

146. 80이 청춘이라고? 거짓말이다

뛰어난 업적을 이룬 사람의 나이를 찾아보았다. 박완서 작가는 마흔이 넘어서 등단을 했고, 학창 시절 많이 보았던 남성이지만 여자의 일생을 쓴 모파상은 당시 서른셋, 그리고 시인 김소월은 대부분의 시를 십 대 후반에서 이십 대 초반에 쓴 것을 발표했다.

나이가 들수록 훨씬 더 깊고 원숙한 작품을 만들어 낸 베토벤(56세까지 살았다) 같은 사람도 있다.

여기서 어떤 이는 젊은 시절 자신의 두각을 나타내는 사람이 있는 반면 박완서 같은 분은 대학 때 문학을 전공한 것을 제외하고는 그냥 일반적인 가정주부로 있다가, 자식들이 어느 정도 성장하고 난 뒤부터 글을 쓰기 하여 죽을 때까지 글을 써서 많은 사람에게 사랑받는 주옥같은 소설을 많이 발표했다.

무엇인가를 새로 시작할 때 '이 나이에 무엇을 해.' 생각하고 있다면 나이를 숫자로 보면 단념해야 할 일이 많이 있다. 하지만 시작의 의미로 보면 어느 순간이던 기쁨이 되지 않을까?

2300년 전 맹자는 "군자는 나이가 쇠퇴해지는 것을 우려하지 않고 뜻이 물러지는 것을 우려한다."라고 했다.

그때 인간의 수명은 평균 연령은 40살이 되지 않았을 때 자신의 발전을 위해 힘쓰라는 말을 했다.

반대로 생각한다면 그때는 아무리 오래 살아도 40대가 되면 인생이 끝이 나니 뭔가를 이루고 싶으면 용맹정진하지 않으면 금방 죽음에 이르게 되어 열심히 할 수밖에 없었을 것이다.

우리는 현재 생존하는 분들이 80살은 예사로 넘게 살아가고 있다.

이런 추세로 간다면 내가 80살이 되면 그때는 모두가 100살은 살고 있는 세상이 올 수도 있다.

그럼 그때는 지금 70살이 되어도 일을 하는 사람들이 주변에 많이 있는데 80~90살이 되어도 일을 해야 할지도 모르겠다.

물론 자신의 발전을 위해서 무엇이든 해야 한다고 생각한다면 당연히 늦은 나이까지 무엇이든 해야 하는 것은 맞다.

내가 어릴 때만 해도 50살이 넘어가면 '뒷방 노인'이라고 불렀다. 그때부터 농사일은 전혀 하지 않고 어린 손자들을 보거나 소일거리로 새끼를 꼬거나 가마니 짜는 일을 했다.

그때가 고작 30~40년 전 일인데 이제는 나이가 아무리 많아도 일을 하지 않으면 굶어 죽는 세상이 되었다.

물론 노후를 몰려다니며 놀며 사는 분도 있을 수 있지만, 노는 것도 놀아본 사람들이 잘 놀지 평생을 직장 생활을 한 사람들은 오로지 일밖에 한 것이 없으니 나이가 많아도 일만 하고 있다.

나의 울산 동서 내외는 현대자동차에 두 분 다 정년까지 하신 분이다. 그들은 재테크도 능해서 부를 많이 축적하고 있지만, 처형은 면사무소에 청소하는 일을 다니고 있고 동서도 쓰레기 줍는 공공 일자리에 나가고 있다.

난 아직 그 나이가 되지 않아서 모르지만 만약 내가 정부에서 주는 연금을 받게 된다면 모든 경제 활동을 스톱하고 오로지 열심히 노는 일에만 집중할 것이다.

그러나 이것도 잘못된 생각이다. 그때가 되면 나이가 많아서 놀고자 하는 에너지가 고갈되어 사람들과 어울리는 것도 내가 뭔가를 하고자 하는 욕망도 점점 사라져 아무것도 하지 못하고 있을 수 있다.

그래서 나중에 하겠다는 것은 혈기 왕성할 때도 하지 못하는 것을 절대 할 수가 없다.

어렵겠지만 조금의 에너지가 남아 있을 때 무엇이든 시작하자. 그것이 친구들과 어울려 술을 마시는 일이든, 문학이나 음악을 하는 일이든 자신이 팔팔할 때 더 늦기 전에 무엇이든 많이 하자.

인생은 아무리 멋지게 살아도, 어떻게 살아가도 나중에는 후회만 남는다.

얼마 전에 죽은 동서가 나에게 한 말이 생각이 난다. "김 서방 나의 인생에 도끼질을 하고 싶다."

누구나 죽음 앞에서는 이런 심정이 아닐까? 노는 일을 나중으로 미루지 말고 놀고 싶을 때 열심히 놀자.

147. 나도 한 달 살기 꼭 하고 싶다

여행 가기 중 현지에서 한 달 살기가 있다. 코로나 때문에 멈춰 섰지만 몇 해 전까지만 해도 한 달 살기 여행이 새로운 트렌드로 부상한 적이 있었다.

왜일까? 무엇보다 며칠 여행으로는 충족하기 어려운 '흥겨운 쾌락'을 느낄 수 있고, 짧은 시간 동안 바쁘게 이동하기보다 느긋하게 시간을 갖고 호흡할 수 있기 때문이다.

텔레비전에서 제주에서 한 달 동안 사는 것을 자주 보아 왔는데 강릉이나 지리산 권역에서도 많이들 하는 모양이다.

바쁜 일상이나 아무것도 하지 않고 정말 자신을 위해 노는 것만 열심히 하는 현지에서 '한 달 살기'는 어찌 보면 그것도 있는 자의 여유가 아닐까 싶어 부럽기까지 하다.

내가 만약 어느 곳에서 한 달 동안 무위도식하며 살고 오라고 하면 난 무인도 섬이나 바닷가에서 텐트를 치고 늘어지게 놀고 오거나 아니면 서울 번화가에서 일 없이 여기저기 기웃거리며 살다가 오고 싶다.

우리는 자신의 일상을 벗어던지고 한 달 동안 자리를 비워 둘 수 있는 사람이 얼마나 될까? 아주 극소수의 사람들만 할 수 있는 놀이일 것이다.

물론 젊은 친구들은 겁 없이 하는 것을 보기는 했다. 그들이 자식도 있고 반듯한 직장이 있다면 절대로 한 달 동안 직장이나 자기 삶의 터전을 버리고 떠나지 못할 것이다.

한 달을 쉬게 되면 당장 찾아오는 각종 할부와 고지서가 밀려오는데 어떻게 그것을 외면하고 떠날 수 있겠는가?

그러나 포털에서 '한 달 살기' 검색하면 수많은 자료가 쏟아져 나오는 것을 보면 나만 못 한다는 생각이 든다.

집시처럼 버스를 개조해서 가족 모두를 데리고 다니며 자신은 건축일을 하며 부인과 아이들은 그곳에서 놀게 하는 사람을 티브이에서 본 적이 있다.

자신이 어떤 삶을 살아가든지 자신이 선택할 문제이지만 내가 보기엔 옛날 다리 밑에 사는 거지가 연상된다.

부모라면 자식을 위해서 제대로 된 환경에서 제대로 된 삶을 살아 주어야 하는 것이 부모의 역할인데 자기가 좋다고 집시처럼 살아가는 것이 자식들이 좋아할까?

안식년(sabbath year, shmita)은 유대교인들이 유대교 율법에 의해서 7년 만에 1년씩 모든 일을 놓고 쉬는 해를 가리킨다.

이 해에는 종에게는 자유를 주고 빚진 사람에게는 빚을 탕감해 주는 전통이 있었다고 한다.

그런데 이 안식년의 전통은 사람뿐만 아니라 농토인 땅에도 적용되어서, 7년 농사를 지은 땅은 1년을 아무것도 심지 않고 그대로 놀려 두어

땅의 힘을 되찾게 했다.

우리 주변을 둘러보자. 농토도, 사람도 모두가 바쁘게 살아간다. 한순간이라도 이곳에서 안식년을 가진다면 그곳은 금방 황폐하게 된다. 땅의 경우를 한번 보자. 농사를 짓지 않은 농토는 처음에는 농민들이 그곳에다 농자재를 갖다 놓기 시작한다. 그러나 그곳은 금방 쓰레기장으로 변해 버리는 것이 요즈음 현실이다.

그리고 지금처럼 하루가 다르게 급변하는 시대에 자신의 삶을 일 년 동안 벗어던지고 안식년을 가질 수 있는 여유는 없을 것이다.

젊은이들은 공기업이나 공무원 사이에서 자식을 가지게 되면 출산 휴가나 휴직을 할 수 있는 제도가 있다. 아이 한 명에게 두 번의 유급 휴가를 주는데 남녀 공히 일 년씩 쓸 수 있다고 한다.

우리 큰애도 결혼하면 아이를 위해 휴가를 꼭 쓸 것이라고 말을 한다.

하지만 요즈음 젊은이들이 결혼과 출산을 중요하게 생각하지 않는다. 젊은 시절 일 년 동안 직장을 나가지 않아도 되는 그런 제도는 참 부럽다.

난 노는 것은 누구 못지않게 잘 논다고 생각했는데, 최근에 갑자기 많은 일을 겪으며 점점 일에 파묻혀 살아가고 있다.

나이가 많아지면 일의 부하를 줄여 가야 하는데 이게 거꾸로 가고 있으니 어떤 때는 이런 삶이 짜증이 난다.

누군가가 나에게 전화가 오면 한 시간씩 상담을 해 주고, 어떤 사람이든 집에 찾아오면 무엇이든 내어 주었던 예전의 삶으로 돌아가고 싶다.

그러나 집사람은 지금의 나의 모습을 너무 좋아한다. 예전처럼 말을 하면 사이다처럼 톡톡 쏘지도 않고 갑자기 순한 양으로 돌변했다.

이 모든 것이 돈의 힘 아니겠나. 이런 모습을 보면 계속 직장 생활을 해야 할 것 같고, 예전의 삶으로 돌아가면 아마 또 눈에 쌍심지를 켜고 나를 가만두지 않을 것인데, 참 걱정이다.

그러나 내가 나 스스로 지금 다니는 직장을 그만두지는 않을 것이다. 이것 또한 나의 운명이라면 순순히 받아들여야지 역행하지는 말자.

148. 갈림길을 만나면 빨리 결정을 하자

한 심리전문가가 말하길 요즈음 사람들은 뭔가 시작하기 전에 생각을 너무 과하게 생각하는 게 문제라고 한다.

어떤 일을 시작하기 전에 장점이나 단점을 분석하고, 그 일을 반드시 해내어야만 하는 이유를 떠올린다.

물론 이렇게 철저하게 준비하여 그런 요소들을 하나하나 따지다 보면 선택이 힘들기 때문에 때로는 뭔가 하기로 했으면 더 생각하지 말고, 무조건 바로 하는 것이 어떤 일을 진행하는 데 도움이 된다.

결혼 적령기가 점점 늦어지면서 요즈음 젊은이 독신으로 사는 경우가 많은 것은 우리가 결혼할 때만 해도 어린 나이에 사람만 좋으면 덥석 결혼부터 하였기 때문이었을 수도 있다.

결혼하여 살면서 월세에서 전세로 그러다가 집도 사고했다.

그리고 서로 성격이 맞지 않아 서로 티격태격하여도 이혼하는 사람들도 별로 없이 서로 맞추어 가면서 알콩달콩 살아가고 있는 것이 우리 세대에 대부분의 부부였다.

지금의 젊은이들은 1에서 100까지 아주 철저히 서로를 분석하고 준비하여 결혼한다.

물론 결혼 전에 집부터 먼저 장만하는 부부들이 많이 있다.

그러다 보니 사람을 사귀고 있어도 결혼을 하려는 마음을 먹는 데까지 수많은 과정을 거쳐 가야만 한다.

결혼이란 것이 준비를 철저히 해야 하지만 그러다가 결국 중간에 포기하고 마는 경우를 주변에서 자주 보게 된다.

'결정 장애'는 뭐든지 할 수 있지만, 어떤 것에도 만족하지 못하고 방향 없이 갈팡질팡하는 것을 말한다.

'결정 장애'는 특히 젊은 세대에서 많이 볼 수 있는데, 우리 딸도 거기에 포함된다.

무슨 일이든 자신이 바로 결정 내리는 것이 두려운지 항상 이랬다저랬다 고민을 아주 많이 하는 편이다

우리 아이만의 문제가 아닌 요즈음 젊은이들이 대부분 그러한 증상이 있다고 한다.

부유하지는 않지만 그래도 아이들이 원하는 것을 다 해 주었던 우리 세대의 잘못이다.

사실 아이들은 다들 잘 지내고 있다. 그런데도 다들 붕 떠 있는 듯한 느낌에서 벗어나지 못하고 있다.

제자리걸음만 반복하고 있는 느낌, 아무것도 결정할 수 없을 것 같은 느낌, 뭐가 옳은지 그른지 판단할 수 없는 느낌, 뭐라 이름 붙일 수 없는 그런 느낌이 아이들 세대를 지배하고 있는 것 같다.

저널리스트 올리버 예게스가 2012년 독일 일간 《디 벨트》에 기고한 칼

럼에서 결정 장애 세대의 특징으로 거론하는 것은 대략 이런 것들이다.

이들은 단호한 결정은커녕 어떤 물음에도 분명한 대답을 잘하지 못한다. "글쎄.", "아마도.", "그런 것 같아."와 같은 말로 답을 대신하는 경우가 허다하며 어딘가에 잘 정착하지도 못하고 한 가지 일에 제대로 집중하지도 못한다.

기성세대는 이들에 대해 "나약하다.", "우유부단하다.", "결단력이 부족하다."고 비판한다.

하지만 예게스는 결정 장애 세대의 태도는 개개인의 나약함 때문이라기보다는 급격한 사회 변화에서 원인을 찾아야 한다고 말한다.

사회가 초고속으로 디지털화되면서 선택의 범위가 과거와는 비교할 수 없을 정도로 넓어졌기 때문에 무언가를 결정하는 일이 그만큼 더 어려워졌다는 것이다.

한국에서는 돈친(독한 부모 즉, 간섭이 많은 부모)이 결정 장애 세대를 만든다는 지적도 있다. 부모의 과도한 간섭과 통제를 받다 보니 스스로 결정할 능력을 상실했다는 것이다.

우리나라에서 대학에 입학하면 재수를 하지 않는 이상 20살 정도 되는데, 사회적으로는 성인인데도, 초등학생처럼 부모 간섭을 받는 대학생이 많고 졸업을 하고 직장을 다닐 때도 부모의 사사건건 간섭을 계속되고 있다.

성년이 된 자녀 주위를 헬리콥터처럼 빙빙 돌면서 일거수일투족을 통제하는 '헬리콥터 부모'들이 우리 주변이 무수히 많이 있는 것이 현실이다.

그러다 보니 우리 자녀들은 무슨 일이든 자신이 결정하는 것이 서툴 수밖에 없다.

우리나라 사람들을 냄비근성이라고 말을 하지만 의외로 어떤 일을 결정을 해야 할 때는 자신이 결정을 하지 않는 경우가 많이 있다.

나 같은 경우도 현장에서 아주 사소한 것도 "어떻게 하면 될까요?"라고 물어보는 사람이 있다.

물론 그 사람은 자신이 책임을 지기 싫어서 나에게 물어보는 것이지만 어떤 때는 너무하다 싶을 정도로 나를 귀찮게 한다.

어떤 결정의 귀로에서 순식간에 결정을 내리는 이는 드물 것이다. 그러나 생사의 갈림길에서 머뭇거리다 죽을 수도 있을 때, 그때도 결정 내리지 못한다면 결과는 뻔한 것이다.

만약 불이 났다고 가정해 보자. 가장 먼저 할 일은 소화기를 찾아서 불을 꺼야 하는데, 어떻게 할까. 결정을 못 하고 불만 쳐다보고 있다면, 엄청난 손실은 물론이고 자신의 생명까지도 위험할 수가 있다.

실제로 나의 의령 집에 불이 난 적이 있었다. 집 안에 있다가 문 두드리는 소리가 나서 밖을 보니 아래채가 불기둥이 10m가 넘게 높이 타고 있었다.

우리 집에 와 보신 분들은 아시겠지만 도로가 너무 좁아서 소방차도 접근이 안 되는 곳이다.

그래서 난 소화기를 3대를 준비해 두었는데 3개 모두를 사용해도 불길이 잡히지는 않아서 옆에 있던 수돗물로 겨우 불길을 잡았다.

그 당시만 생각하면 지금도 소름이 돋을 정도로 식겁했다. 조립식 건물이라 불이 한 번 붙으면 절대로 꺼지지 않는 특징이 있는데 다행히 초기에 불길을 잡아서 집을 구할 수 있었다.

만약 그 당시 내가 어떤 결정을 하지 못하고 우왕좌왕했다면 집은 전부 타 버리고 말았을 것이다.

결정을 내려야 할 때 빠른 판단을 해야만 하는 것은 "사느냐 죽느냐 그것이 문제로다."『햄릿』는 말처럼 우리의 생명과도 직결된다.

판단을 못 하는 것을 햄릿 증후군(Hamlet Syndrome)이라고 말하던데, 혹시 당신이 햄릿 증후군이 아닌지…?

149. 온탕 속 개구리는 내가 될 수도 있다

난데없이 내리는 소나기로 사무실이나 집으로 들어가면 후덥지근하다.

"제습기를 틀어야 하나? 에어컨을 켜야 하나?"

아직은 6월이라 참을 만도 한데 하면서 선풍기 한 대를 돌리기 시작한다. 이것이 7월이 되면 미풍으로 돌던 바람이 중풍, 강풍으로 힘차게 돌리게 된다.

그럼 점점 여름이 깊어 가면서 나중에는 선풍기로 감당이 되지 않는 불볕 같은 더위에는 에어컨에 의지하여 뜨거운 여름을 보내야 한다.

계절의 변화를 천천히 진행되면서 우리는 적응해 간다. 어떤 일에 점점 적응해 가면서 나중에는 타성에 빠지는 것을 온탕 속 개구리를 와 비교를 많이 하는데, 개구리를 처음에 아주 미지근한 물에서 시작하여 점점 온도를 높여 자신이 죽을 정도의 높은 온도에서도 개구리는 가만히 있다고 한다.

여러 이상 경고에도 사람들은 인지하지 못하고 아주 천천히 변화되는 것을 그냥 받아들이는 것을 '온탕 속 개구리'라고 한다.

가장 최근에 사회 현상으로 나라에서 국민에게 푼돈을 주는 것을 그것에 비교한다.

국민들 모두에게 돈을 주는 것은 내가 우리나라에 58년 동안 살아오면서 처음으로 겪어 보는 일이다.

수천 년 동안 나라에서 세금으로 나의 주머니를 털어 가는 것이 정상인데 이게 어떻게 된 일인지 나라에서 돈을 주는 일이 일어났다.

처음에는 모두가 신이 나서 누구 할 것 없이 좋아하고 또 언제 주나 기대를 하고 있지만, 그 돈 결국 전부 내 주머니에서 나가는 것을 모르고 있다.

그렇게 국민들에게 주는 돈이 어디에서 나오겠나. 여러 항목을 만들어서 돈을 받아 내야 하는 것은 당연한 이치이다.

일반 국민들은 온탕 속 개구리처럼 따뜻한 물속의 온도가 점점 올라가 내가 죽어 가는 줄도 모르고 공짜 돈을 즐기고 있다.

선거가 다가온다. 그럼 국민들에게 또 공짜 돈을 푸는 정책을 내놓을 것이다. 그것이 모든 국민들을 온탕 속 개구리처럼 무감각하게 만들어 버린다.

나라의 근간은 국민이고 그 국민들이 내는 세금으로 국가가 운영된다. 이것이 국가 경영의 기본이다. 그러나 지금의 세금 정책은 있는 자, 가진 자에게 너무 가혹하리만큼 세금을 거두어들인다.

자신은 아무것도 하지 않고 집 한 채 가진 것밖에 없는데 세금 폭탄이 떨어지고, 열심히 공장을 돌려 직원들과 같이 살아간 것밖에 없는데 고액의 세금을 부과하고 있다.

공돈을 뿌려 대니 이것은 당연한 결과이다. 그러나 통치자는 가진 자는 10% 미만이고 이 사람들에게 높은 세금을 부과해도 나머지 90%의 사람들은 공돈이니 좋아하고, 자신들에게 투표할 것이라는 망상이다.

그들의 판단은 잘못되었다는 것을 정부와 여당에서는 젊은이들의 반발로 놀라고 있다.

당연하지 않겠는가. 우리 경제를 이끌어 가는 사람들은 모든 국민이 아니라 소수의 기업가이고 그 기업들이 잘 돌아가야 양질의 일자리도 많이 생기고 그 속에서 국민들이 풍요로운 삶을 영위하게 된다.

기업을 부모에게 물려받든 아니면 자신이 자수성가(이제는 할 수 없지만)하였던 그들은 분명히 우리와 다른 생각과 추진력으로 기업을 일구어 가고 있다.

그들이 우리가 배척할 대상도 아니고 나라에서 고혈을 짜내는 호구도 아니다.

자본가를 타도의 대상으로 삼는 것은 빨갱이들이나 하는 짓이다.

결국 우리 사회를 이끌어 가는 것은 소수의 엘리트이다, 그들의 능력을 말살하려는 정책이 계속 매스컴에 나오고 있다.

그럼 그들은 세금을 적게 내는 다른 나라에 나가는 수밖에 없다. 모든 기업이 우리나라에서 나가 버리면 그때 나머지 90%의 국민들은 어떻게 하면 될지 불을 보듯이 뻔하다.

"공짜 좋아하면 대머리 된다."라는 말은 그냥 만들어진 것이 아니다.

150. 나의 마음 한구석에 양치기 소년이 있다

알퐁스 도데의 『별』은 양치기 소년의 혼자 하는 짝사랑 이야기이다. 그게 중학교에서 배웠는지 고등학교 때 배웠는지 확실히 기억은 없으나 지금도 '별' 내용의 전부가 기억날 정도로 나도 그런 사랑을 꿈꾸고 있었는지 모른다.

아니면 양치기 소년과 똑같은 처지라고 내가 동일시했었을 수도 있다. 나도 도시에는 별로 가 보지도 않은 시골 촌뜨기에 그저 그런 가정 형편이라 아씨 같은 여자를 만나서 사랑을 하고 싶다는 상상을 했었을 것이다.

고등학교를 졸업하고 사회 초년생까지도 난 촌뜨기에 숙맥이었다. 그래서 별에 나오는 아씨 같은 여자를 항상 상상해 왔었고 언젠가는 그런 여자를 만나서 멋진 사랑을 하고자 했다.

　근처 백 리 안에서 가장 예쁜 우리 스테파네트 아가씨가 어떻게 지내는지를 아는 일이었습니다.

　"그래, 여기서 산단 말이지? 참 가엾기도 해라. 밤낮 이렇게 외로이 세월을 보내자니 얼마나 갑갑할까! 무얼 하며 시간을 보내지? 무슨 생각을 하며?"

"당신을 생각하며…… . 아가씨."

알퐁스 도데의『별』

대화 내용에서 보듯이 20살인 양치기 소년이 산속에서 혼자서 누구와 대화를 못 하고 지내고 있는 숙맥 청년의 모습이 그려진다.

그런 아씨가 자신과 함께 밤을 새웠다면 평생을 두고 잊지 못하고 사모하는 마음을 간직하며 살아갈 것이다.

난 양치기 소년의 이야기가 소설이 아닌 실제로 일어난 일이라고 생각했다. 그리고 나도 언젠가는 나의 인생에서 양지기 소년같이 아씨와 밤을 새우는 행운이 올 것이라고 상상하곤 했다.

내가 살아오면서 어떤 여인과 단둘이 밤을 새운 적이 있는지는 그런 아씨가 지나갔는지는 정확히 기억은 없다.

아마 젊은 시절 한 번쯤은 그런 사랑을 해 보는 것도 나의 인생에서 참 좋은 추억거리가 될 것인데, 그렇게 하지 못한 것이 못내 아쉽다.

시골 촌뜨기는 공해로 하늘의 별이 보이지 않듯이 내가 살아가면서 여러 가지를 많은 일을 겪어 오면서 나의 마음은 먹구름 낀 하늘처럼 되어 버렸다.

이제는 양치기 소년 같은 순수함이 사라지고 하루하루 남들과 똑같은 그런 삶을 살아간다.

그러나 마음속에는 항상 양치기 소년 같은 순수함을 유지하려고 무단히 노력하고 있고, 언젠가는 또다시 시골 촌뜨기 같은 삶을 살아가고자 궁리하고 있다.

그래서인지 난 의령에 있는 내 집으로 가기를 좋아한다. 난 그곳을 가는 것만으로도 양치기 소년이 된 듯한 착각에 빠지게 한다.

그곳에 있다가 나오는 순간부터 각박한 현실에 부딪치며 살아가야 해서 또 한 번 나의 마음은 항상 무겁다.

99% 사람들이 현실과 어깨동무하며 살아가는데, 나 또한 현실과 적당히 타협해 가며 보통 사람들처럼 그렇게 살아간다.

마음속에는 언제 양치기 소년 같은 순수함이 있었는지 생각조차 잊어버리고 그렇게 우리는 하루하루 살아가고 있다.

오늘 소나기가 예보되어 있다. 소나기가 내린 후 멀리서 조랑말을 타고 방울을 울리며 아씨가 나타날 수 있을지 모른다.

난 그런 기대를 하며 오늘 하루를 맞이할 것이다.

151. 운동도 필요 없다. 마음이 중요하다

여러 가지 많은 일을 한 다음 날 잠깐 쉬어도 맛있는 것을 먹어도 컨디션이 올라오지 않으면 이런 생각이 든다.

"예전에는 하루 정도 밤새는 것은 끄떡없었는데…. 나도 늙은 건가? 이제 슬슬 건강 관리를 해야 하나?"

관리라는 것이 꼭 운동만 해당하는 것은 아닐 것이다. 제철 음식들을 잘 챙겨 먹고 잠깐 자더라도 푹~ 자고, 또 스트레스가 쌓인 어떤 날에는 마음 맞는 좋은 사람과 하루를 잘 털어 내는 것. 이런 것도 건강한 몸과 마음을 만드는 관리에 들어갈 것이다.

우리의 몸은 신체적으로나 정신적으로 이상이 생기기 전에 나에게 신호를 항상 보냈다.

그러나 여러 가지 이유로 그 신호를 무시하고 내가 경험한 습관대로 계속 생활하게 된다.

그러다가 덜컥 큰 병이 나거나 정신적인 장애가 생기고 난 뒤 부랴부랴 나의 몸을 돌보기 시작하는데. 우리 옛말에 "호미로 막을 일 가래로 막는다."라는 말처럼 병이 나고 난 뒤에는 엄청난 노력과 돈을 퍼 부어도 예전처럼 다시 회복되지 않는다.

하지만 어떤 이는 큰돈을 들이고 수술을 하여도 다시 예전의 습관으로 다시 돌아가 결국 자신의 목숨도 잃어버리고 만다.

나의 지리산 친구 머리끄덩이 제삿날이 어제였다. 그 친구는 누가 봐도 50 중반을 넘기지 못한다는 것을 모두 알았다.

아침에 밥 먹으며 소주 한 병을 마시고 저녁에 잠자리에 들기까지 소주 5병 이상은 항상 기본으로 마시던 친구라서 가깝게 지내는 이들은 모두가 "저놈 저러다 오래 살지 못하지…." 말을 했다.

그러다가 당뇨가 아주 심해서 병원에 입원을 자주 하였다. 그때마다 술을 줄이라고 하였지만, 병원에서도 소주를 마시던 친구였다.

하기사 당뇨는 자각 증상이 없어서 술을 마실 수 있었지만, 췌장암 판정을 받고도 술을 마셨다.

개복 수술 후에 몸의 컨디션이 좋아지니 항암을 하는 중간에도 술잔에서 손을 놓지 못하더니 결국 저세상으로 갔다.

그 친구 삶 자체가 어릴 때부터 '딴따라'로 시작했기 때문에 그의 삶은 항상 떠돌이 인생으로 결혼도 하지 못하고 자식은 당연히 있지도 않았다.

자기도 죽기 전 자신의 제사상에 밥이라도 떠 줄까 싶어 인생 막판 2년 전에 혼인을 하였고 그분은 절에 공양주 보살 출신이라 불심이 강해 머리끄덩이 제사는 지내고 있다고 한다.

자기가 죽고 난 뒤 제삿밥이 무슨 소용 있겠냐마는 그래도 죽고 난 뒤 자신을 잊지 않고 기린다는 것이 의미가 있겠지만, 그것 또한 산 자를 위한 것이지, 죽고 난 뒤 그것 또한 무슨 소용이 있겠는가?

나에게 돈을 주는 이도 금요일에 쓸개가 쪼그라들어서 수술을 했다. 그도 역시 많은 스트레스를 받는 형인데, 지금은 쓸개를 잘라내는 정도로 그치겠지만 자신의 생활 패턴을 바꾸지 않으면 그도 걷잡을 수 없이 몸이 망가지게 될 것이다.

그 역시 새벽에 잠을 자지 못할 정도로 속이 계속 편치 않았다고 한다. 퇴원하게 되면 자신의 생활 습관을 바꾸라고 큰 충격 요법을 써야겠다.

마음속에 어찌 해야겠다는 것을 그림으로 그리고 있다. 그러지 않으면 또 귀한 한 사람을 저세상에 보낼 것 같다.

우리는 내가 평소에 생활하고 있는 것을 당연히 하루아침에 바꿀 수가 없다. 그러나 내가 바꾸지 않으면 그것으로 인해 일찍이 죽을 수도 있다는 것을 큰 병이 생기고 난 뒤에 이렇게 살면 안 되는데 하며 후회한다.

건강 관리라는 것이 열심히 운동하고 식이요법을 충실히 하는 것으로 되는 것은 아니다.

'핀란드 증후군'에 관한 글을 쓰면서 밝혀지듯이 스트레스만 제거해도 막살아도 아무 지장이 없다.

지금 당신의 건강은 내가 관리해야지 어느 누구도 책임질 수 없다.

152. 추억 어린 비번을 사용하세요?

요즈음 이메일부터 각종 SNS 각종 어플까지 암호가 필요한 것이 참 많다. 그래서 비밀번호를 하나 이상은 가지고 있을 것인데, 이 비밀번호를 보면 추억이 새록새록 떠오른다.

난 중고차만 타다 처음으로 새 차를 샀던 그 차 번호를 기억하며 비번을 쓰기도 했고 처음으로 나의 일반 전화번호를 나의 비번으로 사용하기도 했다.

물론 지금도 처음 내 집 전화번호를 비번으로 많이 사용하는데 결혼하기 전 나 혼자 살 때의 자유로움을 추억하느라 그럴 수도 있지만, 그때 처음 사용한 집 번호가 나름 나에게는 기억에 많이 남기 때문일 수도 있다.

우리는 처음으로 무엇을 한 것에 대한 아련한 기억이 제일 많이 남는다. 아마 모든 사람이 마찬가지가 아닐까 생각한다.

처음은 가장 서툰 시기이고 무엇을 잘하지 못하는 시기라 그러할 것이다. 그래서 실수도 많이 하고 긴장도 많이 한다.

그리고 후회도 많이 남는 것이 처음 시작할 때이다. 세월이 지나고 내가 처음이 몇 번이 되고 몇 번이 몇십 번, 몇백 번이 되는 동안 우리는 처음의 것만 기억하게 되고 나머지 것은 일상생활로 자리 잡게 된다.

의령에 있는 우리 집은 디지털 키가 4개 달려 있다. 모두 전화번호로 되어 있는 것 있는데 나는 한 번도 그 앞에서 망설임 없이 비번을 치는데 우리 가족들은 항상 나에게 비번을 물어본다.

하물며 자신의 전화번호로 비번이 되어 있는데도 자꾸 물어보는 경우도 있다.

비번이란 아무리 쉬운 것을 해도 자신이 만들지 않으면 잘 기억 못 하는 모양이다.

비밀번호(秘密番號) 또는 패스워드(password), 암호(暗號)는 어떤 사용자가 특정의 자원 또는 리소스(resource)에 접근 또는 제한을 통과할 수 있는 권한을 얻기 위해 제시해야 하는 미리 정해진 문자열 또는 숫자열 등의 정보를 말한다.

쉽게 말해서 자물통과 열쇠로 비교할 수 있다. 자물통을 열려면 열쇠가 필요한데, 아무리 열쇠를 어렵게 만든다 해도 그것을 열어 주는 사람이 있듯이 우리의 비번은 항상 해커들에게 노출돼 있다.

기억하기 쉬운 비밀번호는 일반적으로 해커가 추측해 내기 쉽다는 것을 의미한다.

그래서 한 달에 한 번씩 비번을 바꾸라고 하는데 나의 주변에서 그렇게 철저히 보안에 신경 쓰는 사람은 보지 못한다.

그리고 한 달에 한 번씩 모든 비밀번호를 바꾸는 일은 일로 삼아서 해야 될 정도로 힘들고 어려운 일이다.

어차피 마음만 먹으면 금방 풀리는 비번은 해커는 금방 침투할 수 있는데 거꾸로 사용자만 골탕 먹이는 제도가 아닌지 의심스럽다.

차라리 비번을 없애 버리고 생체 인식이나 자신의 휴대폰으로 얼마든지 접근할 수 있는 방법이 많이 있는데 왜 그렇게 하지 않는지 모르겠다.

아직도 비번이 무엇인지 문 앞에서 고민하고 있거나 컴퓨터 앞에서 이것저것 숫자와 씨름하고 있는 사람들이 많을 것이다.

앞으로의 비번은 숫자를 치는 그런 것은 모두 사라지고 추억으로만 존재하는 그런 시대가 오지 않을까?

옛날 뒤주나 고방의 자물통처럼 그것을 여는 데는 꼭 열쇠가 아니더라도 열 수 있었던 것이 복잡한 자물통이 되었다가 지금은 지문을 이용한 디지털 도어락이 되었듯이 컴퓨터의 여러 비번도 앞으로는 간단한 어떤 절차가 만들어지게 될 것이다.

페이스북의 비번 유튜브 비번 그리고 각종 포털에서도 수많은 비번을 요구하는 이 시대이지만 누구도 그것을 비번이라고 인식하지 않는다.

아마 곧 비번을 넣으라는 것이 사라지고 조만간 다른 인증 절차가 나오지 않을까 생각된다.